KB059454

인류의 꽃이 된 도시, 피렌체

인류의 꽃이 된 도시, 피렌체

처음 펴낸 날 | 2016년 10월 10일
두 번째 펴낸 날 | 2017년 8월 9일

지은이 | 김혜경

책임편집 | 박지웅

주간 | 조인숙
편집부장 | 박지웅
편집 | 무하유
마케팅 | 홍승권
펴낸이 | 홍현숙
펴낸곳 | 도서출판 호미
등록 | 1997년 6월 13일(제1-1454호)
주소 | 서울시 서대문구 연희동 220-55
편집 | 02-332-5084
영업 | 02-322-1845
팩스 | 02-322-1846
전자우편 | homipub@hanmail.net

디자인 | (주)끄레 어소시에이츠

제작 | 수이북스
ISBN 978-89-97322-31-2 03810
값 | 22,000원

이 도서의 국립중앙도서관 출판예정도서목록(CIP)은
서지정보유통지원시스템 홈페이지(http://seoji.nl.go.kr)와
국가자료공동목록시스템(http://www.nl.go.kr/kolisnet)에서
이용하실 수 있습니다.(CIP제어번호: CIP2016023261)

글 ⓒ김혜경, 2016

(호미) 생명을 섬깁니다. 마음밭을 일굽니다.

인류의
꽃이 된
도시,

피렌체

김혜경 지음

[호미]

역사는 강물이 흐르듯 끊임없이 흘러간다. 한 지점에서 시작된 물줄기가 시간과 공간을 거쳐 강과 바다로 흘러가듯이, 그렇게 역사도 형성된다. 역사적인 사건은 이전의 여러 과정을 거쳐 이루어진 것이기에 사건 그 자체에만 머무르면 그 사건의 단면만을 보게 된다. 그러나 사건 이전의 과정까지 알게 되면 현상을 더욱 깊게 이해하게 되고, '지금 여기'에서 내 것으로 만들어 미래를 설계하는 데 도움이 된다.

피렌체에서 시작한 인문주의와 르네상스는 고대 그리스와 로마의 문화에서 양분을 흡수하여 중세를 발판으로 거대한 역사를 이루었다. 그리고 그 중심에는 그것을 그냥 흘려보내지 않고 '나의 것'으로 만든 사람들이 있었다. 역사를 '오래된 미래'라고 했을 때, 피렌체 사람들은 이 말의 의미를 자신이 갖춘 모든 능력을 통해 아낌없이 보여 주었다.

사람마다 생각은 다르지만, 역사 안에서 발전된 미래를 건설하려는 꿈과 더 나은 삶에 대한 희망은 시대에 따라 표현 방식은 달라도 결국 같다. 피렌체 사람들은 자기 생각과 옳다고 생각하는 길에 대해서 끊임없이 연구하고 고민하고 행동하고, 나름의 방식으로 표현하였다. 그것이 때로는 현실과 충돌을 일으키고 자신의 삶을 옥죄어도 그것에 얽매이지도 굴복하지도 않았다. '생각을 하고 산다'는 것은 피곤한 일이고, 고생을 사서 하는 일이며, 때로는 인생을 다 걸어야 할 만큼 위험한 일이기도 하지만, 그럼에도 불구하고 그들은 끊임없이 생각하고 또 생각했다. 그리고 그 결과, 피렌체를 세계 인문학의 중심지로 만들었다.

피렌체는 사람 냄새가 나는 곳이다. 그곳에는 수많은 사람의 희로애락이 깃든 삶의 이야기가 있다. 그곳에는 사람 외에 다른 어떤 것도 궁극적인 주제가 되지 못한다. 그래서 위로가 되고 마음이 따뜻해진다. 누군가의 삶의 이야기, 살아 있는 이야기는 우리의 삶을 되돌아보게 하고 풍요롭게 한다. 해마다 수백만 명의 관광객이 끊이지 않는 것도 사람의 이야기가 사람을 끌어당기기 때문일 것이다.

살면서, 가끔은 사람에 대한 그리움으로 목말라할 때가 있다. 점차 낡고 헐렁해져 가는 자신을 바라보며 존재의 의미에 대해서 생각하기도 한다. 피렌체는 인간의, 인간에 대한, 인간에 의한 이야기로 가득한 곳이다. 피렌체는 '사람이 중심'이라는 인문주의를 이야기하고 있고, 그것을 수세기에 걸쳐 지켜 온 사람들의 정신이 깨어 있는 곳이다.

글을 쓰면서, 자주 고개를 들어 인문주의란 무엇인가에 대해서 생각해 보았다. 왜 대학에서 밀려난 인문학이 사회에서 고개를 들고, 소비자본주의의 늪에 빠진 사람들의 '살려 달라'는 외침이 빌딩숲을 울리는 메아리가 되고 있을까? 이런 생각을 하면서 젊은 시절에 뛰어다니던 피렌체의 골목과 예술 작품들을 오랜 친구 만나듯이 만났다. 문학에서 시작되어 예술을 거쳐 과학과 철학으로 이어진 인문주의 정신을 생각하며 어두운 우리 사회의 현주소를 통찰하였다. OECD 국가 중 자살, 교통사고, 노인 빈곤, 남녀 불평등, 산재 사망 등 안 좋은 것은 모두 일등을 놓치지 않는 우리는 무슨 생각을 하며 살아가야 하는가.

인문주의는 인간을 둘러싼 삶의 모든 영역에서 발휘되어야 하는 정신이다. 특정 학문을 위한 또 다른 학문의 영역도, 실생활의 어느 부분이나 사유의 영역도 아니다. 정치, 경제, 사회, 문화, 과학, 건축, 음악과 미술 등 인간과 관련된 모든 분야는 모름지기 인문주의를 토대로 해야 한다. 그래야 인간이 중심이 되는, 인간에 대한 보편적 가치가 살아 있는 사회(와 국가)를 만들 수가 있다. '인간은 존엄하다'는 보편적 가치를 정치, 경제, 사회 등 모든 분야에서 발휘해야 하는 것이다. 가령, 건축이 '사람 사는 공간'이라는 것을 생각할 때, 인체에 해가 없는 건축 자재를 쓰고, 인체에 맞는 계단 높이와 넓이, 건물 방향을 고민하게 될 것이다. 그럴 때 우리는 인문주의 정신에 따라 설계했다고 할 수 있다. 미켈란젤로가 그렇게 라우렌시아나 도서관을 설계했고, 로마의 시청 광장과 코르도나타 계단을 설계했다. 경제도 마찬가지다. 경제활동이 자본이 아니라 인간이 중심이 될 때, 진정한 노동 개혁이 이루어지게 될 것이다. 메디치 가문을 비롯한 피렌체의 거부들이 돈을 어떻게 썼는지, 당대 노동자와 예술가, 장인을 어떻게 대우했는지 진지하게 살펴볼 필요가 있다. 과학도 마찬가지다. 의학이 인문주의에 뿌리를 내리고 있다면 의료민영화 사업이 추진될 수 있을까? 본래부터 인간의 생명을 구제하는 일은 인도주의적인 차원에서 무상으로 이루어지던 국가적인 혹은 초국가적인(종교와 같은 차원) 사업이었다. 한 마디로 인문주의는 선택 사항이 아니라 인간을 둘러싼 삶의 영역에 속하는 모든 분야에서 구현해야 하는 필수 사항인 것이다. 특정 학문이나 문화 혹은 예술에만 그쳐서는 안 되는 이유다.

이 책에서 우리는 피렌체의 수많은 인물을 만나게 될 것이다. 천재라고 불리던 그들도 처음부터 천재는 아니었다. 그저 평범한, 때로는 찌질한 시절도 있었다. 르네상스 인문주의와 수준 높은 정치력, 피렌체 시민들의 높은 시민의식이 그들을 길러 낸 토양이었다. 특히 피렌체 시민들의 의식은 학문과 예술에 대한 관심에서부터 부富의 올바른 사용에까지 다양한 차원에서 지속적으로 발휘되었다.
메디치 가문만 예술가들을 후원한 것이 아니었다. 피렌체의 거의 모든 부자가 문화와 예술을 후원하는 데 동참했고, 아카데미아에 모여 함께 공부를 했다. 시민들의 의식이 높아져 가는 것을 보면서 정치인들의 지도력도 높아질 수밖에 없었다. 피렌체의 이런 전통은 20세기에도 그대로 드러났다.
제2차 세계대전 때 피렌체 시민들은 한마음으로 빨치산들을 도왔고, 그 결과 1년 만에 독재자들을 몰아내고 자유를 회복했다.
1966년 유래를 찾아보기 힘든 아르노 강의 범람으로 도시가 송두리째 물에 잠겼을 때도 피렌체의 정치 지도자들과 시민들은 인명 구출은 물론 수많은 예술품들을 구하는 데 몸을 사리지 않았다. 그들의 눈물겹고 헌신적인 행동은 다시 한 번 세계를 감동시켰다.

　새로운 시대는 가만히 앉아 있는 사람에게 떨어지는 행운의 복권이 아니다. 내가 만들어 가야 하는 과제다. '시대'가 의미 있는 것은 '내'가 존재하기 때문이다. 내가 없이는 어떤 훌륭한 시대가 온다고 해도 그것은 결코 내 것이 될 수가 없다. 그런 점에서 '개인의 탄생'으로 불리는 근대의 불꽃은 인문주의에서 타오르기 시작했다고 할 수 있다. 이 책의 목적은 피렌체에 남아 있는 수많은 사람의 자취를 통해 인문학의 가치를 재발견하고, 그것을 배양한 그들의 시민의식에 대해 생각해 보는 데 있다.
　한나 아렌트는 문화는 지금의 현실을 초월하여 그것을 넘어서는 곳에 도달한다고 하면서 문화(예술)의 핵심을 '아름다움'(美)에 두었고, 밀란 쿤데라는 예술의 사명으로 '우리가 존재하기를 잊지 않게 지켜주는 것'이라고 하였다.
　이 책이 잃어버린 우리의 따뜻한 감정을 매만져 초라한 현실을 넘어 자기를 아름답게 가꾸는 계기가 되기를, 문화의 주체로서 자신이 문화화되고 예술화될 수 있는 길을 모색하는 단초가 되면 좋겠다. 무엇보다도 요즘처럼 정치와 경제의 위기라는 긴장된 말 속에서 정작 인간 자신의 위기는 망각한 채 자본의 꼭두각시가 되는 현실에서, 각종 폭력이 난무하고 자살이 사회적 현상으로 저승사

자처럼 우뚝 서 있는 현장에서, '인간'의 가치가 드러나고 미학적인 삶, 품격 있는 문화인이 많아지기를 바란다.

이 책을 쓰는 데 도움을 준 서울대교구의 이기락 신부님과 엠마우스 순례단에 고마운 마음을 전한다. 2015년 여름, 이 책에 실을 사진을 찍기 위해 다시 피렌체를 찾았을 때, 모든 편의를 아낌없이 제공해 주었다. 작품 사진을 제공해 주신 성공회대학교 이정구 총장님께 깊은 감사 인사를 드린다. 오랫동안 꼼꼼하게 챙겨 둔 자료를 아낌없이 내어 주셨다. 피렌체에서 살고 있는 이현미 테레사 언니는 아픈 중에도 갈 때마다 환대해 주고 편히 쉴 수 있게 마음을 써 주었다. 소중한 친구 김명희 선생님의 조언은 이 책의 탄생에 산파 역할을 하였다. 더불어 아낌없는 지지와 기도로 항상 함께해 준 가족들을 신의 가호에 맡기며, 도서출판 호미 편집부의 인내에 감사한 마음도 이 책에 함께 새겨 넣는다.

2016년, 김혜경

아르노 강가에서 올려다본 미켈란젤로 광장

차례

역사

아르노 강가에 핀 꽃의 도시

애초에 피렌체는 도시 그 자체로는 그리 내세울 것이 없는 곳이었다. 고대에서 내려온 특별한 유산을 가진 것도 아니고, 천연자원이 풍부한 것도 아니었다. 고대의 에투르리아 문화가 있어도 그것 역시 피렌체에만 국한된 것이 아니라, 토스카나와 라치오 주 일대에 걸쳐 발견되는 것으로, 단지 에투르리안들에 의해 도시가 세워졌다는 점 외에는 특별한 의미를 둘 수 있는 것이 아무것도 없었다.

그런 피렌체가 부상하기 시작한 것은 중세기 말부터였다. 거기에 살던 사람들에 의해 세계의 으뜸 도시로 발돋움하기 시작한 것이다. 그것도 조용히, 학문 영역에서부터 실생활로 이어졌다. 누가 어떻게 통치를 하느냐에 따라 시민들의 움직임이 달라졌고, 그래서 정치철학과 시민의식의 변화 지형도를 한눈에 볼 수가 있다. 그리고 그 속에서 빛나는 '인간'에 대한 예의, 곧 '인문주의' 정신을 만날 수가 있고, 르네상스라는 인류 최고의 문예부흥이 어떤 환경에서 꽃을 피웠는지 그 역사적인 과정을 볼 수가 있다.

이 글은 철학과 신학을 전공하고 피렌체를 오랫동안 드나들며 보고 생각하고 체험한 것을 토대로 필자의 관점에서 풀어 본 것이다. 지금 우리의 현실을 염두에 두고 읽어 나간다면, 더 많은 것을 얻을 수 있으리라 생각된다. 왜냐하면 피렌체의 모든 것이 담겨 있기 때문이다.

I

피렌체 도시 개관 1

유럽을 자주 여행하던 차이콥스키가 이탈리아 피렌체에 머물면서 느꼈던 예술적인 영감을 지천명에 이르러 '플로렌스의 추억'으로 표현한 도시.

망명생활 중 생의 말기에 이른 단테가 라벤나에서 고향 피렌체를 그리며 노래한 곳.

내가 태어나 자란 곳은

아름다운 아르노 강가에 있는 대도시였소.

거기서 가졌던 육신을 지금도 갖고 있지요.

— 「신곡」 '지옥' 편 23곡 94, 95절

푸치니의 오페라 '잔니 스키키'(1918년)와 2001년에 나온 일본 영화 '냉정과 열정 사이'의 배경이 된 도시.

이렇게 피렌체는 많은 사람의 가슴에 새겨진 도시다. 로마가 인간의 정신에 흔적을 남기고 나폴리가 감각에 자취를 남긴다면, 피렌체는 인간의 가슴을 따뜻하게 하는 도시다.

로마가 이탈리아 행정 수도요, 밀라노가 경제 수도라면, 피렌체는 문화와 예술의 수도라고 할 수 있다. 인류의 삶을 풍요롭게 만든 인문주의가 태동하고 인류 역사에서 가장 찬란한 문화의 꽃, 르네상스가 일어난 도시! 도시가 송두리째 유네스코 세계문화유산으로 등재(1982년)되어 있고, 세계에서 도시미가 가장 빼어나다는 평가를 받는 곳! 문학에서부터 종교, 회화, 건축, 음악 등 어느것 하나 빼놓을 수 없는 문화의 요람으로 알려진 곳!

비 온 뒤, 미켈란젤로 광장에서 피렌체 시를 내려다보면 물기를 머금은 붉은색 벽돌 지붕은 마치 꽃봉오리를 꺾어 뿌려 놓은 듯 강렬하다. 피렌체, '플로렌시아'라는 도시 이름은 '꽃'을 뜻하는 피오레(fiore, flower)에서 유래하였다. 원래 피렌체는 성聖 피렌체(San Firenze, 성 피오렌조 혹은 플로렌시오라고도 함)의 이름에서 유래했는데, 피렌체는 피오렌차Fiorenza 곧 '꽃'이라는 뜻이다. 그래서 흔히 '꽃 피는 고을'로 통한다. 피렌체의 주교좌 대성당 두오모Duomo를 '꽃의 성모 마리아 대성당'이라고 부르는 것도 이 때문이다.

피렌체는 이탈리아 중부 지방 토스카나 주州의 중심 도시로서, 수도인 로마에서 약 290킬로미터 북쪽에 있다. 1961년에 건설된 이탈리아 제1고속도로인 '태양의 고속도로(Autostrada del Sole)'는 밀라노에서 볼로냐, 피렌체, 로마를 거쳐 나폴리까지 약 760킬로미터 길이다. 이 고속도로를 따라 여행하다 보면 지역마다 문화가 상당히 다른 것이 눈에 들어오는데, 마치 서로 다른 나라를 가는 듯한 착각에 빠지게 한다. 태양의 고속도로 구간별 특징이 그

것을 잘 말해 준다. 밀라노와 볼로냐 구간은 이탈리아 최대의 평야 파다나를 가로지르고, 볼로냐와 피렌체 구간은 이탈리아의 척추가 되는 아펜니니 산맥을 관통하며, 피렌체와 로마 구간은 고대의 에트루리아 문화를 가로지르고, 로마와 나폴리 구간은 라틴 문화를 가로지르기 때문이다.

피렌체는 지리적으로 북쪽은 체르치나 언덕, 북동쪽은 피에솔

피렌체 도심을 가로질러 티레네 바다로 흘러가는 아르노 강

레 언덕, 남서쪽은 벨로스과르도 언덕이 병풍처럼 둘러 있어서 자연스레 분지를 형성하고 있는데, 아르노 강이 도심을 '북쪽'과 '남쪽'으로 가르며 도시 전체를 관통해 흐른다. 아르노 강은 아펜니니 산맥의 팔테로나 산에서부터 로마냐 주와 토스카나 주를 거쳐 이탈리아 반도의 서쪽 바다 티레네 해로 흘러든다.

피렌체는 여름에는 무덥고 겨울에는 습하지만, 기후가 대체로 온화한 편이어서 일 년 내내 꽃이 피고 농산물이 풍부해 여러모로 풍요로운 도시다. 로마 시대에는 북방 게르마니아(독일) 지역과 갈리아(프랑스) 지역으로 향하던 군인들이 중간 숙영지로 쉬던 곳이었다. 이것은 피렌체의 지리적인 여건과 온화한 기후와 풍성한 먹을거리가 로마제국의 확장에 중요한 역할을 했음을 의미한다.

피렌체의 역사와 메디치 가문

피렌체가 역사에 등장하기 시작한 것은 기원전 59년, 로마인들이 플로렌시아 마을을 건설하면서부터다. 전해 오는 말로는 로마인들이 이곳에 마을을 지은 것은 그보다 100년쯤 더 앞선 기원전 2세기경으로, 피렌체 북동쪽에 있는 피에솔레 언덕 주변에 에트루리아 족이 도시를 이루어 생활하던 곳을 점령하면서부터라고 한다.

그 뒤 서기 4세기에 이르러 그리스도교가 공인되면서부터 피렌체는 종교적으로 독자적인 교구를 형성할 만큼 성장하지만, 그로부터 얼마 되지 않아 로마제국의 멸망과 함께 유럽이 탄생하던 중세 초기에는 지배 민족들의 각축장이 되어 심한 진통을 겪기도 하였다. 비잔티움, 동 고트, 롬바르디아, 프랑크 민족의 지배를 받으면서

부흥하고, 또 한때는 인구가 천여 명에 지나지 않을 만큼 쇠퇴하기도 하였다. 한마디로 중세 초기에서 중기까지 유럽 역사에서 피렌체는 거론할 만한 내용이 없을 정도로 별 볼 일 없는 도시였다.

그러던 피렌체가 꽃을 피우기 시작한 것은 메디치Medici 가문을 만나면서부터다. 메디치 가문이 피렌체를 통치하기 시작한 중세 후반기부터 피렌체는 메디치 가문과 함께 울고 웃는 새로운 역사를 쓰기 시작하였다. 그러다 보니 피렌체의 역사가 곧 메디치 가문의 역사가 되고, 메디치 가문의 역사가 피렌체의 역사가 되는, 떼려야 뗄 수 없는 운명의 길을 걷게 되었다.

메디치 가문의 기원에 관한 소문도 다양하다. 가문의 조상으로 거론되는 메디치 디 포트로네Medici di Potrone(1046년 무젤로 Mugello에서 탄생)와 같은 성姓을 가진 사람 중에는 '기적을 행하는 사람'이 있었다는 둥, '약'을 뜻하는 '메디치나medicina'와 연관이 있는 이름으로 이 가문의 조상이 약을 만들어 팔아서 쌓은 재산으로 피렌체 부흥의 기반을 마련했다는 둥, 또 먼 옛날에 소아시아에서 도망쳐 나와 이탈리아 남부 지방에 건설한 메딘Medin 공동체 출신의 인물이 조상이라는 둥 여러 가지 이야기가 전한다.

이런 여러 가지 탄생설 가운데 가장 믿을 만한 이야기로는 포트로네의 후손들이 1200년대, 1300년대에 양모 가공업으로 많은 돈을 벌었다는 것이다. 당시 이탈리아는 물론이거니와 에스파냐와 프랑스에서도 양모 수요가 급증하였고, 양모 가공업은 산업계에서 일대 붐을 일으킨 중요한 품목이었는데, 그 덕분에 1300년대 초 메디치 가문은 피렌체 공화국의 최고 자리인 '정의의 기수

(Gonfaloniere di Giustizia)'를 두 명이나 배출하며 두각을 나타내기 시작했다. 이후 메디치 가문은 아르노 강을 이용해 티레네 해로 진출하여 동방 무역을 시작했고, 짧은 시간에 큰 부자가 되어 피렌체의 부흥에 이바지하였다.

메디치 가문은 15세기에서 18세기까지 이탈리아와 유럽 역사의 중심에서 지대한 역할을 했지만, 그것은 사실 10세기부터 발전하기 시작하여 1115년에 자치의 도시국가를 형성하면서부터 시작된 것이었다.

13세기, 피렌체도 신성로마제국의 황제를 옹호하던 기벨린당과 로마 교황을 옹호하던 겔프당이 치열하게 싸우는 각축장이 되었고, 겔프당이 승리하자 피렌체에 잠시 평화가 찾아왔지만 다시 흑과 백으로 나뉘어 도시가 송두리째 갈라졌다. 그러나 이러한 정치적인 분열도 피렌체가 유럽 최대의 경제 강국으로 발전하는 시대의 흐름을 막지는 못하였다. 특히, 피렌체에 가까이 있으면서 중세 최대의 항구도시로서 지중해를 제패하던 피사가 제노바와의 전쟁에서 패하고(1284년), 피렌체가 피사를 장악하면서 항구를 자유롭게 이용할 수 있게 되었다. 이것은 피렌체의 면모를 눈부시게 바꾸어 놓는 계기가 되었다. 피렌체는 피사 항구를 이용하여 지중해의 무역선들을 불러들였고, 좋은 물건을 찾던 장사꾼들은 피렌체의 우수한 제품을 찾아 기꺼이 80킬로미터가 넘는 아르노 강을 거슬러 올라왔다. 피렌체는 지중해는 물론이거니와 유럽 무역의 새로운 항로를 개척해 나감으로써 번영의 토대를 마련하였다.

1348년에 유럽을 강타한 페스트로 인구가 급격히 줄어들기 전

Ⅰ 역사 ｜ 아르노 강가에 핀 꽃의 도시

까지만 해도 피렌체 인구 8만여 명 가운데 2만5천여 명이 양모 산업에 종사하고 있었다고 한다. 질 좋은 양모 직조 기술로 피렌체 산産 양모는 전 유럽으로 팔려 나갔고, 그 덕분에 피렌체의 경제 부흥은 앞당겨졌다. 그러나 그런 부흥으로 인한 혜택이 정작 노동자들에게는 돌아가지 않자 피렌체의 양모 기술자들이 폭동을 일으켰다. 1378년에 있었던 '양모 직인들의 난'이 그것이다. 중세기 양털을 깎던 양모 조합의 하층 직인들이 부유한 시민에 대항하여 일으킨 이 폭동은 메디치 가문이 맞닥뜨린 최초의 심각한 위기였다. 그 결과로 피렌체의 권력은 메디치 가문의 정적인 알비치Albizi 가문으로 넘어갔다(1382~1434).

그러나 이미 오랫동안 메디치 가문의 통치에 익숙한 세력과 메디치 가문의 추종자들이 소위 보수 세력을 결집하는 바람에 얼마 못 가서 피렌체의 권력은 다시 메디치 가문으로 돌아갔다. 이후 메디치 가문은 이전과는 전혀 다른 새로운 통치 경영을 배워야 했다. 그리하여 피렌체는 시민 생활이 보장되고 민주주의를 실현하는 자유국가의 상징적인 도시가 되었다.

메디치 가문의 정치 쇄신 노력에 따라, 1437년 이후 피렌체는 그때까지 한 번도 경험하지 못한 전성기를 맞게 되었다. 메디치 가문의 활약으로 피렌체는 엄청난 부를 축적했고, 금융업이 꽃을 피웠으며, 피렌체의 화폐였던 피오리노(il fiorino)는 오늘날의 달러나 유로처럼 당시 유럽에서 가장 강했고 비싸게 거래되었다.

당시(15세기) 피렌체가 거둔 연간 소득액이 영국의 국가 소득액을 웃돌 정도였다. 그만큼 피렌체의 (양모)산업과 은행은 잘됐다.

피렌체의 상징인
백합과 피렌체의
수호성인 세례자
요한이 새겨진 화폐
피오리노(1189~1532)

피렌체 은행은 본점과 지점을 합쳐 여든 개가 넘었고, 유럽에서 가장 나중에 없어진 중세 은행으로 기록되었다.

그렇게 벌어들인 돈으로 메디치 가문은 피렌체 도시와 시민을 위해 도시 재정비 계획을 세우고 당대 최고의 예술가, 문인, 인문주의자, 철학자 들로 구성된 위원회를 만들었다. 거기에는 미켈란젤로 보나로티, 피코 델라 미란돌라, 안드레아 델 베로키오, 미켈로초 디 바르톨로메오, 안젤로 폴리치아노, 안토니오 델 폴라이올로, 산드로 보티첼리, 필립보 브루넬레스키, 레오나르도 다빈치 등이 있었다.

1527년 5월 16일 피렌체 시민들은 1512년에 에스파냐 인들에 의해 재건된 메디치 가문의 지배를 재차 거부하고 다시금 공화국 건설을 꿈꾸었다. 그러나 1530년부터 교황의 지지를 받기 시작한 메디치 가문은 피렌체를 지배하기 시작했고, 1537년에 이르러 피렌체 통치의 최고 계승권자가 되었다. 그리고 1555년에 시에나 공

I 역사 I 아르노 강가에 핀 꽃의 도시

화국을, 1559년에 몬탈치노를 통합하면서 피렌체는 물론이거니와 새로 확보한 주변 지역까지 통치하게 되었다. 피렌체와 시에나의 최고 통치권은 메디치 가문에서 한 사람이 갖지만, 행정상의 실질적인 정치와 제도는 서로 분리되어 있었다. 이런 상황은 1569년 이전까지 이탈리아 반도에서 한 번도 없었던 "토스카나의 대공大公"이라는 이름을 만들어 사용하게 되는 계기가 되었다.

그 뒤 피렌체는 루카 공화국을 제외한 토스카나 전 지역을 지배했다. 루카 공화국은 이미 독자적인 정치 노선을 표방하던 강성한 나라였고, 그 역사는 18세기 나폴레옹이 등장하기 전까지 이어졌다. 루카 공화국은 잠시 나폴레옹의 지배를 받았지만, 나폴레옹이 몰락하자, 마사 공국(Ducato di Massa)과 카라라Carrara 왕국의 계속된 지배를 받으며 1829년 모데나 공국에 흡수될 때까지 토스카나와는 전혀 다른 정치적인 행보를 보였다. 당시 피렌체 입장에서 루카 공화국은 눈엣가시였고 지속적인 정적이 아닐 수 없었다.

안나 마리아 루이사 데 메디치의 탁월한 선택

토스카나의 대공 코시모 3세와 오를레앙의 마르게리타 루이사 사이에서 고명딸로 태어난 안나 마리아 루이사(Anna Maria Luisa de' Medici, 1667~1743)는 남동생 잔 가스토네데가 1737년에 세상을 떠나자 피렌체의 실권을 쥐었다. 그러나 합스부르크로트링겐 왕가의 공작이며 오스트리아의 마리아 테레사의 남편인 프란치스코 스테파노에게 점령당해 그에게 피렌체의 실권은 넘어가고, 메디치 가문은 몰락하게 되었다.

안나 마리아 루이사는 오랫동안 예술가들을 후원해 온 메디치 가문의 방대한 예술품 컬렉션을 피렌체에서 반출하지 않는다는 조건으로 토스카나 정부에 기증하였다.

기증서에는 메디치 가문의 사람들이라고 할지라도, "미술품, 그림, 조각, 도서, 보물, 그 밖의 어떤 귀중품도 피렌체 밖으로 반출할 수 없다. (중략) 그것들은 피렌체를 장식하기 위해, 타지방에서 오는 사람들의 호기심을 충족시켜 주기 위해 이곳에 있어야 한다"고 명시하였다. 이후 피렌체를 지배한 모든 공작은 이 기증서 내용에 따라 예술품들을 지켰고, 그 덕분에 피렌체는 예술품을 하나도 잃지 않았다. 만토바에서 곤자가 가문이 몰락하고, 우르비노에서 델라 로베레 가문이 몰락하자, 수많은 예술품과 문화재가 분실된 것과는 상황이 전혀 달랐다. 1743년 안나 마리아 루이사가 일흔다섯 살로 숨을 거두면서 300년에 이르는 메디치 가문의 역사는 끝이 났고, 막대한 유산은 피렌체 시민에게 돌아갔다.

피렌체의 엄청난 자산과 풍부한 문화유산은 이렇게 메디치 가문의 후원에 힘입어 지금까지 세계인에게 감동을 주고 있다. 안나 마리아 루이사가 사망한 뒤 메디치 가문의 컬렉션은 우피치 미술관의 전신이 되었다. 그리고 피티 궁, 메디치 라우렌치아나 도서관 등 피렌체 곳곳에서 유럽의 다른 도시들과는 달리 피렌체를 대표할 만한 명작들을 제대로 감상할 수 있는 점도 그 덕분이다. 안나 마리아 루이사 데 메디치의 지혜와 혜안, 강력한 카리스마는 오늘날 피렌체가 누리는 영광의 토대가 되었다.

그 뒤, 피렌체는 대공 피에트로 레오폴도에 의해 1786년 11월 30일, 사형법과 관련하여 새로운 법이 제정되었다. 이것은 근대 국가에서는 처음으로 사형과 고문을 폐지하는 법이었다. 인문주의와 르네상스가 태동한 도시였던 만큼 인권 문제에 대해 가장 먼저 민감하게 대처하고 나선 것이다.

오스트리아의 합스부르크 왕가에 의한 지배는 프랑스에 의해 종식되고, 토스카나는 사르데냐 왕국과 함께 1861년 이탈리아 왕국에 병합되었다. 피렌체는 1865년에 나폴레옹 3세의 요청에 따라 토리노를 대신하여 새로운 이탈리아의 수도로 지정되었으나, 5년 뒤 로마가 통일되어 이탈리아의 수도로 결정되면서 피렌체는 바통을 로마에 내주어야 했다. 그렇지만 피렌체는 행정상의 수도는 아니어도 지금까지 이탈리아는 물론이거니와 세계 문화 예술의 수도로 인정받고 있다.

제2차 세계대전과 피렌체

제2차 세계대전 중에도 피렌체는 남다른 행보를 보였다. 1년간 (1943~1944) 독일 군인들에게 점령당한 피렌체를 탈환하기 위해 파르티잔(빨치산)이 벌인 해방전쟁에 피렌체 시민이 대거 참여하여 승리를 거둔 것이다. 이에 전쟁이 끝나고, 이탈리아 정부는 위대한 희생을 기려 피렌체 시민들에게 무공훈장을 수여하였다.

당시 빨치산 부대에서 군종신부로 활약한 피렌체 출신의 안젤로 베케를레Angelo Beccherle 신부의 증언이다. "그들은 다섯 명의 순진하고 가난한 하느님의 백성이었습니다. 무젤로의 조용한 동네에 살던 사람들이었습니다. 그리고 두 사람은 피렌체 출신의 청년이었습니다. 1944년 3월 22일, 파시스트 군은 캄포 마르테 광장에서 겨우 스무 살이었던 이 청년들을 살해했습니다."

이 사건으로 말미암아 시민들은 분노했고, 1943년부터 간헐적으로 빨치산들을 지원해 주던 데서 범시민적인 저항으로 퍼지는 계기가 되었다.

당시 파시스트 군은 징병 의무를 피하려는 청년들을 겁주고, 빨치산 부대의 양성을 저지하기 위해 일정 수의 사람을 살해해도 된

피렌체의 파르티잔

I 역사 | 아르노 강가에 핀 꽃의 도시

다는 지령을 모든 지역에 내렸다. 그것은 모든 독재 권력이 그렇듯이 파시즘 정부의 공포정치의 일환이었다. 그들에게 폭력은 시민들을 억압하는 수단이었다. 제2차 세계대전 말기 파시스트들의 공포정치는 비극적인 권력을 강화하는 수단이 되었다. 베케를레 신부는 파시즘 정부에 의해 억울하게 사형선고를 받은 한 청년과 함께한 마지막 순간을 이렇게 전했다.

그날, 이른 아침에 사형수 중 한 사람을 내 방으로 데리고 왔습니다. 나는 무슨 말이든, 무슨 위로든 하려고 했으나 무슨 말을 해야 할지 몰랐습니다. 그는 잠시 통곡했고, 내가 하려는 어떤 말도 결국 아무런 의미가 없음을 깨달았습니다.

나는 말했습니다. "힘내세요! 당신의 형제 마리노를 보세요. 다행히 풀려났어요. 그런 행운이 당신에게도 오지 말라는 법이 없지요!"

그가 대답했습니다. "정말이세요? 확신할 수 있으세요? 거짓말하는 거 아니세요?"

"아니에요, 안토니오! 그는 다행히 풀려났어요!"

그러자 그는 눈물을 닦고 무릎을 꿇고 말했습니다. "신부님, 고백건대 전 죽는 것이 두렵지는 않습니다. 다만, 아들이 둘 있고 어머니가 있습니다." 그리고 잠시 침묵이 흘렀습니다.

"그들을 잘 부탁합니다. 이미 사형 집행일입니다. 6시에 저를 데리러 올 것입니다."

다시 긴 침묵이 이어졌습니다. 그 순간이 왜 그렇게 길던지.

그에게 원하는 것을 모두 해 주기로 약속했고, 그 순간 벨 소리가 길게 울렸습니다.

"드디어 저를 데리러 오는군요!"

잠시 후, 자신을 데리러 온 경찰관에게 그는 말했습니다. "당신도 명령을 실행하는 사람에 지나지 않음을 압니다. 당신 탓이 아닙니다. 전항상 경찰관들을 사랑했습니다. 수갑을 세게 채우지 말아 주세요. 아픕니다." 이에 경찰관은 한 손에만 수갑을 채우고 그를 데리고 가면서 울음을 터뜨리고 말았습니다. 다른 두 명의 경찰관도 그렇게 했고, 저는 사형수와 경찰관들의 모습을 지켜보았습니다.

안토니오는 약간 겁에 질린 표정으로 절망의 눈물을 흘리며, 그렇게 문 반대편으로 사라졌습니다.

그를 비롯한 여섯 명의 희생자는 부당한 파시스트 정권에 의해 억울하게 총살형을 당했고, 이 사건은 피렌체 시민들의 도덕의식을 일깨우는 자극제가 되었다. 왜냐하면 사회의 정의는 개인의 도덕성에 근거하기 때문이다. 총살형으로 희생된 그들은 훗날 그것을 기억하는 피렌체 시민들에 의해 '거룩한 이탈리아인들'이 되었다.

피렌체 시민들은 순간적인 이익보다는 올바른 일을 선택했다. 그리하여 빨치산 부대를 부분적으로 돕던 데서 그치지 않고 시민 전체가 총체적으로 돕기에 이르렀다. 그들은 당장 코앞에 닥칠 불이익과 손실에도 불구하고 도덕에 기초하여 자신과 가족을 지키기 위해 과감한 결단을 하였다. "우리의 자녀들을 약삭빠른 사람이 아니라 정직한 사람으로 키웁시다. 보편적 가치들을 지키기 위해 우리가 나서야 할 때입니다." 시민들은 마음을 모았고, 도덕적 결

I 역사 I 아르노 강가에 핀 꽃의 도시

단으로 뭉친 그들의 시민의식은 다른 어떤 무기보다도 강했다.

1944년 3월 23일에 피렌체의 캄포 마르테에 진입하기 시작하여 그해 8월 5일에 시니갈리아 부대가 피렌체에 들어오기까지 피렌체 시민들의 도움과 참여는 다양하게 이루어졌다. 그 결과 짧은 시간에 나치 파시스트 세력을 피렌체에서 몰아내고 도시를 되찾을 수가 있었다. 그러나 베키오 다리를 제외한 피렌체의 다리들이 파괴되는 등 많은 유산이 소실되었고 피렌체는 돌이킬 수 없는 전쟁의 상흔을 안고 말았다.

1966년 아르노 강의 범람

1966년은 피렌체 시민에게는 악몽과 같은 해였다. 그해 11월 4일, 홍수로 아르노 강이 범람하여 피렌체가 송두리째 물에 잠긴 것이다. 홍수가 고색 찬연하던 성당과 궁과 미술관과 박물관을 덮쳤고, 수많은 예술품이 훼손되고 많은 사람이 죽거나 다쳤다. 홍수가 국립도서관을 강타하여 귀중한 고서들이 고스란히 물에 잠기기도 했다. 유조油槽가 터지면서 새어 나온 기름이 홍수에 뒤섞여 도심으로 흘러들어 갔고, 그 바람에 많은 고미술품이 심하게 훼손되었다. '산타크로체 대성당(Basilica di S. Croce)'에 있던 치마부에(Giovanni Cimabue, 1240~1302)의 '십자가'는 진흙으로 심한 손상을 입었다. 700년이나 된 이 명작이 6미터 정도까지 불어난 물에 12시간 동안 잠겨 있었던 것이다. 홍수가 지나갔을 때는 그림에 채색된 물감의 75퍼센트가 씻겨 없어진 상태였다. 남은 것은 예수의 얼굴 일부와 부러진 몸체뿐이었다. 치마부에의 십자가는

1966년 대홍수로
피해를 입은 '십자가'
치마부에 작

홍수에 비참하게 순교한 미술
품이 되고 말았다. 이 그림은
많은 사람이 지켜보는 가운데
안타까움과 초조함 속에서 안
정제 처리로 조금은 복구되었
으나, 결코 애초의 아름다움은
찾아볼 수 없게 되었다. 이 작
품은 당시 피렌체 대홍수로 인
한 피해의 상징이 되었다.

다행히 우피치 미술관에 있던 주요 전시 작품들은 홍수가 닿지
않는 3층 높이에 있어 큰 피해를 입지는 않았으나, 지하실에 보관
되어 있던 13만 점에 달하는 예술 작품의 1차 사본(사진본)들은
전혀 손을 쓸 수가 없었다. 우피치 미술관의 다른 쪽 지하실 문서
보관소에 있던 4만 권의 장서도 진흙으로 뒤범벅이 되었다. 복구
작업을 총지휘한 움베르토 발디니 박사는 피렌체의 명사들과 함
께 밤낮을 가리지 않고 100여 점의 그림을 위층으로 옮겼다. 이
일에는 사회적인 지위의 높낮이나 남녀노소가 따로 없었다. 시민
모두가 문화재와 예술품을 살리기 위해 온 힘을 다하였다.

피렌체가 겪은 이 엄청난 비극은 전 세계인의 이목을 집중시켰
고, 문화재에 대한 인식을 새롭게 하는 계기가 되었다. 피렌체 시민
은 이런 엄청난 파괴를 몰고 온 홍수의 피해 속에서도 용기를 잃지
않았다. 아르노 강이 원래의 물줄기를 되찾았을 때, 피렌체는 50만
톤 이상의 진흙과 기름과 모래와 쓰레기더미를 치워야 했다. 피렌

체의 예술과 장인이 감당해야 했던 최대의 위기였다.

피렌체 시민들은 이런 상황에서 분연히 일어섰고, 그런 그들을 향한 전 세계인의 격려와 칭송이 끊이지 않았다. 홍수가 지나가자 각종 국제단체가 복구 작업을 돕기 위해 피렌체로 속속 모여들었다. 전 세계가 연대하여 복구에 필요한 지원금을 모았고, 그 기금은 피렌체로 쇄도하였다. 그런 가운데 수많은 자원봉사자가 피렌체로 모여들었다. 귀중한 예술품 복원에 힘을 보태기 위해 피렌체로 모여든 이들을 일컬어 '진흙의 천사들'이라고 불렀다. 그들은 서구 문명의 값진 예술품들을 구하기 위해 몇 달 동안 악취 풍기는 진창 속을 헤치고 다니면서도 밝은 표정을 잃지 않았다. 이듬해 1월 21일, 홍수가 지나간 지 7주가 채 되기도 전에 가장 심각한 피해를 본 산타크로체 대성당의 박물관을 제외한 거의 모든 미술관과 박물관이 다시 문을 열었다. 당시 피에로 바르젤리니 시장은 "피렌체는 파괴되지 않았고, 무릎을 꿇지도 않았습니다"라고 말하였다. 자연재해 앞에서는 인간이 만든 어떤 훌륭한 건축물도 안전하지 않다는 사실을 깨달았지만, 도시 재건과 예술품 복구 작업을 통해 인류 문명의 찬연한 문화예술을 선도한 르네상스의 정신이 지금까지 피렌체 시민 안에서 생생하게 살아 있음을 보여 주는 계기가 되기도 하였다.

그리고 그 덕분에(?) 피렌체는 고미술품 복원에서 권위를 자랑하는 도시가 되었다. 피렌체의 홍수는 현대사에서 예술품에 가해진 최악의 재난으로 불렸다. 아르노 강이 범람하여 50만 톤이 넘는

피렌체 예술 작품들을
구하기 위해 모인
'진흙의 천사들'

진흙과 쓰레기가 도시를 뒤덮었기에 돌이킬 수 없는 예술적 손실을 보았을 거라는 짐작은 하고도 남는다. 그러나 모든 일은 전화위복의 계기가 된다고 했던가! 홍수로 인해 완전히 파괴된 미술품을 제외하고는 복구하지 못할 작품 또한 없다는 사실도 입증되었다.

미생물학자들은 침수되었던 수백 점의 프레스코화를 망가뜨리고 있는 곰팡이 확산을 막을 수 있는 방법을 연구하다가 니스타틴이라는 평범한 위장용 항생제가 여기에 탁월한 효과가 있음을 알게 되었다. 그러나 그것은 고체 형태여서 벽화에 칠하기가 어려웠다. 이에 피렌체 대학의 화학자들이 고체를 액체로 바꾸는 방법을 개발하여 벽화에 사용할 수 있게 되었다.

그뿐인가! 수분이 프레스코화 표면에서 막을 형성하여 그림을 훼손하는 것을 막는 화학 분무제도 개발되었다. 성 마르코의 수도

I 역사 | 아르노 강가에 핀 꽃의 도시

원에 있던 벽화는 홍수 피해를 입지는 않았지만 다량의 수분으로 인해 그림이 퇴색되고 있었다. 이에 연구자들은 화학 반응을 역으로 이용하여 석고 분해 방식에서 원래 상태를 밝혀내어 그것을 유지하게 하는 화공 약품을 발명하였다.

피렌체에 엄청난 상처를 준 자연이 이번에는 정반대로 예술품 복원에 일조했다. 기온이 낮고 습도가 높은 날씨가 이어져 침수되었던 예술품들이 변형되는 것을 최소화해 주었다. 가령, 목판화의 경우 아주 천천히 건조되어야만 나무 층과 석고 층의 물감이 서로 분리되거나 벗겨져 나가지 않는데 피렌체의 겨울철 기후가 거기에 적합했다.

고서들을 복원하는 것도 피렌체 시민이 풀어야 할 큰 숙제였다. 자원봉사자들은 진흙 범벅이 된 도서관 서고와 바닥에서 책들을 끄집어냈고, 얼룩 제거용 압지를 책장마다 끼워 넣었다. 난방기구들이 동원되어 임시 건조실이 마련되었고, 고온에서 담배를 건조하던 창고는 서적 건조실로 바뀌었다. 피렌체의 벨베데레 요새에서는 전문가들이 건조한 책을 검사하고, 제본 해체 작업을 감독했다. 철도 역사에서는 책의 낱장들을 물과 살균제가 담긴 대야에서 씻은 뒤 눌러서 수분을 제거하고 4시간에서 6시간 정도 널어서 말렸다.

이렇게 피렌체의 최대 수난은 인문주의와 르네상스를 태동시킨 바로 그 정신으로 또 다시 세계인에게 감동을 안겨 준 것이다. 형식은 달라도 역사가 증명하는 또 하나의 인문주의이고 르네상스였던 것이다.

피렌체의 문장과 국기

피렌체의 문장과 국기는 11세기부터 '피렌체의 백합'이라고 부르는 것으로서, 흰색 바탕에 붉은색 백합이 그려져 있다. 원래는 반대로 붉은색 바탕에 흰색 백합이었는데, 이렇게 색깔을 바꾸게 된 것은 1251년 기벨린(황제파) 사람들이 피렌체에서 쫓겨났으면서도 계속해서 피렌체의 상징을 자기네 것으로 삼으려고 하자, 당시 피렌체를 통치하던 겔프(교황파) 사람들이 그들과 구분하기 위해 백합과 바탕색을 바꾼 것이다. 그것이 지금까지 그대로 내려오고 있다.

피렌체의 상징을 놓고 나폴레옹도 그냥 넘어가지 않았다. 피렌체의 새로운 상징이라며 칙령을 통해 이렇게 선포하였다. "피렌체의 상징은 '잔디의 색깔인 푸른색 위에 활짝 핀 백합과 붉은색 끈으로 두른 은색의 바탕에 금장식을 한 세 마리의 벌'이 될 것이다." 사실 이것은 거대한 나폴레옹 제국의 상징이었다. 그러나 피렌체 시민들은 나폴레옹의 칙령을 무시했고, 나폴레옹이 제시한 새로운 피렌체의 상징은 피렌체 역사에 등장조차 하지 못한 채 나폴레옹 혼자만의 언어 속에서 사장되고 말았다. 피렌체의 시민 의식은 이렇게 독재자의 기를 통쾌하게 죽이기도 하였다.

피렌체 시의 상징인
붉은색 백합과 함께
'피렌체 시'라고
적힌 간판

이탈리아 정부는 피렌체에 두 개의 상을 주었는데, 하나는 무공훈장이고, 다른 하나는 시민훈장이다. 무공훈장은 제2차 세계대전 때(1944년 8월 11일~9월 1일) 독일의 폭격으로부터 피렌체를 지켜내고 시민의 인명을 구하며 예술품들을 지켜냈기 때문이고, 시민훈장은 1966년 11월 대홍수로 도시가 모두 물에 잠겼을 때 온 시민이 하나가 되어 침착하고 용기 있게 어려움을 헤쳐나감으로써 인명 손실을 최대한 막고, 수많은 예술품을 구했기 때문이다.

지금까지 언급했듯이, 피렌체는 인문주의와 르네상스가 태동한 도시다. 도시 곳곳에는 문학과 예술, 그리고 과학사에 지대한 영향을 끼친 12세기, 13세기 인문주의의 특징과 14세기에서 16세기 사이 르네상스의 정신이 새겨져 있으며, 그 이면에는 피렌체 시민들이 있었다.

레오나르도 다빈치는 이곳에서 '모나리자'를 그렸고, 미켈란젤로는 '다윗상'을 조각하였으며, 라파엘로는 '주님탄생예고'를, 보티첼리는 '비너스의 탄생'을 그렸다. 마키아벨리는 이곳에서 「군주론」을 썼고, 보카치오는 「데카메론」을 썼으며, 브루넬레스키는 피렌체 대성당(두오모)의 '돔'을 설계했고, 갈릴레오는 과학적 연구를 진행하였다.

그들은 하나같이 물질적, 정신적인 가치를 인류에게 제공했고, 그 덕분에 인류 문명은 엄청난 발전을 할 수 있었으며, 더불어 피렌체도 명성을 크게 떨쳤다. 그 결과, 피렌체는 세계 문화를 재탄생시킨 중요한 도시 가운데 하나가 되었다. 이제 피렌체를 이야기할 때 가장 먼저 떠오르는 인문주의와 르네상스에 대해 살펴보자.

인문주의(人文主義, humanism) 혹은 인본주의는 인간의 존재를
존중하며 그의 능력과 성품과 현세적인 소망과 행복을 소중하게
여기는 정신이다. 13세기, 14세기 피렌체의 문인들이 그리스와 로
마 시대 고전을 연구하면서 시작되어 15세기, 16세기에 전 유럽으
로 확장되어 일어난 고대 문예의 부흥운동이다.

이 운동에 앞장섰던 피렌체 출신의 문인들로 단테, 페트라르카,
보카치오를 꼽을 수 있다. 당시 피렌체는 자유상공업의 발달로 부
와 권력이 집중되고 있었고, 봉건사회의 사회적 모순이 심화되면
서 정신과 문화가 급격히 변화했는데, 이는 곧 혁신적인 사상의 요
청으로 이어졌다.

인문주의 사상이란

문학에서부터 시작된 인문주의 정신은 라틴어 고전 원문의 재
발견과 속어문학의 확대로 이어졌고, 이후 문학의 차원에만 머무
르지 않고 시민적이고 정치적인 성격으로 발전하였다. 중세 그리스
도교에서 강조하던 '아직' 오지 않은 내세에 대한 기대보다, '이미'
와 있는 현실이 강조되고, 부富를 적극적으로 해석하기 시작하였

도미니코
기를란다이오의
'즈카리아에게
나타난 천사' 일부분.
그림에 등장하는
인물들은
피렌체 신플라톤
아카데미아의
인문주의 학자들로
왼쪽부터 피치노,
란디노, 폴리치아노,
그레코

다. 그리하여 르네상스가 재촉되고, 유럽의 소크라테스적 전통이라
고 할 수 있는 새로운 사유 의식이 형성됨으로써 엘리트적이고 군
주적인 이상을 추구하는 지적 운동이 일어났다.

이런 분위기는 먼저 문인들 사이에서 문학과 학문 운동으로 퍼
져 점차 정치적인 성격으로 이어졌다. 페트라르카의 영향을 받았
던 살루타티(Coluccio Salutati, 1331~1406)는 도덕론과 정치학에
관한 필사본을 수집하였다. 그는 인문주의적 방법론의 핵심이었던
문헌 비평의 원리들을 모아 학문적 토대를 마련하는 데 크게 이바
지하였다. 그 결과 15세기에 이르러 이탈리아의 인문주의는 지적
이고 예술적인 모든 분야로 발전해 나갈 수가 있었다. 특히 이 시

기에 인문주의자들의 활동은 메디치 가문을 비롯하여 피렌체의 여러 유력 가문의 적극적인 후원을 받았다.

인문주의 사상가들은 중세의 내세주의 세계관에서 벗어나 개인의 권리와 존엄성을 옹호하고 사회 도덕을 그리스도교의 금욕주의적 교리와 규범으로부터 분리하고자 하였다. 그들은 낡은 중세주의와 부패한 교회의 세속화 및 기타 사회제도의 불합리성에 맞서 있는 그대로의 인간과 자연스러운 인간성을 옹호하고 거기에 기초하여 진리를 탐구하고자 하였다.

피렌체의 초기 인문주의 사상가이자 야심 찬 법학자 피코 델라 미란돌라(Giovanni Pico della Mirandola, 1463~1494)는 인간의 존엄성을 이야기하면서, 신이 인간의 일상사를 관리하는 일과 인간사를 감독하는 일에서 물러났다며 다음과 같이 말했다.

신은 인간을 본질이 아직 결정되지 않은 존재로 창조하고, 우주 한가운데 던져 놓고는 '아담아, 우리는 네게 확실한 장소도, 너에게만 있는 형태도, 어떤 특별한 능력도 주지 않았다. 그러므로 네가 원하고 판단하는 바에 따라 어떤 장소, 어떤 형태, 어떤 능력이든 네가 원하는 대로 가지고 소유할 수 있을 것이다. (중략) 어떠한 제한도 없는 네가 너의 본질을 스스로 결정해야 한다'라고 말했다.

그는 이제 더는 세상 혹은 사회가 '인간을 구원해 주지 않을 것'이라고 보았고, 그래서 인간 각자는 '자신의 의지와 판단'에 따라서 살아야 한다고 생각했다. 신은 인간을 창조하고 두 발로 서게

I 역사 | 아르노 강가에 핀 꽃의 도시

하여 스스로 길을 찾아서 걸어가라고 명령했기 때문이다. 신의 의도와 의무는 거기까지다. 그래서 이제 신은 인간사의 구구절절한 사항을 매일 감독하고 통솔하는 데서 멀어질 수가 있게 되었다.

피치노(Marsilio Ficino, 1433~1499) 역시 성경만이 '진리의 담지자'라고 믿었던 중세의 사고방식에서 벗어나 고대의 고전에도 진리가 있음을 발견하고 지금까지 신앙으로 고백했던 그리스도교의 하느님을 향한 인간 마음의 이중성에 대해 고찰하였다.

사실 다중성은 아직도 마음에 남아 있다. 그래서 신께 드리는 모든 형태의 속죄, 희생, 제사와 함께 디오니소스적인 신비가 개입되고, 사상의 모든 방향이 조화를 지향한다. 그것을 통해 신은 경배 받는다. 그러므로 각각의 마음이 한 가지 사상으로 모이고, 다중적인 마음은 한 가지것(사물)이 된다.

이러한 사상가들에 의해 인문주의는 발전하고 개인의 권리와 존엄성이 존중되며, 그리스도교의 엄격한 교리와 규범으로부터 개인은 물론 사회의 해방에 대한 목소리가 높아 갔다. 도덕의 지평이 넓어지기 시작한 것이다. 사상적인 이러한 운동은 15세기가 무르익어감에 따라 르네상스의 전성기를 가져오고, 시대에 맞는 예술가와 사상가들에 의해 표현되었다.

인문주의의 가장 큰 공적은 이렇듯이 '인간과 현실에 대한 재발견'이다. 과거에도 고전을 연구하지 않았던 것은 아니지만, 그것을 통해 현실을 재조명하고 당면한 문제를 해결하는 척도로 삼지는 않았다. 과거 연구자들은 고대를 동경하기는 했어도 고대의 가르침을 토대로 냉정하고 비판적인 시각으로 현실을 진단하지는 않았다. 그러나 인문주의자들은 고전을 광범위하게 탐구하면서 그리스어와 히브리어를 연구하였다. 그 결과 성경의 원문대조비평과 문헌학이 탄생했고, 아리스토텔레스와 성경에 대한 새로운 관심이 일어났다. 후원자들의 지원에 힘입어 고전적인 이상과 형식을 모방한 예술도 융성했다. 인문주의자들에 의해 고전이 재조명되면서 진리와 선善에 대한 개인적인 탐구도 커졌다. 현실적이고 인간적인 가치를 억압하는 편협한 철학적 사유와 신학적인 도그마는 배격되었다.

인문주의 사상의 확산

인문주의 사상은 이후 르네상스 운동의 정신적인 구심점이 되었고, 피렌체에서 출발하여 로마를 거쳐 알프스 산맥을 넘어 유럽 대륙으로 퍼졌다. 이런 움직임은 당시 학계에서 보편적으로 사용하던 라틴어와 인쇄술의 발달로 더욱 촉진되었다. 인문주의 정신은 이후 르네상스 시대 레오나르도 다빈치, 미켈란젤로 보나로티, 라파엘로 산치오 등의 예술가들로 계승되었고, 마키아벨리와 모어의 사회과학 사상과 에라스무스, 라블레, 몽테뉴 등의 교육 사상가들로 확산되었다.

네덜란드의 신학자 에라스무스(Desiderius Erasmus, 1466~1536)는 복잡하고 규율적인 중세주의 기풍을 배척하고 세속적인 것으로 보던 현실주의와 개인적인 흐름을 숭배하였다. 또 의사이자 인문주의자로 높이 평가받았던 프랑스의 라블레(François Rabelais, 1494~1553)는 서양 현실주의의 시조로 간주할 정도이다. 그를 두고 흔히 보카치오에 비유하기도 한다. 그의 「팡타그뤼엘Pantagruel」(1532)과 「가르강튀아Gargantua」(1534)와 몇 권의 속편은 프랑스 르네상스 산문의 위대한 열매로 손꼽힌다. 「수상록」의 저자인 몽테뉴(1533~1592)도 학자, 여행가, 군인, 정치가로 명성을 떨치며 프랑스 인문주의자의 대표가 되었다.

영국의 초서, 독일의 토마스 아 켐피스, 에스파냐의 세르반테스, 그리고 곧 이어 영국의 셰익스피어(1564~1616) 등으로 이어진 조용한 변화의 움직임도 이런 분위기에 따른 것이었다. 그들은 작품을 통해서 사람들에게 정서적, 영적, 지적인 감동을 주고 변화를 불러일으켰다. 특히 영국의 인문주의는 16세기에 들어와 토머스 모어, 토머스 엘리엇, 로저 애스컴의 등장으로 절정에 이르렀다. 모어는 전통적인 사회제도를 날카롭게 풍자했으며, 특히 「유토피아」에서 공상적인 성격이 아닌, 이성과 자연에 기초를 둔 사회 모형을 제시하였다. 그리고 이어서 시드니(Sir Philip Sidney, 1554~1586)와 셰익스피어에 이르러 시학적인 혁명이 일어났다. 시드니는 인문주의 이상의 살아 있는 표상이 되었고, 높은 교양과 학문적 재능, 파란만장한 생애로 엘리자베스 여왕 시대를 주름잡았다. 셰익스피어는 다양한 희곡을 통해 감정의 위대함을 강조하고, 인문주의에 온전히 부합하는 인간성 탐구에 주력하였다.

르네상스 시대 인문주의는 인간과 신의 관계, 인간의 자유의지와 자연에 대한 인간의 우월성을 강조하는 모든 정신적 태도를 포괄하는 것으로 발전하였다. 인문주의는 사상적으로 인간을 모든 사물의 매개로 만들었다. 그리하여 17세기에서 18세기에 걸쳐 계몽주의 사상을 태동시키는 계기가 되었다.

인문주의와 과학: 갈릴레오 갈릴레이로 이어지다

인문주의는 흔히 인문학이라고 하는 문학, 역사, 철학의 영역에만 머무르지 않고, 인문과학을 촉진하는 계기가 되기도 하였다. 그리고 그 중심에는 위대한 과학자 갈릴레이(1564~1642)가 있었다. 갈릴레이는 코페르니쿠스, 뉴턴과 함께 근대 과학에서 빼놓을 수 없는 위대한 과학자로서, 이들 세 사람에 의해 그들 이전과 이후의 세계관이 바뀌었다.

1633년 6월 22일, 늙고 병든 예순아홉 살의 갈릴레이는 교황청의 소환으로 종교재판에 부쳐졌다. 법정에서 이탈리아 출신의 천문학자 브루노(Giordano Bruno, 1548~1600)가 코페르니쿠스의 지동설을 지지했다가 종교재판을 받고 캄포 데 피오레(Campo de' Fiore, '꽃의 광장'이라는 뜻)에서 화형에 처해지던 모습을 떠올리며 어쩔 수 없이 지구가 움직인다는 자기 생각이 잘못된 것이라고 진술하였다. 그 바람에 극형은 면했지만, 법정을 걸어 나오면서 갈릴레이는 자기 양심은 속일 수가 없어 "그래도 그것은 움직인다!"고 말했다는 일화는 잘 알려져 있다.

그러나 이 일화는 가톨릭과 과학기술의 대립 관계를 극단적으로 설명하려는 사례로, 실제와는 많이 다르다. 사실 중세 이후 르네상스 시대에까지 코페르니쿠스를 비롯한 많은 과학자가 가톨릭

교회의 성직자였다. 갈릴레이 역시 당시 대부분의 과학자들처럼 가톨릭 신자였고, 특히 그레고리우스 교황의 율리우스력 개혁을 위한 '교황청 위원회 수석 수학자'로서, 그레고리우스력 달력 개정에 크게 이바지했던 예수회의 클라비우스(Christophorus Clavius, 1538~1612) 신부와는 스무 해 이상 친구로 지낸 각별한 사이였다. '16세기의 유클리드'라 불리던 클라비우스는 독일인 수학자이자 천문학자로 갈릴레이의 망원경으로 달을 관측하여 달의 분화구를 연구하기도 했고, 중국을 선교한 마테오 리치의 스승이기도 했다.

갈릴레이가 이 법정에 서기 한 해 전인 1632년에 그는 「프톨레마이오스와 코페르니쿠스의 두 세계에 관한 대화」라는 책을 썼는데, 거기에서 갈릴레이는 우주의 중심은 지구가 아니라 태양이고, 태양을 중심으로 지구가 돌고 있다는 의견을 밝혔다. 그것은 지구가 우주의 중심이라는 종래의 세계관을 뒤집는 '과학혁명'이자 '사상혁명'이었다. 그는 이 책에서 코페르니쿠스의 지동설과 전통적인

갈릴레이가 지동설의 당위성을 주장하며 쓴 「프톨레마이오스와 코페르니쿠스의 두 세계에 관한 대화」 속표지

천동설을 대화체로 비교하며 설명하였다. 이 대화에 참여하는 인물은 세 사람인데 심플리치오, 살비아티, 사그레토가 그들이다. 대화는 지동설과 천동설, 두 가지 이론에 대한 특징을 한 사람씩 설명해 나가는 형식으로 구성되어 있는데, 천

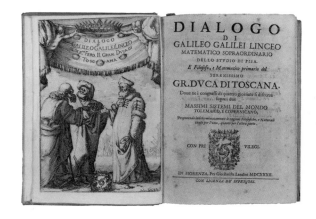

동설을 주장하는 심플리치오를 바보로 만들고 있다. 한 마디로 여러 가지 이유를 들어서 지동설의 당위성을 설명하면서 천동설의 허구성을 꾸짖고 있는 것이다. 이전까지는 지구가 태양의 주위를 돈다는 지동설이 '가설'이었고, 갈릴레오도 지금까지는 '가설'로 가르쳐 왔다. 그러나 그는 이 책을 통해 지동설이 더는 '가설'이 아니라 '절대 진리'라고 주장한 것이다. 종교재판은 갈릴레이에게 지동설이 '가설'이 아니라면 그것에 대한 확실한 증거를 제시하도록 했다. 당시 천문학 수준으로는 그것을 증명하기가 어려웠기에 갈릴레오는 어쩔 수 없이 자기 연구의 한계를 고백하고 무사히 법정을 걸어 나왔던 것이다. 그 법정을 나오면서, 아마도 '지금 나로서는 그것을 증명할 수는 없지만, 그래도 지구는 돌고 있다'라고 하지 않았을까?

이 위대한 과학자는 1564년 2월 15일 당시 피렌체 행정구역에 속한 피사에서 태어났다. 르네상스의 위대한 예술가 미켈란젤로가 세상을 뜨기 사흘 전이다. 1564년 2월 18일에 미켈란젤로는 로마에서 숨을 거두었다. 이것을 두고 후대 예술 비평가들은 르네상스의 예술이 근대 과학으로 이어지는 것을 의미한다고 하였다. 갈릴레오의 아버지 빈첸시오 갈릴레이는 작곡가이자 음악이론가이면서 바이올린과 류트, 피아노 등의 악기를 제작하고 조율하는 일을 하였다. 빈첸시오는 증조부가 피렌체에서 이름난 명의였던 것을 기억하며, 아들은 자기와 같은 음악가가 아니라 의사가 되기를 바랐고, 그래서 아들을 파도바 대학의 의학부에 진학시켰다.

GALILAEVS GALILEIVS PATRIC. FLOR.
GEOMETRIAE ASTRONOMIAE PHILOSOPHIAE MAXIMVS RESTITVTOR
NVLLI AETATIS SVAE COMPARANDVS
HIC BENE QVIESCAT
VIX. A. LXXVIII. OBIIT. A. CIƆ. IƆ. C. XXXXI.
CVRANTIBVS AETERNVM PATRIAE DECVS
X. VIRIS PATRICIIS SACRAE HVIVS AEDIS PRAEFECTIS
MONIMENTVM A VINCENTIO VIVIANIO MAGISTRI CINERI SIBIQVE SIMVL
TESTAMENTO E.I.
HERES IO. BAPT. CLEMENS NELLIVS IO. BAPT. SENATORIS F.
LVBENTI ANIMO ABSOLVIT.
AN. CIƆ. IƆ. CCXXXVII.

그러나 갈릴레이는 곧 의학에 싫증을 느꼈다. 왜냐하면 직접 실험을 통해 궁금증을 해소하고자 했던 바람과는 달리, 인체 해부와 같은 중요한 실험을 직접 할 수 없었기 때문이다. 앞서 르네상스 예술가들이 남긴 기록들과 고대 아리스토텔레스의 저작들, 히포크라테스의 「히포크라테스 전서」(BC 280), 로마 시대 갈레노스(Claudius Galenus, 129~199)의 기록물들, 그리고 영국의 윌리엄 하비(1578~1657, 의사, 생리학자)의 저서 등을 통해 간접적으로 공부했고, 사형수들의 시체를 넘겨받아 진행한 해부도 교수가 직접 해부하는 것이 아니라, 그가 지시를 내리면 조수가 해부대에 놓인 시체를 갈라서 내장을 꺼내 보여 주는 식이었다.

그러던 중 여름 방학이 되어 갈릴레이는 고향 피사로 돌아왔다. 그가 열아홉 살이 되던 1583년이었다. 그는 피사의 대성당에서 늦도록 기도하고 있었다. 어느새 해가 저물고 성당의 문지기가 들어와 중앙 제단 위에 매달린 샹들리에에 불을 붙이고 나갔다. 샹들리에가 흔들리는 것을 무심히 지켜보던 갈릴레이는 자연스럽게 손목의 맥박을 짚고 샹들리에가 흔들리는 시간을 재어 보았다. 그는 의학생으로서, 정상 체온일 때 사람의 맥박이 일정하게 뛴다는 것을 알고 있었고, 샹들리에의 왕복운동 시간이 진폭의 크기에 상관없이 일정한 것에 주목하였다. 우리가 잘 알고 있는 '진자의 등시성'은 이렇게 발견되었다.

<
피렌체 산타크로체
대성당에 있는
갈릴레오의 무덤.
자신이 만든 망원경을
손에 들고 있는
중앙의 '갈릴레오' 상

갈릴레이는 여기에서 그치지 않고 단진자를 이용하여 맥박을 재는 방법을 고안하여 맥박계를 발명하였다. 맥박계는 1607년부터 실용화되어 의사가 질병을 진단하는 데 큰 도움을 주었다. 같은

I 역사 I 아르노 강가에 핀 꽃의 도시

정면에 보이는 건물은 갈릴레이가 '진자의 등시성'을 발견한 피사 대성당이고 오른쪽에 기울어져 있는 건물은 갈릴레이가 중력 낙하 실험을 한 종탑(사탑)

원리를 이용하여 1641년에는 시계를 구상하기도 했지만, 앞을 보지 못하게 되면서 이 계획은 무산되었다.

'진자의 등시성'의 발견은 이렇게 우연히 이루어졌지만, 이 사건으로 인해 갈릴레이는 직접 해부를 하지 못하는 의학에서 직접 실험해 볼 수 있는 수학과 물리학으로 돌아서게 되었다. 물리학이 실험을 통해 새로운 진리를 발견할 수 있다는 데 크게 매력을 느낀 것이다. 1584년 그는 파도바 대학을 그만두고 피사 대학의 리치 교수의 눈에 띄어 1588년 피사 대학으로 옮겼다.

여기에서 갈릴레이는 또 하나의 사건을 일으키는데, 바로 저 유명한 '낙하 실험'이다. 무거운 물체와 가벼운 물체를 같은 높이에서 동시에 떨어뜨리면 어떤 것이 땅에 먼저 떨어질까? 지금은 누구나 동시에 떨어진다는 사실을 알고 있지만 당시에는 아리스토텔레스의 이론을 맹목적으로 따름으로써 한 치의 의심도 없이 당연히 무거운 것이 무게만큼 먼저 떨어진다고 믿었다. 이에 갈릴레이는 피사의 사탑 꼭대기로 올라가 사람들이 보는 앞에서 쇠와 나무로 만든 공을 떨어뜨려 그것이 거의 동시에 땅에 닿는 것을 입증해 보임으로써 기존의 학설을 뒤엎었다.

그 뒤 그는 30배율(1609년)의 망원경을 만들어 천체를 관측함으로써 태양을 중심으로 지구와 별들이 일정하게 돌고 있다는 '지동설'을 입증하였다. 그래서 그의 지동설은 단순히 코페르니쿠스의 지동설을 지지하는 것이 아니라, 자신이 직접 발명한 망원경으로 달과 별을 관찰함으로써 종래의 우주관이 잘못되었음을 확신한 뒤에 나온 것이었다. 그의 저서 「두 세계에 관한 대화」는 이런 그의 주장을 담고 있고, 그로 인해 종교재판을 받았다.

종교재판 이후 갈릴레이는 달을 연구하는 데 몰두하였다. 그의 달 연구는 예수회의 탁월한 천문학자 클라비우스에게도 큰 영향을 미쳤다. 그와 오랜 우정을 나누며 달 연구의 과제를 그에게도 안겨 준 것이다.

갈릴레이는 1642년 일흔여덟의 나이로 운명하여 일반 묘지에 안장되었다가 훗날 피렌체 시로부터 업적을 인정받아 피렌체 출신의 명사들이 묻혀 있는 '산타크로체 대성당'으로 옮겨 안장되었다. 그의 맞은편에는 미켈란젤로의 무덤이 있다.

갈릴레이는 과학에 실험과 수학을 도입했고, 근대 역학을 시작한 최초의 물리학자였다. 그는 많은 실험과 사물의 속성을 통해 과학의 대상이 되는 것과 그렇지 않은 것을 구분하였다. 예컨대 질량이나 속도처럼 측정할 수 있는 것은 과학의 대상이 되지만, 맛이나 색깔과 같이 측정할 수 없는 것은 과학의 대상에서 제외시켰다. 그가 남긴 운동에 관한 실험과 연구는 나중에 뉴턴이 만유인력을 발견하고 운동법칙을 정립하는 토대가 되었다.

오늘날 인문주의를 이야기하는 이유

인문주의와 관련하여 피렌체에서 만나야 할 사람은 단테에서부터 갈릴레이에 이르기까지 참으로 많다. 그리스와 로마 시대를 배경으로 한 작품들에서부터 르네상스와 현대미술에 이르기까지 방대한 예술품들을 통해서도 인문주의를 통찰할 수 있다. 기존의 형식과 체면과 제도의 틀과 굴레에서 벗어난, 자유로운 감정의 표출은 앞으로 이 책에서 만나게 될 다양한 예술 작품에 잘 나타나 있다. 미래를 지향하는 힘찬 정신적 운동이 의식 있는 정치와 경제를 만나 주도면밀하게 진행됨으로써, 인류 문명의 장대한 한 부분을 채웠던 것이다.

소크라테스에 의해 자연과 신에 대한 생각이 인간에 대한 생각으로 바뀐 이래, 피렌체 인문주의의 탄생으로 인간에 관한 모든 역사가 다시금 시작된 것이다. 즉 신과 인간의 대비를 통해 비참한 인간 현실을 극복하고, 자주적인 관점에서 인간 존재와 그가 삶을 영위하는 현실을 재평가하기 시작하였다. 다시 말해서 인문주의란 인간이 사유의 중심이 되고, 그것이 시대적인 가치관으로 부상하며, 인간학의 과제로 등장하는 것을 말한다.

그런 점에서 오늘날 인문주의는 인간을 둘러싼 모든 삶의 영역에서 발휘되어야 할 커다란 과제가 아닐 수 없다. 정치, 경제, 사회, 문화 등의 공공 분야는 물론이거니와 의식주와 관련하여 삶의 태도와 양식으로 드러나는 개인적인 분야에 이르기까지 발휘되어야 하는 정신인 것이다. 가령, 먹는 것과 관련하여 레오나르도 다빈치는 '섭생攝生 인문학'을 이야기한 바 있다. 그의 '비트루비우스의 인간'에서 보듯이 '조화'를 강조하며 '음식을 섭취했을 때 얻는 에너지의 양과 그것을 소비하는 에너지의 양을 같게 하라', '반드시 배가 고플 때 음식을 섭취하라', '식탐을 주의하라'고 말하기도 했다.

그의 해부학 관련 수기 노트에는 "몸에서 섭취하는 영양소와 그것을 소모하는 영양소가 균형을 이루지 못하면 건강을 잃게 된다.

몸에 영양소를 공급하지 못하면 생명(혹은 삶)이 파괴되고, 공급된 영양소를 매일 전부 소모하면 소모한 만큼 생명(혹은 삶)은 재생된다"고 적혀 있다. 그뿐 아니다. 다빈치가 요리에 대한 생각을 적은 노트 '코덱스 로마노프Codex Romanoff'에는 어떤 음식물이 인체에 좋은 영향을 미치는지, 어떤 것이 나쁜 영향을 미치는지를 분류하여 재료들을 평가하기도 했다. 또 몇 가지 요리 종류와 그의 요리관과 당시 음식 문화에 대한 기록도 담고 있다. 특히 눈에 띄는 것은 주방의 조건으로 청결을 꼽으면서 쾌적한 주방 분위기와 함께 '주방에는 음악이 있어야 한다'고 강조한 대목이다. 요리는 단순히 먹는 행위뿐만 아니라, 그것을 준비하는 과정도 중요하다고 말하고 있는 것이다. 그가 본 섭생 인문주의는 이렇게 소화기계통에서 어떤 음식물이 얼마만큼 머무는지 등을 밝히는 인체에 대한 해부학적 연구에서부터 각종 식재료와 그것을 준비하는 환경과 사람의 정서에 대한 의견과 평가까지 포괄하는 종합적인 것이다.

19세기 독일의 감성적인 유물론자, 인간학적 유물론자로 불리며 종교와 사변철학에 짓눌린 인간의 감성을 해방시켜 인간 본래의 것을 인간에게 되돌려 주려는, 즉 인간을 그의 소외로부터 해방시키려는 노력을 시도하여 휴머니즘 철학자로 알려진 루트비히 포이어바흐(Ludwig Feuerbach, 1804~1872)는 "우리는 우리가 먹는 대로 만들어지는 존재"라고 했다. 실제로 음식은 육체뿐 아니라, 의식과 사고에도 많은 영향을 미친다. 인간은 자신이 무엇을 먹느냐에 따라 상대방을 인식한다는 것이다. 단단한 음식물에서부터 마시는 물과 호흡하는 공기에 이르기까지 외부에서 오는 모든 것에 의해 만들어진다는 점에서 피코 델라 미란돌라와 레오나르도 다빈치와 같은 인문주의적 사유의 맥락에 있다고 하겠다.

인문주의자들이 주장했던 것은 인간의 몸에 흡수된 음식물의 양과 질에 따라 인간의 육체와 정신, 정서, 영적인 부분이 달라진다는 것이다. 여기에서 인간은 무엇을 먹느냐, 어떻게 먹느냐가 중요한 문제로 대두된다. 음식과 요리에 관한 방송이 판을 치는 오늘날 먹고 사는 문제에 대한 좀 더 근원적인 성찰이 필요하다.

밀라노에서 개최된 '엑스포 2015년'의 이탈리아관에 설치된 '생명의 나무'

'어떻게 먹어야 하는가?'가 인류 공통의 새로운 화두로 떠오르고 있는 요즘, 이탈리아에는 잇eat(먹다)과 이탤리Italy를 합성한 '잇탤리Eataly'라는 기업이 고성장을 거듭하며 전 세계로 빠르게 진출하고 있다. 이탈리아의 각 지역에서 생산되는 농산물을 "나쁜 음식물을 먹고 마시기에는 인생이 너무 짧다"는 슬로건을 내걸고 생산자 인증제로 운영하고 있는 기업이다. 잇탤리 매장은 유기농 슈퍼마켓, 스탠드바, 빵굽터, 독서 식당, 카페 등 먹는 것과 관련된 일체를 모두 갖추고 있다. 유기농 슈퍼마켓에 진열된 상품들은 생산지와 생산자 및 원재료가 자세히 기록되어 있어 식품이력제가 철

잇탤리Eataly 매장에
전시되어 있는
유기농 식품들

저하게 이루어짐을 알 수 있다.

비단 음식뿐이겠는가! 오늘날 인문주의적인 사유가 요구되는 분
야는 인간과 관련한 모든 분야임을! 삶의 모든 부분에서 인문학적
인 생각을 하면서 살아가고 있는지 한번쯤 생각해 볼 일이다.

르네상스

12세기, 13세기에 이미 인근 중소 도시들을 지배하기 시작하면서 강대한 공화국으로 떠오른 피렌체는 메디치 가문이 절대 권력을 휘두르며 르네상스 운동을 이끌던 15세기에 황금기를 맞이하였다. 당시 피렌체는 동·서방 교회가 자리를 함께하는 만국공의회를 유치할 정도로 위세를 떨치고 있었다.

'르네상스Renaissance'라는 말은 원래 '부활', '재생'이라는 뜻으로, 1400년부터 1530년까지 130여 년간 일어난 그리스·로마 고전 문화의 부흥기를 일컫는다. 과학 혁명의 토대가 만들어지고, 중세를 근대와 이어주는 시기가 되었다. 그러나 실제로 문예부흥은 14세기에 시작하여 16세기 말까지 유럽에서 일어난 문화, 예술 전반에 걸친 고대 그리스와 로마 문명의 재인식과 재수용을 의미하는 것이다. 이런 점에서 르네상스는 일종의 시대적 정신운동이라고도 말할 수 있다. 역사적인 측면에서 유럽은 르네상스의 시작과 더불어 긴 중세의 막을 내렸고, 르네상스를 통해 근세로 접어들었다. 다시 말해서, 오랫동안 파묻혔던 고대 그리스·로마 문화의 부흥을 발판으로 새로운 인본주의적 근대 문화의 창조를 지향하는 문화운동이 일어난 것이다.

르네상스의 배경

이탈리아는 지리적으로 이슬람, 비잔티움, 서유럽 세계와 거의 동시에 접촉을 유지하는 일종의 가교 역할을 해 왔다. 11세기 이후 상업의 발달과 십자군 운동으로 인한 도시의 활성화로 피렌체는 점차 '도시국가' 형태로 발전하고 있었다. 13세기 말의 경제 성장기에는 사회 계층의 변화가 심해져서 특유의 시민 문화가 형성되었고, 도시국가는 특성상 고대의 도시국가와도 유사하여 로마법과 정치 제도에 대한 관심이 증대되었다. 이런 조건들은 르네상스가 이탈리아에서 발생하게 된 원인이 되었다.

이탈리아의 르네상스는 인문주의라는 지적 흐름과 이탈리아 중북부가 도시 주 형태의 자치 상태에 놓여 있었다는 점과 관계가 깊다. 당시 피렌체는 지중해 무역으로 번성하여 토스카나 지방의 중심 도시로 자리를 잡았고, 14세기경부터 가톨릭교회, 이슬람 세계, 동로마 제국으로부터 고전 문화의 영향을 받고 있었다. 게다가 이탈리아에는 고대의 유물이 많아서 조각가, 건축가 등이 고대 로마의 문화를 탐구할 수 있는 충분한 여건도 마련되어 있었다. 그리하여 동방 무역을 통해 일어난 피렌체의 경제적 부흥, 그리스 철학자들의 피렌체 유입, 피렌체 출신의 탁월한 예술가들의 등장, 거기에 메디치라는 의식 있는 지도자를 만남으로써 르네상스라는 엄청난 문화의 꽃을 피울 수가 있었다. 르네상스가 피렌체에서 일어날 수밖에 없는 모든 여건을 완벽하게 갖추고 있었다고 하겠다.

이후 이탈리아 르네상스가 만개한 곳은 피렌체를 넘어서 밀라노, 로마, 베네치아 등의 대도시들이었다. 학자와 예술가들을 키웠

I 역사 I 아르노 강가에 핀 꽃의 도시

던 후원자들로 크게 피렌체의 메디치 가문, 밀라노의 스포르째스코 가문과 로마의 교황 들을 꼽을 수가 있다. 15세기 사보나롤라의 개혁 때문에 피렌체의 예술이 쇠퇴하고, 프랑스와의 전쟁으로 밀라노의 스포르째스코 가家도 추방당했으나, 로마에서는 교황의 주도로 성 베드로 대성당의 건설(1515년)이 추진되면서 많은 예술가가 로마로 모여들었고, 그 덕분에 이탈리아 르네상스의 명맥이 유지되었다. 1527년에 신성로마제국의 황제이자 에스파냐의 왕인 카를로스가 로마를 약탈하여 로마가 잠시 황폐해졌지만, 베네치아 공화국이나 토스카나 대공화국 등에서 미술은 계속해서 꽃을 피웠다.

르네상스 시대, 미술사적인 간략한 소개

르네상스 시대 미술은 13세기 말에서 14세기 초에 시작되었다고 할 수 있는데, 피렌체의 산타크로체 대성당의 벽화가 잘 말해주고 있다. 치마부에와 지오토(Giotto di Bondone, 1266?~1337)를 중심으로 당대 예술가들은 아직 중세 그리스도교 사상에서 벗어나지 않은, 곧 그리스도교 신앙 안에 인간 감정을 농축하여 융합시킨 자유 정신을 회화에 표현하였다.

1266년 피렌체 근교에서 태어난 지오토는 미술사에 커다란 발자취를 남긴 천재였다. 그는 회화 분야에서 최초의 르네상스인으로 평가받고 있으며, 시간과 공간을 다룸에 있어 고대의 스타일을 원용하였다. 그의 작품은 아씨시, 파도바, 시에나 등 이탈리아 곳곳에서 찾아볼 수 있다. 지오토를 중심으로 한 피렌체학파의 전통은 안젤리코(Fra Angelico), 마사초(Masaccio), 립피(Fra Filippo Lippi), 보티첼리(Sandro Botticelli) 등으로 이어져 인간과 자연을 이해하는 척도가 되었다. 특히 마사초는 가시적인 어떤 형체에서 반사되는 빛을 통해 공간과의 상호 연관성을 조형 예술로 표현하였다. 그는 1401년 스물여섯 살의 나이로 유명을 달리했지만, 그로 인해 지오토가 더욱 알려졌다(그가 지오토를 모방하고 있었기 때문에). 후대의 다빈치, 미켈란젤로, 라파엘로 등 르네상스의 거장들도 초기 단계에서는 마사초를 모방하였다. 그의 자연주의를 추구하는 태도는 이후 프란체스카, 베로키오 등이 시도한 원근법과 해부학 등으로 이어졌다. 예컨대 다빈치의 '모나리자'의 배경으로 등장하는 토스카나 시골 마을의 자연적인 배경에서 보이는 원근화법과 서정적이면서도 신비스러운 분위기를 이야기할 때마다 빠짐없이 등장하는 인물이 바로 마사초다.

그 뒤 르네상스의 전성기라고 할 수 있는 15세기 말에서 16세기에 활동한 거장들이 다빈치, 브라만테, 미켈란젤로, 라파엘로, 조르지노네, 티치아노 등이다. 이들은 하나같이 그리스·로마의 고전 시대를 부활시키는 데 앞장섰고, 그때까지 어떤 시대에도 볼 수 없던 엄청난 창조력을 유감없이 발휘함으로써 피렌체 르네상스의 전성기를 이끌었다. 전성기의 르네상스 양식은 초기 르네상스가 지향했던 모든 원리의 정점을 보여 주었다. 예술적인 법칙으로서 음악적 조화를 유지하기 위한 수학적 비율, 인체의 해부학적인 구조, 과학적인 원근법 등으로 대표되는 원리들 말이다. 여기에서 르네상스를 이끌었던 삼총사에 대해 간략히 살펴보기로 하자.

레오나르도 다빈치(Leonardo da Vinci, 1452~1519)는 르네상스
가 지향한 원리들을 가장 완벽하게 보여 준 인물로 손꼽힌다. 그는
스스로는 예술가라고 생각하고 있었으나, 그가 보여 준 동물학, 해
부학, 각종 기계공학을 포함한 과학 분야는 시대를 앞서간 새로운
시도였고, 그래서 그는 과학자이기도 했다. 그는 자신이 그리는 모
든 대상에 대해서 알고 싶어 했다. 어떻게 생겼고, 어떻게 움직이고,
어떻게 서로 연관되어 있는지 궁금해했다. 그래서 그림에만 머무를
수가 없었다. 인간을 그릴 때, 그 인간이 어떻게 울고 웃는지, 그의
몸은 어떻게 구성되었는지, 근육과 뼈와 힘줄은 어떻게 생겼는지 알
고 싶어 했다. 그래서 그는 시신을 해부하고 연구하였다. 그의 호기
심은 인간에만 머무르지 않았다. 식물과 동물에게로 확대되어 그것
들을 관찰하고, 새들이 어떻게 나는지를 연구하였다. 인간도 하늘
을 날 수 있을 거라는 생각은 여기에서부터 나왔다.

　다빈치는 이런 자신의 연구 기록들을 모두 쪽지나 공책에 그림이
나 글로 기록했는데, 그 분량이 엄청났다. 이런 기록들은 낱장으로
된 컬렉션들과 아틀란티쿠스, 아룬델,
마드리드 등 몇 개의 코드와 필사본들
로 남아 있다. 그가 왼손잡이였던 탓
에 그의 글은 오른쪽에서 왼쪽으로 쓰
였고, 글씨 크기도 작아 읽기가 어려웠
다. 후대의 비평가들은 이점을 다행으
로 여기기도 했다. 왜냐하면, 당시 이런
독자적이고 진보적인 견해를 갖는 것은

노인의 얼굴
레오나르도 다빈치 작

어느 정도 위험을 감수해야 하는 일이었기 때문이다.

아무튼, 다빈치로 인하여 고대 그리스 과학과 의학이 중세의 침체기를 뛰어넘어 르네상스에 이르러 재조명되고 한층 진보된 모습으로 발전할 수가 있었다. 그는 고대의 과학을 16~17세기 근대 과학과 연결해 주는 매개 역할을 했다고 할 수 있다. 이것은 그가 예술가로서 예술을 과학적 이해의 근원이라고 생각했기 때문이다. 그는 예술가를 뛰어난 관찰자로 보았고, 그래서 사물의 본질을 규명하고 이해하여 그것을 다른 사람에게 제시하는 역할을 해야 한다고 생각했다.

그러다 보니 다빈치는 자연계를 탐구하는 가장 우선적인 도구로서 인간의 '눈'을 들었다. 그에게 있어 눈은 '지식의 통로'이자 '영혼의 창'이었다. 그는 '보는 것'과 '아는 것'을 동일하게 보았고, 그래서 눈은 곧 지적 이해의 차원이 되고, 척도가 된다고 여겼다. 그는 모든 사물을 그냥 바라보기만 한 것이 아니라, 보면서 끊임없이 생각했고, 생각한 것을 실험으로 옮겼다. 그에게 있어 눈은 오감 중 유일하게 인식과 마음에 직접 도달하는 기관이었다. 봄으로써 인식하고 감동하기 때문이다.

현대의 과학자들이 과학적인 사고를 상징이나 수학적 기호, 혹은 특수한 언어로 표현하고 있다면, 그것을 르네상스의 예술들은 한 장의 그림으로 표

로마의 레오나르도
다빈치 공항에 있는
다빈치의 동상

I 역사 | 아르노 강가에 핀 꽃의 도시

현하였다. 그들은 그림 한 장을 그리기 위해 스케치 수십 장을 하고 그것을 다시 다양한 측면에서 연구하고 그 내용을 적어 두었다. 따라서 그들이 남긴 그림 한 장 속에는 수많은 수식어가 들어가는 천 마디 말보다도, 장황한 미사여구보다도 더 구체적이고 풍부한 언어가 간결하게 함축되어 있다.

다빈치의 원근법적 투사에 대한 연구는 지금까지 많은 과학자로부터 관심을 받고 있다. 원근법으로 표현된 환경에 대한 이해는 연구의 새로운 지표가 되었다. 환경이 인간에게 어떻게 영향을 미치는지, 자연과 인간이 어떤 상관관계를 유지하고 있는지에 대한 새로운 연구가 시작된 것이다. 다빈치의 이러한 표현법은 이론에서나 실제에서나 중세 철학이나 신학에 구애받지 않고 있다는 점을 드러내는 한편, 자유로운 인간의 사유와 창조 능력이 자연의 법칙을 더 객관적으로 연구하는 토대가 되었다는 점을 시사한다. 다시 말해서, 르네상스 사상가들을 통한 인간 개념의 발견이란 자연이라는 실체에 대한 성실한 관찰을 동반한 결과라는 것이고, 인간의 권위는 그런 자연(세계)과의 접촉을 통해서 성장하고 완성된다고 본 것이다.

다빈치 외에도 원근법을 과학적으로 연구하고자 했던 예술가로 피에로 델라 프란체스카(Piero della Francesca, 1416~1492)를 들 수 있다. 그가 1480년경에 쓴 논문에는 원근법의 원칙이 어떻게 입체 기하학적 형태와 건축적 형태에 적용되는지, 그리고 그것이 어떻게 인체의 비율에 적용되는지를 보여 주고 있다.

우르비노 백작 부부
피에로 델라
프란체스카 작

　그는 도나텔로와 루카 델라 로비아의 조각을, 브루넬네스키가 설계한 건물들과 마사초와 프라 안젤리코의 회화들을 연구한 것으로 추정된다. 특히 알베르티가 쓴 회화에 관한 논문을 읽었을 가능성이 큰데, 알베르티가 정의한 회화의 구성 요소로서 색채와 빛을 자기 작품에 잘 반영하고 있기 때문이다. 위의 그림도 그의 이런 연구를 잘 뒷받침해 준다. 페데리코 백작과 부인 바티스타 스포르차를 그린 유명한 두 폭짜리 초상화로 아마도 1465년에 그들의 결혼을 기념하여 그린 것으로 추정된다. 그림에서 백작의 평범한 얼굴 생김과 배경의 매혹적인 풍경을 통해 시각적 사실을 중시했음을 엿볼 수 있는데, 이는 작가인 피에로가 당시 네덜란드의 화풍을 알고 있었음을 암시한다. 그림의 배경에는 승리의 행진을 하는 천사들이 있다.

미켈란젤로 보나로티(Michelangelo di Lodovico Buonarroti Simoni, 1475~1564)는 예술을 신학을 이해하는 수단으로 보고, 스스로 신학자의 면모를 보여 준 인물이었다. 다빈치가 예술을 과학을 이해하는 근원이라고 생각하고 스스로 과학자로서의 면모를 보여 준 것과는 사뭇 다르다. 미켈란젤로가 로마의 시스티나 소성당의 제단 뒷벽에 그린 '최후의 심판'에서 '살가죽이 벗겨진' 바르톨로메오 성인의 모습에 초라한 자화상을 표현한 것은 고뇌하는 신앙인으로서의 면모를 입증한다. 하느님 앞에 선 나이 든 예술가의 겸허한 자세라고 할 수 있을 것이다.

그는 조각가로서 '인간'과 '인간의 해방'을 '인간의 손'으로 이룬다는 르네상스 초기의 정신을 구현했다는 평가와는 달리, 돌 속에 자신이 만들고자 하는 형상이 살아 있어서 그가 깨워 주기를 기다리고 있다는 고백을 통해 '창조하는 하느님'을 닮으려고 하였다. 그는 창조자로서 신을 묘사하고, 신의 능력을 표현하는 데 주저하지 않았다. 미켈란젤로에게 있어 창조는 신의 가장 심원한 본질이었다. 신의 창조 능력을 따르는 그가 작품을 통해 구현하려고 한 것은 끊임없는 신앙고백이었다. 그는 그 속에서 신의 형상을 닮은 인간의 실존적인 문제를 건드리며 '어떻게 살아야 하는지'를 물었다. 그는 조각가, 건축가, 화가 그리고 시인으로서 생명의 주권자인 신을 바라보고, 그 자신도 예술을 통

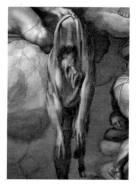

'최후의 심판' 중 바르톨로메오의 모습에 그려진 미켈란젤로의 얼굴. 로마, 시스티나 소성당 소장

해 생명을 불어넣는 신을 닮은 존재이고자 하였다.

미켈란젤로에 대해서는 앞으로도 여러 차례 언급하게 될 것이다. 왜냐하면 피렌체는 공항 이름에서부터 미켈란젤로와 관련한 이야기가 가득한 곳이기 때문이다.

라파엘로 산치오(Raffaello Sanzio, 1483-1520)는 미켈란젤로와 정반대의 삶을 살았던 인물이다. 미켈란젤로가 일생을 독신으로 살면서 인간 존재의 심연에 자리한 '고독한' 면모를 아낌없이 보여주고 스스로 고독한 천재로 살았다면, 라파엘로는 대단히 사교적이고 처세술에 능한, 어쩌면 지극히 세속적인 삶을 살았던 인물이다.

귀족들과 어울리며 힘 있는 사람들의 비호를 받고 풍요한 삶을 누렸던 라파엘로는 서른일곱이라는 젊은 나이에 세상을 등짐으로써 다빈치나 미켈란젤로처럼 혁신적이지는 못했지만 우아하고 기풍 있는 그림을 통해 르네상스 전성기의 중심인물이 되었다.

그가 남긴 작품은 이승에서 살았던 짧은 세월만큼 몇 점 안 되

지만, 지금까지 르네상스 시대의 조형 미술을 이야기할 때 빠지지 않고 등장할 만큼 중요한 부분을 차지한다. 그의 예술은 서정적이면서도 감성적이다. 회화의 풍성함과 조각의 견고함은 감히 다빈치와 미켈란젤로를 접목한 인물이었다고 말할 수 있다.

라파엘로의
자화상(1506년 작).
우피치 미술관 소장

이렇게 예술가들을 통한 르네상스의 면면을 보는 것과 함께 몇 가지 분야별로 르네상스를 구분하는 것도 흥미로울 것이다.

르네상스의 조각

중세까지만 하더라도 누군가 한 장인이 어떤 건물을 짓고 나면 내부 장식은 회화로, 외부 장식은 조각으로 하였다. 그러다 보니 당시 조각은 건축에 종속되는 듯한 느낌이 강했다. 또 건물 내부의 회화에도 눈치를 보는 경향이 뚜렷했다. 그러나 13세기에 이르러 그리스·로마 시대의 고대 조각 작품을 모방하기 시작했고, 15세기에 이르러 독창적인 조각 작품이 등장하기 시작하면서 조각의 위상은 달라지기 시작했다.

르네상스 시대 대표적인 조각가로 미켈란젤로가 가장 잘 알려졌지만, 그에 앞서 르네상스 조각을 확립한 인물로 도나텔로(Donatello, 1386~1466)가 있다. 도나텔로는 피렌체 인문주의 정신을 조각에 구현하여 새로운 인간상을 표현함으로써 르네상스 조각의 선구자가 되었다.

도나텔로는 당시 피렌체를 통치하던 코시모 디 조반니 데 메디치(1389~1464)의 후원으로 생계를 걱정하지 않고 작품 활동을 할 수 있었다. 도나텔로는 그에 대한 고마움의 표시로서 죽음을 앞두고 자신을 코시모의 무덤 가까이에 묻어 달라는 유언을 남겼다. 코시모는 도나텔로가 창작에 전념할 수 있게 물심양면으로 도왔고, 유언장을 통해 얼마간의 재산을 도나텔로에게 남기기까지 하였다. 가난한 예술가의 자질을 인정하고 아낌없이 후원한 코시모

데 메디치의 인품은 그대로 피렌체의 번영으로 이어졌다. 르네상스는 이런 분위기가 고조되는 가운데 피어난 꽃이었다.

성 로렌조 대성당의
뒤뜰에 있는
도나텔로의 무덤

무릇 한 나라를 통치하는 군주는 이런 정신이 있어야 한다. 인간에 대한 깊은 연민은 바로 그 인간이 갖춘 능력을 인정하는 것이고, 그것은 또 다른 자산을 키우는 원동력이 된다. 정치가 인간 사회의 공동선을 목적으로 힘의 균형을 유지하는 가운데 질서를 바로 세우는 기술이라고 할 때, 사회적이고 문화적인 존재로서 인간의 가치를 소홀히 여겨서는 안 되는 것이다. 정치는 인간이 가진 문화적이고 사회적인 능력까지 통치할 줄 알아야 하기 때문이다.

도나텔로는 코시모 1세의 지원을 받으면서 자기 능력을 마음껏 발휘했고, 탁월한 조각가로서 대리석과 청동으로 된 많은 작품을 남겼다. 도나텔로의 생애와 활동에 대해서는 꽤 알려졌지만, 그의 인간적인 면모에 대해서는 별로 알려지지 않았다. 다만 평생 독신으로 살면서 피렌체의 인문주의 학자들과 교류했고, 그리스·로마의 고전 미술에 심취했다고만 전한다. 그리스·로마 미술에 대한 그의 관심은 자신의 작품에 새겨 넣은 글자와 서명이 고대 로마풍이라는 데서도 드러난다. 그는 당시 어떤 예술가보다도 그리스·로마 시대의 조각에 대해 깊고 방대한 지식을 가지고 있었고, 거기에서

I 역사 | 아르노 강가에 핀 꽃의 도시

영감을 얻어 그만의 독창적이고 자유로운 예술 세계를 선보인 것으로 평가받고 있다.

도나텔로는 1420년대, 1430년대에 이미 돌 자체의 아름다움과 원근법적인 배경을 살릴 줄 아는 뛰어난 대리석 조각가이자 청동 조각가였다. 그를 두고 15세기 최고의 조각가이자 르네상스의 아버지라고 부르기도 하는 것은 이 때문이다. 그는 미켈로쪼와 함께 작업하면서 1433년에서 1443년 사이에 메디치 가문의 성당이기도 한 성 로렌조 대성당을 장식하였다. 성 로렌조 대성당에 남아 있는 도나텔로의 작품은 채색된 석회벽에 새긴 열 점의 조각상과 두 쌍의 작은 청동문이다. 이 문에는 성자 예수 그리스도와 사도들이 서로 대화를 나누는 모습이 조각되어 있다. 당시 도나텔로의 작품들은 북유럽의 미술 양식과 피렌체에서 유행하던 국제적인 고딕 양식의 영향을 받아 우아하면서도 부드러운 곡선이 특징이었다. 이것은 당대를 대표하던 예술가 기베르티가 지니고 있던 양식이었다. 짐작하건대, 도나텔로가 기베르티의 공방에서 공부한 것으로 보인다. 그러고 보면 당시 피렌체에서 기베르티의 공방을 거치지 않은 예술가가 거의 없을 정도이다.

이후 도나텔로는 파도바와 피렌체를 중심으로 작품 활동을 하다가 피렌체로 돌아와 성 로렌조 대성당에서 한 쌍의 청동 설교단을 설계하였다. 청동으로 조각된 이 설교단은 예수 그리스도의 수난이 정교하게 묘사되어 있다. 작품 일부가 미완성으로 남아 뒤에 다른 예술가들이 완성했지만, 그의 작품에서 드러나는 깊은 맛은 여전히 남아 있다.

르네상스의 건축

르네상스의 건축은 필립보 브루넬레스키(Filippo Brunelleschi, 1377~1446)가 그 서막을 열었다. 그는 피렌체 두오모의 둥근 지붕(돔, Dome)을 완벽하게 설계함으로써 훗날 로마의 성 베드로 대성당의 돔을 설계한 미켈란젤로에게 큰 영향을 미쳤다. 이들이 설계한 두 개의 돔은 '르네상스의 두 송이 꽃'으로 불린다. 모두 로마에 있는 아우구스투스 황제 시절, 아그리파 집정관(기원전 27년)이 지은 판테온Pantheon 신전을 모델로 하고 있다.

르네상스 건축가들은 여러 면에서 고대 건축을 연구하고 모방하였는데, 이는 르네상스 건축에서 볼 수 있는 기둥, 반원형 아치, 원통형 볼트, 돔 등을 통해 알 수 있다. 당시 이탈리아 곳곳에 남아 있던 고대 유적지의 건축물들은 건축가들에게 엄청난 연구 자료가 되었다. 뿐만 아니라 로마 시대 비트루비우스(Marcus Vitruvius Pollio, BC 80~BC 15)가 쓴 건축 이론서 「건축 십서十書」도 르네상스 건축가들에게는 더할 수 없이 소중한 자료였다.

비트루비우스가 강조한 건축의 '비례'는 르네상스의 대표적인 건축가이자 이론가인 알베르티로 이어져 '건축에서 비례는 더 추가하거나 빼서는 안 되는, 불변의 조화'라고 정의할 정도였다. 르네상스 건축가들은 비트루비우

비트루비우스의
인체 비례
레오나르도 다빈치 작

스의 '건축 비례'를 인체 비례와 같은 척도로 보고 인간을 위한 건축에 인체공학적인 조화를 반영시키는 설계의 혁신을 가져왔다. 그러나 이것 역시 이미 비트루비우스의 건축 이론에 등장하는 인체 비례에 대한 설명을 참고한 것이었다. 비트루비우스는 이렇게 말하였다.

자연이 낸 인체의 중심은 배꼽이다. 등을 대고 누워서 팔다리를 뻗은 다음 컴퍼스 중심을 배꼽에 맞추고 원을 돌리면 두 팔의 손가락 끝과 두 발의 발가락 끝이 원에 붙는다. 그리고 그것은 정사각형이 되기도 한다. 사람 키를 발바닥에서 정수리까지 잰 길이는 두 팔을 가로 벌린 너비와 같기 때문이다.

현재 밀라노 암브로시오 도서관에 소장되어 있는 다빈치의 방대한 기록과 스케치를 12권(1,119개의 낱장)으로 모은 '코덱스 아틀란티쿠스Codex Atlanticus'에서 다빈치는 비트루비우스의 건축과 인체의 비례에 관해 이런 말을 남겼다.

무수한 방법으로 시험한 끝에 나는 원을 사각형으로 만들고야 말았다. 또 사각형과 똑같은 면적을 가진 원을 만들었다.

<
자신이 설계한
피렌체 두오모의
돔을 바라보고 있는
브루넬레스키의 동상

르네상스의 공예
르네상스의 공예는 13세기 초엽부터 본격적으로 시작되었다. 당시 예술가들은 건축가이자 미술가, 공예가로도 활동했는데, 그들은 손궤, 테이블, 의자, 장롱, 창과 칼 등 다양한 소품들을 아름답게 장식하였다. 15세기, 16세기에 이르러 이런 공예 기술은 더 발전하여 장식 예술의 탄생으로 이어졌다.

금속 공예, 대리석 공예, 자수 공예, 직물 공예, 토기 공예 등이 등장하고, 메달이나 봉납을 할 때 사용하는 납으로 된 인장, 창과 칼, 식탁 위의 소금 그릇, 도기 제품인 테라코타로 만든 벽장식 등에 이르기까지 종류도 다채로웠다.

섬세하고 화려한 장식으로 르네상스 수공예품의 특징을 잘 드러내고 있는 '소금 그릇'(벤베누토 첼리니 작)

이러한 장식 예술을 빛낸 예술가들로는 치마부에에서부터 다빈치, 미켈란젤로, 라파엘로, 틴토레토, 보티첼리, 피사넬로, 첼리니 등이 있었다. 장식 예술은 소아시아와 페르시아와 동양의 영향을 받은 부분도 있었다.

르네상스의 음악

르네상스는 이탈리아의 음악사에도 많은 영향을 주었다. 오늘날 우리가 '오페라Opera'라고 부르는 것은 이탈리아어로 '작품'이라는 뜻이다. 오페라는 일종의 종합 예술이다.

르네상스 이전의 이탈리아 음악은 대개 교회 음악인 그레고리오 성가에 토대를 둔 전례음악이었다. 르네상스로 인해 다른 예술 분야들처럼 획기적인 변화가 나타나지는 않았지만 점차 심미적인 인본주의 작품을 만들려는 경향이 부각되기 시작하면서 세속 음악은 종교 음악과 뚜렷이 구별되었다. 이에 종교 음악도 전통과 새로운 변화를 공유하면서 큰 발전을 가져왔다.

그러나 이런 변화도 처음에는 작은 활동에서부터 시작되었다. 1500년대 말, 예술에 관심이 많은 바르디 백작의 저택에는 '카메라타'('작은 방'이라는 뜻, Camerata fiorentina)라는 작은 모임이 있었다. 이 모임은 문화와 예술에 종사하던 인사들로 이루어진 그룹으로 거기에는 갈릴레오도 있었다. 모임의 최고 관심사는 고대 그리스의 원형극장(Anfiteatro)에서 상영되던 연극을 복원하는 것이었다. 그들은 그리스 연극에서는 대사를 노래로 했을 것으로 보고 그것을 모방하여 신화를 소재로 한 음악극을 만들고자 하였다. 멜로드라마 형태의 소위 '오페라'를 만들려고 했던 것이다.

1600년 10월, 메디치 가의 마리아와 프랑스 왕 앙리 4세가 결혼하자, 그 축하 공연으로 피렌체 궁정의 작곡가였던 페리(Giacomo Ferri, 1561~1633)가 피티 궁의 대극장에서 음악극 '에우리디체 Euridice'를 선보였다. 사실 이전에 만든 '다프네'(Dafne, 1594)가 있다고는 하지만 그것이 연주되었는지에 관한 기록이나 악보가 없어 알 길이 없다. 지금까지 악보와 함께 전해 오는 것이 두 번째 작품이라고 소개된 '에우리디체'이기 때문에 이 작품을 현존하는 가장 오래된 오페라로 보고 있다. 이 작품이 초연된 피티 궁에서 당시 건축가들은 투시도 효과를 내는 무대장식을 하여 관객들의 호평을 받았다고 한다. '에우리디체'는 흔히 '오르페우스와 에우리디체'라는 제목으로 이후에도 다양한 장르의 음악적 소재가 되었는데 그 내용은 그리스 신화에 있다. 원작은 비극적인 결말로 끝나지만, 오페라에서는 결혼 축하용으로 각색되어 대개 행복한 결말로 바

I 역사 | 아르노 강가에 핀 꽃의 도시

꾸었다. 작품은 소나타 형식의 글 칸초네트와 세속적인 성악곡에 종교적인 리듬이 가미되어 서정적인 단시 마드리갈madrigal 등으로 대사를 쓰고 거기에 곡을 붙였다는 점에서 높은 평가를 받았다. 이것은 중세의 단조로운 음악에서 벗어나 르네상스 시대부터 점차 세속 음악이 발달한 데 따른 것이었다.

1600년 페리의 '에우리디체'가 초연된 피티 궁의 '비앙카 홀'은 지금도 피렌체의 대표적인 콘서트장으로 알려져 있다.

왜 르네상스인가?

'인류 역사에서 르네상스만큼 화려하고 찬란했던 문예부흥은 없었으리라'는 말을 흔히 한다. 그리고 르네상스에서 영감을 얻은 의식의 계몽은 근대 세계를 향한 새로운 출발점이라고 이야기한다. 그렇게 말할 수도 있을 것이다. 르네상스로 인해 인류의 발전을 향한 욕구가 발산되고, 그로 인해 유럽의 세계화, 민족과 국가의식의 형성, 경제 및 과학과 기술이 진보하는 계기가 되어 신항로 발견과 새로운 대륙을 향한 개척이 시작되었기 때문이다.

그러나 알려진 바와 같이, 르네상스라는 시대는 그저 밝기만 한 시대는 아니었다. 페스트가 유행하고, 정치적인 싸움과 전쟁, 약탈이 계속되던 혼돈의 시대였다. 예술 문화가 꽃피던 곳은 권력을 가진 궁정과 교황청 같은 일부 특권계층에서뿐이었고, 민중 사회에서는 미신과 마술이 판을 치던 시대였다. 이탈리아의 르네상스는 유럽의 근대를 이끈 주역으로 칭송을 받지만, 당시 이탈리아의 국제정치는 엉망이었고, 사회는 종교개혁과 로마의 약탈(1527년)로

혼란스럽기 짝이 없었다. 교황령을 빼고는 반도가 여러 작은 국가로 갈라져, 저마다 동맹을 맺고 있었고 외국의 간섭을 받아 국가 통일이 늦어지고, 정치적, 사회적인 근대화가 지연되는 상황이 이어지고 있었다. 그런 상황에서도 예컨대 교황 바오로 3세 파르네세(1534~1549)에 의한 새로운 예술적 시도는 성 베드로 대성당의 설계와 계획으로 새로운 르네상스를 경험하도록 하였다.

1600년에 우주의 무한성을 말한 브루노가 이단으로 몰려 화형당하고, 갈릴레이가 코페르니쿠스와 같이 지동설을 지지하여 종교재판을 받은 것을 통해서 엿볼 수 있듯이, 르네상스가 정점을 찍었던 1500년대로부터 거의 100년이 지났어도 이탈리아는 여전히 자유로운 과학 연구를 진행하기가 어려웠다. 그런 속에서도 한 줄기 빛은 있었던지, 르네상스의 위대한 예술가들을 통해 조금씩, 보이지 않는 곳에서 보이는 곳으로, 약자들에게서 강자들에게로, 피권력에서 권력에로 예술적 업적이 빛을 발하기 시작하였다.

고대 과학이 중세의 침묵을 거쳐 르네상스 예술가들에 의해 재조명되어 근대 과학으로 이어질 수 있었고, 과학 발전을 두려워하던 가톨릭교회도 인문과학을 지원하는 쪽으로 돌아서며, 이후 종교와 과학이 맞서는 것이 아니라 상호 보완되어야 함을 자각하기에 이르렀다. 이로써 인류 문명은 발전을 거듭할 수가 있었다. 그 결과 16세기, 17세기에 이르러 가톨릭교회를 중심으로 바로크 예술이 탄생하고, 또 다른 시대의 문화를 꽃피울 수가 있었다.

한마디로, 1348년의 흑사병과 각종 정치적인 격변에도 불구하고, 인문주의의 지속과 르네상스의 부흥으로 인해 고전이 재조명되고, 어둡고 힘든 사회의 현실을 적극적으로 헤쳐 나갈 돌파구를 마련함으로써 스스로 자기 세계를 확장해 나갔다. 그런 점에서 피렌체는 발전을 추구하는 인간의 욕망이 날개를 폈던 곳이다. 그리고 그 뒤에는 현명한 지도자와 자본과 천재들이 있었다. 정치를 어떻게 해야 하고, 돈을 어떻게 써야 하는지를 아는 지도자와 부자들을 만났기에 예술가들이 능력을 마음껏 발휘할 수가 있었다.

어느 시대건 문화혁명(Cultural Revolution)은 일부 의식 있는 사람들에 의해서 일어나는 것이 아니다. 아우구스투스 황제 시절의 가이우스 메세나 집정관이 추진한 '메세나 운동'은 르네상스의 훌륭한 모델이었다. 메세나는 베르길리우스, 호라티우스 등의 문인들을 후원했고, 이타적인 목적에서 문화와 사회 분야의 발전을 지원하였다. 그리하여 아우구스투스 황제 시대를 정치적으로만 제국으로 가는 길을 닦은 것이 아니라, 문화적으로도 융성한 진정한 팍스 로마나(Pax Romana, 로마제국의 평화 시기)의 토대를 마련하였다. 그리스 철학과 과학이 로마의 철학과 과학으로 이동하는 계기를 마련한 것이다. 그 결과, 로마가 단순히 힘만 기른 것이 아니라 법과 종교를 통해 인간이 이상으로 생각하는 국가와 사회상을 제시하였다. 비록 그것이 성숙하지는 못했더라도 제국으로 발전할 수 있는 기틀이 되었다. 그런 점에서 르네상스는 메세나 운동과 같은 맥락에 있는 것이다.

일본의 재야 물리학자 야마모토 요시타카는 저서 「16세기 문화혁명」에서 16세기는 17세기의 과학 혁명을 이끌어 낸 '지각변동'의 시기였다고 주장하였다. 충분히 일리가 있는 말이다. 케플러, 갈릴레오, 뉴턴, 윌리엄 하비를 필두로 한 17세기 신新과학의 천재들이 남긴 혁혁한 업적은 16세기 문화혁명이 밀어올린 기반 위에서 태어났다는 것이다. 그리고 그러한 근대 과학을 추동한 인물들은 장인과 기술자라는 견해를 피력하였다.

역사에서 이름 없는 시대는 없었다. 15세기부터 시작된 르네상스가 16세기에 이르러 질적인 변화를 거듭하는 가운데 17세기 과학혁명 시대의 발판이 구축되었다. 피렌체는 이것을 입증할만한 것들을 충분히 가지고 있다. 피렌체를 통해 신학, 철학, 문학, 예술을 통한 근대정신이 어떻게 과학 혁명으로 이어지고 발전되는지, 왜 피렌체가 인류 문명의 대지가 되는지 하나씩 조명해 보려고 한다.

인문주의를 바탕으로 한 르네상스가 어떤 배경에서 일어났고 어떻게 진행되었는지, 또 그것이 어떻게 인류 문명에 영향을 미쳤는지를 주제별로 구분하여 이야기해 봄으로써 인문학적인 여러 가지 물음에 나름대로 답을 찾아보고자 한다.

'나는 누구인가?'

'어떻게 살아야 하는가?'

'정치는 어떠해야 하고, 나는 삶에서 무엇을 추구해야 하는가?'

'나는 인생에서 가장 중요한 것이 무엇인지에 대해 얼마나 고민하며 살아가고 있는가?'

종교

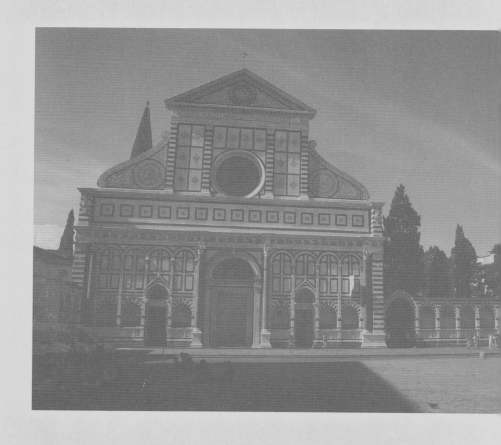

'신의 모상'으로서
인간 연구를 주도하다

이탈리아에서 그리스도교로 대표되는 종교는 매우 중요하다. 특히 피렌체
에서는 신학과 철학을 근간으로 역사, 예술, 문학 등 인문주의로 대변되는
정신과 사상이 종교적인 토양 위에서 전개되고 있기 때문이다. 피렌체에서
종교는 형이상학적인 가르침에 머물지 않는다. 그 가르침이 어떻게 현실과
접목되는지, 현실을 살아가고 있는 인간이 그것을 어떻게 받아들이고 살아
내야 하는지를 이야기하고 있다. 거기에서 교회 혹은 수도회는 어떤 사회
적인 역할을 하며, 수도자들은 인류문명의 발전에 어떻게 기여하는지, 종교
와 예술의 만남이 어떤 문화적인 자산으로 남는지 등 많은 생각거리를 던
져 준다. 피렌체 인문주의의 단초가 되었던 동서양 문화의 만남도 그리스도
교라는 매개체를 통해 시작되었고, 탁발수도회를 중심으로 한 수도회의 부
흥이 가져다준 시대적인 변화의 물결이 큰 비중을 차지했다. 그리고 그것을
다시 전 세계로 퍼다 날랐던 수도자들의 자취가 있었다. 자본주의 시대를
살고 있는 우리가 '자본'이 먼저가 아니라 '인간'이 먼저라고 말할 수 있기
위해서라도, '신의 모상'(Imago Dei)으로서 '인간'에 대한 통찰을 새롭게 하
기 위해서라도 피렌체의 종교적인 부분에 대해 살펴보는 것은 중요하리라
고 판단된다.

II

1   수도자의 발길이 닿는 곳:
                                       발전의 현장

피렌체는 중세 3대 탁발수도회가 설립된 직후에 들어와 세계적
인 수도회로서 면모를 갖추는 기반으로 삼은 곳이다. 스페인에서
시작된 도미니코 수도회가 피렌체에 가장 먼저 들어와 자리를 잡
았고, 이후 프란치스코회와 아우구스티누스회가 들어와 자리를
잡았다.

산타마리아델라노벨라 성당은 도미니코 수도회의 거점이 되었고
산타크로체 대성당은 프란치스코 수도회의 거점이 되었으며, 산토
스피리토 성당은 아우구스티누스 수도회의 중심지가 되었다. 13세
기에서 14세기, 수도회가 설립되고 얼마 지나지 않아 모두 피렌체
에 진출했다는 것은 당시 피렌체가 가톨릭교회에서 차지하고 있는
위치를 짐작하게 한다. 신생 수도회들이 모두 진출했다는 것은 교
회 입장에서나 정치적 입장에서나 그만큼 피렌체가 비중 있는 도
시라는 뜻이다.

수도회들은 르네상스 인문주의를 세계로 퍼다 나르는 역할을 하
였다. '탁발수도회'들은 어디서든 얻어먹을 수 있고 말씀을 선포할
수 있는 권한을 교황으로부터 받아 중세기 여느 수도회들과는 달

리 '세상 속으로' 들어갔다. 이것은 각 수도회가 지닌 영성과 생활 양식과도 연관된 것이었다. 탁발수도회는 중세의 전통적인 수도회들과는 여러 면에서 달랐다. 전통적인 수도회들은 중세의 이원론적인 사고에 젖어 수도원과 세상을 성聖과 속俗으로 구분하여 속된 세상으로부터 격리되어 거룩한 수도원 안에서만 생활하였다. 그러다 보니 수도원 건물부터 세상과는 완전히 단절된 형식으로 지었다. 좁은 문으로 수도원에 들어서면 그 안에 마치 자기들만의 세계가 있는 것처럼 직사각형이나 정사각형 모양의 회랑식 건물의 중앙에 내부 정원이 있는 양식이었다. 그러나 프란치스코회, 도미니코회, 아우구스티누스회를 중심으로 한 탁발수도회는 세상 속으로 들어가 신앙을 전하고 엄격한 수도회의 전통에서 벗어나 평신도 중심의 생활을 지향하였다. 그래서 복음을 사회화하고 수도회를 평신도화하는 데 이바지하였다. 그러다 보니 탁발수도회가 자리를 잡는 곳에는 언제나 수도원 건물과 대중이 함께할 수 있는 큰 광장이나 도로가 있었다. 대중과 만나는 장소, 대중에게 신앙을 전할 수 있는 설교의 장場이 필요했다.

'설교자회'라고도 불리는 도미니코 수도회는 설교할 공간을 확보하는 것이 매우 중요했다. 게다가 말씀을 전하다 보면 그에 합당한 지식도 습득해야 하므로 도미니코 수도회 주변에는 지적인 토대를 제공해 줄 만한 지성인과 상류층 인사가 모여들어 자연스레 학당이 형성되고, 수도자들도 참여하여 그들과 교류하였다.

반면에 프란치스코 수도회의 경우는 가난한 삶과 형제애적인 공동생활을 핵심적 영성으로 삼았고, 그래서 프란치스코 수도회가 있는 주변에는 노동자와 장인 계층이 주로 머물렀다. 오늘날 피렌체에서 프란치스코 수도회의 거점인 산타크로체 대성당 주변을 둘러보면 금세 알 수 있다.

한편 아우구스티누스 수도회(혹은 아우구스티누스 은수자 탁발수도회)는 성 아우구스티누스의 영성을 토대로 중세기 은수隱修 생활에서 벗어나 1244년 인노첸시우스 4세 교황의 명으로 이탈리아 중부와 북부에 흩어져 각기 독자적인 공동생활을 하던 수도회들을 하나로 모아 시대에 맞게 생활양식을 전환함으로써 새로운 수도회로 거듭났다. 1256년 교황 알렉산드로 4세의 명에 따라 은수 생활을 접고 도시로 들어가 대학 생활과 교회 문제 등에 중요한 역할을 하며 전 유럽으로 퍼졌다. 프로테스탄스 종교개혁을 일으킨 마르틴 루터도 이 수도회의 수사신부였다. 아우구스티누스회 수사들은 교육과 연구를 통한 학문 활동과 병원 사업을 주로 하였다. 피렌체에서 산토스피리토 성당이 있는 일대에는 지금도 보건소와 공중목욕탕 등이 있는데, 이는 피렌체에서 의료복지사업을 처음 시작했던 아우구스티누스 수도회의 거점이 이곳에 있었기 때문이다.

2   피렌체 공의회와
플라톤 아카데미

  1439년, 피렌체에서 열린 동·서방교회의 공의회는 메디치 가의 위상을 결정적으로 높여 주고 도시국가인 피렌체의 경제에 큰 활력을 불어넣은 중요한 전환점이 되었다. 이것은 또한 피렌체에 플라톤 아카데미를 설치하는 결정적인 계기가 되었다.

  피렌체 공의회는 분열된 동·서방 교회의 결속을 강화하기 위해 시작되었으나, 교리상의 이유로 공의회의 본래 목적은 달성하지 못하고, 공의회에 참석한 동방정교회의 석학들을 통해 플라톤의 철학이 유행처럼 번지는 계기가 되었다. 여기에는 플레톤, 베사리온과 같은 다수의 뛰어난 그리스인 석학들이 있어 플라톤의 철학을 열정적으로 전한 것도 한몫하였다. 코시모 데 메디치는 스스로 플라톤의 제자임을 자청했고, 이들 석학이 돌아간 뒤에 훗날 플라톤 철학의 탁월한 번역가이며 보급자가 될 마르실리오 피치노에게 고대 그리스의 플라톤 아카데미아와 같은 이름의 아카데미아를 피렌체에 설립할 것을 제안하였다.

  그뿐만 아니라 공의회에 참석한 동방교회의 인사들에 의해 동방의 새로운 음식과 의상 등 많은 문화적인 교류도 있었다. 이것은

                                       Ⅱ 종교 | '신의 모상'으로서 인간 연구를 주도하다

이미 문인들에 의해 고전연구로 시작된 인문주의의 맥을 잇는 것으로서 그들의 다양한 지적인 배경과 문화적인 요소들에 대해 피렌체 지성계에 또다시 충격을 가하는 것이 되었다. 15세기에 이르러 피렌체의 인문주의 학자들은 그리스로 직접 건너가 공부하고 방대한 자료들의 원본 혹은 사본을 피렌체로 가지고 돌아왔다. 메디치 가문의 절대 권력이 뒷받침되는 가운데 이렇게 플라톤 아카데미아는 하나의 기관으로 뿐만 아니라 피렌체 지성계의 새로운 이름으로 뿌리를 내릴 수가 있었다.

최초의 피렌체
플라톤아카데미아로
알려져 있는 카레지의
메디치빌라

3   도미니코 수도회와
산타마리아델라노벨라 대성당

도미니코 수도회의 거점이 되는 피렌체의 산타마리아델라노벨
라 대성당은 앞서 말한 피렌체 공의회가 열린 장소였다. 도미니코
회 수사들은 피렌체에서 조금 떨어진 카레지의 메디치 빌라에 세
워진 피렌체 신플라톤 아카데미아의 정회원으로 활동하며 학자들
과 지속적으로 교류하였다. 이를 통해 '설교자회'로서 정체성을 확

산타마리아
델라노벨라 대성당

고히 해 나갔고 다양한 학문으로 그 영역을 넓혀 갔다.

지금도 산타마리아델라노벨라 대성당에는 다른 곳에서는 볼 수 없는 과학 기구들이 성당 정면에 있다. 이 성당은 1350년에 착공해 1470년에 완공되었는데, 피렌체 르네상스 건축의 정수를 보여 준다고 할 만큼 아름답기로 정평이 나 있고, 미켈란젤로가 '나의 신부'라고 극찬한 곳이기도 하다. 과학 기구들은 1572년에서 1574년 사이에 만든 것으로, 도미니코 수도회의 학문 활동의 한 면을 보여 주는 중요한 것들이다. 성당의 정면 왼쪽에는 청동으로 만든 주야평분晝夜平分을 재는 천체관측기가 있고, 오른쪽에는 대리석 판에 해시계 바늘이 있는 천체 사분의四分儀가 있다.

도미니코 수도회의 수사이며 피렌체 대공국의 천문학자이자 지도 제작자인 단티(Ignazio Danti, 1536~1586)가 페루자에서

청동으로 만든
주야평분(왼쪽)
대리석 판에
해시계 바늘이 있는
천체 사분의(오른쪽)

1555~1586년에 만든 것이다. 이 천체 기구들 덕분에 실제적인 태양력과 그때까지 사용되어 온 율리우스력 사이의 오차를 정확하게 계산할 수가 있었다.

단티는 볼료냐 대학의 수학 교수로 있는 동안 잠시 페루자 공화국에 머무른 적이 있었다. 그때 페루자 공화국을 위해 지도를 제작하고, 천문학 연구 활동을 하였다. 그러나 그가 피렌체로 돌아온 지 얼마 지나지 않아 코시모 1세가 죽고(1574년), 그 뒤를 프란치스코 1세가 잇는 것을 보면서 로마로 갔다.

로마에서 그레고리오 13세 교황이 조직한 천문학 연구위원회에 합류하여 교황청을 위해 지도를 제작하고 그레고리오 교황의 달력 개혁에 참여하였다. 당시 그레고리오 13세 교황의 천문학 연구위원회에는 예수회 출신의 저명한 독일인 수학자이며 물리학자이자 천문학자인 클라비우스(Christophorus Clavius, 1538~1612)가 수장으로 있었다. 클라비우스는 단티의 태양력과 율리우스력의 오차를 통해 날짜를 재조정함으로써 새로운 그레고리우스 달력을 만드는 데 성공하였다. 이 달력이 오늘날 우리가 사용하고 있는 태양력이다.

그레고리우스력은 제정한 지 1년 만에 이탈리아, 포르투갈, 에스파냐, 그리고 가톨릭을 믿는 독일의 일부 지역에서 사용되었고, 점차 다른 국가들로 확대되었다. 1699년에는 개신교 지역이던 독일의 나머지 지역, 1752년에 영국과 그의 식민지, 1753년에 스웨덴, 1873년에 일본, 1912년에 중국, 1918년에 소련, 1923년에 그리스가 그레고리우스력을 사용하기 시작함으로써 지금은 세계 거의 모

산타마리아델라노벨라 대성당의 수도원 정원

든 나라가 이 달력을 쓰고 있다. 따라서 중세 이전까지 내려오던 서양의 천문학과 수학은 르네상스를 지나면서 큰 전환점을 맞이하게 되었고 그 영향은 실생활의 변혁으로 이어졌는데, 그 선구적인 역할을 한 것이 달력이었다.

도미니코 수도회가 피렌체에서 이렇게 천문학이라는 새로운 학문에 열중하며 중세 이전까지 내려오던 서양의 천문학과 수학의 학풍을 이어가던 것은 르네상스를 지나고 예수회의 탄생과 함께 예수회의 인문과학 연구로 이어졌다. 수도회는 이제 중세적인 신비주의나 초월주의에서 벗어나 아리스토텔레스의 철학적 배경에 아퀴나스 신학의 영향으로 실생활을 변혁시키는 데 선구자가 되었다.

이 성당의 건축적이고 예술적인 특징에 대해서는 이 책의 398쪽에서 자세히 설명하겠다.

4   아우구스티누스 수도회와
산토스피리토 성당

아우구스티누스 수도회가 토스카나 지역에 자리를 잡은 것은 인노첸시우스 4세 교황 때로, 도시 사목을 위해 탁발수도회로 들어왔다. 이후 아우구스티누스 수도회도 다른 탁발수도회(산타크로체 대성당의 프란치스코 수도회, 산타마리아델라노벨라 대성당의 도미니코 수도회, 가르멜 성당의 가르멜 수도회)처럼 해당 지역에서 중요한 예술, 신학, 문화의 중심지가 되었다. 아우구스티누스 수도회는 피렌체 산토스피리토(Santo Spirito, 성령이라는 뜻) 성당과 광장을 중심으로 설교를 듣기 위해 몰려오는 군중들을 맞이하고 대중과의 소통을 시작하였다.

1287년, 피렌체 아우구스티누스 수도회는 중요한 수도회의 총회를 개최했는데, 여기에서는 3년 전 수도회 안에 설립한 신학과 철학 고등 연구소와 같은 '수도회의 학문 연구' 기관에 대해 본격적으로 다루었다. 이후 아우구스티누스 수도회는 내부적으로는 학문 연구를 게을리하지 않으면서 외부적으로는 병원 사업과 같은 복지 선교를 해 나갔다.

지금 산토스피리토 성당이 있는 곳은 수도회가 토스카나 지역에서 가장 먼저 기부를 받은 땅으로, 피렌체의 중심 지역 남쪽에 있다. 문서에 따르면, 1250년에 아콜티와 디 구이도라는 사람이 아우구스티누스 수도회 소속의 알도브란디노Aldobrandino 수사에게 아르노 강 건너편에 있던 자기 집과 두 개의 포도원을 기증했고, 1252년에 처음으로 작은 기도소를 지어 동정녀 마리아와 성령과 모든 성인에게 봉헌했다고 한다. 1269년에 아우구스티누스 수도회가 피렌체에 영구적으로 정착하게 되면서 작은 기도소는 성당으로 모양을 갖추어 '성령'께 봉헌하였다. 이 시기에 피렌체에는 많은 이주민이 들어와 살기 시작했고, 그동안 남아 있던 피렌체 성벽을 안팎으로 구분하는 것이 의미가 없어지면서 아르노 강 건너편까지 발전하기 시작하였다. 그 시기에 산토스피리토 성당과 피렌체의 중심 지역을 잇는 '트리니타('삼위일체'라는 뜻)' 다리도 건설하였다.

산토스피리토 성당은 1434년을 기점으로 브루넬레스키가 설계를 맡았으나 착공은 1444년에야 시작되었다. 이것은 브루넬레스키의 마지막 대작이기도 했다. 그러나 그는 완공을 보지 못하고 이태 뒤(1446년)에 사망했고, 공사는 잠시 중단되었다. 1452년에 브루넬레스키의 제자인 마네티(Antonio Manetti), 다 가이올레(Giovanni da Gaiole)와 디 안드레아(Salvi d'Andrea)가 스승의 뒤를 이어 큰 틀에서는 스승의 계획대로, 그러나 근본 양식은 원래 있던 건물대로 내용을 대폭 수정하여 새로운 시대에 걸맞게 완공하였다. 하지만 1471년에 일어난 화재로 중세 성당에 있던 많은 예술품과 사본들이 불에 타 사라지고 말았다. 이후 디 안드레아가 돔과 정면을 재건하고, 다 상갈로가 제의실(祭衣室, 교회 전례에 쓰이는 제구祭

具와 제의祭衣를 보관하고 성직자가 제의를 갈아입는 방)을 완공함으로써 성당은 다시금 모습을 되찾았다.

16세기에 들어와서 성당은 건축가 암만나티가 수도원을 포함하여 정원 두 곳을 계획하였으나 두 번째 정원만 완성하고 나머지는 무산되고 말았다. 산토스피리토 성당은 다른 여느 성당들과는 달리 압도적이고 장중한 스케일이 있는 것도, 오밀조밀한 장식들로 성당 분위기를 발랄하게 만드는 것도, 그렇다고 화려한 것도 아니다. 브루넬레스키가 인생의 마지막 작품으로 남긴 것치고는 너무도 단순하고 단조로운 아름다움이다. 더할 것도 뺄 것도 없는 상태가 단순한 상태라면, 브루넬레스키는 그것을 유려한 곡선을 통해 자연스럽게 드러내고 있다고 할 수 있다.

산토스피리토 성당의 외관은 단순미를 보여 주지만, 내부는 바로크 양식의 잔잔한 아름다움으로 채워져 있다. 바로크 양식이라고 하면 흔히 매우 화려하고 사치스런 장식을 떠올리지만, 이 성당은 찬란한 한 줄기 빛이 내부를 온통 채우는 듯하다. 자신에게는 엄격하나 타인에게 부드럽고 관용적인 사람의 영혼처럼 말이다.

미켈란젤로의 십자가

산토스피리토 성당에는 미켈란젤로의 '십자가'라고도 불리는 '성령의 십자가' 혹은 '미켈란젤로의 십자가'(1493)가 제의실에 소장되어 있다. 이 성당 옆에는 과거에 아우구스티누스 수도회에서 운영하던 병원이 있었는데, 1492년 열일곱 살의 미켈란젤로가 몸이 아파 이곳에서 잠시 머물게 되었다. 미켈란젤로의 최대 후견인이었던

산토스피리토 성당

메디치 가문의 피에로가 소개하여 이곳에서 치
료를 받을 수 있게 된 것이다.

성령의 십자가
미켈란젤로 작

　병원에서는 사망하는 사람들이 속출했고 시체
를 찾아가지 않는 경우도 종종 있었는데, 그것을 보며 미켈란
젤로는 시체를 해부할 수 있도록 허락해 줄 것을 수도원장에
게 요청했다. 그에 따라 미켈란젤로는 시체를 해부할 기회를
얻었고, 인체를 본격적으로 연구할 수 있게 되었다. 그 덕분에
미켈란젤로는 모든 작품을 통해 가장 작고 섬세한 부분까지
인체를 정확하게 표현할 수가 있게 되었다. 당시 해부학은 감
독관이 지켜보는 가운데 숙련된 의사가 해부하고 그 장면을
옆에서 보면서 연구하는 것으로, 주로 겨울에만 허용되었다.
그러나 수도원의 부원장 조반니 비키엘리니는 미켈란젤로가
인체를 연구할 수 있도록 방을 내어 주고, 수도자들도 지원해
주었다. 미켈란젤로는 당시 누구에게도 쉽게 주어지지 않던 기회
를 얻은 셈이다.

　이에 젊은 예술가는 다채색의 나무로 된 십자가를 조각하여 조
반니 비키엘리니에게 기증하여 고마운 마음을 전했다. 이 작품은
피렌체의 카사 보나로티(미켈란젤로 박물관)에 소장되어 있었으나
수 세기 동안 잊혔다가, 1962년 리스너(M. Lisner)에 의해 미켈란
젤로의 작품으로 인정받고 이곳으로 다시 돌아왔다.

　작품 속에서 그리스도는 십자가에 박혀 극심한 고통을 받고 있
다. 머리는 살짝 왼쪽으로 기울이고, 다리도 살짝 구부리고 있어
전체적으로 오른쪽으로 순환하는 구조를 띠고 있다. 이런 혁신적

인 순환구조는 특정한 양식을 통해 습득한 것이 아니라, 왼쪽으로 떨어뜨리고 있는 머리와 오른쪽으로 구부려 포개고 있는 다리를 통해 드러나는 효과 덕분이다. 이것은 왼쪽 골반으로 떨어지는 시선을 통해서도 드러나는 효과로 한쪽으로 쏠린 시선 덕분에 비어 있는 다른 공간에 대한 순환적인 여지를 남겨 두고 있는 것이다.

정확한 해부학적인 규칙은 유연한 머릿결과 탄력 있는 피부처럼 대단히 섬세한 부분까지 정교하게 표현하고 있다는 데 있다. 작품을 자세히 보고 있으면 그리스도의 고개가 로마의 성 베드로 대성당에 있는 '피에타'에서 마리아가 죽은 아들을 바라보고 있는 조각상과 같은 형태와 자세를 취하고 있음을 알 수 있다. 비틀림에 대한 모티브와 위를 향해 밀어 올리는 것 같은 모티브는 뒤이어 나오는 미켈란젤로의 다른 작품에서도 볼 수 있는 공통점이다.

그리스도의 몸은 죽음이라는 극적인 순간에 직면하여 너무도 연약하고 무방비하며, 부서지기 쉬운 모습이다. 부드럽게 떨리는 듯한 그리스도의 육체는 '가공할만한' 사건으로부터 이미 멀리 떨어진 것 같다.

그리스도가 매달린 나무 십자가는 미켈란젤로가 사용한 원래의 것이 아니라, 18세기에서 19세기 초에 복원하면서 다시 이어 붙였다고 한다. 그러나 그리스도의 머리 위에 걸린 히브리어, 그리스어, 라틴어로 쓰인 죄목은 미켈란젤로가 직접 쓴 것이다. 죄목은 오른쪽에서 왼쪽으로 정확하게 "유대의 왕, 나사렛 예수"라고 적혀 있다. 이것은 동방 언어들이 대부분 오른쪽에서 왼쪽으로 써서 그렇기도 하지만, 미켈란젤로가 왼손잡이여서 그렇기도 하다.

한편 미켈란젤로의 해부학이 다빈치의 해부학과 다른 점은 해부학 자체를 위한 것이 아니라 회화와 조각을 위한 것이었기에 근육과 뼈의 구조에만 관심을 두었지만, 다빈치는 해부학 그 자체를 위한 것이어서 인체의 모든 세밀한 부분을 깊이 있게 파헤쳤다. 미켈란젤로의 전기를 쓴 콘디비는 미켈란젤로가 이곳에서 1553년, 거의 그의 인생 말기까지 지속적으로 인체 해부를 했으나 그의 해부학 연구의 대상은 인체뿐 아니라 동물도 많았다고 적고 있다. 더욱이 그의 해부학 지식은 어디까지나 예술가의 수준에 머물렀다고 강조하고 있다. 다빈치의 일화에서 드러나듯이 당시 가톨릭교회가 인간 신체 해부를 금했다는 일부 이야기는 사실과 다른 것이다. 교회가 금한 것은 무덤에서 시신을 꺼내는 것이었지 신체 해부 자체는 아니었기 때문이다.

아우구스티누스 수도회와 인문주의 학자들 간 교류

수도회 안에는 학술 연구와 관련하여 큰 도서관이 있었는데, 이곳에 필사본 577권이 있었다. 이에 피렌체 지성인들과 예술가들은 이 도서관을 즐겨 찾으며 지적 욕구를 채웠다.

페트라르카는 수도회의 디오니지 수사와 친분을 유지하며 이곳을 자주 찾았고, 그 덕분에 이곳에 있던 몇몇 귀중한 텍스트들까지 접할 수가 있었다. 그는 아우구스티누스 수도회원들 덕분에 고백성사를 주는 사제들에게서 영감을 얻어 「나의 비밀」(1342~1343)이라는 책을 썼다. 이 책에서 페트라르카는 성 아우구스티누스를 이상적인 대담자로 선택하여 그와 주고받은 대화를 세

편으로 나누어 기록하였다. 보카치오도 이 수도회 소속의 마르티노 수사와 친분을 유지하며 이곳을 자주 드나들었다. 그리고 많은 유산을 이 성당의 아우구스티누스 수도회에 기증하기도 하였다.

14세기 말, 페트라르카를 비롯한 많은 인문학자의 친구였던 마르실리 수사는 수도원의 작은 방을 1세대 인문주의 학자들에게 내어주었고, 피렌체에서 처음으로 학당을 열어 학자들이 서로 학문으로 교류할 수 있도록 하였다.

15세기 초에도 이곳은 피렌체 지성인들이 모이는 특별한 장소가 되었다. 그때 이곳을 자주 드나들던 인사들로 브루니, 브라촐리니, 니콜리, 데 로씨, 마네티 등이 있었다. 이들은 이곳에서 시민을 대상으로 처음으로 문학 아카데미아도 열었다. 인문주의를 근간으로 한 학문적인 연구가 학자에 머무르지 않고 대중화됨으로써 인문주의가 만개할 수 있는 토양이 만들어진 것이다.

아우구스티누스 수도회는 설립자인 성 아우구스티누스의 정신대로, 혼란스런 시대에 학문의 등불을 높이 들었던 것이다.

5

프란치스코 수도회와
산타크로체 대성당

프란치스코 수도회가 피렌체에 진출한 해는 설립자인 아씨시의
성 프란치스코가 사망(1226년)한 지 그리 오래되지 않은 1252년
이다. 당시 유럽 최대의 부흥 시민국가였던 피렌체에 가난의 영성
을 삶으로 이어가며 형제애를 확산시켜 나가던 프란치스코 수도회
의 존재는 그 자체만으로도 큰 의미가 있는 일이었다.

프란치스코 수도회 역시 탁발수도회로서 자신들이 지은 성당과
수도원을 시민에게 개방했고, 성당 앞 광장도 수도자들이 설교하
는 장소로 활용했다. 아울러 시민들이 축제와 시장, 모임 장소로
도 활용할 수 있도록 내주었다. 피렌체의 산타크로체(S. Croce, '거
룩한 십자가'라는 뜻) 대성당과 광장 일대의 지역은 프란치스코 수도
회와 소상공인들과 장인들의 집단 거주지며, 시민들이 더불어 살
아가는 공간이었다.

그러나 역설적이게도 산타크로체 대성당은 작은 성당으로 시작
했지만, 지금은 피렌체에서 수도회의 거점 가운데 가장 큰 성당 가
운데 하나이고, 이탈리아 고딕양식 건축물의 정수가 되었다. 산타
크로체 대성당은 축성식 이후에도 7세기에 걸쳐 장식들을 채우고

변경해 나갔다. 그 과정에서 피렌체의 이름난 가문과 조합들의 종교 행정을 도맡게 되었고, 피렌체 신학의 중심지로서 예술 작품들을 검증하는 작업장이자 공방이 되었다.

가톨릭 교회사를 빛낸 저명한 인사들이 적어도 한 번 이상은 찾아와 머물다 가던 곳이기도 했다. 성 보나벤투라, 디 조반니 올리비, 파도바의 성 안토니오, 시에나의 성 베르나르디노, 안지오의 성 루도비코 등이 이곳을 찾았고, 시스토 4세, 에우제니오 4세, 레오 10세, 클레멘스 14세 등의 교황들도 피렌체를 지나며 잠시 머물렀다.

또 피렌체는 물론이거니와 이탈리아를 빛낸 수많은 명사, 예술가, 문인, 과학자 들의 사후 만남의 장소가 되었다. 중세 말기에서

정면에서 본
산타크로체 대성당의
꼭대기

II 종교 | '신의 모상'으로서 인간 연구를 주도하다

A DANTE ALIGHIERI
L' ITALIA
M · DCCC · LXV

부터 르네상스 시기에 피렌체 출신의 위대한 인물들이 묻혀 있어 '영광의 판테온pantheon'으로 불리기도 한다. 이를 두고 이탈리아의 시인 포스콜로(Ugo Foscolo, 1778~1827)는 "성전에 모인 복된 자들이 이탈리아를 영광스럽게 했노라"고 노래했다.

산타크로체 대성당과 1966년의 대홍수

1966년 11월은 피렌체에 엄청난 충격을 준 시간이었다. 아르노 강의 범람으로 피렌체의 크고 작은 성당들과 수도원, 미술관과 박물관이 치명적인 상처를 입은 것이다. 피렌체에서 가장 낮은 지대에 위치한 산타크로체 대성당은 물에 6미터나 잠겼고, 대성당에 딸린 박물관 중앙에 쌓인 진창 속에는 아르노 강에서 밀려온 메기들이 펄쩍거리고 있었다고 한다. 홍수에 잠긴 피렌체는 쪽배나 튜브를 타고 다녀야 할 정도였다.

치마부에의 '십자가', 도나텔로의 '성 루도비코', 마소 디 반코(Maso di Banco)의 '성모의 대관식', 지오토의 '최후의 만찬'도 모두 이곳에서 더러운 물과 진흙더미에 잠기는 수모를 겪었다. 그리고 바로 또 이곳에서 복원과 보존 작업을 거쳐 진흙탕에서 부활한 예술품들이 생겨났다. 위기와 극복, 상처와 치유라는 양면을 모두 안고 있는 것이다.

물이 빠진 뒤 대성당을 본 피렌체 시민들은 아연실색할 수밖에 없었다. 대성당을 어디서부터 어떻게 청소해야 할지 막막했다. 더군다나 깨끗한 물과 대야가 턱없이 부족했다. 프란치스코 수도회의 수사들이 피해 현장 곳곳에 투입되었고 아메리카 콜레지움의

<
산타크로체 광장에
세워져 있는
단테의 동상(엔리코
파찌 작. 1865년).
1966년의 대홍수로
산타크로체 대성당과
광장 일대가 물에
잠겼을 때, 마치
자신을 쫓아낸
피렌체를 조롱하듯
홀로 우뚝 솟아
건재했다.

II 종교 | '신의 모상'으로서 인간 연구를 주도하다

젊은 학생들이 소매를 걷어붙였다. 그들은 모두 유대인이었다. 거기에 토리노와 크레모나에서 온 군인들까지 합세하여 모두가 한 마음으로 대성당을 청소했다. 그 덕분에 세계에서 두 번째로 큰 프란치스코 수도회의 대성당은 본래 모습을 되찾을 수 있었다. 그들은 이탈리아와 피렌체를 빛낸 명사들의 무덤과 벽화와 예술 작품들을 구하는 데 숭고한 인간애를 아낌없이 발휘하였다.

그런데도 산타크로체 대성당은 복구 작업을 하느라 오랫동안 문을 닫았고, 피렌체에서 가장 나중에 문을 열었다. 1975년에야 박물관은 다시 문을 열었으나, 이곳에 있던 작품들 가운데 대홍수의 피해를 상징했던 치마부에의 '십자가'는 1년이 더 지난 뒤, 대홍수 10년을 기억하는 자리에서야 비로소 박물관에 돌아와 일반에게 공개되었다.

한편, 대홍수로 인해 프란치스코 수도회에서 지은 것으로 추정되는 원래 성당의 실체가 드러났다. 이는 지면을 올려서 성당 공사를 한 것이나, 전체적인 규모로 볼 때 1294년에서 1295년, 아르놀포 디 캄비오가 설계한 것을 입증하는 중요한 단서가 되었다.

산타크로체 대성당에서 만난 아씨시의 성 프란치스코의 정신

1688년에 출판된 한 책에는 산타크로체 대성당과 성당 앞 광장에서 해마다 축제처럼 열린 칼초 피오렌티노(calcio fiorentino, '피렌체 축구'라는 뜻)가 언급되어 있다. 이 책은 당시 대성당의 정면 모습도 잘 보여 주는데, 이를 통해 중세에 지은 성당이지만 현재와 같은 정면 모습은 17세기 이후에 완성되었음을 알 수 있다.

1853년에서 1863년에 안코나 출신의 건축가 마타스(Niccolo Matas, 1798~1872)가 고딕양식의 대성당으로 손꼽히는 시에나 대성당과 오르비에토 대성당에서 영감을 얻어 신고딕 양식으로 마무리한 것이다. 마타스의 신고딕 양식의 정면은 시대에 맞지 않고 정체가 불분명하다는 이유로 한동안 논쟁거리가 되었지만, 일각에서는 단순함과 소박함을 강조한다며 좋게 평가하기도 하였다. 정면 상부에 새겨 넣은 '다윗의 별'은 그리스도교의 상징이라기보다는 마타스 자신의 유대교 신앙을 표현한 것으로 해석된다.

그러나 프란치스코 수도회는 아씨시의 프란치스코 성인이 살아 있을 때인 제4차 십자군 전쟁이 한창이던 시절에 모슬렘 지역이던 이집트에서부터 팔레스타인까지 순례하며, 종교간 대화의 여지를 만들어 왔다. 이후 프란치스코 수도회는 일찍부터 팔레스타인을 중심으로 성장한 다른 일신교 종교들과 계속해서 대화를 시도했다. 지금도 성지 이스라엘을 중심으로 유대교와의 관계를 돈독하게 해 오고 있다. 그런 이유 때문인지는 모르지만, 유대교 신자였던 건축가 마타스의 '다윗의 별'이 이 대성당의 장식으로서 문제가 된 적은 한 번도 없었다. 마타스는 지금도 성당의 중앙문 앞에 묻혀 있다.

산타크로체 대성당의
중앙문 앞쪽 바닥에
있는 마타스의 무덤

Ⅱ 종교 | '신의 모상'으로서 인간 연구를 주도하다

피렌체식 축구, 칼초 피오렌티노

'칼초 피오렌티노'라고 불리는 '피렌체식 축구'는 그 기원을 로마 시대 '루도스 하르파스툼Ludos harpastum'에 두고 있다. 그래서 라틴어로 피오렌티눔 하르파스툼florentinum harpastum이라고 부르기도 하였다. 루도스는 '경기' '놀이'라는 뜻이고, 하르파스툼은 '힘(폭력)으로 밀어붙이거나 쟁취하는 것'을 의미한다. 로마 시대에 귀족이나 군인들이 자주 하던 이 운동은 손과 발을 모두 사용하는 격한 운동으로, 오늘날 축구보다는 럭비나 아메리칸 풋볼에 더 가까웠다고 할 수 있다. 그러나 대부분 사람들은 칼초 피오렌티노를 오늘날 축구의 아버지쯤으로 생각하고 있다. 비록 일부 사람들이 럭비의 조상으로 보고 있어도 말이다.

하르파스툼은 로마 시대에 동물 방광이나 가죽에 쓰레기나 공기

오늘날 축구의 기원이라고 할 수 있는 로마시대의 하르파스툼

를 넣어 꿰매 그것을 가지고 놀던 경기다. 후에 로마가 영국을 정벌하면서 영국으로 전해져 잉글랜드 축구로 발전하였고, 점차 유럽의 모든 지역으로 전해져 오늘에 이른 것으로 보고 있다. 피렌체는 로마제국이 멸망한 후, 하르파스툼을 자기네 고유의 운동 문화로 발전시켰고, 그것이 오늘날 '피렌체 전통 축구'라는 이름의 '칼초 스토리코Calcio storico', 곧 칼초 피오렌티노로 자리 잡게 되었다.

칼초 피오렌티노는 피렌체의 기념일이나 축제에서 이벤트로 행해져 명맥을 유지했고, 시대에 따라 규칙을 정해 경기 질서를 유지했다. 축제에서 행해졌던 운동인 만큼 선수들이 화려한 복장과 개성 있는 깃발을 들고 등장하여 칼초 인 리브레아Calcio in Livrea, 즉 '전통 복장을 한 축구'라는 뜻으로 부르기도 한다. 이것은 경기에 참여한 각 팀이 피렌체의 유력 가문이었고, (노동자 계급은 경기

칼초 피오렌티노를
위해 모래를 깔고
있는 성당 앞 광장

II 종교 | '신의 모상'으로서 인간 연구를 주도하다

에 참여할 수가 없었다) 경기는 자연스럽게 가문간의 자존심이나 세력 대결의 양상을 띠면서 먼저 기선을 제압하기 위해 서로 화려하게 꾸미기 시작한 데 따른 것이었다.

해마다 6월 셋째 주에 네 팀이 참여하여 세 차례 경기가 이곳 산타크로체 대성당의 광장에서 벌어진다. 80m×100m의 직사각형으로 모래를 깔고 그 위에서 한 경기당 50분씩 한다.

참여하는 선수는 팀당 27명이다. 경기가 시작되면 정작 공은 따로 나뒹굴고 선수들끼리 거칠게 주먹을 주고받는다. 그러다가 선수들이 쓰러지거나 더는 경기를 치르지 못할 상황이 되면 나머지 선수들이 공을 찾아 상대편 골대를 향해 달려간다. 경기 자체가 대단히 거칠고 위험하므로 오늘날에는 급소를 가격하거나 머리를 발로 차거나 기습적인 공격을 금지하고 있다. 오늘날의 복싱, 럭비, 축구의 모든 요소가 들어간 경기다. 기록상 칼초 피오렌티노가 마지막으로 치러진 것은 1739년 1월이다. 칼초 피오렌티노가 더는 치러지지 않은 정확한 이유는 알 수 없으나, 메디치 가문의 몰락과 함께 피렌체 경제 상황이 위축되고, 때마침 이탈리아 전역에 전염병이 창궐하여 도시 인구가 급감한 탓이 아닌가 추정해 볼 뿐이다.

그로부터 200년이 지난 뒤인 20세기 초에 피렌체 시는 축제 형태로 칼초 피오렌티노를 부활시켰다. 세계대전 기간을 제외하고는 해마다 이곳에서 경기를 펼치고 있다.

성당, 무덤이자 예술적 보고寶庫
산타크로체 대성당의 내부는 단순하면서도 웅장한 첫 인상과는 달리 'T' 자 모양의 세 개의 복도에 수많은 예술 작품과 피렌체 출신 명사들의 무덤이 있다. 'T' 자 모양의 성당은 프란치스코 꼰벤뚜알 수도회 대성당의 전형이 되었고, 공학적인 면에서 피렌체 두오모(꽃의 성모 마리아 대성당)에도 영향을 미쳤다. 특히, 얇은 벽과 거대한 계단과 같은 건물의 구조적인 문제들은 당시 기술로는 해결하기 어려운 과제였음에도 불구하고, 공사를 맡은 디 깜비오의 탁월한 능력으로 해결책을 찾았다. 이는 훗날 피렌체 두오모 건설의 모델이 되었다.

디 깜비오는 프란치스코 수도회의 '가난'의 영성을 살려 성당을 전체적으로 누드 상태로 두면서, 중앙 제단 뒤편에 있는 양쪽 경당(經堂, 예배당)들에 성경을 읽지 못하는 문맹자들을 위해 그 내용을 프레스코화로 그렸다. 그래서 이들 벽화를 두고 '가난한 이들의 성경'이라고 불렀다. 당시 유행하던 비싼 장식인 모자이크보다 프레스코화를 선호한 것도 이런 가난의 영성 때문이었다. 피렌체의 유력한 가문이 모두 기부에 동참하여 성당 공사는 원활하게 진행되었고, 모두 열한 개 경당을 만들어 원래 의도에서 상당 부분 벗어나기까지 하였다. 이후 기부자들은 자신들도 피렌체 출신 명사들이 묻힌 이곳에 묻히기를 원했고, 경당에 따라서 당대의 이름난 예술가나 장인들이 벽장식을 다채롭게 함으로써 성당을 화려하게 꾸며 나갔다.

이 대성당에는 미켈란젤로와 다빈치를 비롯하여 마키아벨리, 로씨니, 갈릴레이 등이 잠들어 있다. 다만, 단테의 무덤만은 빈 무덤(그의 무덤은 라벤나에 있다)이다. 산타크로체 대성당에는 모두

15,000구가 넘는 주검이 잠들어 있다.

　처음에는 피렌체 출신의 명사들이 중심이었고, 점차 토스카나 출신의 귀족과 명사들, 이어서 이탈리아 전역에서 몰려온 귀족과 명사들이 앞을 다투어 인문주의와 르네상스를 주름잡던, 그래서 역사의 한 페이지를 장식했던 인사들 곁에서 영원히 쉬기를 원했다. 이런 그들의 희망은 수 세기를 두고 이어졌고, 그것이 지금과 같은 산타크로체 대성당을 만들었다. 대성당 바닥에만도 대리석관 276개가 있고, 부속 경당들의 벽에도 피렌체 출신 인사들이 묻혀 있다. 이 무덤들은 1960년대에 전체적으로 정비하여 1800년대 이후에 묻힌 귀족들은 대성당에 딸린 두 개의 정원 중 큰 정원의 로지아 아래 복도 안쪽으로 모두 이장하였다. 그리고 대성당에는 미술, 음악, 문학 등에서 피렌체를 빛낸 명사들만을 주로 남겼다.

산타크로체 대성당 바닥에 있는 어느 명사의 무덤

　1871년, 이곳에는 수많은 인파로 장사진을 이루었는데, 1827년 영국의 턴햄 그린에서 사망한 이탈리아 신고전주의 낭만주의학파 시인 포스콜로(Ugo Foscolo, 1778~1827)의 이장식이 있었기 때문이다. 미켈란젤로와 갈릴레오처럼 토스카나의 명사들이 묻혀 있는 이곳에 묻히기를 희망한 유언에 따른 것이었다. 1887년에는 이탈리아 출신의 음악가 로씨니(Gioachino Rossini, 1792~1868)도 이곳으로 이장되었다.

　이렇게 성당을 공동묘지로 쓰는 것은 이탈리아 곳곳에 있어 하나의 전통처럼 보인다. 인구의 90퍼센트 이상을 차지하는 가톨릭 신자들 덕분에 죽음을 멀리 두려고 하기보다는 오히려 신앙생활 일부로 받아들이려는 경향 때문으로 보인다. 이탈리아는 서기 392년 테오도시우스 황제 때부터 1984년까지 가톨릭이 국교였다. 그러다 보니 초대 교회 시절부터 성당을 많이 지었다. 특히 박해시대에 순교한 성인들의 유해를 안치하고 그 위에 지은 성당들이 대부분 그 지방의 수호성인 기념 성당이 되거나 특별한 공경을 받는 성당이 되었다. 이후 그 지역 출신의 명사나 권세가들은 그런 특별한 성당에 묻히기를 원했고, 시간이 흐르면서 이런 양상은 더욱 확대되어 성당은 자연스레 그 지역 인사들의 공동묘지가 되었다. 물론 이탈리아에도 한국과 같은 공원 형태의 공동묘지가 있다. 다만 그들은 공원 형태의 공동묘지에도 중앙에 성당을 짓고 그 주변으로 묘지를 조성하는 것이 다르다면 다른 점이다.

매장 풍습은 대부분 도시가 비슷한 형태를 띠지만 장례 풍습은 지방에 따라서 다양한 모습을 보여 준다. 가령 이탈리아 중부이남 지방에서는 장례미사 후 고인의 유해가 성당 밖으로 나갈 때, 참석한 모든 사람이 기립박수를 보내거나 색종이 가루나 쌀을 뿌린다. 이것은 망자에 대한 마지막 연대의 표현이자 사랑의 표현이다. 인생이란 험한 바다를 항해하고 이제 신의 품으로 무사히 귀환한 것에 대한 축하의 갈채이기도 하지만, 암살이나 살인으로 억울하게 죽음을 맞은 사람에 대한 정의의 호소이자 연대를 의미한다. 눈물을 머금고 뜨겁게 보내는 갈채는 보는 이에게 경건한 영감을 불러일으킨다.

어느 도시를 가든지 도심이나 도시에서 가까운 거리에 질서정연하게 단장된 공동묘지가 있다. 산 이와 죽은 이가 함께 살아가는 모습은 삶과 죽음이 분리된 것이 아니라 같은 연장선에 있음을 보여 준다. 알렉산드로 7세 교황(재위 1655~1667)은 1655년 4월 18일, 교황으로 선출되자마자 바로크 건축의 대가이자 자기 친구인 베르니니에게 침실에 작은 관을 마련해 달라고 부탁하였다. 그리고 이렇게 말했다고 한다. "언제나 죽음을 준비하는 교황이 된다면 나는 훗날 좋은 교황으로 남게 될 것입니다!"

도나텔로의 십자가

산타크로체 대성당의 바르디(Bardi di Vernio) 경당에는, 도나텔로가 나무로 조각한 '십자가'(1406~1408)가 있다. 바사리에 따르면 산타마리아델라노벨라 성당에 있는 브루넬레스키의 '십자가'는 도나텔로의 이 나무 십자가를 보고 조각한 것이라고 한다. 브루넬레스키는 친구인 도나텔로의 이 '십자가'를 두고 '농부의 십자가'라고 힐책하며, 자기도 똑같은 주제로 '십자가'(1410~1415)를 조각했다는 것이다. 바사리는 이런 브루넬레스키의 태도에 대해 '천박하다'며 맹비난하였다. 아무튼 도나텔로는 브루넬레스키의 '십자가'를 처음 보는 순간, 너무도 당황하여 들고 있던 달걀 꾸러미를 땅에 떨어뜨렸다고 한다.

<
미켈란젤로의 무덤
바사리 작

그러나, 두 사람의 십자가에 얽힌 이런 이야기들은 바사리의 속단이라는 것이 최근 연구를 통해 제기되었다. 약 10년의 간격을 두

II 종교 | '신의 모상'으로서 인간 연구를 주도하다

도나텔로의
'십자가'(왼쪽)
브루넬레스키의
'십자가'(오른쪽)

고 브루넬레스키와 도나텔로, 두 친구가 같은 주제에 관해 서로 다른 작품을 완성했기 때문에 두 사람의 경쟁심을 자극하여 관심을 끄는 것이 바사리의 의도였으나, 사실 1402년에서 1404년 사이에 도나텔로와 브루넬레스키는 함께 로마를 여행했고 같은 것에 대해 생각하고 나눌 기회가 많았기 때문에 유사한 주제를 다룬 작품을 완성한 데에는 특별한 이유가 없다는 것이 연구의 결론이다.

두 사람의 '십자가'를 비교하면 피렌체 르네상스의 두 대부가 지니고 있는 차이를 발견할 수가 있다. 같은 주제에 대해 똑같은 의도를 가지고 작품을 완성했다고 해도 때로는 상반적이기까지 할 만큼 예술가 개인의 신념이 매우 달랐음을 알 수 있다.

도나텔로의 '십자가'에서 드러나는 그리스도는 인간적인 고통과 진리가 강조되는데, 이는 작품을 의뢰한 프란치스코 수도회의 요청에 따른 것으로 보인다. 비참한 모습은 언제나 대중의 마음을 자극하고 예수의 고통에 동참하도록 촉구하는 모티브가 된다. 작품 속에서 십자가에 매달린 그리스도는 어깨 근육이 풀어진 것으로 보아 십자가에서 내려야 하는 순간을 묘사한 것으로 보인다. 성주간, 곧 부활절 한 주 전에 시작되는 예수수난주간 행사를 위해 의뢰한 것이라고 한다. 육체가 감당한 고통은 아직 남아 있는 힘과 떨림으로 알아볼 수 있고, 눈은 반쯤 뜨고, 입은 채 다물지 못한 처참한 육신이 고통의 순간을 감내하고 있는 것에서 예수의 신적神的인 신원이란 전혀 찾아볼 수가 없다. 여기에서는 오로지 인간의 고통만이 부각되고 있다. 이 작품을 통해 도나텔로는 기베르티가 추구한 그리스 미학과는 전혀 다른 새로운 측면을 제시하고 있다. 그러다 보니 인체 비례에 대한 연구가 부족한 것처럼 느껴진다.

도나텔로의 '주님탄생예고'

산타크로체 대성당에 있는 도나텔로의 또 다른 수작은 '주님탄생예고'(1435)다. 대리석 조각에 도금하여 다양한 색을 연출한 작품으로 대성당 오른쪽 부분에 있다. 도나텔로의 작품 중에서는 보기 드문 대형 조각품으로 처음 그 자리에 지금까지 그대로 보존되어 있다.

작품은 흔히 '카발칸티의 주님탄생예고'라고도 하는데, 이는 카발칸티 가문을 위해 조각한 것으로, 원래 이곳에는 카발칸티 가문의 무덤이 있었다고 한다. 코시모 데 메디치의 형 로렌조 일 베키오가 지네브라 카발칸티와 결혼을 했기 때문에 도나텔로에게 이 작품을 의뢰하는 데 있어 메디치 가문의 역할도 전혀 배제할 수가 없었을 것이다.

벽에 붙인 선반 형태의 벽감은 카발칸티 가문의 문장이 새겨진 두 기둥이 지탱하고 있고, 중앙에는 화관이 장식되어 있다. 기둥 아래에는 소용돌이 장식과 사자의 발, 나뭇잎이 있고, 기둥 모서리에는 탈이 새겨져 있다. 이것은 1425년쯤 도나텔로가 디자인한 오르산 미켈레의 겔프당 감실 받침대에서도 같은 장식을 찾아볼 수가 있다.

예수의 잉태를 알리는 장면은 벽감 중앙에 헬레니즘 양식을 연상시키는 화려한 배경 장식과 함께 묘사되어 있다. 작품은 많은 회화에서 보는 착시 효과를 피하려는 듯 건축적인 미학을 살려서 평면에 단순하게 묘사하였다. 그래서일까? 풍성한 장식이 천사와 마리아의 거룩한 만남에는 아무런 방해가 되지 않고 있다. 오히려 두 인물을 강조하려는 듯 이들 조각이 더욱 부각된다.

작품을 통해 평소 도나텔로의 역동적인 양식이 장엄하면서도 엄숙한 아름다움으로 탈바꿈하는 것을 알 수 있다. 1430년대는 특별히 건축학적인 장식에 관한 연구가 활발하여 단순한 조각만이 아니라 벽감 형태의 조각이 유행하였다. 이런 점에서 이 작품은 도나텔로의 명성을 뒷받침한 결정적인 작품이기도 했다.

마리아는 선 채로 놀라는 듯 몸을 살짝 구부리고 있다. 그러면서도 정중하게 한 손을 가슴에 얹고 있다. 그러나 다리와 왼쪽에

주님탄생예고
도나텔로 작(1435)

흘러내리고 있는 옷감이 처음에는 당황하여 피하려는 듯한 자세에서 무엇인가 달라져 자신을 통제하려는 듯한 상황을 보여 주고 있다. 그리고 천사를 정면으로 바라보고 있다. 얼굴에는 놀라움과 겸손함, 감사와 지혜와 덕이 조용하게 흐르고 있다. 그녀의 모습은 고대 해부학적 이상에 따라 만들어졌지만 깊은 감정의 표현은 고대예술을 초월하고 있다. 피렌체의 예술과 건축에 관해 글을 쓴 워츠(Rolf C. Wirtz)는 이 작품을 두고 "고대인들은 알지 못했던 고무된 내면성과 추상적인 영성"이라고 표현하였다.

마리아 앞에 무릎을 꿇고 있는 천사는 부끄러운 듯, 다정한 모습으로 마리아를 바라보고 있다. 서로 얼굴을 마주하고 대화하는 자세는 이 장면에 활력과 생기를 더해 준다. 천사는 마리아와 마주하고자 살피는지 고개를 살짝 숙이면서도 눈을 크게 뜬 채 무슨 말을 하려는 듯 입을 벌리고 있다.

전통적인 '주님탄생예고'의 이미지에서 등장하던 성령의 상징인 '비둘기'는 여기에 없다. 그것을 대체하려는 듯 마리아는 책을 들고 있다. 구약의 예언자들이 언급한 사건, "처녀가 잉태하여 아들을 낳을 것인데 그 이름을 엠마누엘이라고 하리라"는 것을 입증하는 듯, 그것이 기록된 '구약의 말씀', 곧 구약성경을 들고 있다. 두 주인공 뒤로 보이는 닫힌 문은 마리아의 처녀성을 상징한다. 그래서 천사는 1333년 마르티니(Simone Martini)가 그린 것처럼 전통적인 주님탄생예고에서 '순수함', '정결'을 상징하는 백합이나 올리브 가지도 들고 있지 않다.

마미아노의 설교단과 지오토의 벽화들

대성당에서 볼 수 있는 또 다른 독특하면서도 아름다운 작품은 마미아노의 설교단이다. 대리석으로 만든 팔각형의 봉우리가 기둥에 달라붙어 있는 것 같다. 설교단의 다섯 면에는 '성 프란치스코의 생애'가 정교하게 조각되어 있다.

여기에서 마미아노는 조각 작품에 원근법을 도입하여 배경과 인물들의 표현을 대단히 깊이 있고 사실적으로 묘사하고 있다. 이미 르네상스 인문주의의 현실이 실질적이고 역동적으로 모든 예술 분야에 퍼져 추상적인 면보다는 사실을 더욱 사실적으로 묘사하는데 활용되고 있었다. 설교단 아래 벽감에는 덕을 상징하는 작은 조각상도 있다.

설교단
마미아노 작

II 종교 | '신의 모상'으로서 인간 연구를 주도하다

성 프란치스코의 죽음
지오토 작

　한편, 이 대성당을 가장 빛내는 것으로 지오토의 벽화를 들 수
있다. 1320년에서 1325년 사이에 지오토가 그린 페루찌 경당과
바르디 경당이 그것이다. 페루찌 경당에는 세례자 요한의 생애와
관련한 일화와 복음사가 요한의 일화를 그렸고, 바르디 경당에는
성 프란치스코의 생애를 그렸다. 이 작품들은 지오토가 나이가 들
어서 완성한 만큼 지오토에 의해 시작된 서양미술의 혁신을 다시
한 번 감상할 수가 있다. 지오토의 회화 세계를 총정리하고 그의
예술적 생애를 증명하는 장場으로 의미 있는 작품이다.
　여기에서 보여 준 지오토의 회화와 예술성은 이후 많은 피렌체
출신 화가에게 지속적으로 영향을 미쳤다. 예컨대, 기를란다이오

는 150년 후에 산타 트리니타에 있는 사세티 경당에 성 프란치스코와 관련한 그림을 그리면서 이곳 바르디 경당의 스케마를 재구성하여 그것을 모델로 새로운 창작을 하였다.

작품들을 통해 드러나는 지오토의 탁월함은 공간을 확보함으로써 이야기 속에 담긴 인물들의 자세를 풍성하게 묘사하여 분위기를 압도하는 데 있다. 인물들 표정을 보다 사실적으로 표현함으로써 내용을 최대한 부각하는 것도 지오토 벽화의 탁월함이다. 예컨대, '성 프란치스코의 죽음'에서 프란치스코 수도회의 형제들이 성인의 시신 앞에서 비통해하는 표정과 몸짓이 믿을 수 없을 만큼 사실적으로 표현되어 있어 전체적인 분위기를 깊은 슬픔 속으로 끌고 들어간다.

산타크로체 대성당에서 만난 현대 과학자 엔리코 페르미

성당 왼쪽 복도 입구 쪽에는 갈릴레이의 무덤과 레오나르도 다빈치의 무덤이 있고, 그 사이에 엔리코 페르미(Enrico Fermi, 1901~1954)가 잠들어 있다. 세계 최초로 원자로를 제작한 핵물리학의 아버지 페르미는 20세기 이후 물리학자로서는 드물게, 실험과 이론 두 방면에서 뛰어난 업적을 남겼다. 전자와 양성자, 중성자 등 우주를 구성하는 입자들의 통칭을 '페르미 입자'(페르미온, Fermion)로 부르는 것도 엔리코 페르미 덕분이다. 그는 처음으로 원자력시대를 연 개척자이다. 원자 번호 100번 원소는 그를 기려 페르뮴으로 명명되었다.

그는 로마에서 태어나 어려서부터 수학과 라틴어에 특별한 재능

II 종교 | '신의 모상'으로서 인간 연구를 주도하다

을 보였고, 1918년에 이탈리아에서 물리학과로 가장 유명한 피사 고등사범학교(피사대학의 전신)에 입학하였다. 고교입시 수학 답안지로 박사급 실력자라는 찬사를 받았고, 재학 중에 실력이 이미 교수들을 넘어서서 오히려 교수들을 상대로 양자역학을 강의했다. 그 덕분에 일찍 학위를 취득했고, 1926년에는 양자역학과 수학을 접합한 '페르미·디렉 통계'를 발표하여 세계적인 학자 반열에 올랐다. 그리고 바로 그해부터 로마 대학의 이론 물리학 교수로 취임하였다. 여기에서 페르미는 중성자와 핵분열 연구에 매달려 연쇄 반응이 일어나는 물질이 우라늄235와 플루토늄239라는 사실을 규명해 냈고, 그로 인해 1938년 노벨 물리학상을 받았다.

엔리코 페르미의
부조(위)와 무덤(아래)

그러나 그의 아내가 유대인이라는 이유로 무솔리니 정부로부터 박해를 받고, 히틀러의 영향 아래에서 아내의 생명이 위험해지자, 노벨 물리학상 수상 이후 바로 미국으로 망명하였다. 미국으로 이주한 뒤에 곧바로(1939년부터) 컬럼비아 대학교의 물리학 교수로 발탁되어 이론을 현실로 바꾸는 데 이바지하였다. 특별히 오늘날의 체르노빌과 후쿠시마 원전 사고로 문제가 되는 원자력 발전소의 원형인 세계 최초의 원자로를 1942년 10월에 시카고대학에서 제작하는 데 성공하였다. 페르미 덕분에 인류는 원자력이라는 새로운 에너지를 얻었다.

그는 원자핵 분열의 연쇄 반응 제어에도 성공함으로써 미국의 원자폭탄 개발 프로젝트인 맨해튼 계획에 투입되었다. 그러나 후에 수소폭탄 개발에는 윤리적인 문제를 들어 강력하게 반대하기도 하였다. 그는 핵을 군사 목적으로 사용하는 것을 보면서 자기 연구에 대해 깊이 후회했고, 인류가 자기 연구를 악용하는 것을 바라보며 1954년 53세를 일기로 세상을 등졌다. 암으로 죽음을 앞둔 상황에서도 링거의 액체 방울이 떨어지는 간격을 측정하여 유속을 산출했다는 일화가 전해진다.

당시 미국의 주도로 제2차 세계대전을 종식한 원자폭탄을 개발한 것은 망명 과학자들이었다. 독일 출신으로 유대인 학살을 피해 미국으로 망명한 아인슈타인과 헝가리 출신의 폰 노이만도 페르미와 같은 처지에 있던 사람들이었다. 지금도 미국의 페르미 연구소에는 전 세계에서 많은 천재 과학자가 몰려오고 있다고 한다.

6

피렌체에서
종교를 이야기하는 이유

　피렌체의 종교적인 특징은 1952년 1월 8일, 이탈리아 주교회의 (CEI)가 피렌체에서 출범하는 것과도 전혀 무관하지 않다. 이탈리아 주교회의가 다른 나라의 주교회의와 다른 점은 의장을 이탈리아 주교들이 자기들 안에서 선출하는 것이 아니라, 교황이 로마의 주교인 만큼 이탈리아 교회의 최고 수장으로 직접 임명한다는 것이다. 이것은 이탈리아 교회와 교황청의 긴밀한 관계를 의미하는 동시에 전체 가톨릭교회 안에서 이탈리아 교회의 위치를 가늠할 수 있는 척도가 되기도 한다.

　이탈리아의 문화를 선도해 온 피렌체는 가톨릭교회에서도 이렇게 차지하는 비중이 적지 않다. 중세 탁발수도회들이 르네상스 인문주의의 배에 올라 전 세계로 확산되며 가톨릭교회 내부의 변화를 주도하기도 했다. 2015년 피렌체에서 개최된 제5차 이탈리아 가톨릭교회 제5차 정기총회도 이런 맥락에서 살펴볼 필요가 있다. 이 회의의 주제는 '예수 그리스도 안에서 새로운 인문주의'였다. 오늘날 사라져 가는 인간의 말, 인간의 표징, 인간의 창조와 당위성, 인간에 관한 문학, 디지털 인문주의에 대해서 논의했다. 인문주의가 시작된 피렌체에서 새로운 시대의 변화에 어떻게 대응할지도 모색한 것이다. 동시에 '고흐, 샤갈과 폰타나의 신적인 미美와 육화'(스트로찌 궁), '현대예술과 성聖'(성로렌조 대성당)이라는 주제의 전시회와 '단테, 사람의 아이콘. 르네상스 시대 피렌체의 예술과 신앙'(산타크로체 대성당)이라는 주제로 여러 가지 행사도 열렸다. 모두 인간을 노래하는 장이었다.

페트라르카는 중세를 '암흑의 시대'라고 했다. 폐쇄적이고 닫힌 사회에서 틀에 박힌 사고방식을 고집하던 시대였기 때문이다. 극소수의 성직자 집단과 로마 황제의 뒤를 이은 것으로 추정되는 봉건 영주들과 제후들이 특권계층으로 군림하면서 대부분의 이권을 독점하고 지식과 정보마저 독차지하였다. 성직자들은 성경 해석을 독점하고 권력층은 말과 글과 집회의 자유를 통제하였다. 서민들이 알아들을 수 없는 글, 라틴어로 자기네끼리만 소통하고, 정치에 무릎을 꿇은 종교와 교육으로 통제된 의식을 확산시킴으로써 힘의 분산을 막았다.

이런 상황에서 탁발수도회의 출현은 이미 교회 안에서 르네상스의 전조를 보이기 시작한 것이라고 평가할 수 있다. 그들의 가르침과 설교는 '성경 말씀의 회복'에 역점을 둔 것이었다. 성경 말씀의 혁명적인 측면을 고려할 때, 그 안에는 얼마든지 시대를 타파할 수 있는 요소들이 있었던 것이다. 탁발수도회들은 하나같이 대중과의 소통을 중요하게 생각했고, 각자 나름의 생활규범들 속에서 시대를 발전적으로 이끄는 데 견인차 역할을 하였다. 그들은 묵상적

II 종교 | '신의 모상'으로서 인간 연구를 주도하다

인 삶에만 머무르지 않고, 공부하고, 토론하고, 축제와 음악, 예술을 선도하며, 의학 등 과학 발전을 도와주고 가난한 형제들과 더불어 삶으로써 사회 복지가 무엇인지 직접 보여주었다. 그리고 피렌체에서 피워 올린 인문주의의 정신을 특유의 선교 활동과 연관 지어 온 세계로 퍼나르는 일꾼이 되었다. 단순히 수도회 설립자의 정신이나 영성에만 머무르지 않고, 그것을 토대로 르네상스 인문주의를 널리 퍼뜨리는 데 일등공신이 된 것이다.

가령 프란치스코 수도회를 설립한 아씨시의 성 프란치스코는 '태양의 노래'를 속어로 썼고, 그것은 프란치스코 수도회 재속회의 초대인물 중 한 사람이었던 단테에게 문학적인 영향을 미쳤고, 설교자회로 불리던 도미니코 수도회의 설교 연구는 학문의 융성을 부채질하였으며, 아우구스티노 수도회의 사회사업은 뒤이은 시대에 탄생하는 많은 수도회들에 신선한 바람을 불러일으켰다.

그러므로 아직까지 가톨릭교회의 영향이 대중들 사이에서 적지 않게 작용하고 있었던 점을 고려할 때, 탁발수도회의 확산은 많은 것을 의미하는 것이었다고 할 수 있다.

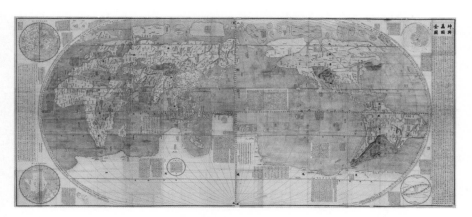

대표적인 르네상스 인물로 손꼽히는 예수회의 마테오 리치 신부(1552~1610)는 동서양 문명의 가교가 되었다. 그는 중국 선교사로 파견되기 전에 피렌체에서 1년 6개월간 인문주의 관련 공부를 했다. 그의 문화적응주의 선교 방식은 인문주의 정신을 토대로 한 것이다. 그로 인해 근대 중국선교의 새로운 지평이 열렸다. 그는 르네상스 이전 유럽인들이 그랬듯이 자기중심적인 사고방식에 갇혀 있던 중국인들에게 콜롬보 이후 지리상의 대발견으로 넓어진 시야를 다양한 지도를 제작하여 보여줌으로써 이민족과 그들의 문화에 관대해질 것을 요청했다.

언어와 문학

이탈리아 언어의 표준이 되다

이탈리아의 표준어는 수도인 로마의 언어가 아니라, 피렌체 토스카나어다. 이것은 피렌체에서 시작된 인문주의가 문학에서부터 출발했다는 것과 무관하지 않다. 단테, 페트라르카, 보카치오 등에 의한 고전연구는 그리스와 로마 시대의 문학 작품에서 비롯되었고, 거기에서 터득한 지성은 현실을 비판적으로 바라보고 미래를 조망하는 토대로 삼았다. 그들에게 시대정신은 과거의 것을 과거에 머물게 하지 않고, 현실을 바라보고 미래를 설계하는 새로운 지표로 삼을 줄 아는 사고의 전환에서부터 시작되었다. 이런 점에서 인문주의 문학가들의 삶과 작품은 이전과는 전혀 다른 것이었다고 말할 수 있다.

여기에서는 피렌체 인문주의의 창을 활짝 열었던 단테, 페트라르카, 보카치오의 삶과 대표적인 작품을 통해 피렌체 언어가 이탈리아 문학에서 차지하는 비중과 문학적 의미에 대해서 이야기해 보기로 하겠다.

III

1 단테 알리기에리
Alighieri Dante, 1265~1321

　단테는 시인으로서 부패한 정치를 목격하고 쇄신을 부르짖었다. 그는 시를 통해 당대 사회문제를 예리하게 지적하고 포괄적으로 분석함으로써 사회 비판적인 태도를 보였다. 그러면서 베아트리체라는 한 여인을 향한 지고지순한 사랑을 통해 문학 세계를 충만하게 채웠다. 사랑하면 누구나 시인이 된다고 했던가!

　누군가를 향한 뜨거운 마음을 언제나 간직하고 살았던 사람, 척박한 삶의 환경에서도 미적 감각을 잃지 않을 수 있었던 힘, 단테를 통해 우리는 그것이 '사랑'이라는 것을 알아차릴 수가 있다. 그 대상이 인간이 되었건 고향이 되었건 신이 되었건 간에 그것은 분명 '사랑'이었다.

　지금은 박물관으로 쓰고 있는 단테의 생가는 두오모에서 매우 가까운 피렌체 도심 한복판에 있다. 단테는 자기가 태어난 장소에 대해 "성 마르티노 성당 관할구역인 바디아 피오렌티나(Badia Fiorentina)의 그늘에서 태어났다"고 했다. 여기에서 말하는 장소가 현재 이 박물관이 있는 곳인지는 확실하지 않지만, 성녀 마르게리타 데 체르키 성당에서 아주 가까운 곳에서 단테가 처음으로

>
피렌체에 있는
단테의 생가

베아트리체 포르티나리Beatrice Portinari를 만난 것은 확실하다고
한다.

현재 이 건물은 두 개의 탑과 한데 붙어 있어서 대단히 큰 집처
럼 보이지만 탑들은 이 건물의 본채가 아니라 단테 생가의 옆집인
쥬오키 가家의 것이다. 일각에서는 단테의 생가는 원래 성 마르티노
광장에 있다가 무너졌고, 그 건물 옆에도 탑이 있었다고 한다.

현재 이 건물은 중세 건물의 전형적인 모습을 그대로 유지하고
있는데, 지금처럼 박물관으로 사용하기 위해 구조 변경하던 20세
기 초에 손을 한번 본 것이다.

단테가 이곳에서 실제로 태어났는지에 대한 의문은 사실 그의
출생연도가 불분명한 데 따른 것이기도 하다. 그의 출생연도를 추
정해 볼 수 있는 것은 자전적인 대서사시 「신곡」을 통해서다. 「신
곡」의 '지옥' 편 도입에서 단테는 "우리네 인생길 반 고비에, 올바
른 길을 잃고서, 나는 어두운 숲 속에 있었다"고 썼다. 또 그의 철
학 논문인 「향연」 4권 23장 6~10절에서 인생을 칠십까지라고 하
였다. 그렇다면 그가 말한 인생길 반은 곧 35세로 볼 수 있고 「신
곡」을 쓴 것이 1300년이니 1265년에 출생한 것으로 계산해 볼 수
가 있다. 단테가 인생을 칠십 년으로 본 것은 「성경」의 시편 90장
10절에 "인생은 기껏해야 칠십 년"이라고 한 것에서 영감을 얻은
것으로 보인다. 그리고 단테의 출생일자와 관련해서도 「신곡」의 '천
국' 편 여러 곳에서 자신은 태양이 쌍둥이자리에 있을 때 태어났
다고 암시하고 있다. 가령 '황소자리를 뒤쫓아 가는 표적'(22곡 109
절)과 같은 표현이 그렇다. 쌍둥이자리는 5월 21~6월 21일 사이

가 된다. 이런 여러 가지 추정과 함께 단테가 성 요한 세례당에서 세례를 받은 교적에는 1266년 3월 26일 성 토요일에 세례를 받았다고 기록되어 있다. 당시에는 부활 주일을 기점으로 일 년 동안에 태어난 아기들을 부활성야 성 토요일에 한꺼번에 모아 세례를 주었기 때문에, 그로 미루어 1265년 5월 22일에서 6월 21일 사이에 태어난 것이 거의 확실해지는 셈이다.

단테의 어린 시절에 대해서 알려진 바는 없다. 따라서 그에 대한 파편적인 정보들을 모아 그의 생애에 가장 크게 영향을 미친 것으로 꼽히는 세 가지에 초점을 맞추어 그의 인생을 통찰해 보기로 하겠다. 그 세 가지는 베르길리우스, 베아트리체, 그리고 그의 정치 인생이다.

「신곡」은 그가 살아서는 영원히 돌아갈 수 없는 고국 피렌체보다 죽어서 갈 수 있는 천국을 향한 인간의 기대를 그린 대서사시로, 위대한 시인이자 망명객의 고뇌에 찬 동경이 담겨 있는 작품이다. 그에게 동경은 아픔이기도 하지만 동시에 유일하게 희망할 수 있는 기쁨이기도 했다. 보카치오는 그를 일컬어 '시성(詩性, divino poeta)'이라고 불렀고, 1555년 베네치아를 중심으로 원래 제목인 「희극(La commedia)」에서 가히 신적(神的, divina)이라는 존칭어를 더하여 「신곡(Divina commedia)」이라고 부르기 시작했다. 작가의 인생에서 가장 암울한 순간에 피워 올린 인간의 고뇌의 몸짓이 인류 역사에서 기념비적인 작품이 된 것이다.

위대한 시인의 위대한 길잡이, 베르길리우스

베르길리우스는 단테가 어떤 열악한 상황에서도 고전을 연구한 가장 강력한 동기였다. 베르길리우스는 단테의 표현대로 '최고의 시인'이었다. 단테가 평생 가장 닮고 싶었던 인물이었다. 그래서 그는 「신곡」에서 '지옥'과 '연옥'이라는 험난한 장소의 안내자로 베르길리우스를 등장시켜 위안을 얻고자 하였다. 베르길리우스가 단테에게 위로자였다면, 베아트리체는 안식처였다. 단테에게 있어 베르길리우스는 정신적 지주이고 단테 영혼의 속박을 푸는 열쇠였다.

단테가 고전을 연구하면서 만났던 수많은 그리스 문인과 철인보다도 단테의 삶과 작품에 가장 크게 영향을 미쳤던 인물은 바로 이 위대한 라틴 시인 베르길리우스였다. 베르길리우스를 통해 단테는 과거로 돌아갈 수 없는 상황에서 천국을 향한 미래지향적인 열망의 시를 쓸 수 있었다.

단테에게 있어 베르길리우스는 자기 조상이라는 점 외에도, 피렌체 정부에서 쫓겨난 그에게 유일한 고향은 그리스도교에서 말하는 신앙인의 고향인 천국밖에 없음을 가르쳐 준 스승이었다. 단테는 돌아갈 수 없는 피렌체 대신 인간의 영원한 고향인 천국을 동경하고 붙잡고 그곳으로 돌아가고자 하였다.

단테는 이 세상에서 아무런 희망이 없었다. 천국을 향한 희망은 이제 단테에게 남은 유일한 것이었기에 끝까지 열망할 수밖에 없었다. 단테가 지옥과 연옥과 천국의 다른 점을 '희망'으로 본 것도 이런 이유 때문이다. 단테가 '지옥'의 문 입구에서 본 것은 "여기 들어오는 자, 모든 희망을 버릴지어다"라는 문구였다. 단테에게

단테의 지옥 여행을
안내하고 있는
베르길리우스
들라크루아 작

현실의 표상이기도 한 지옥은 끝까지 절망의 장소였다. 그는 현실
에서도 희망을 버리면 그곳이 바로 지옥이라는 것을 너무도 잘 알
고 있었다. 그래서 그는 피렌체로 돌아갈 수 없는 이승의 절망을
내세를 향한 희망으로 바꾸었다. 여기에서 철학자 생 빅토르 후고
(1096~1141)의 말이 떠오른다.

　자신의 고향을 달콤하게 여기는 사람은 아직 주둥이가 노란 미숙아다.
　좀 더 성숙한 사람은 모든 곳을 고향처럼 느끼는 코스모폴리턴이며, 궁
　극의 성숙한 모습은 모든 곳을 타향이라고 생각하는 이방인이다.

　인간은 종국에는 이 세상의 이방인이라는 것, 이승의 순례자로
서 순례길에서 하는 아귀다툼의 무상함과 천국을 향한 궁극의 갈

망을 단테는 「신곡」을 통해 말하고 싶었던 것이리라. 단테가 의도한 것은 결코 아니지만, 운명적으로 망명객이 되었기에 엘리엇Eliot이 단테를 두고 한 '그는 이탈리아 사람임과 동시에 진정한 유럽인이었다'는 말이 의미심장하게 다가온다.

문학이 탄생하는 자리, 사랑

단테는 아홉 살에 동갑내기 베아트리체를 처음 보았다. 보는 순간, 마음을 온전히 빼앗기고 말았다. 그리고 다시 아홉 해가 지난 열여덟 살에 우연히 산타 트리니타 다리 앞에서 재회했다. 그때 그녀는 단테에게 가벼운 미소로 인사를 건넸다. 단테는 그 인사에 큰 의미를 부여했다. 마치 신의 축복과 은총인 것처럼, 찰나에서 진정한 행복이 무엇인지를 깨달았다. 그녀를 향한 사랑은 그렇게 타올랐다. 그러나 단테는 자신의 감정을 솔직하게 드러내면 사람들의 웃음거리가 될까 두려워 일부러 다른 여성들을 칭송하는 시를 지어 공개석상에서 읊곤 했다. 베아트리체는 그것을 사실로 받아들였고, 그 분노는 단테를 고뇌하게 했다. 이에 단테는 다른 여성들에 대한 칭송을 접고 오로지 그녀만을 칭송하는 시를 지어 헌정했는데, 단테의 초기 작품의 하나인 「신생(La vita nuova)」(1283-1292년으로 추정)이 그것이다. 그녀를 향한 사랑을 이상화하고 신비화한 시와 산문으로 된 이야기 모음집이다.

그러나 단테와 베아트리체의 사랑에는 현실적으로 많은 한계가 있었다. 완성을 꿈꾸었지만, 몰락한 귀족의 아들인 단테와 당시 피렌체에서 최고의 부와 명예를 자랑하던 포르티나리 가문의 딸인

천국을 안내하는
베아트리체
구스타브 도레 작

베아트리체와의 사랑은 불가능한 것이었다. 어쩔 수 없이, 피렌체의 관례대로, 단테는 자기에게 어울리는 가문의 여성 가운데서 배우자를 찾아 스무 살에 젬마 도나티라는 여성과 결혼을 했다.

베아트리체 역시 대부호인 발디 가문의 시모네라는 청년에게 시집을 갔다.

하지만 결혼한 지 얼마 지나지 않아 베아트리체는 스물다섯 살의 젊은 나이로 세상을 떠나고 말았다. 그것은 단테에게 엄청난 충격이었다. 비록 서로 다른 사람과 결혼했다고 해도, 그녀와 같은 시대, 같은 하늘 아래에 살고 있다는 것만으로 큰 위안을 삼았었다. 그런데 그것마저도 단테에게는 허락되지 않은 것이다. 소중하게 생각해 왔던 존재의 부재가 주는 공허함으로 단테는 많은 시간을 방황했다. 단테에게 있어 베아트리체가 없는 이 세상은 황량한 벌판이고 초라한 움막에 지나지 않았다. 이것은 훗날 망명의 길에서 영원히 귀환할 수 없는 고향 피렌체를 접고 천국을 동경할 수 있게 한 동기가 되어 주기도 했었다.

단테의 기억 속에 있는 베아트리체는 미와 덕과 지혜를 겸비한 영원한 여성이었고, 단테는 그녀를 가리켜 '나보다 뛰어난 하나의 신'이라고까지 말할 정도였다. 베아트리체는 시인 단테의 영원한 여성이며, 단테가 끊임없이 갈망하며 쉬고 싶었던 품이었다. 그녀는 단테에게 평생에 걸쳐 예술적 영감의 원천이 되었던 단 하나의 뮤즈였고, 단테가 망명 생활 중에도 그토록 동경했으나 영원히 돌아올 수 없었던 고향, 피렌체의 향기이며, 종국에는 이승에서의 재회를 접고, 천국을 향한 길에서 선택한 동반자였다.

그래서 단테는 「신곡」에서 '천국'의 길 안내자로 베아트리체를 등장시켜 구원자적 존재로 표현하였다. 언급한 「신생」처럼 단테는 여러 작품에서 중요한 인물로 베아트리체를 자주 등장시켜 그녀를 끊임없이 기억했다.

「신곡」의 마지막 부분에서 단테는 베아트리체로 보이는 신비로운 여성에 대해 찬송하는 것을 보게 된다. 그의 노래에는 인간의 나약함과 이승의 삶에서 느낀 한계가 묻어나는 동시에 인간적인 사랑의 힘으로 구원에까지 이르는 숭고한 영혼의 몸짓이 담겨있다.

"오, 고귀한 여인이시여, 그대 안에서 나는 희망을 얻고

그대는 내 (영혼의)건강을 위하여 아파하며
친히 지옥에까지 내려가는 수고도 마다치 않으셨나이다.

내가 본 모든 것은
그대의 힘과 선에서 비롯된 것이기에
그 은혜와 덕을 인정하나이다.

그대는 나를 속박에서 해방시키기 위해
모든 수단과 방법을 동원하고

그대의 온 힘을 다했나이다.

그대의 탁월함이 나를 지켜
내 영혼이 건강해져서
당신의 뜻대로 육체의 사슬에서 풀려나게 되었나이다."
— '천국' 편 제31곡 79~90

천국을 안내하고 있는 단테는 이제 베아트리체가 과거 자신이
연모하던 사랑의 대상이 아니라 성모 마리아에 비견되는 중재자
며 자신을 구원으로 인도하는 안내자로 인식한다. 그에게는 영원
한 여성인 동시에 거룩하고 흠 없는 존재의 표상이기도 하다. 따라
서 그녀를 향한 사랑도 에로스에서 출발하지만, 거기에 머무르지
않고 거룩한 사랑으로 승화되어 천국 여행의 동반자가 되는 설정
으로 사실 중세적 관점으로는 이해하기 힘든 부분이다. 이것은 단
테가 작품을 통해 보여 주었던 것처럼 인간이 비록 '땅(먼지)에 처
박혀'(「신곡」, '연옥' 19,70~75 참조) 있어도 그의 영혼은 조금이라도
거기에서 벗어나고자 노력하는 것, 그런 노력에 속세의 연인이자
개인적인 연모의 대상이었던 베아트리체가 함께하는 것이다. 현실
에 발을 담그고는 있지만 이상적이고 희망적인 세계를 지향하고,
에로스의 자기 순화를 매개로 천국에 가는 것을 의미한다.

이것은 중세 수덕신학에서 여성을 바라보던 관점과는 전혀 다
른 것이다. 중세의 남성 중심의 젠더 질서가 르네상스 인문주의를
통해 변화될 수 있음을 예견한 것이라고 할 수 있다. 이런 점에서

중세의 무조건적인 천국 지향이나 성인전에 나오던 거룩함을 강조하는 것과는 다른 현실적인 한계에도 불구하고 합리적이고 주체적인 자유의지가 담긴 '근대정신'을 엿볼 수가 있다.

정치, 시대를 망라한 혼돈의 장場

단테의 삶에서 빼놓을 수 없는 중요한 또 하나는 그의 정치인생이다. 정치는 단테를 현세에서 실패하고 떠돌게 했지만, 그로 인한 유랑 생활 덕분에 불후의 명작인 「신곡」이 나올 수 있게 되었다. 정치판은 어느 시대나 혼탁한 곳인지 「신곡」에서 보여 주는 지옥과 연옥의 모습은 마치 단테가 경험한 정치판과 같고, 그 때문에 더욱 격렬해진 그의 인생을 축소한 듯하다.

단테는 서른 살에 정치 활동을 시작하였다. 정치는 그에게 영광을 안겨 주기도 했지만, 나락으로 떨어지는 계기가 되기도 하였다. 그는 1300년 피렌체 공화정의 최고책임자 3인의 행정위원 가운데 한 사람으로 뽑히면서 문인으로서보다는 정치가로 유명세를 탔다. 이 시기에 단테는 피렌체의 외교관으로 로마에서 활동하기도 하였다. 그러나 곧이어 피렌체는 엄청난 정치적인 혼란에 접어들고야 말았다. 단테가 소속된 정파는 교황파의 백당 소속이었으나 이들이 약해진 틈을 나서 보니파시오 8세 교황이 교황파 흑당을 지지하면서 단테가 소속된 정파는 무너지고 말았다. 1302년 단테는 피렌체의 새로운 집권당이 주관한 재판에서 재산을 몰수당하고 피렌체 영토로 들어오는 즉시 사형에 처할 것이라는 선고를 받았다. 이에 단테는 피렌체로 들어오지 못하고 그 길로 망명객이 되

단테, 피렌체,
신곡의 삼계
미켈리노 작

어 이탈리아 도처를 떠돌았다. 지금도 피렌체의 공문서 보관소에
는 언제 어디서든 단테가 체포되면 화형에 처할 것이라는 선고 기
록이 남아 있다.

　단테는 피렌체와 피렌체 시민들에 대한 깊은 배신감을 안고 고
향에서 쫓겨났다. 단테는 정치적 음모와 혼란으로 야기된 피렌체의
부패를 보았고, 그 속에서 신앙인으로서 '침묵은 죄'라는 의식을
하며 정치판에 뛰어들었지만, 당쟁으로 인해 원치 않던 망명객 신
세가 된 것이다. 단테가 겪고 있는 억울한 상황을 당시 피렌체 지식
인들이 모를 리 없었건만, 그들은 하나같이 침묵으로 외면했다.

피렌체 두오모의 왼쪽 벽 중간쯤에도 단테와 관련한 그림이 한 점 있다. 1465년에 미켈리노(Domenico di Michelino)가 목판에 유화로 그린, 단테의 「신곡」을 주제로 한 그림이다. 붉은색 망토를 입고 계관시인의 명예를 상징하는 월계관을 쓰고 있는 단테는 왼손에 자신이 쓴 「신곡」을 들고 오른손으로 '지옥'을 가리키고 있다. 단테 뒤로 보이는 중앙의 원형 칠층산은 '연옥'으로 천국에 오르는 영적인 단계를 의미하고, 그의 왼편에 성벽으로 둘러싸인 도시는 성도聖都 예루살렘으로 상징된 단테의 고향 피렌체다. 그리고 뒤 배경에 '천국'이 펼쳐져 있다.

지옥과 연옥과 천국을 한눈에 보여 주는 그림 속에는 단테 시대의 자연과학, 천문학, 철학, 신학의 학문적 지식이 응축되어 있다. 피렌체에서 추방되어 객지를 떠돌며 살았던 단테는 고향 피렌체에 대한 그리움을 '천국' 편 제17곡(54~60)에서 이렇게 노래하였다.

라벤나에 있는 단테의 무덤

너는 더 애틋이 사랑하는
모든 걸 버리리니 이것이 곧 추방의
활이 쏘는 첫 번째 화살이 되리라.
남의 빵이 얼마나 쓴 것인지 또
남의 계단을 오르내리는 것이 얼마나
힘든 것인지 너는 알게 될 것이다.

여기에 대해 댄 브라운은 소설 「인페르노」에서 "지옥의 가장 암울한 자리는 도덕적 위기의 순간에 중립을 지킨 자들을 위해 예비되어 있다"는 의미심장한 말을 하였다. 이 책은 「신곡」 중 '지옥'을 배경으로 쓴 소설이다. 단테도 '이 시대에는 시인다운 시인이 없다'는 넋두리를 했고, 당대 지식인들 가운데 부정과 부패와 비리에 입과 눈을 닫았던 인사들을 모두 지옥으로 보냈다.

정교분리를 외치거나 '정치에 관심 없다' 혹은 '정치적 중립을 지켜야 한다'며 시민으로서 권리를 외면하거나 회피하는 사람은 단테에 의하면 지옥에 떨어질 영혼의 무리에 속하는 자들이다. 당장 자신과 관련이 없다고 해서 사회적이고 인간적인 삶을 외면하는 이들에게 단테는 그것이 얼마나 독선적인 중죄에 속하는지를 엄중히 경고하였다. 실제로 정교분리를 외치며 중립을 강조하는 사람치고 불의에 목소리를 내는 사람을 본 적이 없다. 그들이 말하는 정교분리라는 것은 자신들의 불의와 부정에 침묵해 달라는 것으로, 결국 그들의 잘못된 행실을 지지해 달라는 것이다. 그래서 정교분리를 말하는 사람, 정치적 중립을 강조하는 사람이야말로 가장 나쁜 정치인의 무리에 속할 수밖에 없다. 단테가 그들을 지옥의 심연에 처박아 넣은 것도 바로 이 때문이다.

정치를 통해 단테는 인간의 비열한 속성을 경험하고, 도덕과 윤리, 종교적인 이상을 목말라 하며 삶을 치열하게 받아들였다. 「신곡」은 망명 생활 중에 라벤나에서 집필한 것으로서, 그가 정치로 인한 고통과 분노를 종교에서 희망을 찾아 나가는 과정이다.

시인은 시대의 부정과 부패, 인간의 죄와 아픔에 민감하다고 했

DANTI·ALIGHERIO
TVSCI
HONORARIVM·TVMVLVM
A·MAIORIBVS·TER·FRVSTRA·DECRETVM
ANNO·M·DCCC·XXIX·
FELICITER·EXCITARVNT

NEL VII CENTENARIO DELLA
NASCITA
L'ASSOCIAZIONE NAZIONALE
DEI COMUNI ITALIANI
MCCLXV ~ MCMLXV

NEL VII CENTENARIO DI
NASCITA
ASSOCIAZIONE STVDIVM
MCCLXV ~ MCMLX

다. 그래서 버르질 게오르그는 "시인이 아파하는 사회는 병든 사회"라고 했다. 단테가 바라본 피렌체는 병든 사회였다. 그래서 인간이 죄악에서 벗어나 평화를 누릴 수 있도록 하는 것이 자기 사명이라고 생각하고 정치판에 뛰어들었으나, 그것은 단테의 몫이 아니었던 모양이다. 타락한 사회에 대한 개탄, 부조리한 세계와 맞서고자 하는 신념은 광야에서 울부짖는 시인의 외로운 포효에 불과했다. 흔히 세상의 고통은 고통을 맛본 자만이 알 수 있고, 볼 수 있다고 하였다. 슬픔을 맛보지 않고, 슬픔을 간직해 보지 않은 사람이 세상의 슬픔을 어떻게 자기 것으로 이해하고 받아들 수 있을까? 「신곡」이 불후의 명작으로 남을 수 있는 것은 인간이 가질 수 있는 수많은 감정이 세상의 그것과 교호하여 태어났기 때문일 것이다.

단테는 망명객으로 1321년 9월 14일, 라벤나에서 56세 나이로 이승에서의 생을 마감하였다. 라벤나의 인적 없는 성 프란치스코 수도원 뒤뜰에 있는 그의 무덤은 단테의 생애를 침묵으로 대변하고 있다. 단테가 사망한 뒤에야 알려진 「신곡」은 피렌체에 커다란 충격을 주었다. 이후 피렌체는 여러 차례 단테의 주검을 돌려달라고 요구했지만, 그럴 때마다 라벤나는 "(단테는) 그대들이 내친 사람이 아니었던가? 그는 피렌체의 시인이 아니라 라벤나의 시인이다!"며 거절했다.

피렌체는 단테 사후, 그에게 계관시인의 명예를 헌정하고 다양한 형태로 단테를 기념하지만 정작 단테는 돌아오지 않았다. 그래서 피렌체 산타크로체 대성당에는 단테의 빈 무덤만 있다.

<
산타크로체에 있는
단테의 빈 무덤

2 프란체스코 페트라르카

Francesco Petrarca, 1304~1374

페트라르카는 중세와 르네상스를 잇는 인물로 르네상스가 어떠해야 함을 제시한 첫 번째 인물이었다. 그는 로마제국 시대를 인간성이 살아 있던 최고의 시대로 보았다. 그는 로마제국이 멸망한 이래 세상은 점차 부패하여 중세 암흑시대에 이르렀다고 보았다. 그는 역사를 종교적 사건의 연속이 아니라, 사회 문화적인 진보로 보았기 때문에, 고대 그리스·로마의 유산을 재발견하여 '재생'(르네상스)시켜야 한다고 주장하였다. 그래서 그는 그리스·로마 시대의 고전 문헌을 모으고 라틴어로 시와 책을 쓰며, 이런 식으로 고전을 통해 교양을 쌓으며 인간이 어떻게 살아야 하는지 사색하는 것을 인문주의라고 불렀다.

고전에 뿌리를 두고 속어로 책을 쓰기 시작한 그의 온고지신적인 태도는 이후 예술, 과학 등 여러 분야에 많은 영향을 미쳤다. 우리가 흔히 '르네상스Renaissance'로 알고 있는 문화 운동의 명칭, 내용, 운동의 성격, 방향 등을 제시해 준 사람이 바로 페트라르카다.

그는 부친이 정치에 입문했다가 정적들에 의해 쫓겨 피렌체 남쪽 아레쪼로 이주해 살던 1304년에 태어났다. 정치인에서 공증인

아르콰에 있는
페트라르카 생가의
벽화 '페트라르카와
라우라'
무명 작가 작

의 길을 걷던 부친은 페트라르카를 프로방스의 몽펠리에 대학으로 유학을 보내 법학을 공부하게 했다. 페트라르카는 이후 당시 유럽 최고 법학부를 자랑하던 볼로냐 대학에서도 공부했으나, 부친이 사망(1326년)하자 법학 공부를 그만두었다. 그리고 교황청이 있는 아비뇽에서 근무하며 방대한 장서를 탐독하며 교양을 쌓았다. 1327년 아비뇽에서 그는 운명의 여인 라우라(Laura de Noves, 1310?~1348)를 만나며 시를 쓰기 시작했다. 이후 한평생 그는 그녀로부터 헤어나지를 못했다. 「칸초니에레」와 「속어단편시집」에 실린 라우라를 향한 애정을 담은 시는 14세기 이탈리아를 대표하는 시가 되었다. 그의 시는 소네트 형식으로 자리를 잡았다.

라우라와의 사랑으로 인해 그는 모든 재산을 탕진했고, 성직자의 길로 접어들었으나 라우라를 향한 사랑과 신을 향한 사랑 사이에서 고뇌했다. 그의 시와 문학은 그런 고뇌 속에서 더욱 성숙해 갔다. 1337년 거의 30세에 이르러 쓴 라틴어 서사시 「아프리카」는 페트라르카를 세상에 알린 첫 작품이었다. 이 작품은 제2차 포에니 전쟁을 주제로 로마의 장군 스키피오 아프리카누스의 영웅적인 활동을 노래한 것이다. 그는 로마를 통해 고대에 대한 애착이 깊어지면서 현실에 대한 이상으로서 고대를 연구하기 시작했다. 이것은 페트라르카가 인문주의에 깊이 뿌리를 내리는 계기가 되었다. 훗날 보카치오가 그의 제자 중 한 사람이 되었다. 그 뒤 1341년 로마에서 계관시인의 영예를 얻었는데, 사실 페트라르카는 이상을 받기 위해 많은 노력을 했다고 한다. 이미 계관시인 반열에 올라 있던 단테를 의식한 탓인지, 아니면 아버지의 사망에서 시작된 라우라와의 결혼 문제와 페스트로 인한 그녀의 죽음(1348년)과 성직자로서 사생아들을 얻게 되는 부도덕한 삶을 타계하기 위한 것이었는지는 모르겠으나 계관시인이라는 명예는 그에게 매우 큰 의미를 갖는 것이었다.

1343년, 믿고 의지하던 동생 게라르도가 수도원으로 들어가자 혼자 남게 된 페트라르카는 성직자로서 쾌락과 명성 사이에서 힘든 심적인 고뇌를 회고하였다. 그 시기에 한 인간으로서 삶의 성찰을 담은 것이 바로 「칸초니에레Canzoniere」(1342~1348)다. 이 작품은 그가 1342년부터 집필한 이탈리아어로 쓴 최초의 서정시집이다. 이후 그는 산문은 주로 라틴어로 썼고, 시는 이탈리아어로 썼다. 지상의 것에 집착한다는 것은 신에 대한 전적인 헌신과 양립할 수 없는지에 대해 진지하게 고민하였다. 현세의 것을 버릴 수 없는 상황에서 라우라로 채워진 사후세계에 대한 동경은 인간적이면서도 성스러운 면을 동시에 보여 주었다.

그의 서간문집인 「친구들에게 보낸 편지」(1325~1366)에는 350여 통의 편지가 실려 있는데, 그것을 통해 페트라르카의 인간관계에 대한 면면을 엿볼 수가 있다. 그는 특별히 키케로(BC 106~43년)와 성 아우구스티누스(354~430)를 사랑했다.

1370년 이후부터 파도바와 부근의 아르콰(그곳에 작은 집을 가지고 있었음) 사이를 오가며 지냈는데, 그곳에서 그는 베네치아에서 받은 비판적 공격에 대한 인문주의적 옹호론 「자신과 많은 사람들의 무지에 대하여」를 썼다. 같은 해인 1370년에 페트라르카는 교황 우르바노 5세의 부름을 받고 로마로 가면서 교황청의 달라진 분위기에 맞추어 자기 꿈이 실현될 것을 기대했으나 도중에 뇌졸중으로 쓰러지고 말았다. 그런 가운데서도 계속해서 글을 썼다. 1374년 아르콰의 서재에서 숨을 거두는 순간까지 일에 매진하였다. 사망한 다음 날 아침에 발견된 그는 베르길리우스의 원고에 머리를 묻고 있었다고 한다.

이탈리아 문학비평가이자 철학자였던 브랑카(Vittore Branca, 1913~2004)는 페트라르카를 일컬어 "현대 서정시와 인문주의 문명의 아버지"라고 평가하였다.

앞서 말했듯이 '고전의 부활'을 두고 '르네상스'라고 처음으로 외친 사람은 페트라르카였다. 그래서 그를 두고 '이탈리아 르네상스의 아버지', '최초의 르네상스인이자 휴머니스트며, 근대인'이라고 부른다. 그는 '최초의 근대인'이라는 타이틀에 어울릴만하게 "나는 어느 곳의 시민도 아니다. 모든 곳에서 나는 이방인이다"고 말했다. 그는 당시 학교들에 지배적이던 아리스토텔레스주의를 배격하고 고전 작가들의 영적인 가치를 복권하는 학문을 주창하며 그것을 '인문학(litterae humanae)'이라고 불렀다. 그는 고전으로 분류되는 과거를 과거의 것으로만 두지 않고 현재의 자양분으로 삼으며 미래를 설계하는 준거로 삼았다. 그는 최초의 관광객이자 산악인이었고, 부정직한 법률가들이 싫어서 법학을 피하고 고대 로마의 문학을 문헌학적으로 수집, 편집, 번역하여 복원하는 데 몰두하였다. 그리고 그 중심에 '인간'을 두었다. 신이 세상을 창조한 것도 인간을 위해서였고, 신의 지속적인 섭리는 인간을 세계의 중심에 두었기 때문이라는 것이 페트라르카의 생각이었다. 이런 그의 의식이야말로 인문주의적 태도의 시발점이자 14세기, 15세기 르네상스 인문주의의 원동력이 되고, 인간의 현세생활을 풍성하게 하는 신학적인 기초가 되었다.

그는 리비우스의 역사와 키케로의 도덕철학과 관련한 텍스트를 발견하여 번역 혹은 교정하면서 고대인들의 생각과 삶을 올바로 파악하고 그것을 현실에 적용하고자 하였다. 그는 라틴어로 새로운 저작물을 내놓으며 로마 문학을 당대에 맞게 계승하고자 하였다. 그런 점에서 이런 경향의 학문 형태를 스투디아 후마니타스 Studia Humanitas, 곧 '인간 연구', "인간을 완전하게 만들어 주는 최고의 학문"이라고 부른 브루니(Leonardo Bruni, 1370~1444)와 "인간의 정신을 고귀하게 하고 신체의 재능을 최고도로 발휘하게 하는 학문"이라고 강조한 베르제리오(Pier P. Vergerio, 1370~1444) 와 같은 부류에 속해 있었다고 할 수 있다.

그들이 연구한 고전은 수사학, 역사, 도덕, 철학 등 오늘날 '인문학'이라고 불리는 학문 분야들이었고, 그것은 이후 다양한 학문 분야로 퍼졌다. 회화와 조각은 물론 건축과 생활에 이르기까지 고대의 것을 모방하는 데 그치지 않고 자연과 현상을 새롭게 바라보고 창의적으로 재탄생시켰다. 법학 분야에서도 볼로냐 대학을 중심으로 로마법 연구가 부활했고, 바르톨루스에 의해 새로운 법체계가 마련되기도 하였다.

페트라르카는 인간성을 발견하기 위한 가장 좋은 도구는 고전이라고 판단하고, 중세의 스콜라 철학에 비판을 가했다. 그의 고전에 대한 동경에서 비롯된 고전 연구는 이후 로렌초 발라(Lorenzo Valla), 브루니, 피치노(Ficino, 1433~1499), 알베르티(Alberti, 1404~1472), 폴리치아노(Angelo Poliziano, 1454~1494), 피코(Pico della Mirandola Giovanni, 1463~1494) 등으로 이어지면서 고전 수집을 넘어 보편적인 인간성을 추구하여 현대 학문과 예술의 기틀을 세웠다.

페트라르카는 "나는 내가 아는 누구하고도 다르다"라고 함으로써 강한 자의식을 보여 주었다. 여기에서 자의식은 정신적인 상태다. 개인주의 혹은 사회 정치적인 조건이 아니라 자기 개성, 독자성, 독창성으로 대변되는 정신의 자유다. 여기에서 르네상스의 인간은 '나는 자유다'라고 해석할 수 있다. 인간이 물리적인 감금 상태나 죽어 가는 상태에 있어도 날카로운 자의식이 살아 있는 한 인간은 인간일 수가 있다.

14세기 인문주의를 통한 인간의 재발견은 15세기, 미란돌라에 의해 인간 존엄성을 선언함으로써 르네상스를 넘어 근대를 선언하기에 이르렀다. 인문주의는 세계의 모든 종교와 사상에 담긴 의미와 보편성을 인정하고 그것을 통합하려고 한 문화다원주의라고도할 수 있다. 그런 점에서 페트라르카는 최초의 르네상스인이자 근대인이며, 문화다원주의자였다.

「나의 비밀」과 그의 작품세계

페트라르카가 쓴 라틴어 시집 「나의 비밀(De secreto conflitu curarum mearum)」(1342?)은 라틴어 제목이 말해 주듯이 '내 고통의 숨겨진 갈등'에 대한 회고다.

1340년대에 들어와 페트라르카에게 호기가 찾아오는 듯했다. 1340년 9월 학자로서 그의 명성은 널리 퍼져 계관시인으로 파리와 로마에 초대되었다. 그는 이 영예를 얻으려고 많은 애를 썼다. 그것은 개인적인 야심 때문이라기보다는 고전을 통해 재발견된 시의 숭고함을 공적으로 인정받는 것이었기 때문이다. 이에 그는 조금도 머뭇거리지 않고 로마로 떠났고, 1341년 4월 카피톨리노 언덕에서 계관시인의 월계관을 받았다. 그리고 그것을 성 베드로 대성당 베드로 사도의 무덤 위에 바쳤다. 이것은 그가 연구하고 있는 고전의 전통과 그리스도교 정신을 잇고자 하는 의식이었다.

그러나 이듬해인 1342년, 프로방스에서 그의 사생아가 태어나자 큰 위기가 찾아왔다. 불운은 거기에 그치지 않았다. 그때까지 페트라르카의 정신적인 지주였던 산세폴크로의 본당 사제가 사망하고, 계관시인의 반열에 오를 수 있도록 아낌없는 도움을 주었던 나폴리의 왕 로베르토도 1343년에 세상을 떠나고 말았다.

이런 연이은 슬픈 사건들이 시집 「나의 비밀」의 배경이다. 페트라르카는 연속되는 괴로움을 달랠 길이 없어 성 아우구스티누스와 대화 형식으로 자기 고민을 털어놓게 되는데, 그것을 엮은 것이다. 이 시집은 상상 속에서 성 아우구스티누스와 주고받은 세 편의 대화로 이루어진 자서전적인 시다.

이 책에서 그는 대표적인 인문주의 사상이라고 할 수 있는 '정신이 살아가는 법'에 대해서 피력한다. 인간이 세속적 관심과 오류의 한복판에 있다고 하더라도, 또 세속적이고 인간적인 일에 몰두한다고 하더라도 그런 속에서 인간은 여전히 신에게 이르는 길을 발견할 수 있다고 하였다. 신을 향한 희망만이 인간을 궁극적으로 살리는 것임을 피력한 것이다. 그런 점에서 페트라르카의 영적인 문제는 언제나 일관된 해답을 얻었다고 할 수 있다. 이것은 단테에게서도 발견되던 것이었다. 한 마디로 인문주의자의 종교적, 도덕적 시각을 표현한 것이다.

페트라르카의 문학적 업적은 속어로 지칭되는 우아한 이탈리아어 시詩와 인문주의의 선구를 이루는 방대한 라틴어 산문으로 구분된다. 스콜라학파를 배척하고, 그리스·로마 시대 고전을 통해 그리스도인이 지녀야 할 삶의 태도를 모색했으며, 중세 연애시의 전통을 계승한 시집 「칸초니에레」는 르네상스 서정시의 방향을 결정지었다. 페트라르카의 시에는 중세의 정신적이고 종교적인 사상에 고전의 우아함을 더한 근대적이고 인간적인 아름다움과 우수에 찬 자연의 아름다움이 동시에 드러난다.

흔히 사상적으로 중세를 연 것은 교부 철학자 아우구스티누스지만, 문을 닫은 것은 페트라르카라고 말한다. 그의 저서 「나의 비밀」은 아우구스티누스와 가상의 대화를 하는 것이고, 그의 손에는 언제나 아우구스티누스의 「신국론」이 들려 있었다고 한다. 그는 독실한 가톨릭 신자로서 신앙인의 정체성을 잃지 않았고, 집필 목표를 언제나 신앙을 굳건히 하는 데 두었다. 그는 많이 읽었고, 그것은 곧 집필로 이어졌다.

그는 저서에서 성경의 인물과 구절들을 인용하기보다는 로마 시대의 인물과 저작, 신화를 인용하여 신선한 충격을 주었다. 일흔 번째 생일을 하루 앞두고 사망할 때에도 손에 펜을 꼭 쥐고 있었다고 한다. 그는 부모와 아들, 손자 등 가족의 대부분을 흑사병으로 잃었다. 한 편지에서 자신으로 인해 사람들이 책을 읽고 글을 쓰는 습관이 흑사병처럼 번지고 있다고 자랑스러워했다고 한다. 자신을 그토록 힘들게 했던 흑사병이었지만, 그것마저 긍정적으로 인용할 만큼 낙천적인 인물이었다. 그를 통해 알 수 있는 것은 근대적 인간이라고 하는 것은 모름지기 '읽고 쓰는' 것을 두려워하지 않아야 한다는 것이다.

그는 과거를 깊이 돌아보고 미래를 진보적으로 바라보는 가운데 현재를 끊임없이 재고하고자 하였다.

나는 마치 다른 두 민족의 경계에 있는 것처럼 동시에 과거와 미래에 눈을 돌리면서 이 자리에 서 있다.
— 페트라르카

여기에서 말하는 과거란, 그리스 로마의 고전 시대를 말하는데, 페트라르카는 그 시대를 인간이 창조 정신을 마음껏 발휘한 시대로 보았다. 반면에 미래는 이러한 상황을 파악하고 이를 근거로 이제부터 인간의 새로운 문명이 시작되는 시대다. 고전 시대와 새로 시작되는 문명의 시대 사이에 그동안 보잘것없는 중간의 암흑기 중세가 있었던 것이다.

3 조반니 보카치오
Giovanni Boccaccio, 1313~1375년

　보카치오는 그의 대표작 「데카메론」에서 드러나듯이 매우 현실
적이고 세속적인 이야기꾼이다.

　그는 1313년에 토스카나의 대도시 피렌체의 행정구역이었던 체
르탈도Certaldo에서 태어났다. 보카치오의 일생은 크게 몇 시기
로 나눌 수 있다. 피렌체에서의 유년기(1313~1327), 나폴리에서
의 청소년기(1327~1340), 피렌체에서의 두 번째 시기(1340~1347),
잠시 포를리Forli에서 거주(1347~1348), 고향에서의 마지막 시기
(1348~1375)가 그것이다.

　1313~1327년, 보카치오의 아버지(Boccaccino di Chellino)는
피렌체 바르디 은행과 상인 조합의 회원이었다. 아버지는 보카치
오가 여섯 살이 되던 해에 어머니를 두고 마르톨다라는 여성과 또
결혼하여 배다른 동생 프란체스코를 낳았다. 보카치오는 아버지의
이런 행동을 좋게 보지 않았다. 그래서 일부 비평가들은 보카치오
가 아버지에 대한 미움내지는 아버지의 애첩에 대해 강한 반감을
품었다고 주장한다.

　아버지는 어린 보카치오에게 상인 수업을 시켜 가계를 물려주

> 우피치 미술관에 있는
보카치오의 동상

GIOVANNI BOCCACCIO

려고 했으나, 보카치오는 아버지의 기대와는 달리 라틴어와 문학에 심취했다. 환경을 바꾸면 달라질 것으로 생각한 아버지는 아들을 자신이 조합원으로 있던 바르디 은행 나폴리 지점에 수습생으로 보냈다. 당시 바르디 가문은 돈을 대부하는 일로 나폴리 궁정을 장악하고 있었고, 보카치오는 궁정 기사도와 봉건주의의 화려함 속에 담긴 온갖 것을 누리며 상업계 귀족사회를 경험하였다. 그런데도 보카치오는 갈수록 상업보다는 문학에 깊이 빠져 들어갔다. 보카치오가 열여덟 살이 되자 아버지는 상인 수업을 시키는 것을 포기하고 전문가로 성장할 수 있도록 교회법 공부를 시켰다. 그러나 교회법 역시 엉망이었고, 보카치오는 궁정의 지식인 계층과 페트라르카의 친구들, 그의 추종자들과 어울리면서 페트라르카의 작품을 접하게 되었다.

1350년 피렌체에서 보카치오는 페트라르카를 직접 만났고, 이후 그의 문학 활동이 본격화되면서 결정적인 변화를 가져오기 시작했다. 「데카메론」 이후 오랫동안 속어로 쓰지 않던 글을 다시 쓰기 시작했고, 단테와 페트라르카를 모방한 작품들을 인문주의적 토대 속에서 집필하기 시작했다. 가령 당시 사건들을 풍자한 짧은 목가시집 「목가시」(1351~1366)는 단테와 페트라르카의 단시들을 모방하여 썼고, 잘 알려진 여성들의 전기를 모은 「유명한 여자들」(1360~1374)은 페트라르카의 「유명한 남자들」을 본받았으며, 운이 좋은 사람들에게 닥치는 피할 수 없는 재난에 대한 「유명한 사람들의 운명에 대하여」(1355~1374)는 페트라르카의 「개인의 운명 극복에 대하여」에서 영향을 받았다. 그리고 단테에 대한 존경도 여러 편의 작품을 통해 보여 주었다. 「알리기에리 단테의 생애」, 「단테 예찬 논고」, 「단테 작품의 비평」 등이 그것이다.

단테, 페트라르카, 보카치오가 이룩한 라틴어 고전 원문의 재발견과 속어문학의 확대는 피렌체 인문주의 문학의 서막을 연 것으로 평가받고 있다. 그의 무덤에는 그를 일생 지배했던 "그의 열정은 품격 높은 시였다"라는 문구가 적혀 있다.

보카치오의 인간적인, 지극히 인간적인 사랑

보카치오가 '단테에게 바친 보카치오의 오마주'라고 할 만큼 단테와 베아트리체의 관계를 떠올리게 하는 작품 「코르바초 Corbaccio」는 속된 사랑에서 출발하여 그것을 자기 순화의 매개로 활용하고 있다는 점에서 「신곡」과 같지만 「코르바초」가 남겨 주는 여운은 「신곡」과는 매우 상반된다. '코르바초'는 에스파냐어로 'corbacho', 프랑스어로 'courbache'이다. 이 단어는 '여성에 대한 비난'을 의미하고, 까마귀(이탈리아어 corvo)처럼 '검은 새'를 의미하는데, 검은 새는 '미친 사랑'을 상징한다. 1인칭 화자 중심의 자아비판(혹은 넋두리) 형태를 띠고 있는 작품의 내용은 대략 이렇다.

주인공으로 등장하는 남성은 미모의 한 미망인을 사랑하게 되었고, 그녀를 향한 사랑에 모든 것을 걸었다. 그러나 그에 상응하는 아무런 대가가 돌아오지 않자 죽음을 생각하던 중에 잠이 들었다. 꿈에 미망인의 남편이 나타나 자신은 성모 마리아의 중재로 하느님께서 보내어 왔으며, 자기가 온 까닭은 사랑의 미궁에 빠진 주인공을 구하기 위함이라고 말한다. 주인공은 영(靈, 혹은 혼령)에게 자기의 사랑 이야기를 하고 여성의 색욕이 남성을 위험에 빠트리게 함으로 그녀로부터 자신을 지켜달라고 요청한다. 혼령은 주인공에게 자기가 살아 있을 때 그녀의 남편으로서, 함께했던 일들을 말해 준다. 내용은 모두 끔찍한 기억들이다. 혼령이 하는 말을 다 듣고 난 주인공은 자기 실수를 보상받기로 하고, 그 방법으로 복수를 결심한다. 혼령은 그녀의 실체를 벗기기 위해 주인공의 훌륭한 글솜씨를 활용하라고 권고한다. 주인공은 혼령에게 사랑의 미궁에서 탈출할 것을 약속하고 눈을 뜬다. 그리고 텅 빈 방에서 깨어나 자기 상처('짐' 혹은 '무게'로 표현)가 치유되었음을 알게 된다. 여기에서 주인공은 보카치오 자신으로, 「코르바초」를 쓰게 된

「코르바초」 속표지

동기를 '사악한 여성'으로부터 젊은 남성들을 지키기 위함이라고 적고 있다. 바로 이것이 글을 통한 복수의 완성이다.

내가 「코르바초」를 읽으면서 들었던 생각은 여성을 외모로만 판단하고 무작정 달려들었다가 낭패를 본 남성들의 넋두리라는 것과 「데카메론」이 여성을 위해 쓴 책이라면, 이 책은 남성을 위해 쓴 책이라는 것이다. 주인공과 혼령은 같은 여성을 사랑했으나 둘 다 한 걸음도 성숙한 단계로 나가지를 못했다. 그런 점에서 단테의 「신곡」과는 전혀 다르다고 하겠다.

「데카메론」의 인문주의적 성격

「데카메론」은 1348년에서 1353년에 걸쳐 집필되었다고 전해지지만, 이야기 배경은 1348년으로 당시 유럽을 강타한 페스트가 피렌체에도 창궐하여 수많은 사람이 목숨을 잃고, 살아남은 사람들마저 절망에 빠져 하루하루를 보내던 때였다.

가공할 만한 전염병을 피해 열 명의 지체 높은 사람들이 산타마리아델라노벨라 대성당에서 만나 교외로 나가 열흘을 보내면서, 지루한 시간을 이야기로 메우고 그것을 엮은 것으로 알려져 있다. 일곱 명의 여성과 세 명의 남성이 날마다 한 사람씩 돌아가며 왕이나 여왕 역할을 맡고 그가 정한 주제에 따라 이야기하고 그의 명령에 따라 일과를 진행하였다. 「데카메론」이라는 책 제목은 열흘 동안 열 사람이 주고받은 백 편의 이야기를 담았기 때문에 '열흘간의 이야기'라는 뜻이다.

이 작품은 단테의 '신곡神曲'에 견주어 '인곡人曲'으로 일컬어지지만 처음 피렌체에서 발표되었을 때, 이탈리아 문학 사상 최초의 근대적인 산문 소설 형식임에도 불구하고, 문단의 반응은 그리 좋지 않았다. 그러나 대중들로부터는 인문주의의 토대가 되었다고 하기에 손색이 없을 만큼 인기를 끌었다. 미사여구를 찾아볼 수 없는 다소 거친 표현과 단순하고 우화적인 이야기를 통해 당시 사회를 신랄하게 풍자하고 고발하고 있기 때문이다. 이야기에 외설적인 면이 많음에도 불구하고, 모순된 사회와 부조리한 사생활을 솔직 담백하게 표현하고, 그것을 통해 삶을 개선하고자 하는 의지도 담겨 있다.

대부분 이야기가 페스트로 사랑하는 많은 사람을 잃고 시민이 폭군의 폭정에 시달리며, 수많은 여성이 폭력적인 남성의 억압에 시달리던 시대의 이야기라고 볼 수 없을 만큼 밝고 유쾌하다. 대부분 결말이 좋고 주인공의 욕구를 성취해 준다는 내용이다. 현실이 좌절과 절망, 슬픔과 비탄의 상황에 처해 있음을 잊은 듯 젊은 열 명의 남녀는 열흘 동안 향락을 만끽하였다.

눈에 띄는 것은 당시에 수동적인 사랑을 할 수밖에 없었던 여성들이 「데카메론」의 이야기 속에서는 대단히 적극적이고, 때로는 과감한 성性적 주체자로, 혹은 한 인격체로 그들의 감정을 유감없이 발산하고 있다는 것이다.

사실 죽음 앞에선 인간은 모두 똑같다. 남성이나 여성이나, 젊으나 늙으나, 배운 사람이나 못 배운 사람이나 모두 똑같다. 피렌체에서 고고하다는 집안의 사람 열 명이 모여서 한 이야기들이란 결국, '인간의 본질은 모두 같다'는 것이다. 페스트에 걸려 언제 죽을지 모르는 상황에서까지 굳이 고고한 척할 필요가 없다는 것이다. 그래서 인간의 감정을 적나라하게 벗기고 있다.

보카치오는 이 이야기들을 하루아침에 혼자서 지어낸 것이 아니라, 당시에 구전되던 이야기들을 모아 편집한 것이라고 한다. 그러면서도 아흔 번째 마지막 이야기의 끝에 열흘째 왕이 될 팜필로가 한 말처럼 "연애가 됐든 다른 무슨 일이 됐듯, 관용을 베풀어 일을 훌륭히 완수한 사람의 이야기를 마지막으로 하겠습니다. 비록 우리의 목숨은 짧지만, 명성은 영원합니다. 이것이야말로 우리 인간이 힘을 기울여 실행할 일이 아니겠습니까?"라며 종국에는 자선(사랑), 혹은 애덕을 향한 나름의 교훈을 주고 있다.

「데카메론」의 영향

「데카메론」은 이후 이탈리아의 예술가들은 물론이거니와 점차 르네상스의 물결을 타고 전 유럽으로 퍼지면서 많은 문인과 예술가에게 영향을 미쳤다. 먼저 같은 피렌체 출신의 화가 보티첼리에게 영향을 미쳤다. 보티첼리는 「데카메론」에 나타나는 여러 이야기 장면을 그림으로 그렸는데, 그 대표적인 것이 메디치 가문의 주문으로 그린 네 개의 패널로 구성된 '나스타조 델리 오네스티 이야기'(1483)이다. 이 이야기는 닷새째 날 여덟 번째 이야기에 등장한다.

보티첼리가 그린 네 점의 그림 중 이야기 전개에서 앞의 세 점은 마드리드의 프라도 미술관에 있고, 마지막 장면인 나스타조와 파올라가 결혼하는 장면은 미국의 한 개인 수집가가 소장하고 있다.

'나스타조 델리 오네스티 이야기'는 여성의 도도함이 한 사람의 순애보에 견주어 그렇게 의미 있는 것이 아니라는 것을 말하려는지, 아니면 여성의 도도함이 무엇을 위한 것인지, 혹여 더 좋은 조건을 찾으려는 의도를 함의하고 있는 것은 아닌지 등 여러 가지 생각을 하게 만든다. 당시 신분은 결혼의 중요한 조건이었다. 그런 점에서 오늘날 이야기하는 조건과 크게 다르지 않으며, 그것이 사랑에 앞서 고려해야 하는 우선순위가 되는 것은 예나 지금이나 크게 다르지 않은 것 같다.

「데카메론」은 영국의 초서(Geoffrey Chaucer, 1340~1400)에게도 큰 영향을 주었다. 초서의 「캔터베리 이야기」는 런던에서 캔터베리로 성지 순례를 가는 사람들이 순례길에서 하는 여러 가지 이야기를 모은 것으로서, 「데카메론」의 영향을 가장 많이 받은 것으로 손꼽힌다. 「데카메론」 못지않은 인간의 감정, 심리에 집중한 명작으로 평가받고 있다. 서른한 명이 어떻게 모이게 되었고, 어떻게 이야기를 시작하게 된 것인지와 함께 저마다 자신들의 이야기를 들려주기 때문이다. 등장인물들의 특징은 이름이 아닌 직업으로 불린다. 이것은 당시 직업이 신분과 관계가 깊어 결국 이 이야기들은 성직자 계급을 포함한 여러 계급을 풍자하고 있다는 것이다.

셰익스피어도 「데카메론」의 셋째 날 아홉 번째 이야기를 모티브로 희곡 '끝이 좋으면 다 좋다'를 썼고, 일곱째 날 일곱 번째 이야기가 모티브가 되어 희곡 '베로나의 두 신사'를 썼다.

「데카메론」은 영화에도 영향을 주었다. 피에르 파올로 파졸리니 감독은 「데카메론」과 함께 비슷한 구성으로 된 「아라비안나이트」와 「캔터베리 이야기」로 삼부작의 영화를 만들었다. 파졸리니 감독은 이 작품들을 통해 인간의 본능인 성적인 세계, 어떤 상황에서나 자연스럽게 드러나는 성적인 본능을 보여 주고자 하였다. 그의 영화 '데카메론'은 1971년 제21회 베를린국제영화제 심사위원 특별상을 받았다.

영화는 보카치오의 원작 중 열 가지 이야기를 골라 느슨하게 연결했는데, 파졸리니는 주로 음탕하고 불경스러운 이야기에 초점을 맞추어 에피소드 형식의 유머로 묘사하였다. 파졸리니가 각본, 감독, 배우를 겸했고, 유명 배우를 쓰기보다는 일반인을 배우로 쓰면서, 이야기 속의 상황을 그대로 재현함으로써 2차 세계대전 이후 계속해서 제기되어 왔던 인간 존재에 대한 근원적인 물음을 던지고자 하였다. 파졸리니는 영화 '데카메론'을 통해 인간을 완전히 발가벗겨 놓고, 과연 "인간이란 무엇인가?"라는 물음을 던진 것이다.

13세기, 14세기에 등장하기 시작한 인문주의자들은 고전 분야의 학문 연구와 저술 활동에 몰두한 문인(Literati)들이었다. 그들은 스토아 철학의 입장에서 마음의 평정을 유지하기 위한 '고독한 생활과 명상 생활'을 예찬하였다. 그러나 15세기에 들어오면서 그것은 '활동적인 생활과 정치 활동'을 예찬하는 것으로 바뀌었다. 이것은 인문주의의 성격과도 연관된 것으로서, 피렌체를 중심으로 각 도시국가에서 공화정이 발전하면서 시민들의 책임의식과 자유의식이 대두되었기 때문이다. 피렌체 시민들은 1402년 밀라노의 침략에 대항하여 스스로 자유를 얻어 현실 참여 의식과 자유의식이 고취되었다. 그들이 볼 때 로마인의 위업이나 현재 그들이 성취한 공적은 모두 자유의 산물이었다. 고대 문화가 몰락한 것은 로마 제국에서 자유가 상실되었기 때문이다. 따라서 이탈리아에서 새로운 문화가 부활한 것은 자유 도시공화국이 생겨났기 때문이라는 것이다.

나아가 초창기 인문주의자들이 스토아 철학에 기대어 청빈을 강조한 것과는 달리 르네상스 인문주의자들은 부富를 적극적으로 해석함으로써 시민 생활과 도시 생활의 토대로 삼으며 덕을 실행하는 조건으로 삼았다. 인문주의자들의 이런 새로운 삶의 태도는 인간은 사회적 책임을 지는 실천적 행동을 해야 한다는 관점에서 비롯된 것이었다.

예술

세계 문화의 산실

피렌체는 세계 문화의 산실이다. 거기에는 신과 인간과 자연 및 인공 구조
물에 대한 수많은 표현이 예술로 승화되어 있다.

미술관과 박물관은 물론 성당들과 궁, 심지어 개인의 주택과 정원들에도 고
귀한 예술품들이 즐비하다. 따라서 피렌체는 어느 한 곳에 국한하여 문예
부흥이라는 인류 최대의 문화 예술의 꽃을 모두 설명할 수가 없다. 앞에서
살펴본 것처럼 굳이 예술이라고 말하지 않은 종교와 언어 및 문학에도 예
술적 영감은 얼마든지 있었다. 그들에게 예술은 어느 한 분야에 속한 학문
의 영역이 아니라 바로 진·선·미로 대변되는 인간의 삶, 그 자체이고 그것
을 표현한 것이며 그것을 즐기는 것이다.

예술을 통해 인간을 향한 찬미의 노래가 끊임없이 울려 퍼졌다. 그러므로
여기에서는 인문주의와 르네상스에 특별히 영향을 미친 예술 작품을 중심
으로 작가의 의도를 통찰해 보기로 하겠다.

IV

마사초의 '삼위일체'

산타마리아델라노벨라 대성당의 왼쪽 복도에는 마사초(Masaccio, 1401~1428)가 그린 벽화 '삼위일체'(1426~1428)가 있다. 이 작품은 당시로서는 처음으로 원근법을 시도하여 피렌체 예술계에 큰 충격을 주었다.

「미술가 열전」을 쓴 바사리(Giorgio Vasari, 1511~1574)는 "그 벽에 구멍이 난 줄 알았다!"고 할 정도였다. 예술사에서는 르네상스가 태동되던 시기를 통찰할 수 있는 최고 수작 가운데 하나로 손꼽힌다. 이 작품은 마사초가 죽던 스물일곱 살에 남긴 마지막 작품이기도 하다. 섬세하고 세련되지만 밋밋한 회화에 실증을 느끼고 있던 사람들에게 충격을 준 새로운 이 회화법은 마치 벽에 홈을 파고 등장인물들을 안치해 놓은 것과 같았다. 예술가들조차 이 회화법의 마력에 빠져들었다. 곰브리치도 이 작품의 혁신적인 특성에 대해 이렇게 이야기하였다.

장막을 젖히는 순간, 우리는 피렌체 사람들의 놀라움을 상상할 수 있게 된다. 브루넬레스키의 근대적인 양식에 따라 설계된 새로운 무덤 성당 저 너머를 보여 주기 위해 벽에 구멍을 뚫은 것처럼 이 그림이 나타났기 때문이다. (중략) 피렌체 사람들이 국제적인 고딕양식의 작품을 기대했다고 해서 피렌체가 다른 여느 유럽의 국가들처럼 그 시대의 유행을 따랐다면 실망했을 것이다. 섬세함보다는 중대하고 묵직한 이미지와 자유롭고 유창한 곡선보다는 모서리와 입체적인 면이 탁월하다.
— E. H. 곰브리치, 「예술사」, Leonardo Arte, 1997년 재판본

>
삼위일체
마사초 작

그림의 아랫부분을 보면 무덤이라는 것을 금세 알 수가 있다. 그리스도의 십자가는 죽음을 상징하는 무덤 위에서 부활을 상징한다. 그리스도의 머리 위에는 비둘기 모양의 성령과 성부가 있어 그리스도와 함께 작품의 주제인 '삼위일체'를 이룬다. 그리고 뒤의 배경은 마사초의 건축학적인 연구를 집대성했다고 해도 과언이 아닐 만큼 다양한 건축양식이 함축되어 있다. 내부의 아치를 받들고 있는 기둥은 이오니아식이고 외부의 대들보처럼 양쪽에 크게 세워진 기둥은 코린트 양식이다.

이렇게 당시 예술계에 큰 충격을 주었던 마사초는 이 그림 외에도 카르멘의 성 마리아 성당 안에 있는 브란카치 경당에도 엄청난 수작들을 남겼다. 브란카치 경당에서 마사초는 전기 르네상스 회화를 한 단계 끌어올렸다고 평가받고 있다. 여기에는 탁월한 두 명의 예술가도 합류하여 공동으로 작업하였다. 바로 리피와 마솔리니이다.

브란카치 경당

브란카치 경당은 이후 오랜 세기에 걸쳐 수많은 위대한 예술가의 성지가 되어, 하나같이 이곳으로 와서 마사초의 그림을 연구하고 따라 하려고 노력하였다. 바사리는 이 경당을 두고 "(예술)세계의 학교"라고 불렀다. 빛에 대한 연구, 원근법, 색깔과 이미지들의 조형성 등 모든 예술적 쇄신의 장이 되었기 때문이다. 미켈란젤로도 이곳에 와서 마사초를 연구했고, 그 결과를 바티칸 시스티나 소성당의 프레스코화에 그대로 적용하였다.

> 세례를 받는 사람들
마사초 작

브란카치 경당에 있는 "(예술)세계의 학교"라고 불리는 작품들은 모두 네 줄인데, 마사초는 그림이 그려진 바탕 자체의 불완전함까지 그림의 한 부분으로 활용하였다. 그중 몇 개를 살펴보면, 오른쪽 벽 위, 가장 왼쪽에 '세례를 받는 사람들'이 눈에 띈다. 이곳에는 창문이 왼쪽에 있으므로 빛이 왼쪽에서 들어온다. 마사초는 바로 이점을 잘 활용하여 그림을 완성하였다.

작품 내용은 몇몇 사람이 베드로에게 세례를 받는 장면이다. 한 사람이 강물 속에서 무릎을 꿇고 두 손을 모으고 있다. 그 뒤에는 다른 사람이 차례를 기다리며 미리 옷을 벗고 대기하고 있다. 이 사람은 약간 추운 듯 떨고 있다. 바사리는 이것을 통해 작품이 대단히 사실적이라고 평가하였다. 그 옆에 서 있는 사람은 옷을 벗고 있다. 네 번째 사람은 아직 발을 물속에 담은 채 머리가 모두 젖어 있다. 이제 막 푸른색 토니카를 입고 단추를 채우고 있다. 그 앞에서 베드로는 작은 그릇에 물을 담아 세례를 주고 있다. 이 작품 속에서 마사초는 놀라운 해부학적인 통찰을 보여 준다. 강물 속에서 무릎을 꿇고 있는 사람, 옷을 벗은 사람, 추운 듯 떨고 있는 사람, 머리가 다 젖은 사람 등에 대한 표현들이다.

이 사람들의 뒤에 있는 무리 중 몇몇 얼굴은 당대 사람들의 초상화로 추정된다. 베드로 뒤에 있는 두 인물은 1771년에 일어난 화재로 손상을 입은 것을 복원하기 전에 원래 벽화의 모습을 보여 주기 위해 1748년에 공개한 모습 그대로 남아 있다. 이 인물은 아랍 지역에서 온 외국인으로 추정된다.

브루넬레스키의 '십자가'

산타마리아델라노벨라 대성당에는 마사초의 '삼위일체' 외에도 브루넬레스키의 '십자가'(1410~1415)가 유명하다. 위대한 건축가의 유일한 나무 십자가로 알려졌다. 바사리에 따르면 산타크로체 대성당에 있는 도나텔로의 '십자가'를 보고 그것과 같은 주제로 브루넬레스키가 조각했다고 한다. 도나텔로의 작품이 하나의 이정표가 되어 구성에서 조화와 수학적 비례에 대해 신경을 많이 쓴 것으로 보인다.

브루넬레스키의 십자가는 무엇인가를 압도하는 무게감이 있고, 발가벗은 몸을 통해 균형과 해부학적인 연구가 표출되고 있다. 고전에서 영감을 얻어 본질에 대한 탐구가 선행되었고, 인체에 관한 해부학과 비례에 대해 연구하였다. 정확하게 높이에 맞게 벌린 팔은 한 면에 완벽하게 차는 듯한 느낌을 주고 코 선은 배꼽을 중심으로 정확하게 일직선을 이룬다. 그 결과 도나텔로의 '십자가'에서 빠진 것처럼 느껴진 그리스도의 신성神性과 인간의 고통이 잘 접목된 조화로운 작품으로 탄생하였다.

도나텔로의 작품에 비해 형태의 수학적인 완벽함이 그리스도의 신적인 신분이 갖는 완벽함을 반영하는 듯, 보다 이상적이고 체계적이다. 여기에 대해 현대 이탈리아의 예술사학자 벨로시(Luciano Bellosi, 1936~2011)는 브루넬레스키의 조각을 두고 "예술사에서 첫 번째 르네상스 작품"이라고 평가하였다. 도나텔로, 비안코, 마사초로 이어지는 르네상스 조각의 기준점이 되었다는 것이다.

십자가
브루넬레스키 작

1

두오모의 작품 박물관
Museo dell'Opera del Duomo

두오모의 작품 박물관은 1296년에 피렌체 공화국에서 설립한 평신도 재단 '두오모 사업'이 그 기원이다. 지금의 세례당이 있던 곳에 설치되었던 일종의 공사 현장이었다. 재단에는 당시 꽃의 성모 마리아 주교좌성당 건축에 참여한 행정가, 예술가, 노동자 들이 주요 회원이었다. 기베르티의 공방이 거의 이곳으로 옮겨지다시피 하여 지금의 '천국의 문'을 조각했고, 미켈란젤로도 훗날 이곳의 두오모 공사장에서 쓰고 남은 대리석 덩어리로 '다윗'을 완성하였다. 그리고 세례당과 두우모와 종탑이 완성되면서 지금과 같이 두오모 광장 북동쪽으로 "두오모의 작품 박물관"이라는 이름으로 이전하였다.

1436년에 두오모 공사를 끝으로, 재단의 존속 여부에 대해 말이 있었으나 두오모, 세례당, 종탑을 유지 관리하는 조건으로 계속해서 유지하기로 하였다. 그리고 1891년부터 재단의 장소 일부를 손보고, 재단에서 가지고 있던 작품들을 골라 박물관이라는 이름으로 일반에게 공개하기 시작하였다.

그동안 이곳에는 두오모, 세례당, 종탑 공사에 직접 또는 간접적

두오모 작품 박물관
입구

으로 연관이 있는 많은 작품과 자료가 수집되었다. 고대 로마 시대
에 이 일대에서 신전을 건축하면서 사용되었을 것으로 추정되는
부속품들과 세례자 요한의 손가락을 비롯한 여러 성인의 유해와
유물, 십자가, 금고, 제의, 교서 같은 성물들은 물론, 1300년대에서
1500년대 사이 피렌체 조각의 역사를 한눈에 볼 수 있는 많은 작
품과 브루넬레스키의 돔 모형, 1500년대에서 1600년대 사이 두오
모 공사에 사용했던 거중기, 이동대, 밧줄 등이 모였다.

　이런 많은 전시품 가운데 단연 최고로 꼽을 수 있는 것은 세례당
동문인 기베르티의 '천국의 문'이다. 그밖에도 이곳에는 옛날 주교
좌성당의 정면을 장식했던 디 캄비오의 '보니파시오 8세 교황의 조
각상', '유리 눈의 성모' 등이 있고, 디 카마이노(Tino di Camaino)
의 '세례자 요한의 머리', 도나텔로의 '하와의 창조', '생각하는 예언

자', '이삭의 희생', '복음사가 요한', '참회하는 막달레나' 등이 있으며, 디 비안코(Nanni di Banco)의 '어린 예언자'와 '성 루카'도 있다. 도나텔로와 델라 로비아(Luca della Robbia)의 '두오모 성가대석', 피사노(Andrea Pisano)의 종탑 장식 부조도 있다. 폴라이올로(Antonio del Pollaiolo)의 성 요한의 보물 십자가와 성 요한의 일화를 일곱 개의 색깔과 금실로 수놓은 스물일곱 개의 벽장식용 판이 있고, 미켈란젤로가 조각한 '피에타'(반디니의 피에타)가 있다.

도나텔로의 '복음사가 요한'

도나텔로의 '복음사가 요한'은 이후 피렌체 출신의 여러 조각가들에게 여러 형태로 영향을 준 작품이다. 도나텔로의 작품 세계 안에서도 '다윗'과 비교해 볼 때, '다윗'이 왕자의 모습이라면 '복음사가 요한'은 왕의 모습이다. '복음사가 요한'은 격조 높은 외적인 우아함과 내부의 힘이 억제된 느낌으로 인해 100년 뒤 미켈란젤로가 조각하는 '모세'의 모델이 되었다는 이야기도 있다. 미켈란젤로의 '모세'는 고대 그리스의 '토르소'(현재 바티칸박물관 벨베데레의 뜰에 소장)의 영향을 받았다는 설도 있지만, 도나텔로의 '복음사가 요한'의 영향도 전혀 없었다고는 할 수 없을 만큼 많은 부분에서 유사한 점을 보여 준다. 이 작품은 피렌체 두오

복음사가 요한
도나텔로 작

모의 정문 옆의 벽감을 장식하기 위해 다른 복음사가들과 함께 조각되었다.

도나텔로가 조각한 요한의 얼굴에는 거룩하면서도 이상적인 어떤 존재를 형상화한 것 같은 느낌이 흐른다. 어깨에서 가슴으로 이어지는 기하학적인 반원형의 구성은 고딕양식이 지니고 있는 원칙들을 반영한 것으로 파악된다. 그리고 고고한 자태로 앉아 있어 놓치기 쉬운 하체에는 다리 주변으로 자연스럽게 흐르는 듯 늘어진 옷자락과 그 속에 감춰진 다리를 은근히, 그러나 분명하게 드러냄으로써 미래의 시대를 예고하는 듯하다.

도나텔로의 '참회하는 막달레나'

이곳에는 도나텔로의 또 다른 명작 '참회하는 막달레나'(1453~1455)도 있다. 이 작품은 몇 개 안 되는 목조 작품의 하나다. 이 작품에 대한 바사리의 비평은 이 작품만큼이나 유명하다.

도나토(도나텔로의 애칭)의 손에서 나무로 된 참회하는 성녀 마리아 막달레나가 탄생하였다. 단식과 금욕으로 다져진 모습을 너무도 아름답게, 잘 조각하였다. 모든 면에서 해부학적인 완벽함과 정신적인 깊은 고뇌를 잘 표현하였다.
— 조르조 바사리, 「미술가 열전」, 1568

마리아 막달레나는 나이가 들면서 세상으로부터 멀어져 혹독한 단식으로 외모는 처참하게 되었으나, 그 아름다움은 여전히 긴 머릿결이 대신해 주고 있다. 그녀는 참회와 기도를 통해 얻은 구원의 최고 모델이 되었다.

도나텔로는 당시 많은 예술가가 하듯이 예수의 발을 닦았던 머리카락이나 십자가 혹은 부활절 아침에 가지고 갔던 향유통과 같은 전통적인 물건들을 쓰지 않았다. 그래서 관람자들은 시선을 어느 한 부분에 집중하지 않고 온몸을 고르게 살핌으로써 그만큼 많은 생각을 하게 된다.

참회하는 막달레나
도나텔로 작

푹 파인 얼굴, 실명한 듯 꺼져 있는 눈, 바짝 마른 몸에서 새어 나오는 긴장 상태까지 피폐해진 육체의 모든 것을 여과 없이 표현하고 있다. 긴 머릿결은 거칠게 엉겨 붙은 채 늘어져 있고 누더기는 처참한 성녀의 상태를 대변하며, 몸은 해골처럼 서 있다. 기도하려는 듯 힘겹게 두 손을 모아 보지만 여의치 않고 다만 자신을 더 낮게 숙이며 탄원의 몸짓을 하고 있는 듯하다. 시선은 고뇌로 굳어 버린 듯, 한 곳을 응시하고 있다. 막달레나의 눈만 보아도 인간의 영적인 깊은 고뇌를 알수 있다. 힘들고 아프고 지친 상태이기에 '함께 아파'(com~passio) 하지 않을 수가 없다. 한때 불타올랐던 욕망의 불꽃은 그 흔적을 찾을 수가 없다. 외로워서, 혼자 있을 수가 없었던 시절은 어디에서도 찾아볼 수가 없다. 인간적인 모든 욕망의 허상을 깨달은 순간, 그녀는 모든 것을 버렸다. 여성으로서 탐할 수 있는 최고의 가치였던 젊음도 아름다움도 과감히 버렸다. 아니 그것들에 스스로 무서운 단죄를 내렸다. 그리하여 세상의 영화를 버리고 험난한 십자가의 길을 따랐다.

도나텔로는 이 작품에서 이상주의를 추구하기보다는 진정한 자연주의의 면모를 아낌없이 보여 주었다. 막달레나는 도나텔로가 젊은 시절에 보여 주었던 전통적인 이미지에서 완전히 벗어나 육체적인 미美의 부정을 통해 거의 해골에 가까운 '살아 있는 미라'의 경지에 이르렀다. 또 나무 소재가 지닌 타고난 색깔과 결을 최대한 이용함으로써, 도나텔로는 극적이고 애처로운 분위기를 최고로 끌어올려 자신의 예술적 감각을 유감없이 발휘하였다.

미켈란젤로의 '반디니의 피에타'

'반디니의 피에타'(Pietà di Bandini)로 알려진 미켈란젤로의 피에타는 현재 두오모 박물관에 소장되어 있다. 이 작품은 미켈란젤로의 네 개 '피에타' 가운데 하나로 그가 일흔다섯 살에 조각한 미완성작으로 알려져 있다. 인생의 온갖 고초를 겪고 난 대大 예술가가 니코데모의 모습에 피로하고 지친 자기 모습을 새겨 넣은 자화상적인 작품이다.

이 작품은 미켈란젤로가 자기 무덤을 장식하기 위해 조각한 것으로 처음에는 로마의 성모 마리아 대성당에 전시했다고 한다. 십자가에서 내려 무덤에 묻히기 직전 그리스도의 모습을 조각한 것으로서 그리스도의 희생과 구원에 관해 묵상하도록 한다. 바사리에 따르면, 1547년에 조각을 시작했으나 줄리오 2세 교황의 무덤 장식(1548년에 완성)을 하고 남은 돌을 사용하는 바람에 돌의 상태가 매우 지저분하고 단단하여 조각하기가 여간 어려운 것이 아

반디니의 피에타
미켈란젤로 작

니었다고 한다. 그러다 보니 시간도 많이 걸리고 힘도 많이 들어이 작품을 조각한 뒤 미켈란젤로가 부쩍 늙었다는 이야기도 있다.

1553년에도 조각은 아직도 '진행 중'이었고, 어느 날 바사리가 상황을 살피기 위해 미켈란젤로를 찾았을 때, 미켈란젤로는 일부러 등잔을 엎어 그가 조각을 보지 못하게 하였다. 그리고 우르비노라는 시중드는 사람을 불러 등잔을 치우도록 하며 "나도 언젠가는 저 등잔처럼 내 인격이 무너지고 생명의 등불이 꺼지겠지요?"라고 중얼거렸다고 한다. 미켈란젤로의 우울증은 날이 갈수록 심해졌고, 1555년경에는 자기가 조각한 작품을 부수려고도 하였다.

그리스도의 다리를 어떻게 배치할 것인지를 놓고 고민하다가 대리석의 결이 잘려 나가기도 했다고 한다. 형편없는 원석으로 명작을 만들려는 미켈란젤로의 노력과 인내심도 마침내 한계에 부딪쳤다. 돌의 결을 잃은 충격에 미켈란젤로는 엄청난 좌절감에 빠졌고, 괜히 시중드는 우르비노에게 계속해서 화풀이를 하였다. 그리고 종국에는 정신을 잃고 망치로 부수기 시작했다. 돌이 워낙 단단한 탓에 심한 상처는 입지 않았지만, 그때 맞은 흔적은 작품 여러 곳에 아직도 남아 있다. 예수의 팔꿈치와 가슴, 그리고 어깨와 마리아의 손에 남아 있는 상처가 바로 그것이다. 게다가 예수의 왼쪽 다리마저 마리아에게 얹혀 있는 듯하나 겉으로 전혀 드러나지 않아 작품성을 잃었다. 이렇게 가치를 잃고 쓸모가 없게 된 작품을 1561년 미켈란젤로의 제자 칼카니(Tiberio Calcagni)가 피렌체 출신의 조각가인 반디니(Francesco Bandini)에게, 왼쪽 귀퉁이에 마리아 막달레나를 추가로 조각하고 전체적으로 손봐 주겠다는 조

IV 예술 | 세계 문화의 산실

건으로 싼 값에 팔았다.

1564년 미켈란젤로가 사망하자 그의 유해를 피렌체에 있는 산타크로체 대성당에 안치하면서 이 조각상도 자연스럽게 그곳에 있어야 한다는 의견이 조심스럽게 나왔다. 그러나 몬테까발로 Montecavallo의 반디니 포도밭에 있던 이 조각상은 1564년 미켈란젤로와 같은 해에 반디니가 죽은 이후에도 여전히 그곳에 있었다. 이에 베르니니(Gianlorenzo Bernini)가 나서서 메디치 가를 설득했고, 1674년 코시모 데 메디치 3세가 사서 피렌체로 가지고 왔다. 그리고 1722년에 피렌체 '꽃의 성모 마리아 대성당' 중앙 제단 오른쪽 장식을 위해 피렌체 두오모로 옮겼고, 1981년 이후 두오모 박물관에 전시되어 있다.

작품의 주제는 '그리스도의 죽음'이다. 이 주제는 복음서를 통틀어 가장 비극적이고도 숭고한 순간을 형상화한 것으로서 당시 예술가들이 즐겨찾던 것 중 하나였다. 여기에서도 그리스도를 둘러싼 주변 인물들을 통해 비극적인 순간의 표현이 잘 드러나고 있다. 그리고 그것을 당시 많은 예술가가 다가올 부활을 의식하며 평온하게 고통을 감내하는 모습으로 표현하였다. 미켈란젤로 역시 젊은 시절 로마의 성 베드로 대성당에 전시된 '피에타'를 조각했고, 거기에서 그는 다른 예술가들과는 달리 비극적인 순간을 강조한 것이 아니라, 육체의 아름다움과 그것을 묘사하는 방식을 강조한 바 있었다. 그러나 이제 75세, 죽음의 무게를 의식하는 시점에서, 니고데모로 표현된 작품 속 인물을 통해 자신의 예술가적 삶에 대한 비극적 고뇌를 묘사하였다.

아무런 의식 없는 예수를 끌어안고 있는 주변 인물들은 피라미드 구도를 이루고, 예수의 몸이 마치 아래로 미끄러져 내려가는 듯한 인상을 준다. 예수의 머리와 상체는 꼬여 있는 것 같고, 다리는 지그재그로 늘어져 있다.

　　비극적인 순간은 크고 작은 인물들의 배치로 역동성을 띠고, 죽음을 받아들이는 심리적인 상태는 전체적인 분위기를 평화롭게 만든다.

우피치 미술관

　피렌체에서 가장 잘 알려져 있고 세계적으로도 유명한 이탈리아의 미술관을 꼽으라면 단연 우피치 미술관일 것이다. 원래 이곳은 피렌체를 통치하던 메디치 가문의 행정 관저로 쓰기 위해 바사리가 코시모 1세 데 메디치의 요청으로 지은 건물이다. 1574년에 완성된 이 건물의 이름이 '우피치', 곧 '사무실'이라는 뜻은 그 때문이다. 건물 내부는 모두 3층으로 되어 있다.

　여기에 전시된 작품들은 대부분 메디치 가문에서 소장하던 것이고, 18세기, 19세기 피렌체의 여러 수도원에서 가지고 있던 종교 예술품들도 많다. 특히 12세기에서 18세기에 걸쳐 연대기 순으로 소장된 수작들은 당시 토스카나, 특별히 피렌체 예술의 정수를 보여 주고 있다. 고딕양식에서 르네상스를 거쳐 매너리즘까지, 치마부에서부터 미켈란젤로까지, 지오토를 넘어 레오나르도 다빈치와 라파엘로까지 이른다. 여기에는 보티첼리의 작품도 빠질 수 없고, 이탈리아학파는 물론이거니와 유럽학파의 걸작이 한자리에 있으며, 고대 조각 작품에서 카라바조의 데생에 이르기까지 없는 것이 없다. 소묘 및 판화 전시실에는 10만여 점의 작품이 있고, 이탈리

우피치 미술관 내부

아 르네상스 회화를 세계에서 가장 많이 소장하고 있으며, 플랑드르, 네덜란드, 독일, 프랑스 거장들의 회화, 조각, 골동품들도 그 수를 헤아리기가 벅찰 정도다. 그 덕에 2015년에만도 1,300만 명이 넘는 관광객과 미술품 애호가들이 찾았다.

여기에서 다시 한 번 메디치 가문에 대해서 말하지 않을 수가 없다. 그들은 수 세기 동안 피렌체를 통치하면서 학문 부흥과 예술 장려에 아낌없는 지원을 했다. 자신들이 모은 막대한 재산을 인문학을 장려하고 예술을 지원하는 데 쏟아 부었다. 피렌체 시를 인간이 살기에 편한 아름다운 곳으로 탈바꿈하고, 그에 맞게 시민의식 또한 강화함으로써 도시를 송두리째 재편성한 것이다.

메디치 가문 덕분에 피렌체와 우피치 미술관에서 만나는 내로라하는 예술가들, 곧 회화에서 보티첼리, 레오나르도, 라파엘로, 조각에서 기베르티, 도나텔로, 미켈란젤로, 건축에서 브루넬레스키

등을 만날 수가 있다. 금융과 양모사업으로 번성하여 르네상스를 꽃피우고, 1494년 메디치 은행이 파산하기도 했지만, 다시 일어나 피렌체의 최고 통치자로서 많은 업적을 남긴 가문, 지금 그들의 부와 영화는 사라지고 없지만, 그들이 남긴 학문을 사랑하는 정신과 예술에 대한 감각은 피렌체가 존재하는 한 세계인들과 함께 호흡할 것이다.

로렌조 데 메디치와 메디치 가문의 두 여인

세 개의 작은 공간으로 나누어진 3층 전시실의 입구는 1700년대에 지어졌다. 여기에는 메디치 가문의 몇몇 인사의 초상과 근대 조각과 동상과 고대의 관 등이 있다.

로렌조 데 메디치

우피치 미술관의 입구에는 1469년에서 1492년까지 피렌체를 통치했던 로렌조 데 메디치의 초상이 있다. 로렌조의 시대에 피렌체와 메디치 가문은 최고 전성기를 누렸다. 그래서 피렌체 시민들은 그를 두고 일 마니피코il Magnifico, 곧 '위대한 자'라고 불렀다.

1449년 1월 1일 피렌체의 통치자로서 로마 시대 이래 유일하게 '국부'라는 존칭을 들은 코시모 데 메디치의 손자로 태어나 1469년 아버지 피에로 데 메디치가 죽자 스무 살 젊은 나이에 피렌체 공화국의 수장이 되었다. 마키아벨리는 그에 대해 "그는 운명으로

로렌조 데 메디치의
초상
조반노쪼 오따비오 작

부터, 그리고 신으로부터 최대한의 사랑을 받은 사람"이라고 평가했다. 이것은 로렌조가 물려받은 것이 다른 사람들과는 달랐다는 뜻이다. 한 마디로 금수저를 물고 태어났다는 것인데 그것을 네 가지로 요약하면 이렇다. 첫째, 증조부, 조부, 부친 3대에 걸쳐 확고해진 메디치 가의 엄청난 경제력이고, 둘째는 조부와 부친 대에 이르러 메디치 가에 대해 우호적인 시민 감정이며, 셋째는 조부와 부친이 세운 주변국 지도자들로 받고 있던 존경심과 신뢰이고, 넷째는 가문에서 철저하게 배우고 익힌 당대 최고의 교육이다.

로렌조는 피렌체 최고 수장이 되어 자신의 독재 정치에 대한 분위기를 완화하기 위해 시민들이 즐길 수 있는 사육제, 무도회, 마상 시합 등 화려한 축제를 다양하게 기획함으로써 1478년까지는 대체로 평화로운 분위기가 이어졌다. 그러나 메디치 가와 같은 피렌체의 은행가 가문으로 경쟁하던 파찌 가에서 음모를 계획하고 있었다. 원인은 파찌 가에서 주장해 온 유산 상속권을 로렌조가 정권을 잡으면서 특별법을 만들어 기각했기 때문이고, 메디치 가의 전제정치에 대한 반발이며, 그동안 메디치 가에서 해 오던 교황청의 재무 담당을 파찌 가에서 도맡고 싶었기 때문이다. 그밖에도 복잡한 다른 이유가 많았다. 1478년 4월 26일 피렌체 두오모에서 거행되는 부활절 미사에서 로렌조와 그의 동생인 줄리아노를 암

IV 예술 | 세계 문화의 산실

살하고, 그 사이에 피사의 대주교로 있던 살비아티가 교황 식스투스 4세의 명에 따라 시뇨리아(정부회의)를 장악하기로 하였다. 이윽고 계획이 실행되었다. 메디치 가 사람들이 나열해 있던 곳에서 줄리아노는 살해되었고 로렌조는 무사히 살아날 수가 있었다. 그러나 시뇨리아를 장악하려던 계획은 실패로 돌아갔다. 결국 암살을 공모한 자들만 분노한 시민들한테 붙잡혀 그 자리에서 참살되거나 고문을 받고 처형되었다. 줄리아노가 살해된 뒤, 그가 아직 결혼하지는 않았지만, 애인과의 사이에 자식이 있음을 안 로렌조는 그 아들을 메디치 가문 사람으로 받아주었다. 그 아기가 훗날의 클레멘스 7세 교황이다.

로렌조를 암살하려던 계획이 실패하고 공모자들이 참살되자 교황은 살비아티 대주교의 죽음을 빌미로 로렌조를 추방할 것을 각국에 요청하였다. 그러나 각국은 메디치 가와의 오랜 교분으로 로렌조를 지지하고 나섰다. 프랑스 왕 루이 11세는 줄리아노의 죽음을 애도하고 로렌조가 무사한 것을 기뻐하며 피렌체 공화국과의 동맹을 더욱 강화하겠노라고 나서기까지 했다.

이렇게 로렌조는 가문 공신력의 혜택을 톡톡히 봄으로써 정적인 파찌 가문의 반란을 막고 혼란스런 피렌체를 평정하였으며, 이후 르네상스 거장들의 후견인이 되어 르네상스를 이끌었다. 경제와 예술 분야에서는 위대한 업적을 남겼으나 정치는 피렌체의 공화정을 사실상 전제정치로 후퇴시켰다는 평가를 받기도 하였다.

카테리나 데 메디치

카테리나 데 메디치(Caterina de' Medici, 1519~1589)는 프랑스의 왕비이자 섭정으로 유명하다. 카테리나 데 메디치는 1516년에 피렌체의 실질적 영주로 등장했던 로렌조 데 메디치의 딸로 1519년 4월에 태어났다. 그러나 얼마 지나지 않아 그녀의 부모가 세상을 떠나고 고아가 되어 고모들과 메디치 가 출신이며 카테리나의 작은 할아버지격인 레오 10세 교황에게 맡겨졌다. 카테리나는 어린 나이에 우르비노의 공작이 되었고 메디치 가의 유일한 상속자가 되었다. 1521년에 작은 할아버지였던 레오 10세 교황이 죽고, 1523년 그녀의 또 다른 삼촌이 클레멘스 7세 교황으로 선출될 때만 해도 그녀의 권세는 막강한 것처럼 보였다. 그러나 1529년 피렌체 시민들은 교황의 군대를 피렌체에 주둔시켜 달라고 요구하며 겨우 여덟 살의 어린 카테리나를 인질로 잡았다. 이후 카테리나는 피렌체의 수녀원에서 잠시 생활하다가 삼촌인 클레멘스 7세 교황의 도움으로 로마로 와서 특별 교육을 받으며 성장하였다. 이 시기에 클레멘스 7세 교황과 프랑스 왕 프랑수아 1세가 카테리나와 프랑수아 1세의 둘째 아들 앙리 2세의 결혼을 계약하였다. 그때 카테리나의 나이 14세였다. 클레멘스 7세는 프랑스 왕궁이라면 카테리나가 안전하게 지낼 수 있고, 메디치 가문의 명예도 지킬 수 있을 거라고 판단했다. 반면 프랑수아 1세는 당시 프랑스 왕궁에서 지고 있던 엄청난 빚을 카테리나가 가지고 올 거액의 결혼 지참금으로 충분히 해결할 수 있을 것으로 생각하였다. 그리하여 이들의 결혼식은 1533년 성대하게 거행되었다.

카테리나와 앙리의
결혼식
야코포 디 키멘티 다
엠폴리 작.
앙리 2세와 카테리나
데 메디치 사이에
서 있는 교황
클레멘스 7세

그러나 클레멘스 7세 교황이 이듬해에 사망하는 바람에 지참금
을 치르지 못했고, 프랑스 왕궁에서 카테리나의 입지는 말할 수
없을 만큼 좁아졌다. 클레멘스 7세 교황의 정치적 후광이 사라진
데다 매력적인 미모마저 갖추지 못한 카테리나는 시아버지와 남편
으로부터 홀대를 받으며, 프랑스 왕궁에서 외톨이로 살아야 했다.
왕세자 앙리 2세는 카테리나를 거들떠보지도 않았다. 당시 앙리 2
세는 자기보다 스무 살이나 연상인 사촌, 곧 당대 프랑스 최고의
미모를 자랑하던 디안 드 푸아티에를 애첩으로 두고 있었다. 그는

디안 드 푸아티에

가는 곳마다 디안을 데리고 다녔다. 앙리 2세는 디안을 실질적인 아내로 생각하고 있었고, 그만큼 카테리나는 언제 쫓겨날지 모르는 불안감 속에서 두 사람으로부터 굴욕적인 대우를 받으며 살아야 했다.

1536년에 프랑수아 1세의 맏아들 프랑수아가 죽고, 프랑수아 1세도 1547년에 세상을 떠나자 앙리 2세가 프랑스 국왕으로 등극하였다. 그때 그의 옆자리에도 디안이 섰다. 디안은 세상이 다 아는 공식적인 앙리 2세의 애인이었다. 카테리나는 왕비임에도 불구하고 신하들과 한자리에서 남편의 등극식을 지켜봐야 했다.

이 시기에 카테리나는 왕궁 안에서 점차 행정적인 힘을 키워 가던 이탈리아 가문 출신의 인사들과 관계를 강화해 나갔다. 루지에리, 시에오니, 스트로찌, 곤디 가문 들이다. 그들의 도움으로 카테리나는 1549년 6월 10일, 성 데니스 대성당에서 공식적으로 프랑스의 왕비로 착좌식을 가졌으나, 그마저도 디안이 출연하는 바람에 수치스러운 행사가 되었다. 카테리나는 이런 시련과 외로움 속에서도 의연함을 잃지 않았다. 시집올 때 가져온 「군주론」을 읽으며 힘든 순간을 견뎌 냈다.

그녀는 르네상스가 한창 꽃피던 시기에 앙리 2세와 결혼했고, 결혼식장이 차려진 마르세유에 수많은 이탈리아의 요리사를 데리고 왔다. 당시 피로연에서 화제가 된 소르베트(샤벳)는 지금까지 프랑스를 대표하는 후식이 되었다. 그녀는 왕궁 사람들에게 이탈리아의 세련된 식탁 문화와 다양한 음식 문화를 전하며 오늘날 프랑스 요리의 근거를 마련해 주었다. 또한 이탈리아의 우아한 실내 무용을 프랑스 궁전에서 하게 함으로써 프랑스 궁정 발레의 시원이 되게 했으며, 꽃이 많은 피렌체에서 발달한 각종 토닉(acqua tonica) 제조 기술을 들여와 프랑스 왕궁에서부터 발전시켜 프랑스 향수 산업에 지대한 영향을 미치기도 했다. 카테리나는 남편의 외면과 타향살이의 외로움을 피렌체 르네상스의 맥락에서 문화와 예술로 달래며 어떤 상황에서도 기품을 잃지 않고 지혜를 발휘함으로써 점차 주변 사람들의 마음을 얻어 나갔다. 남편의 외면 속에서도 카테리나는 세 아들을 훌륭하게 키웠고, 주변 사람들의 마음을 얻어 힘을 갖춤으로써 종국에는 프랑스 왕궁의 최고 권력자가 되었다.

그뿐만 아니라, 바사리가 「르네상스 미술가 평전」에서 "카테리나는 친절하고 사교적인 태도 때문에 초상화를 남겨 두고 싶은 여성이다. 그러나 그녀의 따뜻한 마음을 그릴 수 없으니 애석하다. 붓으로는 아무런 기억도 남길 수가 없다"고 할 정도로 품성이 좋았다. 남편 앙리 2세가 불의의 사고로 죽어 가던 순간에 대해 피에르 드 레스트왈르(Pierre de L'Estoile)는 "그녀가 모든 일을 다 하고 있었기에, 왕은 그녀가 자기 죽음을 알기 전까지 죽을 수조차 없었다"고 기록하였다. 자신을 그토록 외면한 남편까지 감동을 주고 마지막 순간에 그의 전적인 신뢰를 확보할 만큼 끊임없이 인내했던 그녀는 남편의 죽음 앞에서 "나의 눈물은 여기에서부터, 나의 고통은 여기에서부터!"라고 하며, 그때부터 죽을 때까지 검은 옷만 입어 남편의 죽음을 애도하였다. 이에 '검은 왕비'로 불리며 아들 셋을 차례로 프랑스의 왕으로 즉위시키는 데 성공하였다.

이렇게 상황이 바뀌자 가장 두려움에 떨었던 사람은 다름 아닌 디안이었다. 그러나 카테리나는 그동안 자신에게 온갖 굴욕과 모욕을 주었던 디안을 용서하고 쇼몽Chaumont 성을 주어 편히 살도록 하였다. 그리고 프랑스의 정치와 외교를 평화와 대화의 자세로 펼쳐나갔다. 그녀의 정치를 한 마디로 '관용의 정치'라고 하는 것은 이 때문이다. 카테리나는 실질적으로 1559년에서 1589년까지 약 30년간 프랑스를 통치하였다. 양모 산업과 금융업으로 시작하여 피렌체의 중산층 가문에서 최고 가문으로 성장한 메디치 가가 이제 카테리나 시대에 이르러 유럽 최고의 왕실 가문으로 거듭난 것이다.

마리아 데 메디치

또 다른 왕비는 마리아 데 메디치(Maria de' Medici, 1573~1642)다. 그녀는 앙리 4세의 부인이자 루이 13세의 모후다. 1600년 10월, 앙리 4세는 마르그리트 드 발루아와 이혼한 지 얼마 지나지 않아 나라의 재정을 회복하기 위해 스물일곱 살의 마리아 데 메디치와 재혼함으로써 막대한 결혼 지참금을 손에 넣었다. 마리아와 앙리 4세의 결혼 생활에 대해서 대부분 앙리 4세의 외도와 잦은 부재로 불행했다고 하지만, 일각에서는 루이(훗날 루이 13세)를 선두로 여섯 자녀를 낳은 것을 보면 그렇지 않다고 하는 사람도 있다.

자녀들을 보면, 맏아들 루이는 후에 프랑스의 왕 루이 13세가 되어 스페인의 필립 3세의 딸 안나와 결혼하고, 둘째 엘리사벳은 스페인의 필립 4세와 결혼하며, 셋째 마리아 크리스티나는 사보이의 빅토리오 아메데오 1세와 결혼하고, 넷째 니콜라 앙리는 오를레앙의 공작이 되고, 다섯째 가스통 드 오를레앙은 부르봉의 마리아와 결혼하지만 그녀가 임신 중에 사망하자 로레나의 마가렛과 재혼하였다. 여섯째 엔리케타 마리아는 영국의 샤를 1세와 결혼하였다.

1610년 5월 15일, 남편이 암살당한 뒤 아직 어린 큰아들 루이(훗날 루이 13세)가 왕좌에 오르자 마리아가 아들을 대신하여 섭정을 시작하였다. 그녀의 외교는 남편 앙리 4세가 지향한 것과는 정반대로 이탈리아인 자문위원들의 영향으로 스페인과의 관계를 강화하고 프로테스탄트보다는 가톨릭과의 유대를 강화하였다. 이런 행보는 1615년 맏아들 루이와 안나의 결혼식과 딸 엘리사벳과 스페인의 미래 필립 4세가 될 필립 왕자와의 결혼식에서 결정적으로 드러났다. 그러나 내부 정치는 한 마디로 실패의 연속이었다. 마리아의 집권하에서 프로테스탄트적인 원칙은 힘을 잃고, 그의 아들 루이 13세는 1617년 4월 실각되어 블로이스 성에 갇힌다. 1622년에야 마리아가 국가 자문위원으로 다시금 정치에 등장하지만 큰 힘을 얻지 못했다. 그해 추기경으로 임명된 리슐리에 공작의 도움으로 1624년에 왕실 최고 권력자로 자리를 잡는다. 하지만 아들 루이 13세 시절의 최고 재상이었던 리슐리에는 곧 마리아의 외교와는 전혀 다른 행보를 보이기 시작했다. 그는 마리아가 추진하여 공고해진 스페인과의 모든 관계를 청산했고, 이에 마리아는 아들 가스통과 다른 왕실 구성원들과 공모하여 리슐리에를 쫓아낼 궁

마리아 데 메디치와
프랑스의 앙리
4세와의 결혼식
야코포 키멘티 작

리를 하였다. 그러나 1630년 그녀의 계략은 실패로 끝났고, 모든
권력을 잃고 콩피에뉴에 가택연금 상태로 있다가 이듬해인 1631
년에 프랑스에서 추방되어 브뤼셀로 귀양을 갔다.

　이후의 행보에 대해서는 정확하게 알려지지 않는다. 1642년 쾰
른에서 사망했다는 설과 화가 루벤스의 저택(화실)에서 몇 년간 지
내다가 모든 것을 포기하고 혼자 쓸쓸하게 죽음을 맞이했다는 설
이 있다.

　플라밍고 출신의 화가 루벤스(Pieter Paul Rubens)는 오늘날 루

브르에 소장된 22개의 대형 캔버스 유화를 1622년에서 1625년 사이에 그린 것으로 보는데, 거기에는 마리아 데 메디치의 생애를 묘사한 것도 몇 점 있다.

메디치 가문의 여성들이 프랑스로 시집간 뒤로, 프랑스도 피렌체 르네상스의 빛나는 문화를 받아들이게 되었다. 그녀들의 삶이 어떠했건, 그녀들이 프랑스에 남긴 문화적인 자취는 개인적인 삶의 차원에 머무르지 않고 프랑스인들의 생활 전반으로 퍼져 오늘날 프랑스가 자랑하는 문화유산을 만드는 계기가 되었다.

중세 예술 작품들의 방

2실에서 6실까지는 중세 예술 작품들의 방이 있다. 12세기에서 14세기 사이 토스카나의 화풍을 알 수 있는 중요한 작품들로 치마부에, 두쵸, 지오토의 작품들이 전시되어 있는데, 이들의 작품이 중요한 것은 중세 비잔틴 양식에서 르네상스로 가는 회화의 변화를 엿볼 수 있기 때문이다. 세 사람의 작품은 모두 마에스타Maestà 라고 불리는 '옥좌에 앉은 마리아'를 그린 제단화이다.

'마에스타'는 431년 에페소 공의회 이후 마리아의 지위가 '하느님의 어머니'(테오토코스Theotokos)가 된 것과 관련이 있다. 미술사에서 마리아의 지위를 부각하여 수많은 화가가 앞을 다투어 '성모와 아기 예수가 함께 있는' 그림을 그린 시기가 있었는데, 그때가 13세기이다.

크고 작은 전쟁이 잦았던 중세 말, 자신들을 승리로 인도한 분은 마리아라는 신앙적인 경험은 예술의 대상으로 내세우기에 충분했다. 이 시기에 성당마다 마리아 찬송가가 울려 퍼졌고, 마리아에게 봉헌되는 성당이 지어지기 시작하였다. 그러면서 아기 예수와 마리아의 위엄을 드러냈다. 그러나 중세 말기에 이르러 휴머니즘 사상이 퍼지면서 초월적인 위엄보다는 자연스러운 모성이 강조되기 시작하였다. 13세기, 14세기에 이르러 마리아 신학이 퍼지는 시점과 일치하면서 마리아가 아기 예수를 바라보는 얼굴에 인간적인 미소가 번지거나, 훗날의 수난을 예견하는 듯 슬픔이 담긴 모습으로 표현하기 시작하였다.

이 방에서 치마부에는 비잔틴 양식의 엄격함을 극복하고자 했고, 두쵸는 프랑스 고딕양식에 주목하였으며, 지오토는 볼륨감을 통해 근대성을 드러내고 있다. 이 방은 이렇게 여러 화가의 다양한 양식이 한자리에서 방문객을 맞이한다.

이 방을 장식하는 '마에스타'는 전통적인 경건함과 위엄이 있는 제단화지만, 마리아와 아기 예수가 신적인 엄숙함보다는 인간적인 관계로 변화되는 과정을 잘 보여 주는 작품들이기도 하다. 여기에서 가장 먼저 눈에 띄는 것은 단테가 치마부에를 두고 이탈리아에서 가장 뛰어난 화가라고 극찬하면서도 「신곡」에서 '연옥'의 거만한 사람들 가운데 있는 한 사람으로 묘사하였다는 사실이다. 치마부에는 지오토의 스승으로서, 스스로 자신이 당대 최고의 화가임을 내세우고 다녔던 모양이다. 그래서 거만했는지, 그의 원래 이름은 디 페포(Bencivieni di Pepo)지만 치마부에, 곧 '황소의 머리'라

는 뜻의 별명으로 불리게 되었다. 황소의 머리
는 '거칠고 오만하다'는 뜻을 담고 있다. 단테
의 눈에는 치마부에의 이런 성품이 거슬렸던
것 같다. 바사리도 「미술가 열전」에서 치마부
에를 가장 먼저 언급하고 있는 것으로 보아서
14세기 이후 지금까지 미술사에서는 치마부
에가 유럽 회화의 옛 전통과 새로운 전통 사이
에서 중요한 획을 그은 인물로 인식하고 있는
것으로 보인다.

치마부에가 1285년에서 1286년에 그린 '천
사와 예언자와 함께 있는 옥좌의 마리아'는 전
형적인 중세 고딕 양식의 작품이지만 비잔틴
스타일에서 벗어나려는 시도가 엿보인다. 치마

천사와 예언자와 함께
있는 옥좌의 마리아
치마부에 작

부에는 비잔틴 전통에 속하는 화가였지만 전통적인 성화 양식의
평면성에서 벗어나 사실주의의 첫발을 내디딘 화가로 손꼽힌다.
중심인물을 가운데 크게 그려 부각시키고 주변 인물을 작게 배치
하는 전형적인 중세풍의 이 작품을 통해, 그는 색조가 부드러우면
서도 최대한의 볼륨과 형태를 강조함으로써 인간적인 면모를 드러
내고 있다. 비잔틴 미술에서 보듯이 성경의 내용과 의미와 느낌을
극대화하려는 목적에 따라 권위보다는 부드럽고 친근감 있는 색조
와 양식으로 인간적인 면을 강조하고 있는 것이다.

두쵸의 '루첼라이의 성모'

맞은편에는 지오토와 함께 치마부에의 영향을 많이 받은 두쵸(Duccio di Buoninsegna, 1255~1319)가 1285년경에 그린 '루첼라이의 성모: 옥좌에 앉은 성모와 천사들'이 있다. 두쵸는 시에나 출신으로 시에나학파에 속하지만 치마부에의 영향을 받아 1285년에 시에나 대성당의 제단화인 '루첼라이의 성모'를 완성하였다. 이 작품을 통해 전통적인 비잔틴 양식에서 벗어나 우아하고 서정적이면서도 시에나학파의 신비스러우면서도 부드러운 표현으로 주목을 받았다. 피렌체학파가 합리적이고 극적인 감동을 주는 조형성을 부각했다면, 시에나학파는 소극적이면서도 온화하고 서정적인 장식으로 중세의 신비스런 분위기를 고수하는 동시에 인간적인 정서를 가미했다는 평가를 받는다. 비잔틴의 전통에 북유럽의 고딕양식이 접목된 세련된 색채와 부드러운 곡선과 매혹적인 분위기의 정교한 구도를 지니고 있다.

'루첼라이의 성모'는 성모 마리아가 살짝 돌아앉은 모습이다. 옥좌도 약간 비스듬하게 있는 것 같다. 이런 구도는 몸의 굴곡이 노출되어 우아한 느낌을 준다. 마리아가 계단 위에 올리고 있는 발과 두 무릎 높이가 달라 벼랑 끝에 앉아 있는 불안정한 모습이면서도 마리아의 얼굴은 평온하고, 옥좌 귀퉁이를 하나씩 잡고 있는 천사들이 무엇을 시중드는지 모를 신비한 분위기를 자아내고 있다. 같은 시대에 프랑스에서 유행하던 고딕 화풍의 영향을 받았으면서도 대단히 율동적이고 기풍 있는 표현으로 전형적인 이탈리아 르네상스 양식을 앞당긴 것으로 평가받고 있다.

루첼라이의 성모
두쵸 작(왼쪽)
모든 성인의 마에스타
지오토 작(오른쪽)

지오토의 '모든 성인의 마에스타'

이 작품(1310년경)은 지오토의 대표적인 제단화로 비잔틴 양식
이지만 인물의 상징성보다는 살아 숨 쉬는 현실적인 인물로 묘사
하고 있는 것이 가장 큰 특징이다.

성모의 표정이 살아 있고, 가슴 크기가 현실감이 있으며, 중량감
이 적었던 치마부에와 두쵸의 천사와는 달리 무릎을 꿇고 서 있
는 천사의 모습도 인상적이다. 가지런한 마리아의 무릎에 올라앉은
아기 예수의 모습이 안정감 있고 마리아의 듬직한 엉덩이, 힘이 들

어간 듯한 허리, 시원하게 풀어헤친 겉옷과 속의 흰옷 주름 속에서 비치는 넉넉한 품에서 따뜻한 체온을 느낄 수가 있다.

겉옷의 진청색은 당시 팔레스타인의 결혼한 부인이 입던 옷 색깔이고, 속의 흰색은 정결을 상징하는 것으로 동정녀이며 어머니라는 점을 강조하고 있다. 배경으로 표현한 천사들의 무리는 서로 겹쳐져 등장인물의 심리적인 관계 속에서 현실적인 공간을 메우고 있다. 원근법으로 인물을 표현한 기법은 탁월하다.

보티첼리의 방

보티첼리의 방(10~14실)에는 보티첼리(Sandro Botticelli, 1445~1510)의 대표적인 작품들이 가장 많이 전시되어 있다. 보티첼리의 원래 이름은 디 반니 필리페피(Alessandro di Mariano di Vanni Filipepi)다. 보티첼리(작은 술통)는 원래 그의 형에게 붙은 별명이었으나, 형제들이 모두 불룩한 술통처럼 생겨 같은 별명으로 불리게 되었다. 보티첼리는 피렌체에서 가죽 장인의 아들로 태어나 처음에는 금세공을 배웠으나 후에 프라 필립보 리피로부터 그림을 배웠다. 이후 피렌체 인문주의의 대표적인 인물 폴라이올로 형제와 베로키오의 영향으로 피렌체 인문주의적 예술의 정수까지 전수를 받았다. 그는 다른 화가들과는 달리 신화를 주제로 한 작품 속에서 시적이면서도 인문주의적인 표현으로 르네상스 정신을 가장 잘 구현한 인물로 평가받고 있다.

IV 예술 | 세계 문화의 산실

한때 사보나롤라의 종교운동에 참여하여 붓을 꺾기도 했지만 대체로 평탄한 삶을 보내며 많은 작품을 남겼다. 단테의 글에 맞춘 삽화를 통해 뛰어난 소묘를 보여 주었고, 로마의 시스티나 소성당에 당대 최고의 화가들과 함께 벽화를 그리기도 했으며, 피렌체의 주요 건물마다 그림을 그렸고 큰 공방을 운영하기도 하였다.

보티첼리는 일생을 독신으로 살았다. 그래서인지는 모르지만, 여성에 대한 사실적인 표현보다는 거의 이상에 가까운 표현으로 르네상스 휴머니즘 미학을 구현하고 있다는 평을 받고 있다.

보티첼리는 당시 피렌체의 많은 예술가와 문인들이 한 목소리로 찬미한 최고의 미인 시모네타(Simonetta Vespucci, 1454~1476)라는 여성을 여러 작품에서 모델로 내세우고 있다. '봄', '팔라스와 켄타우로스', '비너스의 탄생', '마르스와 비너스', '석류의 마돈나' 등이 그것이다. 시모네타는 피렌체 르네상스의 미적 총화이자 영광이며 자부심의 상징이었다. 당시 피렌체에서는 그녀를 칭송하지 않으면 진정한 피렌체인이 아니라는 말이 나올 정도였다. 그러나 미인 박명이라고 했던가! 시모네타는 스물두 살에 결핵으로 몇 달 동안 사경을 헤매다가 끝내 숨을 거두었다. 그러나 피렌체 출신의 많은 예술가가 여러 작품을 통해 그녀를 부활시켰다. 그 대표적인 인물이 보티첼리다. 신대륙을 발견한 아메리고 베스푸치는 시모네타의 남편과 사촌간이었다고 한다. 베스푸치 집안은 일찍부터 활발한 경제 활동을 통해 얻은 부를 많은 예술가를 후원하는 데 사용했고, 보티첼리도 그의 후원을 받았다. 보티첼리가 후에 메디치 가문의 후원을 받는 데도 베스푸치 집안의 추천이 크게 작용했다고 한다. 그래서인지는 몰라도 보티첼리는 개인적으로도 베스푸치 집안에 호의적일 수밖에 없었고, 시모네타의 죽음에 특별한 감정을 가질 수밖에 없었던 것으로 보인다.

'봄', 프리마베라

보티첼리의 대표작 중 하나인 '봄'(프리마베라)에서는 즐거움과 쓸쓸함, 우울함과 화사함의 정서가 공존하는 느낌을 주는 것은 바로 이런 시모네타의 타계와 피렌체 르네상스의 만개라는 복합적인 피렌체의 정서를 함축하고 있기 때문일 것이다.

무대 위에 등장하는 아홉 명의 배우는 각자 맡은 역할을 표현하려는 듯 무언가에 열중하고 있다. 메디치 가문의 상징이자 겨울 과일이라고 할 수 있는 오렌지가 나무에 매달려 있어 아직 겨울 기운이 남아 있는 것 같은 어두운 분위기의 오렌지 숲이 배경이다. 가운데 시모네타를 표현한 것으로 보이는 비너스의 머리 위에는 큐피드가 누군가를 향해 애정을 불러일으키는 화살을 겨누고 있다. 날개 달린 신발을 신고 두 마리 뱀이 휘감은 지팡이로 구름을 흩고 있는 신들의 전령인 5월의 신 머큐리가 왼쪽 끝에 있다. 머큐리 옆에는 부드러운 옷을 나부끼며 서로 손을 맞잡고 춤을 추는 듯한 세 여신이 있고, 오른쪽 두 번째에는 머리에 화관을 쓰고 목에 꽃목걸이를 두르고 꽃무늬로 뒤덮인 옷을 입고 있는 플로라가 가볍게 발을 내딛고 있다. 이들이 서 있는 꽃 잔디에서 봄의 분위기가 충만하게 느껴진다.

플로라 뒤에는 클로리스 님프와 서풍 제피로스가 플로라와는 거

봄
보티첼리 작

의 대조적으로 단색 옷을 입고 있다. 로마의 시인 오비디우스의 '변신 이야기'에는 클로리스라는 대지의 님프가 꽃의 여신 플로라로 변신하는 이야기가 있는데, 보티첼리는 바로 그것을 그림으로 표현하였다. 여기에서 플로라는 "나는 예전에 클로리스였는데 지금은 플로라라고 불린다"고 하였다. 겨울을 상징하는 단색의 대지가 봄바람인 서풍에 잡히는 순간 입에서 꽃이 흘러나와 그대로 플로라에게 떨어진다. 겨울의 대지가 다채로운 꽃들로 뒤덮이는 봄의 모습으로 변신하는 것이다. 클로리스의 앳된 소녀의 모습은 당황스러운 듯 제피로스로부터 달아나려고 하고, 그와는 대조적으로 플로라는 성숙한 여성미를 풍기며 편안하고 화사한 분위기를 자아내고 있다.

그림 왼편에 서 있는 세 여신의 춤추는 듯한 모습은 르네상스가 낳은 가장 우아하고 아름다운 여성상으로 불린다. 이들은 애욕, 순결, 미를 상징한다. 가장 왼쪽에 움직임이 크고 화려한 여신은 가슴에 커다란 브로치를 달고 머리카락을 길게 어깨에서 등까지 흘러내리고 물결치는 옷 너머로 마음속의 격한 충동을 억제하려는 듯 관능미가 물씬 풍겨 애욕을 상징함을 금방 알 수가 있다. 바로 옆에 아무런 치장을 하지 않은 채 소박한 옷과 엄숙한 표정으로 그녀를 바라보며 관객에게는 등을 보이는 여신은 순결을 상징한다. 애욕과 순결이 상반된 모습이라면 오른쪽 끝에서 애욕과는 위로 손을 마주 잡고, 순결과는 아래로 손을 마주 잡고 있는 여신은 이들을 조화시키려는 미를 상징한다. 오른쪽에 있는 플로라는 이들 세 여신을 종합한 것 같다.

이 그림의 중심 주제는 사랑과 미다. 이것은 보티첼리의 또 다른 그림인 '비너스의 탄생'에서도 드러나는 부분이다. 그림의 주인공인 중앙의 비너스는 다른 인물들에 비해 약간 안쪽에 배치된 듯하다. 다른 인물들보다 살짝 높은 곳에서 왼손으로 옷자락을 잡고 오른손을 들어 무언가를 압도하는 듯한 위엄 있는 모습을 보여 주고 있다. 그래서 이 그림을 '비너스의 정원에 찾아온 봄', '사랑의 정원에 찾아온 봄'이라고 부르기도 한다.

'비너스의 탄생'

이 작품은 여러 면에서 보티첼리가 시모네타와 피렌체를 연결하는 연결고리가 된다. 시모네타는 4월에 죽었고, 이 시기 피렌체에는 봄꽃 축제가 열리곤 했다. 꽃바람 속에서 탄생한 비너스는 꽃과 연관된 도시 피렌체, 플로렌시아Florentia와 합치된다. 보티첼리는 여기에서 단순히 신화적인 주제를 말하기 위해서 비너스를 탄생시킨 것이 아니라, 르네상스의 도시 피렌체의 개화, 즉 인문주의와 고전적인 미의 재생(르네상스)을 표현하기 위해 시모네타를 모델로 하였다고 할 수 있다.

'비너스의 탄생'에 관한 신화 이야기는 이렇다. 하늘의 신 우라노스는 자주 땅으로 내려와서 대지의 신 가이아와 관계를 맺었는데, 그때마다 자식들이 태어났다. 그런데 그 자식들이 하나같이 보기 흉한 괴물과 같아 우라노스는 화가 나 자식들을 대지 속에 가두었다. 대지 속에 갇힌 괴물들의 아우성을 들은 가이아는 괴로워서 견딜 수가 없었다. 그래서 막내아들인 크로노스를 부채질하여 아

버지의 생식기를 잘라 버리도록 하였다. 크로노스는 아버지의 생식기를 잘라 바다에 던져 버렸고, 거기에서 많은 정액이 흘러나와 조개 속으로 들어가 사랑과 미의 여신 비너스가 탄생하였다. 어떤 곳에서는 그리스어로 '아프로'라는 뜻의 거품과 만나 조가비를 타고 떠도는 동안에 처녀로 성장하여 비너스가 탄생했다고도 한다. 아프로디테라는 이름은 여기에서 비롯되었다. 비너스의 그리스식 이름이 아프로디테. 어떤 곳에서는 비너스에게 붉은 망토를 입혀 주려는 플로라를 아프로디테로 보기도 한다.

보티첼리는 비너스가 탄생하는 순간을, 그리스 시인 호메로스의 시에서 영감을 받아 비너스가 키테라 섬에 도착하는 장면을 묘사한 것이라고 한다. 그림 왼쪽에는 바람의 신 제피로스와 그의 아내 미풍 아우라가 갓 태어난 비너스를 해변으로 밀어 보내고 있다. 이제 갓 태어난 아이처럼 알몸의 선한 눈을 하고 있는 비너스에게 화려한 꽃무늬 옷을 입히고 있는 플로라가 붉은 외투를 가져와 그녀를 맞이한다. 플로라는 앞의 '봄, 프리마베라'에서 나타난 플로라와 유사하다. 비너스의 자세는 고대 조각상에서 흔히 보던 한쪽 다리에 몸의 무게를 싣고 몸을 한쪽으로 살짝 기울이고 있는 콘트라포스토contrapposto이다. 다른 한쪽의 다리는 무릎을 약간 구부려 다소 여유로운 분위기를 연출하고 있다. 부끄러운 부분을 살짝 가리고 있는 '베누스 푸디카'(venus pudica, '정숙한 비너스'라는 뜻)의 동작은 '메디치의 비너스'라고도 불리는데 헬레니즘 시대의 조각을 참고한 것이다. 비너스의 신체 비율은 10등신으로, 당시 피렌체 최고의 미인이었던 시모네타를 다시 한 번 나체로 부활시키고 있다고 하겠다.

'동방박사들의 방문'

'동방박사들의 방문'(1475?)은 같은 주제로 보티첼리가 그린 세 번째 작품이자 완벽한 균형감과 살아 있는 색채, 다양한 구도로 배치된 인물들로 인해 당대 최고의 평가를 받고 있는 작품이다. 보티첼리는 이 작품 속에서 성경 속의 전통적인 인물들을 등장시키지 않고, 자신과 관련 있는 르네상스 시대의 인물들을 고루 배치함으로써 당대 유명인의 얼굴을 알아볼 수 있도록 하였다. 가령 검은 상의를 입고 아기 예수 앞에 무릎을 꿇고 있는 사람은 당시 피렌체 시민들이 '조국의 아버지'라고 불렀던 코시모 대공이고, 그 아래 중앙에 붉은 망토를 걸치고 있는 사람은 그의 아들 피에로 며, 그 오른쪽에 아들 조반니가 있다. 이 세 사람은 그림이 완성되 었을 때 모두 사망하고 없었다.

한편 그림 왼쪽 끝에 붉은 상의를 입고 당당하게 서 있는 청년 이 코시모의 손자 로렌조이고, 그 옆에 메디치 궁정의 인문학자 조 반니 피코 델라 미란돌라와 폴리치아노가 있다. 이 그림을 보티첼 리에게 의뢰하여 산타마리아델라노벨라 대성당에 기부하여 제단 화로 사용하도록 한 델 라마는 오른쪽 사람들 사이에 섞여 백발 에 흰옷을 입고 관객을 바라보고 있다. 그림 오른쪽 끝에 노란 옷 을 입고 관객을 바라보고 있는 통통한 사람이 보티첼리의 자화상

동방박사들의 방문
보티첼리 작

이다.

델 라마는 잘 알려지지 않은 집안 출신으로 중개업과 환전상으로 돈을 모아 벼락부자가 된 사람이다. 사업과 관련하여, 여러 면에서 관계를 맺고 있던 메디치 가와의 친분을 그림을 통해 드러내고 싶었던 것으로 보인다. 그 점에서는 메디치 가문의 후원을 받던 보티첼리 역시 같은 입장이었을 것이다.

보티첼리의 이 그림은 후에 같은 주제로 그림을 그리는 필립보 리피와 레오나르도 다빈치의 그림과도 비교하여 감상할 수 있다.

리피(Filippo L ippi)의 '동방박사들의 방문'

이 작품(1496)은 스코페토에 있는 성 도나토의 수사들이 다빈치가 1481년에 밀라노로 떠나면서 초고만 남긴 그림을 15년이 지난 다음에 리피에게 의뢰하여 완성한 것이다. 그러나 1529년에 피렌체가 이 지역을 점령하면서 그림은 가를로 데 메디치 추기경의 수집품이 되었다가, 1666년 이후 우피치 미술관에서 소장하게 되었다.

무너질 듯 허름한 움막을 중심으로 중앙에 아기 예수, 마리아, 요셉을 둘러싸고 있는 많은 인물은 그림을 의뢰한 수사들이 '주님 공현에 관한' 성 아우구스티누스의 설교와 관련하여 특별히 바랐던 바를 반영했다. 다시 말해서, 성 아우구스티누스는 예수가 베들레헴에서 탄생했을 때 이방인 박사들의 경배를 받았는데, 이는 예수가 지상의 모든 백성을 위한 구세주의 사명을 명확히 드러낸 것이라고 강조한 것이다. 그림 속에서 리피는 박사들뿐만 아니라 아기 예수, 마리아, 요셉의 주변 인물들을 대부분 외국인들로 채우

동방박사들의 방문
리피 작

고, 뒤 배경에도 왼쪽은 경배를 마치고 말과 낙타를 타고 가는 사
람들이 있고, 오른쪽에는 저 멀리서부터 경배하러 오는 사람들이
있는데, 모두 이런 이론적인 배경에 따른 것이다.

　리피도 보티첼리와 마찬가지로 메디치 가문을 의식한 것으로 보
인다. 박사들로 표현된 인물들 속에서 메디치 가문의 주요 인사
도 엿보인다. 아기 예수의 발아래 나이 많은 박사의 모습으로 로렌
조 일 베키오가 있고, 그 뒤에 손목에 어린 양이 장식된 노란색 망

토를 입고 손에 천체 관측기를 들고 있는 그의 아들 피에르프란치스코가 있다. 천체 관측기를 통해 박사들이 천문학자이며 점성술사임을 알 수 있다. 이들의 뒤에는 두 명의 조카와 다른 두 형제가 있다.

보티첼리와 다빈치의 그림과 마찬가지로 작품의 구도는 피라미드 형태로 중앙에 아기 예수를 안은 마리아를 두고 양쪽에 인물들을 배치하였다. 섬세하고 빛나는 광채를 통해 이 그림이 플랑드르 화풍의 영향을 많이 받았음을 알 수 있다. 허름한 움막과 한쪽이 무너진 초가지붕과 오른쪽 아래 있는 허물어진 담은 히브리인들과 이교도들의 전통 위에 모든 것을 재건하러 오는 그리스도를 암시한다.

이 그림은 전체적으로 편안한 구도와 안정감 있는 분위기로 보아서 리피가 이미 다빈치의 '동방박사들의 방문'을 머릿속에 담고 그린 것으로 추정할 수 있다.

보티첼리의 '원형의 성모자상'

'원형의 성모자상'(1480~1481)은 그림 형태로 보아서 제단화로 사용하기 위해서라기보다는 개인 저택이나 길드 건물 내부에 원형의 창 옆을 장식하려고 제작한 것으로 보인다. 원형이라는 제한된 공간에 인물들의 조화로운 배치와 그들이 품고 있는 다양한 분위기가 부드러우면서도 알 수 없는 표정으로 인해 은근한 신비감까지 불러일으킨다. 십대로 보이는 다섯 천사, 당대 이탈리아 미인의 전형인 금발 여성으로 표현된 성모, 천사들의 살아 있는 듯한 머릿결, 천과 베일 장식으로 사용된 금과 정교한 세부묘사, 특히 견고

하고 깨끗한 선 처리는 스승인 리피(Filippo Lippi)의 영향으로 보인다. 보티첼리는 '선의 대가'라는 별명을 얻을 정도로 유려하고 섬세한 선 처리에 능했다.

여기에서 아기 예수는 수난과 부활을 상징하는 석류를 들고 있고, 성모는 펜을 들어 천사가 들고 있는 잉크병에 잉크를 찍어 무엇인가를 쓰려는 듯한 모습이다. 천사가 들고 있는 책에는 오른쪽에 '마니피캇Magnificat'이라고 선명하게 쓴 글자가 있어 '내 영혼이

원형의 성모자상
보티첼리 작

주님을 찬양하며'로 시작하는 마리아의 기도(루카 1,47~55)가, 왼쪽에는 세례자 요한의 아버지 즈카리아의 찬송가(루카 1,68~79)가 적혀 있다.

이 작품을 완성한 뒤 보티첼리는 1481년 말에 식스투스 4세 교황의 부름을 받고 당시 피렌체의 거장 페루지노, 기를란다이오, 로셀리(Cosimo Rosselli) 등와 함께 로마로 갔다. 1479년부터 시작된 시스티나 소성당의 양쪽 벽화 장식에 투입된 것이다. 이곳에서 보티첼리는 '모세와 이드로의 딸들', '코라의 징벌', '그리스도의 유혹'을 그리고, 열한 명 교황의 초상을 소묘하는 데 참여하였다. 그리고 1482년 가을에 다시 피렌체로 돌아와 대작 '봄'을 완성하였다.

베로키오의 '그리스도의 세례'

다빈치의 작품 전시실(15실)이라고 적힌 방에는 다빈치의 스승인 베로키오(Andrea del Verrocchio)가 그린 '그리스도의 세례'(1475~1478)가 있다. 이 그림은 베로키오와 다빈치가 함께 그린 것으로서 왼쪽 아래 천사를 다빈치가 맡았다. 그리고 다빈치가 전체적으로 정리하였다. 이 작품의 기원에 관해서 바사리는 여러 차례 언급했는데, 그것은 1954년 방사선 촬영을 통해서 모두 증명되었다.

스승인 베로키오는 작품의 중심인물인 그리스도와 세례자 요한을 그렸는데, 보석 세공을 하던 공방에서 흔히 보던 것처럼 선이 약간 흥분된 느낌을 준다. 그 뒤 베로키오는 두 명의 다른 협력자를 불러 한 사람에게는 배경이 되는 왼쪽에 도식적인 종려나무와

그리스도의 세례
베로키오 작

오른쪽에 바위가 많은 풍경을 의뢰했고, 다른 한 사람, 곧 젊은 보
티첼리로 추정되는 사람에게는 정면을 보는 천사 얼굴을 맡겼다.
그리고 자기 제자인 다빈치에게는 완성된 부분들을 최종으로 정
리해 달라고 요청하였다. 그래서 다빈치는 천사의 은은한 색조가
담긴 얼굴을 완성했고, 뒤 배경에 보이는 평야를 고르게 하여 유화
로 투명하게 덧칠하였으며, 그리스도의 몸을 부드럽게 하였다. 또
왼쪽 풍경을 베일에 가려진 신비로운 분위기로 만들었다. 가장 다

빈치다운 부분은 저 멀리서부터 흘러온 강물과 거기에 발을 담그고 있는 그리스도와 세례자 요한의 발이다. 베로키오는 자기보다 뛰어난 제자가 한 것에 대해 더는 손대지 않았다. 이것은 다빈치의 타고난 재주와 훗날 얻게 될 명성에 대한 바사리의 견해다. 이 작품은 1998년에 복원되었다.

페루지노와 시뇨렐리의 작품 전시실

19실에는 페루지노와 시뇨렐리가 그린 작품들이 전시되어 있다. 이들이 긴장감을 유발하고 역동성을 더하기 위해 사용한 색깔들은 후에 미켈란젤로에게 모델이 되었다. 이 방에서 중요한 작품 몇 개를 살펴보기로 하자.

페루지노의 '피에타'와 '십자가'

페루지노의 '피에타'(1483~1495?)는 성 주스토 수도원 성당의 제단화로 사용하기 위해 그린 작품이다. 바사리는 피렌체가 점령당한 1529년에 이 작품도 훼손되었는데 기술 부족으로 복원하기 힘들었다고 전한다. 그러다가 18세기 말에 작품 복원을 위해 프랑스 파리로 갔다가 1799년에 복사본을 남기고 원본인 이 작품은 이탈리아 독립운동 시기에 맞추어 고국으로 돌아왔다. 1919년 이후 우피치에 영구 소장되었다.

바사리에 따르면, 페루지노는 움브리아 주 페루자 근처에 있는 치타 델레 피에베에서 가장 영향력 있는 베누치 가문에서 태어났다. 페루지노는 피에로 델라 프란체스카에게서 빛의 화려함과 그것의 이용법을 배웠고, 후에 피렌체로 와서 베로키오의 공방에서 자연주의적인 기법과 선의 사용법을 배웠는데, 회화에서 선의 사용은 특별히 페루지노 특유의 움브리아풍의 부드럽고 온화한 선으로 발전시켰다.

1490년대는 페루지노가 피렌체에서 가장 이름이 알려진 시기였다. 피에타의 도식은 전체적으로 독일식 표현을 빌리자면, 베스퍼빌더Wesperbilder, 즉 예수의 수평적인 자세와 마리아의 수직적인 자세를 유지한다는 것이었다. 후에 미켈란젤로의 성 베드로 대성당 '피에타'(1497~1499)로 인해 그런 도식이 파괴되는 일대 혁명적인 사건이 일어났다. 페루지노의 이 작품에서는 아직 기존의 도식에 충실한 모습을 여과 없이 보여 주고 있다. '피에타'에서는 죽은 예수의 시신을 수평적인 자세로 과장되게 표현하려다 보니 구도가 전체적으로 부자연스럽고 불편해 보인다. 예수의 몸은 왼쪽에 있는 복음사가 요한과 오른쪽에 있는 마리아 막달레나에게 쭉 뻗어 있다. 뒤 배경은 조용하고 한적한 움브리아 지방의 풍경을 무대로 서정적인 비극으로 담아내고 있다. 아치 아래 툭 튀어져 나온 양쪽 기둥들은 '피에타'라는 연극의 무대를 연상시키고 있다. 페루지노는 1480년대 이후 20여 년간 자주 이런 식의 무대를 작품의 배경으로 삼고 있는 것을 다양한 작품을 통해 볼 수 있다.

작품 속에 등장하는 다른 두 사람은 왼쪽 기둥 아래 서서 손을 가슴에 대고 시선을 하늘로 돌리고 있는 니코데모와 오른쪽 기둥

피에타
페루지노 작

아래에서 팔을 쭉 펴고 있는 나이 든 사람은 아리마태아 사람 요셉이다. 이 두 사람이 서 있는 모습은 각자의 앞에 낮은 자세로 있는 사람들과의 조화라는 면에서나, 건축학적인 구성의 조화라는 면에서나 좌우 대칭의 중요한 역할을 하고 있다. 이것은 페루지노의 다른 작품인 '아기 예수를 안은 성모와 세례자 요한과 성 세바스티아노'와도 같은 맥락에 있다.

작품 분위기는 대단히 깔끔한 인상을 준다. 울고 있는 요한과 막달레나의 고통에 대한 표현도 비극적인 순간을 극대화하는 데 초점을 맞추기보다는 이런 상황에 대한 침착한 묵상에 핵심을 두고 있는 듯하다. 암갈색 톤에 꽉 채워지지 않은 느낌의 막달레나 옷 색깔은 당시 피렌체에서 순조로운 행보를 하고 있던 또 다른 예술가 시뇨렐리에게로 이어졌다. 페루지노와 시뇨렐리가 함께 작업했다고 알려진 제단화 '십자가'(1483~1495?)에서 같은 점을 포착할 수가 있기 때문이다.

십자가
페루지노 작

'십자가'는 앞에서 본 페루지노의 '피에타', '올리브 동산에서의 기도'와 함께 우피치 미술관에서 볼 수 있는 페루지노가 참여한 대표적인 작품이다. 십자가에 못 박힌 그리스도 뒤에 펼쳐진 하늘은 어둠으로만 뒤덮여 있지 않다. 저 멀리 하늘의 반은 밝은 빛으로 물들고 있어 부활의 희망을 뜻한다. 그러나 십자가를 둘러싼 인물들의 분위기는 아직 죽음의 순간에 머물러 있다. 왼쪽에 있는 절벽은 어둠 속에서 형태만 겨우 드러내고 있고, 그 앞에 성 프란치스코와 예로니모 성인이 함께 있다. 오른쪽에는 십자가상의 발치에 막달레나가 그리스도의 발을 만지고 있으며, 그 뒤에 요한 콜롬비니 복자와 피렌체의 주보성인 세례자 요한이 있다. 십자가 밑에 던져진 듯 놓인 붉은색 추기경 모자는 지상에서의 영예를 포기하는 의미를 담은 성 예로니모의 모자이다.

선명한 명암 처리와 바닥에 새겨진 긴 그림자 묘사를 통해 베로키오와 시뇨렐리에 근접하는 인상을 주기도 한다. 동시에 뒤 배경이 되는 산과 언덕과 나무 등의 자연 풍경은 전형적인 움브리아 화풍을 드러낸다. 여기에서 드러나는 원근화법은 방대하고 깊은 공간 구성을 극대화한다.

페루지노의 '올리브 동산에서의 기도'

이 방에서 볼 수 있는 페루지노의 또 다른 작품 '올리브 동산에서의 기도'(1483~1495?) 역시 성 주스토 수도원 성당의 제단화로 사용하기 위해 완성하였다. 이 작품 역시 앞뒤 지면에 따른 공간 구성과 인물들의 좌우대칭이 완벽하게 균형을 이룬다. 색은 부드럽

올리브 동산에서의
기도
페루지노 작

지만, 빛은 강렬하면서도 날카롭다. 앞 인물들의 청명한 표현과는
달리 저 멀리 안개 자욱한 듯한 뒤 풍경이 조형적인 볼륨감과 깊
고 풍부한 공간성을 드러내고 있다.

   그리스도는 겟세마니 동산의 바위 위에 무릎을 꿇고 천사가 주
는 잔을 받고 있다. 저 멀리 하늘은 삼각형 구도로 되어 있고, 이
는 바위 아래 잠든 세 사도들(베드로와 요한과 큰 야고보)의 모습에
서 드러나는 삼각형 구도와 같은 형태를 이룬다. 인물들의 머리와
몸의 자세는 산비탈과 조화를 이루고 있다. 도처에서 당시에 유행

하던 성벽에 둘러싸인 도시와 고대에 세워진 다리의 모습도 볼 수가 있다. 곤하게 잠이 든 사도들을 보면서 바사리는 "불안과 고통의 척도와는 달리 잠이 얼마나 필요한 것인지를 잘 보여 주고 있다"고 하였다.

작품 배경 양쪽에 두 무리의 군인이 무장한 채 달려오고 있다. 배반자 유다를 앞세운 이들은 그리스도를 잡으러 오고 있다. 이들의 등장으로 인해 그림은 더욱 동적인 면을 드러내고 감정적인 균형을 이룬다.

'아기 예수를 안은 성모와 세례자 요한과 성 세바스티아노'

이 작품은 페루지노가 피렌체에서 전성기를 누리던 때에 완성한 것으로서, 당시 피렌체의 정치적이고 사회적인 분위기까지 감지할 수 있다.

1492년 예술을 옹호했던 로렌조(Lorenzo il Magnifico, 1449~1492)가 사망하자 르네상스 운동의 진원지로서 경쾌하고 자유로우면서도 화려했던 피렌체의 분위기가 급변했다. 피렌체의 사치와 타락을 더는 방관할 수 없다는 여론이 힘을 얻기 시작한 것이다. 그 선두에는 도미니코 회원이며 성 마르코 수도원의 원장이었던 사보나롤라(Girolamo Savonarola, 1452~1498)가 있었다. 그는 르네상스 운동에 반기를 들었다.

사보나롤라는 하느님 뜻을 망각하고 인간성을 회복한다는 핑계로 이교도적인 풍습에 빠진 피렌체에 천벌이 내리고 있다고 주장하고 피렌체를 정화해야 한다고 외쳤다. 그의 신정정치神政政治로의 귀환은 메디치 가문의 영광에 제동을 거는 것이었고, 그 첫 번째 통치기에 종지부를 찍는 것이었다. 그러나 사보나롤라의 정치철학도 처음에는 많은 젊은이로부터 동조를 얻었으나, 종국에는 그 역시 정치 세력에 의한 희생양이 되었다. 그의 주장은 설득력을 잃고 결국 화형으로 생을 마감하고야 말았다. 그러나 그는 르네상스를 사치와 허영에 대한 자유분방함으로 이해하고 정신없이 질주하던 피렌체 시민에게 잠시 멈추어 자기 삶을 되돌아보도록 하였고, 모든 분야에서 절제와 금욕의 가치를 재발견하는 기회를 제공했다. 가장 큰 것은 당시 피렌체의 정계 인사들에게 성찰할 수 있는 계기를 마련해 주었다는 것이다.

페루지노가 활동하던 시대는 사보나롤라가 영향력을 최대로 발휘하던 시기였기에 예술은 엄격하면서도 단순함을 추구하였다. 이 작품은 피렌체 근교 피에솔레Fiesole에 있는 도미니코 수도원 성당의 제단화로 그린 것이다. 여기에는 당시 유행하던 데이시스Deisis 형식, 곧 그 도시가 존경하는 성인들을 그림 속에 표현하는 양식도 엿보인다. 아기 예수를 안고 있는 마리아를 중심으로 피렌체의 수호성인으로 르네상스 작가들이 즐겨 그렸던 세례자 요한과 피렌체인들이 좋아하는 성 세바스티아노가 서 있다. 세바스티아노 성인은 3세기 말 디오클레시아노 황제의 박해 시절에 순교한 로마의 군인이었다. 화살에 맞아 순교한 것으로 알려졌는데, 중세 이후 많은 이탈리아 예술가의 작품 대상이 되었다.

이 작품은 페루지노의 특징인 감미롭고 감상적인 분위기, 단순하면서도 간결한 표정, 대칭적인 구도, 맑고 깨끗한 분위기의 풍경

아기 예수를 안은
성모와 세례자 요한과
성 세바스티아노
페루지노 작

묘사 등이 고스란히 담겨 있다. 그러면서도 이전의 르네상스 작품
에서 볼 수 있는 화려함이 배제되고, 절제된 미와 간결하고 소박한
인상이 사보나롤라의 영향 아래 있던 피렌체의 정서로 보여진다.
아기 예수의 세례자 요한을 향한 시선과 마리아의 세바스티아노를
향한 시선 역시 대칭을 이룬다. 그러면서도 인물들의 무표정함과
는 달리 다른 제단화에서는 보기 힘든 세바스티아노를 통한 인간
육체의 아름다움이 극도로 절제되어 잘 표현되고 있다. 배경으로
보이는 건축물은 장엄하지만 관객의 시선을 깊이, 단순하면서도

저 멀리 인물들 사이로 보이는 배경의 자연 풍경 속으로 빨려들게 한다. 부드럽게 펼쳐진 언덕들은 먼 지평을 형성한다.

루카 시뇨렐리

같은 방에 있는 시뇨렐리의 작품들을 보기로 하자. 시뇨렐리는 코르도나에서 태어나 아레쪼에서 피에로 델라 프란체스카의 제자로 있으면서 공간의 투시도법과 인체의 공간적 깊이를 알 수 있는 단축법(短縮法, foreshortening), 명암 처리법 등을 익히고, 피렌체에 와서 폴라이올로 형제와 페루지노와 함께 공부하며, 그들로부터 인체의 동적 표현을 배웠다. 움직이는 인체의 과장된 근육을 표현하기 위해 남성의 나체상을 많이 그렸고, 해부학에서 연구한 골격 구조, 다리와 인대의 상호작용을 연구하였다. 이후 시뇨렐리는 그것을 더욱 발전시켜 인체에서 비롯된 정신의 표현으로까지 이어갔다.

사실 시뇨렐리의 대표적인 작품은 오르비에토 대성당의 성 브리치오 경당(1499~1502)에 그린 벽화 '세상의 종말', '육신의 부활', '최후의 심판' 등이다. 여기에서 시뇨렐리는 굵고 강한 선으로 에피소드별로 틀을 크게 나누고, 이야기의 내용으로 들어가서는 인물들을 나체로 표현함으로써 발가벗겨진 인간의 모습에 역동적인 정신세계를 담아내고자 하였다. 이 부분에서 시뇨렐리는 미켈란젤로의 선구자적인 역할을 한 것으로 평가받고 있다. 중세의 비현실적이고 이상적인 표현이 남아 있던 시대에 다른 예술가들과는 달리 더욱 현실적이고 구체적인 힘이 그의 작품에서 흐르고 있는 것이다.

밀라노의 브레라 미술관에 있는 '채찍질 당하는 그리스도'와 '마돈나 델 라테'라는 두 작품(1480?)도 프란체스카와 폴라이올로의 서로 다른 두 예술 세계를 조화시킨 것으로 보고, 바티칸의 시스티나 소성당 벽에 그린 '십계명을 받는 모세'는 폴라이올로적인 조형성이 한층 돋보이는 작품으로 손꼽는다.

한편 우피치 미술관에서 만나는 시뇨렐리의 작품은 대략 1490년을 전후하여 1510년에 이르는, 시뇨렐리의 초기 작품이 아니라 이미 성숙한 단계에 들어선 작품들이 전시되어 있다.

'알몸인 사람들 사이에 있는 마리아와 아기 예수'

이 작품(1490)은 시뇨렐리가 로렌조 데 메디치를 위해 그렸을 것으로 추정하고 있다. 로렌조는 보티첼리에게 '봄'과 '비너스의 탄생'을 주문하기도 했다. 작품의 중심은 아래에 있는 원형 그림이다. 그림 속 마리아는 푸른 잔디 위에 앉아 아기 예수와 놀고 있다. 마리아가 입고 있는 옷 색깔은 가장 전통적인 색깔이다. 동정녀를 상징하는 붉은 속옷(때때로 흰색으로 표현)과 팔레스타인의 부인들이 입었던 남색의 망토로 마리아가 동정녀이며 부인임을 의미한다.

뒤 배경에는 알몸인 사람들이 어떤 사람은 의자에 앉아 있고, 어떤 사람은 서 있고, 어떤 사람은 비스듬하게 누워 있다. 이들은 이교도의 세계에서 말하는 금욕적인 덕행들을 상징하는데, 미켈란젤로의 '톤도 도니Tondo Doni'에 영감을 주었다. 그밖의 들풀과 풀꽃들이 각기 나름의 명암 처리를 통해 매우 사실적으로 묘사되어 있고, 알몸인 사람들 뒤에 있는 아치는 그 자체가 하나의 풍경이

IV 예술 | 세계 문화의 산실

되고 있다. 식물과 알몸의 사람들과
자연 풍경은 자연스레 다빈치를 떠올
리게 한다.

'겔프당의 성가정'

같은 시기(1490)에 완성한 이 작품
은 피렌체의 겔프당 건물을 위해 완
성한 것으로서, 바사리에 따르면 시뇨
렐리가 '성가정' 혹은 '아기 예수와 마
리아'라는 주제로 그린 초기작 중 하
나라고 한다. 시뇨렐리가 완성한 몇
안 되는 원형 작품이다.

작품 속에서 마리아는 전체 면적
에 걸쳐 가장 큰 공간을 차지하고 있

알몸인 사람들
사이에 있는
마리아와 아기 예수
시뇨렐리 작

다. 편안한 모습으로 책을 읽고 있고, 또 다른 책은 바닥에 펼쳐져
있다. 바로 위에 있는 아기는 놀라운 듯 손을 들고 무슨 말을 하려
는지 얼굴을 요셉에게 돌리고 있다. 요셉은 그 뒤에서 무릎을 꿇고
양손을 가슴에 올려 어린 아들에게 예를 갖추고 있다. 전체적으로
흐르고 있는 강한 명암 효과는 작품이 그림이라기보다는 거의 조
각이라는 느낌을 준다. 빛이 반사되는 느낌이 색채를 넘어서 관객
을 압도하기 때문이다.

색채에 대한 강약 조절을 무척 잘 보여 주는 이 작품은 젊은 미
켈란젤로에게 영향을 줌으로써 그가 한 단계 더 진보할 수 있는

계기를 마련해 주었다. 특히 '톤도 도니'와는 본질적인 영감의 차이에도 불구하고 원형의 그림이라는 커다란 틀은 크게 벗어나지 않았다.

시뇨렐리의 특징이라고 할 수 있는 색조의 방대함이 서서히 작품에 맞게 적용되고 있다. 마치 정해진 레퍼토리 안에서 방대한 스펙트럼을 형성하는 것처럼 말이다. 경배하는 듯 살짝 숙인 요셉의 고개는 아기 예수의 탄생을 축복하기 위해 먼 길을 찾아온 동방박사들의 자세를 연상시킨다. 마리아와 아기 예수의 머릿결은 무척 자연스럽다. 시뇨렐리는 자기 스승 델라 프란체스카(Piero della Francesca)로부터 받은 영향을 여기에서 다시금 보여 준다. 요셉

겔프당의 성가정
시뇨렐리 작

이 두르고 있는 다채색 목도리는 1400년대 말기 많은 작품에 등장한 것으로, 시뇨렐리도 현재 밀라노의 브레라 미술관에 전시된 '채찍질 당하는 그리스도'(1475)에서 같은 목도리를 표현한 바 있다. 기둥에 묶인 그리스도를 채찍질하는 로마 군인들이 허리에 두르고 있는 끈이 '겔프당의 성가정'에서 요셉이 목에 두르고 있는 것과 같은 모양이다.

마리아의 어깨 뒤로는 서정적인 풍경이 눈에 들어온다. 몇 명의 여행자가 성城을 향해 먼 길을 나서고 있다.

'십자가와 막달레나'
연령대가 높은 이탈리아 사람들이 지갑이나 핸드백에 가장 잘

IV 예술 | 세계 문화의 산실

넣어 다니는 상본像本에 등장하는 그림(1502~1505)이다. 가톨릭 신자들 사이에서는 매우 낯익은 그림이지만, 정작 이것을 그린 작가와 작품에 대해서는 알려진 바가 없다.

뒤 배경이 되는 풍경은 앞의 십자가와 막달레나의 상황과는 매우 거리가 있어 보이는 듯, 각자의 에피소트에 열중하고 있다. 오른쪽 뒤 배경에는 '성 베드로의 참회', '십자가에서 내리심', '그리스도의 시신을 옮김'이 표현되어 있다. 반면에 왼쪽 뒤 배경에는 반쯤 무너진 것 같은 고대 건축물과 도시가 있는데 로마를 상징적으로 보여 주는 것 같다.

버팀돌 같은 왼쪽의 절벽과 오른쪽의 둥근 돌 사이의 뒤 공간은

십자가와 막달레나
시뇨렐리 작

구름 같은 흰 바다가 펼쳐져 있다. 그 너머도 희미하게 기념비적인 무언가가 아른거리고 있는 반면에, 앞에 있는 십자가는 분명하고 견고하게 서 있다. 인간사 모든 것이 불분명할지라도 십자가만은 확실함을 표현하고 있다. 어쩌면 바로 이런 이유로 이탈리아인들이 가장 많이 지니고 다니는 작품일는지도 모르겠다.

예수 수난의 흔적을 금방 알 수 있게 목에서 흘러내리는 피와 고통스러운 표정과 매달린 두 팔과 다리, 양손과 발이 해부학적으로 대단히 발전된 시뇨렐리의 작품세계를 보여 주고 있다.

십자가 아래에 있는 막달레나는 비록 표정은 평온해 보여도 무릎을 꿇고 양팔을 벌려 고통에 못 이겨 달려드는 듯한 자세이다. 십자가 아래 굴러다니는 것 같은 해골, 혹은 뱀의 머리는 십자가와 관련한 그림에서 자주 등장하는 상징으로 죽음을 뜻한다. 그리고 그 위에 십자가가 서 있다는 것은 십자가를 통해 죽음을 이기고 영원한 생명을 가져다주었다는 그리스도교의 가르침을 의미한다.

십자가 아래에 빙 둘러 섬세하게 그려 넣은 잔 꽃송이들은 시뇨렐리가 당시 유행하던 플라밍고 양식과 다빈치의 자연주의로부터 영향을 받았음을 보여 준다.

'성모와 아기 예수, 삼위일체, 성 아우구스티누스와 알렉산드리아의 성 아나스타시오'

이 방에서 볼 수 있는 시뇨렐리의 마지막 작품(1510)이다. 거대한 목판에 그려진 작품 속에서 아기 예수를 안은 마리아를 중심으로 두 천사와 두 명의 성인 주교가 거룩한 대화를 나누고 있다. 마리아의 머리 위에는 삼위일체가 있다.

마리아 왼쪽에는 미카엘 대천사가 로마 군복을 입고 한 손에 창을 들고 있다. 이 창은 훗날 아들 예수의 수난과 죽음 때문에 엄청난 고통을 상징하는 '마리아의 심장을 관통하는' 창을 의미한다. 오른쪽에는 가브리엘 대천사가 한 손에는 백합을, 다른 한 손에는 글자가 새겨진 긴 카드를 들고 있다. 카드에는 가브리엘 대천사 자신이 과거에 마리아에게 나타나 예수의 잉태를 알리던 순간에 했던 말, "은총이 가득하신 마리아여"라는 글자가 새겨져 있다.

그림 아랫부분에는 성 아우구스티누스와 알렉산드리아의 성 아나스타시오가 앉아 있다. 이 두 사람 덕분에 양피지에 적인 마리아와 관련한 문장을 읽을 수가 있다. 그리고 마리아 머리 위에는 시뇨렐리 스타일이라고 할 수 있는 견고한 십자가가 있다. 십자가는 하느님 성부가 잡고 있고 그 위에 비둘기 모양의 성령이 앉아 있다. 이런 양식의 그림 틀은 페루지노에서부터 시작되어 이제는 거의 막바지에 도달하였다. 라파엘로는 주제를 이미 혁신적으로 변화시키고 있기 때문이다. 마리아가 두르고 있는 목도리도 1400년도 말기에 유행하던 것이다.

성모와 아기 예수,
삼위일체,
성 아우구스티누스와
알렉산드리아의
성 아나스타시오
시뇨렐리 작

작품은 그리 높은 평가를 받지 못했다. 너무 많은 사람이 빼곡히 들어선 느낌이고, 너무 많은 장식이 작품을 화려하고 사치스럽게 만들고 있다는 이유였다. 이것은 시뇨렐리가 인생 말년에 주로 일했던 마르케, 움브리아, 토스카나 동쪽 지역 의뢰인들의 입맛에 맞추다 보니 그렇게 된 것으로 보인다. 누군가의 눈치를 보고, 그의 구미에 맞추면 한 인간으로서, 특히 한 예술가나 장인에게는 가장 고귀한 독창성을 잃을 소지가 그만큼 크다. 의뢰인이 인품 있고 성숙한 사람이었다면, 시뇨렐리가 자기 예술적 감각을 외면하면서까지 그들의 눈치를 보지는 않았을 것이라는 생각도 든다.

피렌체 밖에서 일어난 르네상스 학파들의 작품

19~23실에는 이탈리아의 여러 도시와 주변 국가의 예술가들이 보여 준 '르네상스의 면모'라고 할 수 있는 작품들이 전시되어 있다. 특히 롬바르디아 르네상스 예술의 초석을 놓은 것으로 보는 안드레아 만테냐(Andrea Mantegna, 1431~1506)와 바로크 회화의 선구자로 불리는 안토니오 코레조(Antonio Allegri 일명 Correggio, 1489~1534)는 꼭 만나볼 필요가 있다.

안드레아 만테냐는 베네치아 공화국이 지배하던 비첸차에서 태어나 만토바에서 사망한 이탈리아 북부 지방 토박이로 북부 이탈리아 최초의 진정한 르네상스 화가로 알려져 있다. 만테냐는 목공예가의 둘째 아들로 태어나 어릴 적부터 탁월한 능력을 인정받았다. 열 살 전후로 파도바의 그림 선생이자 골동품 수집가인 프란체스코 스콰르초네의 공방에 들어가 미술 공부를 하였다. 그곳에서 건축학적인 소양을 쌓았고, 토스카나 지방에서 들려오는 소식을 처음으로 접하였다. 필립보 리피, 파올로 우첼로, 안드레아 델 카스타뇨, 특히 도나텔로의 소식은 만테냐를 설레게 했고, 그들로부터 정확한 원근법의 사용에 대해서 배웠다. 스콰르초네의 공방에서 열일곱 살 무렵부터 이미 독자적으로 주문을 받는 화가로 성장하고, 토스카나 르네상스 화가들을 접하는 기회를 가지기는 했지만, 스콰르초네로부터 개인적으로 얻은 것은 거의 없었다.

그 후 만테냐는 완벽한 공간 구성에 있어 토스카나 르네상스 화가들을 넘어서며, 원근법의 사용과 이미지와 형태에 대한 사실주의로 자신만의 세계를 구축해 나갔다. 그는 이탈리아 르네상스 전통을 충실히 따랐는데, 특히 고대 로마의 전통을 충실히 계승하며, 환상적인 원근법을 능숙하게 사용하였다. 만테냐는 회화 작업과 함께 숙련된 도안가로서 많은 판화도 제작하였다. 현재 이 작품들은 당대 최고의 동판화로 평가받고 있다. 그는 끝이 뾰족한 도구로 그림을 직접 새기는 판화 방법인 드라이포인트 기법을 개발하여 훨씬 폭넓은 색조 표현을 가능하게 했고, 이를 통해 예전에는 하지 못했던 대작들을 제작하면서 동판화의 새로운 지평을 열었다.

1448년에 만테냐는 파도바의 에레미타니 성당 내 오베타리 가문의 경당을 장식하고(1455년까지), 1453년에 파도바의 성 유스티노 성당 베네딕토 수도회를 위해 제단화 '성 루카'를 제작했는데, 여기에서는 원근법을 사용한 정교한 배경이나 복잡한 형태에서 벗어나 통일되고 균형 잡힌 도안을 창조하였다. 파도바에서 큰 명성을 얻은 이후, 1460년부터 만토바의 후작 루도비코 곤자가의 궁정화가가 되었다. 그의 대표작으로 만토바의 성 조르조 성 북동쪽에 있는 '신혼부부의 방'은 이 시기에 완성하였다. 온통 벽화로 장식한 이곳에서 그는 방이라는 장소가 갖는 환경에 대해 일관된 이상을 펼쳐 보였다. 곤자가 가문 인사들의 뛰어난 초상화들도 이 시기에 완성하였다.

만테냐는 1487년에 인노첸시오 8세 교황의 요청으로 바티칸 궁 벨베데레 경당을 장식하여 로마에도 작품을 남겼지만, 이마저 1780년에 바티칸 박물관을 정리하면서 파괴되었다. 그러나 그에 대한 기록은 바사리의 글에서 확인할 수가 있다. 이후 만토바로 돌아온 만테냐는 아홉 개의 유화 연작 '카이사르의 승리'(1486~1505)를 완성하였다. 이 연작은 로마 시대 고미술품들을 연구한 결과물이다. 바사리는 이 작품에 대해 "카이사르의 승리'는 만테냐 최고의 작품"이라며 극찬했다. '카이사르의 승리'는 만테냐가 인생 말년에 피워 올린 결정적인 작품으로 지금은 영국 햄프턴 궁에 모두 소장되어 있다. 1506년에 만테냐가 일흔다섯 나이로 사망하자, 화가로 활동하던 그의 두 아들, 루도비코와 프란치스코 만테냐가 만토바의 성 안드레아 성당에 아버지를 추모하는 장엄한 기념물을 지었다. 르네상스기 독일 최고의 화가였던 알브레히트 뒤

동굴의 성모
만테냐 작

러(Albrecht Dürer 1471~1528)는 만테냐가 사망했다는 소식을 듣고 만토바로 달려와 "내 인생에서 가장 고통스러운 순간"이라고 하였다.

만테냐의 작품들 가운데 우피치 미술관에서 볼 수 있는 것은 '세 폭의 제단화'(1460), '가를로 데 메디치의 초상'(1466), '동굴의 성모'(1488~1490) 등이다.

그의 모든 작품을 관통하는 것은 조형성에 있어 당대는 물론 고대와의 대화도 서슴지 않는다는 것이다. 그래서 만테냐를 두고 회화에 있어 최초의 위대한 '고전주의자'라고 평한다. 그의 예술은 건축학적 고전주의의 전형으로 손꼽힌다.

코레조, 즉 안토니오 알레그리는 에밀리아 지방의 코레조에서 태어나 그곳에서 사망하였다. 그래서 본명보다는 지역 이름으로 더 알려졌다. 그의 조부 로렌조 알레그리(Lorenzo Allegri, ?~1527)는 그 지역에서는 꽤 알려진 화가였다. 그는 독학한 미술가로 추정되지만 그의 작품을 통해 통찰할 수 있는 광학, 원근법, 건축, 조각, 해부학에 대한 풍부한 지식은 그런 추정에 의구심을 갖게 한다. 그가 활동한 시대가 1400년대 후반에 당대 거장인 다빈치, 라파엘로, 미켈란젤로, 만테냐 등이 있었기에 그들의 영향을 받은 것으로 보인다. 그리고 점차 독자적인 화풍으로 1500년대 위대한 예술가의 반열에 이름을 올린 것으로 추정된다.

코레조의 대표작 중 하나인 '거룩한 밤'(1533?)은 유럽 회화에서 처음으로 '진정한 밤'을 그렸다는 평가처럼 색과 빛을 사용하여 형태에 균형을 주고, 보는 사람의 시선을 일정한 방향으로 인도하고 있다. 색과 빛을 탁월한 방법으로 이용했다는 점은 티치아노를 뛰어넘는다. '거룩한 밤'은 아기 예수가 탄생한 장면으로 목동과 함께 달려가 복음사가들이 전하는 어둠 속을 비추는 '빛'을 보는 것은 목동도 천사도 아닌, 바로 관객인 우리다.

코레조는 물감 자체의 색을 사용하는 것에 뛰어났을 뿐만 아니라, 물감이 지닌 고유한 질감에 대해서도 깊이 연구했다. 그것은 신화를 주제로 한 일련의 작품들을 통해 드러난다. 그림의 감각적인 특성을 살리는 데 활용한 것이다. 로마의 보르게제 미술관에 있는 '다나에', 빈의 미술사 박물관에 있는 '가니메데스의 유괴'와 '주피

거룩한 밤
코레조 작

터와 이오' 등에서 표현된 눈에 거슬리거나 외설적이지 않은 에로틱함을 물감의 질을 이용하여 깊이 있게 묘사한 것이다. 또 빛의 효과를 자유롭게 활용하여 성당 내부 천장을 마치 하늘이 열리는 듯한 느낌으로 표현한 것도 코레조 화풍의 특성이다. 천장과 둥근 지붕을 송두리째 그림으로 처리한 것도 탁월하고, 구름 사이로 천사 무리가 환호하는 가운데 드러난 파란하늘은 하늘의 영광을 노래하는 것 같다. 구름 속의 인물들이 실제 공간으로 튀어나올 것 같은 사실적인 표현법은 당시로서는 놀랍고 대담한 것이었다. 코레조의 이런 기술은 이후 수 세기를 두고 많은 화가가 닮으려 한 방식이었다. 중세의 어둡고 침침한 성당에서 르네상스의 궁륭 천장을 올려다보았을 때, 밝고 환상적인 하늘은 그 자체로 엄청난 감동이었을 것이다. 이런 맥락에서 파르마 대성당의 돔에 그려진 프레스코 '성모의 승천'(1524~1530?)은 절정기에 이른 코레조의 화풍을 보여 준다.

만테냐가 엄격하게 절제된 선으로 윤곽을 나타내는 데 중요성을 두었다면, 코레조는 다빈치를 통해 명암법 곧 대상의 형태를 관찰하여 빛의 현상에서 밝은 부분과 어두운 부분의 대비 관계와 그 변화를 파악하여 입체감 있게 표현하는 방법에 역점을 두었다.

섬세한 명암 구사는 윤곽을 부드럽게 하고 분위기를 살리는 데 최상이었다. 따라서 코레조의 전체적인 화풍은 북이탈리아 르네상스 미술에 절대적인 영향을 미친 다빈치에 가까웠다.

코레조는 초기에 로마를 방문하여 미켈란젤로와 라파엘로가 바티칸 궁에 그린 프레스코에서 영향을 받았을 것으로 추정된다. 그러나 주제를 해석하면서 미켈란젤로와 라파엘로의 깊이를 따라가지 못했지만, 뛰어난 감수성과 경쾌한 터치로 독창적이고 환상적인 표현의 경지에 도달했다고 보고 있다. 그는 예술의 본질로 빛과 그늘에 의한 조형성을 추구했고, 격한 움직임을 통한 리듬의 창조와 자유로운 구도에 의한 장식적인 화면 구성에 역점을 두었다. 몽환적이고 관능적인 분위기를 만드는 데에도 주저하지 않았다. 기술적으로는 명암법의 완성, 빛의 배치, 채색의 선명함 등을 통해 이탈리아 르네상스 회화를 최고 단계로 끌어올렸고, '빛과 색의 화가'라는 별칭에 걸맞게 빛과 색에 관한 연구를 게을리 하지 않았고 그 결과에 따라 본질을 마음껏 활용하였다. 만토바를 떠난 뒤, 코레조는 파르마와 고향인 코레조에서 주로 활동하였다.

우피치 미술관에서 만날 수 있는 코레조의 작품들은 '성 프란치스코와 함께 이집트 피난 중 휴식'(1520)과 '음악을 연주하는 천사들과 함께 있는 성모'(1515~1516?), '아기 예수를 경배하는 성모'(1526?) 등이 있다.

그는 파다나 평야에 펼쳐진 북부 이탈리아 지역에서 르네상스의 이상을 불태우며 근대성을 주도한 선구자였다. 파르마 화파의 중심 인물로 바로크와 로코코 화가들에게도 많은 영향을 미쳤다.

미켈란젤로의 회화

미켈란젤로를 비롯해 피렌체 작가들의 작품을 만날 수 있는 25~34실에는 16세기의 최고 수작들이 전시되어 있다. '어린 성 요한이 있는 성가정'이라는 작품으로 불리기도 하는 '톤도 도니'(Tondo Doni, 1504)는 미켈란젤로의 작품으로 구성에서나 색의 사용에 있어서나 1500년대 이탈리아 예술을 상징하는 대단히 중요한 혁신적인 작품으로 평가받고 있다.

도니는 피렌체에서 돈이 많은 금융업자로 막달레나 스트로찌와의 결혼을 기념하여 친구인 미켈란젤로에게 원형으로 된 '성가정'이라는 그림을 주문하였다. 액자에 표현된 다섯 인물이 스트로찌 가문 사람들이기 때문이다. '성가정'은 당시 많은 사람으로부터 사랑받은 주제였다.

작품이 완성되자 미켈란젤로는 수습공을 보내어 이것을 전했고, 그 대가로 70두카토를 받아오라고 하였다. 돈에 민감했던 도니는 "고작 그림 하나에 그토록 많은 돈을 쓰다니!"라며 40두카토만 주겠다고 하였다. 이에 미켈란젤로는 그림을 도로 가지고 오라고 했고, 다시 원하면 140두카토를 지급하라고 하였다. 순식간에 두 배를 부른 것이다. 이 이야기는 역사 비평가들의 과장이 어느 정도 섞여 있을 수도 있지만, 여기에서 중요한 것은 예술가로서 미켈란젤로의 자부심이다. 그는 예술가로서 중세의 기술공과는 분명히 다름을 당시 의뢰인들에게 심어 주고자 애를 썼다.

사실 서양세계에서 그들의 사유를 오랫동안 지배해 온 플라톤의 「국가」에는 회화를 비하하는 글이 있다. 그러다 보니 르네상스기에 이르도록 회화는 천대받는 예술 분야였다. 플라톤은 회화를 두고 '실재'를 '있는 그대로' 모방하는 것이 아니라, '보이는 것'을 '보이는 그대로' 모방하는 낮은 단계의 기술이라고 하였다. 집이나 침대, 구두 등을 만드는 목수나 장인의 기술은 각기 재료의 성질과 특성, 사물의 내적 원리에 기반을 두고 있으나, 화가는 그런 내적 원리를 표현하기보다는 사물이 보여 주는 외적인 색채와 형태로 모방할 뿐이라는 뜻이다. 따라서 자신이 모방하는 것들에 대해 진정으로 알지 못한 채 현상만을 모방하는 회화는 실재에 대한 참된 지식을 주지 못하기 때문에 진리에서도 멀리 떨어져 있는 '진지하지 못한' 일종의 놀이에 불과하다는 것이다.

그러나 르네상스 인문주의자 레온 알베르티는 「회화론」에서 이런 전통적인 주장을 정면으로 반박했다. 그는 '그리스인들은 노예들이 그림을 배우는 것을 법으로 금지'할 정도로 회화를 명예롭고 자랑스럽게 생각했고, 회화 예술은 자유로운 마음과 고귀한 지성의 소유자들이 추구하기에 충분한 가치가 있다고 여겼다. 그는 회화를 보면 큰 즐거움을 느낀다는 것은 훌륭하고 뛰어난 마음의 표시라고까지 하였다. 그러면서 그는 「회화론」의 제1권에서 광학, 기하학, 수학의 원리에 입각한 회화의 구성과 제작 방식을 설명함으로써 회화가 단순한 모방이 아니라, 엄격한 학문 활동을 통한 진지한 지적 활동임을 입증하고자 하였다. 회화만의 고유한 능력을 통해 자연과 인간을 포함한 세계의 모습을 원래 상태보다 더 아름답고 더 가치 있는 것으로 표현할 수 있다고 보았다. 그리고 그것을 알베르티는 '세계에 아름다움을 더하는 일'이라고 하였다.

이후 르네상스 예술가들은 알베르티가 한 이러한 주장을 입증이라도 하려는 듯, 회화에 대한 뿌리 깊은 천대로부터 회화 예술의 가치와 예술가로서 화가의 위상을 찾으려고 애썼다. 미켈란젤로도 이런 맥락에서 자기 창작물에 대해 높은 가치를 부여했고, 그런 소신을 굽히지 않았다. 물론 여기에는 미켈란젤로가 아직 젊다는 것과 '다윗'(1501~1504) 이후 거의 신화적인 인물로 인기가 급상승하던 것도 어느 정도 작용했을 것이다.

'톤도 도니'

이 작품은 원형의 공간 속에 '성가정'이라는 주제에 맞추어 여러 그룹의 사람들이 등장하는 구도다. 마리아의 모습은 지금까지 성화에서 보았던 것처럼 아기 예수를 안고 있거나, 앞에서 노는 아기 예수를 바라보는 것이 아니라 뒤에 있는 요셉으로부터 받아 안으려는 듯한 자세다. 마리아는 지금까지 아기와 놀았던 것이 아니라, 책을 보다가 이제 막 책을 덮고 무릎 아래로 내려놓은 상태다. 그녀의 팔뚝 근육은 남성미를 연상하게 한다. 바티칸 시스티나 소성당의 천장에 그린 '천지창조'(1508~1512)에 나타난 예언자 시빌레를 떠올리게 한다. 몸을 반쯤 틀고 있는 마리아의 자세는 요셉의 머리를 축으로 전체를 피라미드 형태로 유지하면서도 힘의 방향을 대단히 역동적으로 흐르게 한다. 세 사람의 머리 모양, 팔의 자세는 각기 반대 방향으로 향하면서도 서로 조화를 이루고 있다. 한

정된 공간에서 주인공들에게 집중하게 하는 열린 구도이다.

그림 속에서 아기는 장난을 치려는 듯 어머니의 머리에 손을 올리고 있다. 이들의 오른쪽 뒤에는 회색 담이 있고 거기에 어린 세례자 요한이 있다. 그 뒤로는 고대 건축물에서 흔히 보던 무너진 벽에 기대선 발가벗은 인물들이 있다. 이들은 미켈란젤로가 로마에서 연구했던 고대 조각 작품들을 연상시킨다. 서 있는 젊은이는 바티칸 박물관의 '벨베데레의 뜰'에 있는 '아폴로'를, 요셉 옆에 바

톤도 도니
미켈란젤로 작

로 앉아 있는 사람은 라오콘의 아들이다. 그리고 그 뒤로 호수, 초록 들판, 산들이 푸른 하늘 아래 펼쳐져 있다.

이 작품에서 미켈란젤로가 쓴 색깔은 대단히 밝고, 빛나고, 선명하면서도 차갑고 변화가 가능한 것들이다. 인물들의 몸의 표현은 명암이 강하여 조각과 같은 이미지를 준다. 미켈란젤로는 최고의 회화란 조각에 가까워야 한다고 여겼던 만큼, 조각 같은 입체감과 조형성을 지향하려는 것 같다. 여기에서 작가는 '성가정'의 주인공들을 통해 '거룩함'(聖)을, 뒤의 발가벗은 사람들을 통해 '속俗'을, 그리고 그 중개자로서 세례자 요한을 표현한 것으로 보인다.

이 그림에 대한 적나라한 비판은 예술 비평가들 사이에서 끊임없이 있었는데, 부르크하르트(Jacob Burckhardt, 1818~1897)도 "이런 종류의 감성으로는 누구도 성가정을 그려서는 안 된다!"며 크게 비판한 바 있다.

티치아노, 색을 말하다

28실에는 베네치아학파의 대표적 인물인 티치아노(Tiziano Vecellio, 1480/1485~1576)의 수작들이 소장되어 있다. '플로라'와 '우르비노의 비너스'가 그것이다. 여기에서 티치아노는 처음으로 누드 초상화를 시도하는데 섬세하고 알 수 없는 관능미를 보여 주고 있다.

예술가 중에 드물게 살아서부터 베네치아 왕국의 극진한 대접을 받으며 장인 신분에서 귀족의 지위에까지 올랐던 티치아노는 작품

세계에서도 고통이나 아픔보다는 평안하고 화려한 미를 보여 주고 있다. "형태는 미켈란젤로에게서 배우고, 색은 티치아노에게서 배우라!"는 미술계의 통설처럼 부드럽고 풍성한 색채감에서 나오는 따뜻함과 생기가 티치아노 그림의 특징이다. 이것은 그동안 피렌체학파를 중심으로 르네상스 회화가 조각적인 형태주의를 보여 주었다면, 티치아노를 비롯한 베네치아학파에 의해 회화적인 색채주의가 확립되었음을 말해 준다.

그는 이전 화가들이 한 것처럼 정교한 밑그림을 토대로 그림을 완성하는 방법을 지양하고, 밑그림 없이 색채의 변화만을 통해 그림을 완성해 나가는 방식을 선택함으로써 당시로서는 혁명에 가까운 회화법을 도입하였다.

그의 회화는 당시 풍속과 풍경을 감상할 만한 부분이 많고, 지극히 인간적인 측면에 초점을 맞추고 있어 현실적이고 구체적인 공감대를 형성한다.

완성되면서부터 다양한 사본이 나올 정도로 인기를 끌었던 '플로라'(1515)는 부드러우면서도 화려한 색의 조화가 돋보이는 작품으로 티치아노의 색채 감각을 아낌없이 보여주고 있다. 그 결과 대상의 아름다움을 부각하고 강한 관능미를 드러낸다. 아무것도 없는 공간에 한 여성의 자태만 정면에 배치하여 초상화의 엄격한 도식을 표현하면서도 손과 어깨 움직임을 통해 여성의 건강한 몸을 묘사함으로써 역동성을 드러내며 살짝 기울인 고개와 시선이 그림 속 여성을 더욱 생동감 있게 한다.

>
플로라
티치아노 작

'우르비노의 비너스'(1538)는 우르비노의 공작 구이발도 델라 로베레의 아들이 베네치아에 있는 지인에게 부탁하여 티치아노의 '여성 누드' 그림을 사겠다고 하여 티치아노가 완성한 것이다. 그러나 아들은 자기 어머니한테서 필요한 비용을 받지 못했고 그림은 티치아노의 작업실에 한동안 있게 되었다. 아들의 투정을 외면한 어머니와는 달리 아버지 구이발도는 작가가 그림을 다른 사람에게 팔아 버릴까 봐 걱정했고, 결국 티치아노에게 보관료까지 넉넉히 치르고 그림을 찾아왔다. 1631년 델라 로베레 가문의 마지막 자손인 빅토리아(Vittoria Della Rovere)가 메디치 가문의 페르디난도 2세와 결혼하면서 자기 집안에서 소장하던 많은 예술품을 가지고 왔는데 거기에 이 작품도 포함되었다. 1736년부터 우피치 미술관에 있다.

　그림 속 여인은 하얀 융단 위에 벌거벗고 비스듬히 누워 있다. 똑바로 앉아 있거나 서 있는 자세보다 훨씬 관능적인 모습이다. 여인의 발치에는 개가 웅크리고 자고 있는데, 이는 자기 남편에게만 성性을 허용한다는 신의를 상징한다. 화면 오른쪽 구석에는 하녀 둘이 있다. 왼쪽 아래에 무릎을 꿇고 등을 보이는 하녀는 무언가를 찾고 있고, 그 옆에 서 있는 하녀는 그것을 지켜보고 있다. 주인공인 여인은 사실 신화에 나오는 비너스가 아니라, 당대의 한 귀족으로 몸치장하려고 기다리는 모습이다. 요염한 눈길로 관객을 유혹하는 듯한 시선, 시적이면서도 정적인 분위기, 고혹적인 색감 등은 티치아노 특유의 여성 누드화의 정수를 보는 것 같다. 이것은 우리가 서양 미술사에서 다양한 시대에 걸쳐 많은 비너스를 감상

우르비노의 비너스
티치아노 작

해 왔지만, 그런 많은 비너스의 출발이 티치아노에서부터라고 생각
할 만큼 여러 면에서 선구자적인 특징들을 담고 있다. 그는 관능
적인 시선을 통해 여성의 은밀한 성적 욕망을 표현함으로서 당시
로서는 매우 어려운 시도를 한 것으로 보인다. 여성이 지닌 육체의
아름다움을 티치아노보다 더 아름답게 표현할 수 있는 예술가가
또 있을까. 바사리도 비너스 여신을 찬송하기보다는 "부드러운 융
단에 누워 있는 대단히 아름다운 여인과 훌륭하게 묘사된 꽃"에
대해 칭찬을 아끼지 않았다.

　이 작품은 티치아노의 또 다른 작품들인 '오르간 연주자와 함께

있는 비너스와 큐피드'(1550~1551), '비너스와 류트 연주자'(1565)
등 '우르비노의 비너스'를 변형시킨 작품 외에도 다른 작가에게도
영향을 미쳤다. 대표적으로 조르조네(Giorgione, 1477/78~1510)
의 '전원의 풍경 속에서 잠자는 비너스'(1508)다. 그러나 여성의 이
상적인 미를 추구한다는 점에서 두 작품은 서로 닮은 점이 있으
나, 조르조네와 티치아노의 작품은 분명한 차이가 있다. 조르조네
의 비너스가 신화적인 여성이라면, 티치아노의 비너스는 당대에 그
가 주로 만나던 일반 여성이라는 점이다. 조르조네는 밝은 광채 아
래 풍만한 미를 드러내 놓고, 그리스의 조각가조차 미치지 못한 관
능미를 한껏 뽐내고 있는 비너스를 그렸다. 그러나 그는 이상적인
목가의 전원 속에서 평안과 조화를 찾는 인간의 갈망을 '전원 풍경
속에서 잠든 비너스'에서 실현하려다 홀연히 붓을 놓고 세상을 떠
났고, 그가 남긴 미완의 그림은 티치아노가 완성하였다. 드레스텐에
있는 조르조네의 작품 속 배경의 전원을 티치아노가 그린 것이다.
  '우르비노의 비너스'는 마네(Edouard Manet, 1832~1883)의 '올랭
피아'(파리 오르세 박물관, 1863)에도 영향을 미쳐 근대 누드화의 새
로운 지평을 여는 초석이 되었다.

파르미자니노와 후기 르네상스

  에밀리아 지방 출신 예술가들의 작품이 전시되어 있는 방(29실
과 30실)에서 가장 주목받는 작품은 파르미자니노(Parmigianino,

1503~1540)의 '목이 긴 성모'(1534~1540)다.

이탈리아 북부지방 파르마 출신이라고 하여 파르미자니노로 불리지만 원래 이름은 마리아 마쫄라(Girolamo Francesco Maria Mazzola)다. 그는 코레조에게서 그림을 배웠고 그의 후계자라는 평가를 받고 있다. 16세기 베네치아에서 최고의 초상화가가 티치아노라면 베네치아 밖에서는 파르미자니노를 꼽을 수 있다. 그의 그림은 이탈리아 매너리즘을 대표하는 가장 중요한 작품으로 손꼽힌다. 반고전주의적인 외모, 풍성한 은유, 상징적인 변화들에서 영감을 얻었다. 그의 양식은 가늘고 우아한 형태와 뛰어난 기교로 화려하면서도 전성기 르네상스의 자연주의 원칙을 약화시키고 라파엘로의 후기 양식을 최대한 발전시켰다고 본다.

1520년경이 되면서 이전 시대의 거장들인 미켈란젤로, 라파엘로, 티치아노, 다빈치 등이 이루어 놓은 업적으로 인해 더 이상 미술의 발전은 불가능할 것 같은 분위기가 감지되었다. 후대들이 감당하기에 미켈란젤로를 비롯한 르네상스의 거장들은 참으로 위대했고, 그것이 후대 작가들에게는 엄청난 위기의식으로 작용하였다. 그들 가운데 파르미자니노를 비롯한 몇몇 대가들이 있었다. 그들은 이전 시대의 천재들이 보여 주었던 소위 '르네상스 양식'이라는 통일된 스타일을 고수하기보다는 각 개인의 특성을 극대화시키는 데 주력하였다. 가령, 틴토레토(Tintoretto, 1518~1594)는 대각선이나 중심점이 없는 불안정한 구도를 통해 효과를 극대화시키려고 했고, 브론치노(Bronzino, 1503~1572)는 원근법 사용이 어려운 얕은 화면에 인물의 몸을 꼬거나 비틀어 신비하면서도 우아하고 관능적인 표현에 몰두하였다. 엘 그레코(El Greco, 1541~1614)는 자연스러운 색채를 무시하고 모호한 윤곽과 평면적 구도로 감성적이고 환상적인 분위기의 종교화와 초상화를 남겼다.

이들은 자기네 스승들을 모방하지 않았을 뿐더러 르네상스 미술의 이상인 조화와 균형을 거부하였다. 반 고전주의를 지향하면서도 기발하고 독창적인 표현으로 르네상스의 미학적인 기준에서 벗어나고자 하였다. 그러면서도 각기 독특하고 신비스런 아름다움을 선사하였다. 이들이 표현한 것은 르네상스 시대에 퍼졌던 자연의 아름다움이 아니라, 각자의 마음에 품고 있던 아름다움이었다. 파르미자니노의 '목이 긴 성모'는 이러한 경향의 대표적인 작품이다.

'목이 긴 성모'는 그냥 보기만 해도 기교주의(매너리즘)의 대표작이라고 할 수 있을 만큼 기교가 넘친다. 성모를 작가 방식대로 우아하고 고상하게 동그란 얼굴에 긴 목과 긴 손가락으로 표현하였다. 성모의 전체적인 몸길이는 겹쳐진 두 개의 방석 위에 오른발을 올려놓고도 뒤에 있는 기둥보다도 길고, 아기를 보려는 각기 다른 표정의 천사들과도 비교가 안 될 만큼 크다. 그리고 오른쪽 아래는 너무 작아서 성모의 무릎에도 못 미치는 성 예로니모를 배치하였다. 마치 오늘날 개성을 강조하는 커리커처를 보는 듯한 느낌이 든다. 성 예로니모는 '원죄 없이 잉태되신 성모'에 대한 교리를 주장했던 교부 중 한 사람이다. 성모가 안고 있는 잠이 든 아기는 떨어질 듯 불안하다. 수많은 작품에서 등장하는 '아기 예수'의 모습과는 달리 '아기'라고 부르기조차 난감할 정도로 큰 아기(?)는 떨어지지 않으려는 듯 왼팔을 늘어뜨린 채 오른팔로 성모의 옷자락

목이 긴 성모
파르미자니노 작

을 잡고 있다. 전체적인 구도가 피에타를 연상시킨다. 그러면서도 모든 것이 불안정하고 불균형을 이루고 있다. 여기에서 파르미자니노는 스승인 코레조 스타일의 섬세한 명암법으로 빛의 효과를 극대화하고 틀에 박힌 조화와 고전적인 스타일만이 우아하고 세련된 미를 보여 주지 않음을 보여 주고 있다.

중세의 절대적인 가치였던 신권이 파괴되는 정신적인 위기 상황에서 초기 르네상스 예술가들이 간직하고 있던 일말의 신성 불가침적인 전형적인 규범과 전성기 르네상스 예술에서 드러나던 균형 잡힌 절제미마저 이제는 찾아볼 수가 없게 되었다. 르네상스의 거장들이 이룩한 조화와 균형과 이상적인 자연미라는 절대가치는 각자의 독창적인 상상력과 우아한 장식, 강한 기교에 자리를 내어주고 말았다. 바사리는 이 작품이 '미완성'임에도 불구하고 그의 저작 「생애」(1568)에서 "탁월한 아름다움과 우수성"이라고 평가하였다. 작품을 미완성이라고 한 것은 아기의 얼굴과 성모의 오른쪽 팔뚝 아래에 어둡게 표현된 속에 아직 형체가 드러나지 않은 여섯 번째 천사가 아기를 보려고 애쓰고 있는 장면을 두고 하는 말이다.

그림 구도는 추상적이어서 대상에 대한 관찰보다는 정신세계를 강조하는 신플라톤적 미학의 특징을 보는 것 같다. 성모 뒤에 있는 둥근 기둥은 앞에 있는 인물들을 강조하려는 듯 무언가 분리된 듯, 앞뒤가 맞지 않는 모습이다. 기둥은 받침부분을 보면 그림자가 하나가 아니라 여러 개, 아니 수십 개가 나열해 있는 것 같은데, 위에는 하나만 보인다. 이것 역시 미완성인지 아니면 파르미자니노의 의도가 감추어진 것인지 알 수가 없다. 솔로몬의 신전을 암시하는 것 같다.

그리스도교 전통에서 기둥은 죄에 물들지 않은 깨끗한 상태를 상징한다. 중세 때에 기둥은 성모를 상징하는 의미로 사용하였다. 그래서 성모를 가리켜 "연기 기둥처럼 광야에서 올라오는 저 여인은 누구인가?"(아가 3. 6) 하는 말도 있었다.

곰브리치는 이 작품에 대해 "화가는 정통을 고집하고자 하지 않는다. 전통적인 완벽한 조화만이 존재에 대한 유일한 답이 아니라는 것을 보여 주고 있다. 자연스러운 단순함이 미에 도달하는 하나의 방법이지만, 예술을 사랑하는 섬세한 시선들에 흥미를 돋우는 여러 간접적인 방법들도 있다. 우리가 좋아하건 좋아하지 않건, 그가 선택한 길이 좋은 것이었다는 점을 우리는 인정해야 할 것이다. 사실, 파르미자니노를 비롯한 당대의 많은 예술가가 찾았던 것은 새로운 것이었고, 위대한 예술가들은 그것을 '자연스런' 미의 대가로 얻은 것이라고 하였다. 따라서 그들을 첫 '근대' 예술가들이라고 할 수 있다. 우리가 알다시피, 오늘날 '근대' 예술이라고 부르는 것은 당연하다고 여겨지는 것들을 회피하고, 흔히 '자연스런 미'라고 하는 것과는 다른 효과를 지니고 있어야 하기 때문"이라고 결론지었다.

그러므로 작품은 르네상스와의 단절을 선언하면서 매너리즘이라는 새로운 흐름을 선포했다고 할 수 있다. 고뇌, 극적 감정, 기형, 부조화, 번민, 비현실성을 통해 '진정한' 매너리즘이라는 새로운 길을 개척한 것이다.

우피치에서 만난 카라바조

우피치 미술관 2층 마지막 방에는 '카라바조와 그의 영향을 입은 예술가들의 방'이 있다. 이곳에 카라바조의 '바쿠스', '메두사의 머리', '이삭의 희생'이 있다. 사실 피렌체에는 카라바조의 작품이 많지 않다. 그가 젊은 시절에 완성한 작품 몇 점만 있을 뿐 대개는 로마, 밀라노, 파리, 베를린, 마드리드, 런던 등 도처에 흩어져 있다.

카라바조의 원래 이름은 미켈란젤로 메리시(Michelangelo Merisi, 1571~1610)다. 그는 밀라노 근처 카라바조Caravaggio에서 태어났기에, 사람들은 그를 두고 카라바조라고 불렀다. 흔히 예술가의 기이한 삶을 이야기할 때 가장 대표적인 인물로 미켈란젤로 보나로티를 많이 드는데, 카라바조가 등장하면서 미켈란젤로는 쏙 들어간 느낌이다. 그만큼 카라바조는 독특하고 독보적인 캐릭터였다. 그는 과격하여 어디를 가나 분쟁과 다툼과 고소로 시끄러웠고, 그래서 그의 삶은 조용할 날이 없었다. 항상 불안정하고 위험하면서도, 한편으로는 매력적이고 자유로운 영혼의 소유자였다. 특이한 성격의 소유자들 대부분이 그렇듯이 카라바조의 인생살이도 쉽지 않았다. 그는 탁월한 예술적 재능을 가지고 있었고, 또 그것을 알아보는 이가 더러 있었음에도, 아무런 후원도 받지 못하고 고단한 일생을 보냈다. 1600년에 잠시나마 로마의 예술계에서 크게 이름을 떨쳤던 것은 오로지 그의 능력이 탁월했기 때문이다. 그러나 이후에도 계속해서 싸움과 논쟁에 휘말렸고, 결국 험난한 인생의 밑바닥으로 또 다시 내팽개쳐졌다. 그의 죽음과 관련한 소문도 질병으로 죽었다느니, 누군가와 싸우다가 살해당했다느니, 그

카라바조의 초상화
오타비오 레오니 작
(1621. 마루첼리아나
도서관 소장)

가 누구를 죽여서 자신도 보복을 당했다느니 하는 등 말이 많다.

이런 모든 구설수에도 불구하고 오늘날까지 그의 존재는 미술사에서 최고의 전환점으로 기록되고 있다. 그에 관한 소설을 쓴 틸만 뢰리히는 "카라바조 이전에도 미술이 있었고, 카라바조 이후에도 미술이 있었다. 그러나 카라바조 때문에 이 둘은 절대 같은 것이 될 수 없었다"(「카라바조의 비밀」)고 하였다. 카라바조가 죽고 얼마 지나지 않아 로마를 찾아왔던 프랑스의 화가 니콜라 푸생(Nicolas Poussin, 1594~1665)은 "(그는) 미술을 파괴하기 위해 왔었다"는 짧은 한 마디를 남겼다. 카라바조는 아직까지 남아 있던 중세의 신성하고 근엄한 종교화를 비웃기라도 하듯이 그는 관습과 전통

유로화로 바뀌기
전 이탈리아의 지폐
10만 리라짜리
화폐에 등장한
카라바조

을 무시하고 집시, 창녀, 부랑
자들을 모델로 삼아 성화를 그
리는 파격을 단행하였다. 그의
작품에 등장하는 많은 집시나
창녀는 실제로 그와 관계를 맺
었던 사람들이고, 그들로부터
그림의 영감을 얻고 있었기에
그의 그림은 대단히 사실적이고 현실적이었다.

그래서인지 그의 그림에서는 공통으로 사람 냄새가 난다. 그의
사람 냄새는 두 가지 차원에서 드러나는데, 하나는 회화의 내용적
인 측면에서 신을 닮으려고 노력하는 거룩하고 성스러운 인간이
아니라 있는 그대로의 인간 모습이라는 점이다. 굳이 꾸미거나 단
장하려는 것이 아니라 지저분하고 더러운 인간 생활의 한 단면이
여과 없이 표현되고 있다. 다른 하나는 회화의 구도적인 측면으로
서, 그는 사람 냄새를 역동성이라는 새로운 기술을 첨가하여 처리
하고 있다. 역동성은 시간과 공간을 포착하여 찰나의 순간을 공허
하게 만들고 공간은 운동을 위한 역동적인 현장이 된다.

그러니 카라바조의 존재는 르네상스와 바로크를 이어주는 중요
한 갈림길에 있다고 할 수 있을 것이다. 이탈리아 예술계에서 가장
혁신적인 미술가로, 극적인 명암 처리와 사실적이고 구체적인 표현
으로 바로크 미술의 탄생에 큰 영향을 주었으며, 작품의 대상이나
주제를 현실적이고 파격적인 것을 선택하여 비난과 사회적인 물의
를 일으켰음에도 불구하고, 플라톤식 이상을 버리고 인간을 있는

그대로 바라보도록 한 인물이었다. 어떤 의미에서는 종교적인 신비 체험까지 구체적이고 감각적인 물리적 현상 속에서 이해하려고 하였다. 20세기에 들어와서 카라바조가 다시금 재발견되고 재평가되는 것은 이런 여러 가지 혁신적인 측면들 때문일 것이다. 그가 없었다면 루벤스, 렘브란트, 벨라스케스 등 위대한 예술가들이 탄생할 수 있었을까 하는 의구심을 갖게 할 만큼 그들에게 큰 영향을 미치며 서른아홉이라는 짧은 생애를 뜨겁게 살았다.

'바쿠스'

우피치 미술관에서 가장 먼저 눈에 띄는 카라바조의 작품은 '바쿠스'(1596~1597)다. 카라바조의 재능을 유일하게 인정해 주었던 델 몬테 추기경이 메디치 가문의 페르디난도 1세에게 그의 아들 코시모 2세의 결혼을 기념하여 선물로 주기 위해 주문한 것이다. 페르디난도 1세가 전혀 술을 마시지 않은 사람이었던 점을 고려하면 그림은 그와는 별로 상관이 없는 것 같다.

작품 속에서 주신酒神 바쿠스는 사춘기 소년의 얼굴을 한 모습이다. 어린 소년의 얼굴에 포도 나뭇잎으로 머리를 장식하고 에로틱한 표정을 짓고 있다. 모델이 누구인지 정확히 알 수가 없어 카라바조의 자화상일 것이라는 추측 속에서 카라바조가 동성애자였다는 소문을 만든 작품이기도 하다. 그러나 정통한 일부 미술사가들은 카라바조가 바람둥이였을 뿐 동성애자는 아니었다고 말한다. 일각에서는 얼굴이 카라바조의 동료이자 친구인 민니티(Mario Minniti)를 닮았다고 하기도 한다. 화가는 언제나 그랬듯이 로마의

바쿠스
카라바조 작

뒷골목 어딘가에서 모델을 구했을 것이다.

그림의 주제는 '영원한 젊음'이다. 이 그림을 그릴 당시 카라바조
의 나이가 이십대 중반이라는 점을 고려할 때, 결코 늙음이 오지
않을 것 같고 뜨거운 청춘이 영원히 지속될 것만 같던 그 시절 자
신의 마음을 그대로 표현한 것으로 보인다.

카라바조의 예술 철학을 그대로 반영하는 듯, 그림은 모든 이상

주의를 배척하고 현실에서 발견한 모든 것을 그대로 표현함으로써 극도의 사실적인 묘사와 자연스러움으로 사물들에게 미학적인 생명을 부여하고 있다. 배경과 인물에서 보듯이 빛과 어둠의 절묘한 조화, 청년의 오른팔을 받치고 있는 깨끗하지도 정돈되지도 않은 이불자락을 통해 드러나는 현실적 묘사, 거기에 그림 전면에 표현된 정물화는 카라바조의 천재성을 유감없이 보여 주고 있다.

바쿠스의 자세는 마치 로마 시대 트리클리니오(삼면에 눕는 안락의자가 붙은 식탁)에서 결혼식이 끝난 뒤 연회를 즐기는 모습과도 같다. 술에 취해 풀어진 눈과 흐르는 듯 스치는 미소, 얼굴과 오른손에 감도는 붉은 기운은 가슴에서 드러나는 살색과 대비되면서 술기운을 물씬 풍긴다. 식탁 위 왼쪽에 놓인 포도주 잔에는 따른 지 얼마 안 된 듯 기포가 보인다. 바쿠스가 들고 있는 잔은 떨어질 것처럼 불안하다.

최근에 전문가들은 이 작품을 복원하면서 대단히 정교한 부분을 발견했는데, 그것은 바쿠스가 들고 있는 포도주 잔에 한 남성 얼굴이 묘사되었다는 것이다. 연구자들은 이것 역시 카라바조의 자화상으로 보고 있다.

'메두사의 머리'

카라바조가 그린 '메두사의 머리'(1597?)는 실제로 크기가 다른 두 개 작품의 공통 이름이다. 하나는 1596년에 그린 것(50cm×48cm)으로 이 작품을 소재로 산문시를 쓴 시인의 이름을 따서 '무르톨라Murtola의 메두사'라고 하는데, 서명과 함께 무르톨라의 시구가 들어가 있다. 현재 이 작품은 이탈리아의 한 예술품 수집가가 소장하고 있고 지금은 '메두사 무르톨라Medusa Murtola'라고 부른다. 다른 하나는 이듬해인 1597년에 델 몬테 추기경이 토스카나의 대공 페르디난도 1세 데 메디치에게 선물하려고 주문한 것으로서 이전 것보다 조금 크게(60cm×55cm) 그렸다. 우피치 미술관에 전시된 것은 이것이다.

'메두사'는 메디치 가문에서 좋아한 주제였지만, 그렇다고 해서 카라바조가 특별히 메디치 가문을 의식하여 제작했다고는 보이지 않는다. 다만 델 몬테 추기경이 이전에 한 번 의뢰한 적이 있고, 델 몬테 추기경의 입장에서 볼 때 방패에 깃든 승리를 메디치 가문에게 기원한다는 의미를 담기가 쉬웠기 때문일 것이다. 바사리에 의하면 코시모 대공의 예술품 수집 목록에는 다빈치가 그린 메두사도 있었고(이것은 후에 잃어버림), 지금도 시뇨리아 광장에서 볼 수

메두사의 머리
카라바조 작
(왼쪽, 우피치 미술관
소장)

메두사 무르톨라
카라바조 작
(오른쪽, 개인 소장)

IV 예술 | 세계 문화의 산실

있는 첼리니(Benvenuto Cellini)가 조각한 '메두사의 머리를 들고 있는 페르세우스'도 있다.

신화 속에서 메두사는 고르곤Gorgon이라는 세 마녀 자매 중에 막내이며 눈이 부실 정도로 뛰어난 미모에 아름다운 머리카락을 지닌 여인이었다. 그녀는 자신의 미모를 지혜의 여신 아테나와 견주곤 하였다. 그러다가 아테나의 신전에서 바다의 신 포세이돈과 사랑을 나누게 되었고, 아테나 여신은 신전을 더럽혔다는 이유로 그녀의 매력 포인트인 머리카락을 독사로 만들고 입에는 긴 송곳니가 자라게 만들었다. 이 모습이 너무도 흉측하여 그것을 보는 사람들은 그 순간 모두 돌로 변해 버렸다. 그 뒤 그녀의 성품은 점점 포악해졌다. 이에 페르세우스Perseus가 메두사를 없애기 위해 나섰다. 아테나 여신에게서 받은 방패에 비친 모습을 보면서 메두사의 머리를 베었다.

카라바조의 그림은, 잠을 자다가 느닷없이 목이 잘린 메두사가 놀라 절규하는 모습이다. 그의 눈빛에는 분노와 저주가 가득하다. 머리에는 뱀들이 생생하게 살아서 꿈틀대고 목에서는 피가 폭포처럼 쏟아져 내리고 있는 메두사 최후의 순간을 너무도 강력하고 극적으로 잘 묘사하였다. 카라바조 회화의 특징인 빛과 어둠의 강렬한 명암 대비로 들리지 않는 비명이 잘린 메두사의 목으로부터 터져 나오는 듯 섬뜩한 느낌을 잘 살리고 있다.

'이삭의 희생'

'이삭의 희생'(1598)은 카라바조가 그린 다른 많은 종교화와 마찬가지로 기존의 종교화에서 보이는 도상학적 틀에서 벗어나 성경의 일화를 대단히 사실적으로 묘사한 작품이다. 그림 배경이 되는 풍경은 카라바조가 마음에 품었던 이탈리아 북쪽 베네토 지방을 묘사함으로써 서정적인 분위기를 드러내지만 그리 중요하게 드러나지 않고 있다. 오히려 강한 대비를 이루는 전면의 사건에 빛을 투사함으로써 세 인물의 표정을 강조하고 있다. 성경에서 묘사하듯이 아브라함이 이삭을 본 나이가 굳이 백 살이라고 주장하지 않더라도 귀한 아들을 제물로 바쳐야 하는 아버지의 고뇌를 깊게 팬 주름을 통해 드러내고 있다. 이삭은 아버지의 손에 목이 졸린 채 비명을 지르고 있다. 그리고 이 두 부자 사이에 있는 날카로운 칼과 칼을 쥔 아브라함의 억센 손 그 손을 붙잡은 천사와 아브라함의 대화 장면을 포착하고 있다. 천사는 소년 대신 제물로 바칠 숫양을 손으로 가리키고 있다.

성경에서 언급하는 일화는 대략 이렇다. 아브라함은 백 살 나이에 하느님의 자비로 아들 이삭을 얻었다. 이삭이 어느 정도 자랐을 때, 하느님은 아브라함의 믿음을 시험하려고 '사랑하는 네 외아들 이삭을 데리고 모리야 땅으로 가서 내가 일러주는 산에 올라가 나에게 이삭을 제물로 바쳐라'고 명했다. 이에 아브라함은 나귀에 제물을 사를 장작을 준비하여 이삭을 데리고 하느님이 일러준 산으로 갔다. 길을 가면서 이삭은 아브라함에게 "제물을 사를 장작은 있는데, 제물은 어디에 있습니까?"(창세, 22. 7)하고 물었다. 이에 아브라함은 "제물은 하느님께서 마련해 주실 것"이라며 이삭의 어깨에 짐을 지우고 자신은 불씨와 칼을 들고 산을 올랐다. 하느님께서 일러준 장소에 이르러 아브라함은 눈물을 머금고 이삭을 찌르려고 하였다. 그 순간 천사가 나타나 그를 저지하여 이삭을 살리고, 아브라함은 하느님으로부터 믿음을 인정받게 되었다. 천사가 가리키는 곳을 보니 덤불에 뿔이 걸린 숫양 한 마리가 있어, 아브라함이 그것을 잡아 이삭 대신에 제물로 바쳤다.

카라바조는 성경에서 언급하는 이런 일화에 충실하게 칼과 제단, 나귀와 장작, 숫양 등 하나도 빠트리지 않고 섬세하게 묘사함으로써 특유의 사실주의로 극적인 순간을 잘 표현하고 있다. 게다가 아브라함, 천사의 손, 이삭의 머리와 숫양의 머리에 고정된 빛을 통해 구체성과 사실성을 한층 고양시키고 있다.

신학적으로 이 일화는 아버지가 아들을 죽여야 하는 비극에서 시작하여 하느님의 축복으로 마무리되는, 짧지만 극적인 이야기로 '깊은 신앙'에 대한 예시가 담겨 있다. 이삭의 희생은 예수 그리스도의 희생의 예표가 되어 그리스도교 역사 초기부터 많이 거론된 주요 주제였다.

카라바조의 미술 세계를 보면서 떠오르는 상념은, 자신이 아는 것을 표현하는 것과 경험한 것을 표현하는 것은 다르다는 것이다. 막연히 알고는 있으나 경험하지 못하는 것이 있고, 경험하고도 알지 못하는 것이 있다. 그렇지만 많은 사람은 이런 막연한 앎을 마치 경험하여 아는 것처럼 표현하기도 하고, 경험하고도 그 깊은 의

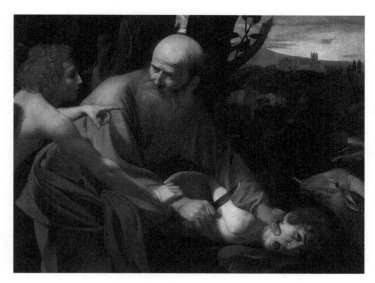

이삭의 희생
카라바조 작

미를 알지 못한 채 얕게 표현하는 사람이 있다. 그런 점에서 카라
바조는 자신이 알고 있고 경험한 세계를 근거로 그것만을 표현하
려고 애썼던 정직한 사람이라고 생각된다. 알고 있는 것과 경험한
것이 일치하지 않아도, 그것을 별개의 것으로 생각하며 과장되게
표현하고 사는 사람들이 많은 세상에서 아는 만큼, 혹은 경험하는
만큼만 표현하며 살기란 쉽지 않았을 것이다. 그래서일까, 그가 아
는 세상이 어두웠다는 것이 그저 안타깝기만 하다.

최초의 여성 직업 화가, 아르테미시아 젠틸레스키

같은 방에서 아르테미시아 젠틸레스키(Artemisia Gentileschi, 1593~1653)의 '홀로페르네스의 목을 베는 유딧'(1618)을 만날 수가 있다. 그는 카라바조학파 출신으로 이탈리아 예술사에서 중요한 위치를 갖는 몇 안 되는 여성 작가 중 한 사람이다. 아르테미시아에 대한 조명은 1970년대 페미니스트들에 의해 시작되었다. 서양 미술사상 최초의 여성 직업 화가였던 아르테미시아의 생애를 그린 소설 「불멸의 화가 아르테미시아」에서 작가 알렉상드라 라피에르는 아르테미시아를 17세기 이탈리아 바로크 시대의 대표적인 화가로 꼽았다. 아르테미시아는 열일곱 살에 대표작인 '수산나와 두 늙은이'(1610)를 그려 세간의 관심을 모았으나, 오랫동안 잘 알려지지 않은 것은 당시 사회 환경이 여성 화가를 평가절하한 탓이라고 할 수 있다.

아르테미시아는 열 살을 전후로 이미 미술에 남다른 재능을 보이기 시작하여 화가였던 아버지 오라치오 젠틸레스키(Orazio Gentileschi, 1563~1639)로부터 수업을 받았다. 초기 바로크 시대의 여성들은 미술을 공부하는 것이 허락되지 않았으나, 아버지 오라치오는 여성들도 화가로서 높은 명성을 얻을 수 있음을 인정하고 딸에게 어린 시절부터 색채론, 구성론 외에도 해부학에 관한 지식을 전해 주었다. 특히 이 시기에 로마에서 활동하면서 오라치오의 작업실에 종종 드나들던 카라바조와의 만남은 그녀의 일생에 많은 영향을 주었다. 카라바조의 명암법에서 강한 인상을 받았고,

자화상
아르테미시아 작
(1638~1639)

후에 그녀는 로마를 떠나 피렌체, 제노바, 베네치아, 나폴리 등을 오가면서 당대의 훌륭한 화가들과 어깨를 나란히 할 수가 있었다.

그러나 이런 모든 활동에 앞서 그녀의 아버지는 일찌감치 딸의 재능을 더욱 키워 줄 사람으로 자기 친구이자 화가인 아고스티노 타시(Agostino Tassi, 1580~1644)를 선택하여 그의 문하생으로 보냈다. 자기 친구였기에 인품을 믿고 딸을 맡겼던 것이다. 그러나 타시는 친구의 딸이자 제자인 아르테미시아를 강간하고 말았다. 열일곱 살인 딸의 고통을 보다 못한 오라치오는 친구였던 타시를 강간범으로 고발했고 재판은 아홉 달 동안 계속되었다. 그 과정에서 타시는 자기 아내를 살해할 계획을 세우고 처제와 간통을 하고 오라치오의 작품을 훔치려 했다는 계획까지 발각되어 사건은 걷잡을 수 없이 커졌다. 아르테미시아는 강간당한 사실을 입증하기 위해 산부인과 진찰대에서 여러 가지 수치스러운 검사를 받아야 했는데, 그것이 그녀에게는 또 다른 고문이었다. 그럼에도 아르테미시아는 부도덕한 여자로 낙인찍히며, 조사 과정에서 가혹한 문초를 당해야 했다. 없는 사실을 자백하라며 그녀를 꽁꽁 묶어 놓고 윽박지르는 건 예사였고, 증언대에 오를 때도 손가락 마디에 차꼬를 채웠다. 거짓 증언을 예방한다는 구실이었다. 재판 결과 타시는 1년형을 선고받았고, 딸을 욕보인 타시를 법정에서 빼내 주는 조건으로 오라치오는 돈을 받고야 말았다. 이 이야기는 훗날 20세기에 들어와 페미니스트들에 의해 알려지고 아르테미시아를 바라보는 시각에 많은 영향을 끼쳤다.

재판이 있은 지 한 달이 지난 뒤, 오라치오는 딸의 명예를 되찾기 위해 그녀가 피렌체에 머무는 동안 무명의 젊은 화가 스티아테시와 정략결혼을 시켰다. 아버지는 어떤 식으로든 예술의 도시 피렌체에서 딸의 천재성을 세상에 알리고 싶었던 것이다. 오라치오는 무명 화가로 살아온 자신의 오랜 세월의 한을 딸을 통해 풀려고 한 것으로 보인다.

그녀가 피렌체로 돌아온 지 얼마 지나지 않아, 아르테미시아는 카사 보나로티의 청탁을 받아 왕실화가가 되었고 메디치 가문과 찰스 1세의 후원을 받으며 1620년까지 피렌체에서 상당한 명성을 얻었다. 아르테미시아는 피렌체에 머무르는 동안 갈릴레이와 친구가 되었고, 그 시기에 많은 작품을 남겼다. '경향성의 우화', '홀로페르네스의 목을 베는 유딧', '아기와 함께 있는 성모' 등을 그리고 또 딸을 출산하였다. 1620년에 아버지가 제노바로 새로운 계약을 체결하러 갈 때 아르테미시아도 동행하여 '루크레티아'와 '클레오파트라'를 완성하였다. 여기에서 그녀는 플랑드르 출신의 안토니 반 다이크(Anthony Van Dick)를 만났고, 이후 서로에게 예술적으로 많은 영향을 미쳤다. 반 다이크는 영국의 회화 특히 초상화에 큰 영향을 미쳤다. 부드러운 구도와 선미한 색채로 종교, 신화, 우화적인 주제의 그림을 많이 그리기도 했으나 초상화가로서 가장 뛰어난 재능을 보였다. 그의 작품은 영국 화단에 결정적인 영향을 끼치며, 17세기 유럽 미술을 대표하는 화가의 한 사람으로 자리하고 있다.

아르테미시아는 아버지에 대한 원망과 한을 풀 길이 없었지만, 세월이 약이었는지, 아니면 자신이 아버지 못지않은 야망을 품고 있음을 자각했기 때문인지 결국 그녀는 운명적으로 아버지를 받아들였다. 그러나 그것은 여자로서 아르테미시아의 운명에는 그리 큰 도움이 되지 못하였다. 왜냐하면 우유부단한 무명 화가였던 남편은 그녀가 장인 못지않은 야망을 품고 있음을 알게 되자 부인의 천재성과 야망에 질투와 자학으로 대항하다가 종국에는 자기 삶까지 쓰레기처럼 내던졌기 때문이다. 피렌체에서 지낼 당시, 아르테미시아는 아들 넷과 딸 하나를 얻었다. 그러나 아들들은 모두 전염병으로 사망하고 딸 프루덴지아만 어른이 될 때까지 살아남아 1621년 아르테미시아와 함께 베네치아를 거쳐 로마로 돌아왔다. 1622년에 다시 로마로 돌아와서 '지휘관의 자화상'을 완성하고 1624~1626년의 인구조사에 응했는데, 여기에서 아르테미시아는 딸 프루덴시아만 자신과 함께 등록했다. 남편에 대한 흔적이 없는 것으로 보아서 이미 그녀 곁을 떠난 것으로 보인다. 이후 아르테미시아는 1630년 나폴리에 정착하여 알려진 작품 외에 더 이상의 작품 활동은 하지 않다가 1652(?)년에 사망하였다.

그녀는 여자로서 엄청난 인생의 역경 속에서도 조금도 굴하지 않고, 작품을 향한 강인함과 열정으로 당대 여러 화가와 어깨를 겨루며 많은 명작을 남겼다. 그녀는 주로 여성 영웅과 여성의 누드를 극적이고 격렬한 방식으로 그려냈다.

아르테미시아의 작품에서 표현된, 여성으로서 불행했던 자기 삶을 대변하는 듯 혹은 남성들의 세계를 향한 일종의 반항처럼 미美의 기준을 여성성에만 집중하여 묘사하지 않았다. 남성 화가들이 끝까지 놓치고 싶어 하지 않는 여성성을 아르테미시아는 주제에 따라서 다양하게 표현한 것이다. 여아, 소녀, 처녀, 부인, 할머니 등 여성을 단순히 남성의 성적 대상으로서 '젊은 여성'만이 아니라, 남성과 똑같은 한 인간 존재로서, 세상의 모든 남성을 낳고 기른 어머니로서, 민족을 위해 투신할 수 있는 여장부로서, 뜨거운 눈물로 회개하고 은총으로 성인이 될 수 있는 존재로서 여성을 표현한 것이다. 여성의 복잡하고 다변적인 심리적, 정신적 측면과 나이에 따라 성숙해져 가는 여성의 성을 육체라는 그릇에 잘 담아 냈다고 할 수 있다.

'홀로페르네스의 목을 베는 유딧'

아르테미시아 젠틸레스키의 '홀로페르네스의 목을 베는 유딧'(1620?)은 같은 주제로 그림을 그린 카라바조의 작품과 자주 비교되는 작품이다. '홀로페르네스의 목을 베는 유딧'은 당대 최고의 화가이자 아르테미시아의 스승이었던 카라바조의 영향으로 극적

홀로페르네스의 목을
베는 유딧
아르테미시아 작

인 빛의 사용과 인물과 구분되는 어두운 배경, 사실주의적인 표현이 극에 달해 바로크 회화의 정수를 보여 준다. 눈에 띄는 점은 구약성경에 등장하는 이스라엘 민족의 여성 영웅 유딧이 아시리아의 장수 홀로페르네스를 유혹한 뒤 잠에 빠져 있는 사이에 그를 살해하여 이스라엘을 해방하는 임무를 수행하는 데 있어 카라바조와는 다른 여성상을 보여 주는 점이다. 카라바조가 표현

홀로페르네스의 목을
베는 유딧
카라바조 작

한 유딧은 두려움으로 망설이는 듯, 조금은 연약한 듯하면서도 아름다운 여성으로서 유딧을 그렸다면, 아르테미시아가 그린 유딧은 잔인할 정도로 강한 힘을 가진 영웅이자 결단력 있는 여성으로 표현하고 있다. 사실 카라바조뿐만 아니라 수많은 남성 화가가 택한 단골 주제였던 '유딧'은 적장을 유혹한 아름다움과 성적 매력이 담긴 존재로 표현했다면, 아르테미시아가 그린 유딧은 나라를 구하는 강인한 여장부로서의 유딧이다.

작품에 등장하는 유딧과 시녀의 모습에서 망설임이나 두려움은 찾아볼 수가 없다. 이들을 통해 아르테미시아는 이전 화가들에게서 찾아볼 수 없는 여성에 대한 충격적이면서도 새로운 이미지를 던짐으로써, 진정한 페미니즘의 한 단면을 보여 주었다. 아르테미시아의 손끝에서 유딧은 신선한 인물로 거듭나며 화려함, 우아함,

극적인 요소들로 점철되는 바로크 미술의 또 한 갈래의 빛을 보여 주고 있는 것이다.

유딧이라는 한 인물을 통해 아르테미시아는 어쩌면 남성으로부터 당한 마음과 영혼의 상처를 예술로 승화하고 싶은 자신을 그렸는지도 모르겠다.

르네상스 미술에서 원근법의 의미

우피치 미술관을 나오면서 르네상스 미술을 통해 새롭게 재현된 원근법에 대해서 다시금 생각해 보게 된다. 원근법은 단순히 미술의 한 가지 화법에 그치는 것이 아니다. 거기에는 르네상스의 시대정신이 깃들어 있고, 예술가들의 예술혼이 담겨 있으며, 미래에 대한 비전이 담겨 있다. 다시 말해서 르네상스 예술가들은 작품을 통해서 달라질 미래를 앞당겨 바로 앞으로 끌고 와 당대의 사고방식으로 시대를 표현하려고 하였다. 그들의 미래지향적인 시각을 통해 시대가 앞당겨지고 삶이 바뀌기 시작한 것이다. 따라서 원근법은 예술가들이 이미지를 구성하는 방식이 아니라, 세계를 바라보는 방식이었다.

원근법은 전혀 만날 것 같지 않은 두 개의 평행선이 한 개의 소실점, 즉 달아나는 점, 존재하지 않는 점에 의해 만나는 구도다. 원래 두 개의 평행선은 만날 수 없는 것이 상식이다. 이것은 과거의 사고방식으로는 불가능한 것으로서 실존하는 두 개의 선이 존재하지 않는 하나의 점을 향해 달려간다. 그리고 두 개의 선은 존재하지 않는 바로 그 지점에서 만난다. 르네상스인들이 위대한 것은 바로 이런 불가능한 일을 가능하게 하였다는 데 있다. 이로써 원근법은 잊힌 고대의 기하학적 광학의 원리를 재발견하는 것은 물론, 르네상스 인문주의로 인한 인간 존재의 가치에 대한 새로운 인식을 갖게 하는 상징적인 계기가 되었다. 르네상스인들의 세계관에서 이제 불가능한 것은 없게 된 것이다.

원근법은 기하학적인 구도를 가지고 있다. 다시 말해서, 사유와 시공이 측정할 수 없는 신적인 영역이 아니라 인간이 측정할 수 있는 세계로 바뀐 것이다. 르네상스기에 등장한 많은 '주님탄생예고'라는 주제의 그림들은 측정할 수 없는 신의 영역인 '무한'과 측정할 수 있는 인간의 영역인 '유한'이 육화의 신비 안에서 만나는 지점을 원근법적인 질서를 통해서 표현한 것이다. 순간을 스쳐 지나가는 것이 아니라, 그 순간을 강렬하게 포착함으로써 영원한 신적인 시간, 카이로스로 탈바꿈시켜 놓은 것이다.

그러나 이런 원근법도 예술가들에 따라서 각기 다르게 표현하였다. 가령, 수도사였던 안젤리코는 종교적인 메시지에서 벗어나지 못해 그의 원근법은 대단히 계시적이고 신비로운 면이 부각되어 어딘지 모를 신비한 곳으로 빨려 들어갈 것 같은 몽환적인 분위기가 강했지만, 우첼로의 원근법은 규범적이고 원론적이며, 논리적이고 이성적이어서 명쾌한 느낌까지 든다. 몽환적이고 신비적인 원근법은 후에 정치적인 음모론자들의 상징이 되기도 하였다.

르네상스 시기 예술가들이 발견한 원근법은 이렇게 신과 인간이 만날 수 없는 두 개의 평행선을 어떤 것(신앙)으로 연결함으로써, 크로노스적인 시간을 카이로스로 바꾸는 데 이바지했다. 그리하여 르네상스는 신의 세계와 인간의 세계, 성과 속, 아름다움과 추함, 종교적 덕목과 육체적 쾌락, 그리스도교의 교리와 이교도들의 철학이 서로 다른 것이 아니라, 만날 수 있는 가능한 관계에 있음을 입증하였다. 이것이야말로 진정한 의미의 '그리스도의 육화'이고, '하느님의 모상'(Imago Dei)으로서 인간을 표현하려는 르네상스의 정신이었다.

　코페르니쿠스에서부터 시작된 근대 과학의 시공간이 데카르트의 합리주의적인 철학과 만나 원근법을 통해서 투영되고, 이로써 시대는 계몽주의를 향해 달려갔다. 예술은 이렇게 신학을 이해하는 척도가 되었고, 시대의 사조를 선도하는 철학이 되었으며, 근대 과학을 앞당긴 동인이 됨으로써 인류의 문명 발전에 커다란 원동력이 되었다. 르네상스 인문주의와 르네상스 시기의 예술이 특별히 중요한 것은 바로 이런 이유 때문이다.

르네상스 이후의 세대들은 지도력과 예술적 능력에 있어 끊임없이 르네상스인들을 모방하거나 반항하는 가운데 새로운 창조력을 발휘하였다. 그래서 인류 문명은 르네상스를 기점으로 모든 분야에 걸쳐 진일보할 수가 있었다.

공간 구성에 역점을 둔
건축에서의 원근법
15세기 말, 베를린
국립미술관

3   피티 궁

보볼리 언덕에 있는 피티 궁은 피렌체의 부유한 상인 루카 피티에 의해 1400년대 말에 세워졌다. 그는 아르노 강 건너편 보볼리 언덕에 집과 토지 등 자산을 많이 소유하고 있던 사람으로 피티 궁을 새로 건설하면서 피렌체에서는 한 번도 보지 못했던 가장 웅장한 건물을 짓고자 하였다.

바사리는 브루넬레스키가 이 건물을 설계하였다고 하지만, 그것을 입증할 만한 문서가 없어 아직도 일부 사람들은 의심하고 있다. 하지만 대부분 사람은 브루넬레스키가 설계했다고 믿고 있다. 조금은 거친 기운이 있지만 장엄한 건물이라는 점을 통해 이만한 건물을 설계할 만한 인물로 브루넬레스키를 꼽는 데 이의를 제기하는 사람은 없는 것 같다. 그러나 당시 피티 궁은 지금보다는 현저하게 작게 설계가 되었다. 바로크 양식의 3층으로 된 건물에 정면에는 세 개의 대문과 네 개의 창문이 있어 모두 일곱 개의 문으로 개폐할 수 있게 되어 있었으나, 지금은 모두 스물세 개의 문이 있다.

새로 지은 궁은 피티 가家에서 살고 있던 집터 위에 지었는데, 피티 궁 앞에는 피티 가문의 땅 안에 있던 건물들과 언덕의 발치에 있던 길까지 모두 사들여 그것들을 허물고 거대한 광장을 만들었다.

1472년에 루카 피티가 숨을 거둘 때에도 건물은 아직 미완성이었다. 1층과 2층은 주거공간으로 거실과 방들을 만든 상태였지만, 3층은 벽만 세워진 채 있었다. 방을 나누는 벽이나 마지막 손질은 전혀 하지 않은 상태였다. 그러나 후손들은 공사를 마무리하는 대신에 미완성인 상태에서 1500년대 중반까지 이곳에 입주하여 살다가 부속 건물들은 물론 토지와 광장까지 송두리째 메디치가 코시모 1세의 부인 엘레오노라 디 톨레도(Eleonora di Toledo, 1522~1562)에게 팔아 버리고 말았다. 그리하여 1550년에 피티 가에서 가지고 있던 궁과 주변 건물들, 그리고 농지가 메디치 가문 소유가 되었다.

이후 메디치 가에서 토스카나의 대공으로 근 200년간 통치하면서 이 궁은 거의 지금과 같은 크기로 확장되고 많은 귀중한 장식으로 채워졌다. 토지 대부분은 판매 계약서에 따라 "피티 가의 채소밭"이라고 적혀 있어 농지였음을 알 수 있다. 그러나 메디치 가는 농지에 올리브와 포도나무를 심고, 곳곳에 꽃과 과실수를 심어 정원으로 가꾸었다. 그리고 거기에 동굴과 분수와 조각상들로 장식하였다.

1537년부터 피렌체를 통치한 코시모 1세는 아내 엘레오노라를 위해 1561년에 암만나티로 하여금 피티 궁 확장 공사를 해 메디치 가의 왕궁으로 삼고자 하였다. 암만나티는 피티 가의 옛 건물들을 모두 허물고 원래의 건물에서 두 개의 수직 날개 부분만을 남기고 뒤에는 거대한 정원을 만들었다. 정원으로 향한 건물에는 한 층만 벽감을 만들어 고대의 조각상들로 장식했고, 정원에는

피티 궁

모세의 동굴을 만들었다. 암만나티는 베네토 지방에서 볼 수 있는 산소비노와 산미켈레의 작품들을 알고 있었고, 그 작품들은 종종 축제할 때 극장으로 쓰기도 하고 그 가문의 부와 영화를 드러내는 수단이 되기도 한다는 것을 알고 있었다. 이에 암만나티는 메디치 가에서 축제할 때 저명한 손님들을 대접할 수 있는 공간을 만들어 준 것이다. 그리하여 코시모 1세 부부는 새로 지은 피티 궁으로 거처를 옮기고, 장남인 프란체스코에게 자신이 그동안 피렌체를 통치하며 살던 베키오 궁을 물려주었다.

1565년, 프란체스코는 신성로마제국의 황제인 페르디난드 1세의 딸이자 스페인의 황제 카를 5세의 조카이기도 한 요안나(Joanna of Austria, 1547~1578)와 결혼하였다. 하루아침에 신성로마제국의 황제와 사돈이 된 코시모 1세는 점차 피렌체 시민들을 무시하고 그들 위에 군림하기 시작하였다. 평범한 중산층의 모직 사업자로 출발하여 유럽 최대의 은행가로, 이어서 피렌체와 토스카나의 최고 통치자로, 두 명의 교황을 배출하고, 프랑스 왕실에 두 명의 딸을 시집보내어 왕비를 만들고, 영국, 독일, 스페인, 오스트리아 왕가들과 친인척들이 서로 사돈을 맺으면서 이탈리아 최고 명문가로 성장했던 메디치 가문은 쇠퇴하기 시작하였다. 토스카나의 대공으로서 코시모 1세(1519~1574)는 그동안 메디치 가를 빛낸 조반니 데 메디치(1360~1428)에서부터, 이탈리아의 국부國父로 불렸던 코시모(1389~1464), '위대한 자'로 칭송을 받았던 로렌조(1449~1492), 격동의 16세기 가톨릭교회를 이끌었던 두 명의 메디치 가문 출신의 교황 레오 10세(1475~1521)와 클레멘스 7세

(1478~1534), 프랑스의 여왕으로 16세기 유럽을 호령했던 카테리나 데 메디치(1519~1589)와는 너무도 달랐다. 전통적으로 메디치 가 출신의 군주들이 시민들의 마음을 얻는 데 주력한 반면에, 코시모 1세 대공은 황제처럼 군림하며 피렌체 시민들을 억압하고 과중한 세금으로 시민 생활을 힘들게 하였다. 그 사실을 본인도 알았던지 점차 피렌체 시민들의 눈치를 보기 시작했고, 시민들을 감시하기 위해 건축가 조르조 바사리에게 명하여 베키오 궁에서 자신들이 거주하는 피티 궁까지 잇는 비밀 통로인 '바사리의 복도'를 만들도록 하였다.

1587년 이후 이전까지 베키오 궁에 거점을 두고 잠깐씩, 혹은 특별한 행사가 있을 때만 피티 궁에 머무르곤 하던 데서 아예 베키오 궁을 떠나 피티 궁으로 거주지를 옮겼고, 이후 피티 궁은 메디치 가의 영구적인 왕궁이 되었다. 그리고 포케티(Bernardino Poccetti), 알로리(Alessandro Allori)와 같은 화가들을 불러 왕궁의 방들에 벽화로 장식하도록 했고, 그밖의 다른 많은 예술가도 불러 복도와 건물의 중심부를 장식하도록 하였다. 동시에 건물을 계속해서 확장했고, 1618년 코시모 2세에 이르러 다시 한 번 대대적인 공사를 벌여 지금과 같은 크기로 완성하였다. 궁의 내부 장식은 당대를 주름잡던 예술가들을 대거 동원함으로써 많은 중요한 작품들을 남겼다. 1층 알현실에는 다 산 조반니(Giovanni da San Giovanni)와 볼로냐 출신의 미텔리(Agostino Mitelli)와 콜론나(Angiolo Michele Colonna)가 작업을 했고, 2층의 아파트에는 다 코르토나(Pietro da Cortona)가 프레스코화로 장식하였다. 그리하여 피티 궁은 이제 유럽의 웅장한 왕궁들 가운데 하나가 되었다.

1661년, 코시모 3세와 오를레앙(Margherita Luisa d'Orleans)의 결혼을 기념으로 1층의 방들에 1600년대 후반 피티 궁의 전속 예술가로 활동하던 키아비스텔리(Jacopo Chiavistelli)는 프레스코화로 벽을 장식하였다. 그러나 페르디난도 2세가 사망(1670)한 뒤, 그의 동생 레오폴드와 조반카를로가 많은 작품과 장식들로 궁을 가꾸느라 너무 많은 국고를 낭비하여 메디치 가문의 쇠퇴를 재촉하였다. 코시모 3세의 통치 기간(1670~1723)은 그의 어머니 델라 로베레(Vittoria della Rovere)의 간섭에 시달려야 했고, 오를레앙과의 불행한 결혼생활은 부인이 파리로 돌아가 버림으로써 종말을 맞이했다. 그의 두 아들 중 맏아들 페르디난도가 성격도 좋고 똑똑하여 후계자로 생각하고 있었으나 일찍 죽는 바람에 뜻대로 되지 않았고, 둘째 아들은 결혼했으나 자식을 얻지 못해 결국 가문의 대는 끊기고 말았다. 그런 중에도 무능하고 탐욕스러웠던 코시모 3세는 계속해서 예술가들을 불러 궁을 장식하였다. 가문의 종말을 예견한 마지막 몸부림으로 보인다. 그리하여 메디치 가문은 민심을 잃고 점차 권력도 가문의 명예도 잃어버리고 말았다. 그리고 1737년에 메디치 가문이 물러나자, 토스카나의 대공으로 로레나 가家가 뒤를 이어 1859년까지 통치하였다. 비록 중간(1799~1814)에 잠시 나폴레옹의 지배를 받기도 했으나 피렌체의 최고 통치권자로서 로레나 가문의 위치는 달라지는 것이 없었다.

1743년에 메디치 가문의 마지막 사람이었던 안나 마리아 데 메디치(1667~1743)가 사망함으로써 메디치 가문은 역사의 무대에서 영원히 자취를 감추었다. 메디치 가문의 혈통은 끊어졌지만, 안나 마리아 데 메디치의 탁월한 선택 덕분에 놀라운 가문의 위대한 전통은 지금까지 르네상스 예술 작품들과 함께 피렌체에서 살아 숨 쉴 수 있게 되었다. 메디치 가문을 통해 이룩한 역사적, 철학적, 문화적, 사회적인 영향이 피렌체에 그대로 남아 인류 문명의 발전에 중요한 포인트가 되도록 했던 것이다.

한편, 로레나 가문이 통치하던 시절에 피티 궁은 남쪽 부분이 확장되고 정면에 수직으로 된 두 개의 원형개구부가 세워졌다. 1859년 4월 27일 로레나 가문의 레오폴드 2세가 유배를 떠나면서 토스카나의 통치권은 이탈리아 왕국으로 넘어갔다. 이탈리아 통일기로 불리는 리소르지멘토 기간에 피렌체는 잠시(1864~1869) 이탈리아의 수도로 지정되었고, 피티 궁은 통일 이탈리아의 통치권자였던 사보이의 왕궁이 되었다. 그때 궁 내부의 가구와 장식을 새롭게 고치기도 하였다.

1919년, 이탈리아 정부는 칙령을 통해 이곳에 있는 모든 재산을 이탈리아 정부로 귀속시켰고, 약 4세기 동안 왕궁으로 기능했던 피티 궁은 수많은 사람이 방문하는, 아니 누구나 들어올 수 있는 피렌체의 이름난 미술관이 되었다.

피티 궁에는 피티 가와 메디치 가, 그리고 로레나 가에서 사용하던 아파트를 비롯하여 팔라티나 미술관, 현대 예술관, 풍속관, 은銀 박물관, 자기 박물관, 마차 박물관, 바쿠스의 론도 극장과 사자의 분수, 그리고 모세의 동굴 등을 포괄하고 있다. 특히 팔라티나 미술관에는 16세기에서 17세기의 중요한 회화 작품들이 많이 전시되어 있다. 후기 르네상스와 바로크 미술품들의 보고다. 이 시기는 이 건물의 황금기이기도 했다. 이곳에서는 이탈리아의 다른 박물관들에서는 볼 수 없는 근대적인 측면도 엿볼 수가 있는데, 그것은 벽에 직접 그림을 그리던 벽화에서 벽 전체를 액자로 메우는 액자 예술품들이 선을 보이기 시작했다는 것이다. 이것은 피에트로 레오폴드 대공이 즐기던 방식이었는데 17세기 말에서 18세기 초에 유행하기 시작하였다. 그는 또 피렌체 시를 다양하게 세분화했는데, 가장 큰 것이 우피치 미술관과 피티 궁에 있어야 할 고대와 근대의 미술품과 조각 작품을 시대별, 작가별, 양식별로 구분하여 전시한 것이다. 아울러 자신이 자연과 과학에 대한 호기심이 많았던 만큼 자연사 박물관도 만들었다.

프로메테오의 방

이 방은 팔라티나 미술관에서 꼭 둘러봐야 할 첫 번째 방으로 초기 르네상스 작품이 전시되어 있다. 대표작으로 리피(Filippo Lippi)의 '아기와 함께 있는 성모'(1452~1453)를 들 수 있다.

리피의 '아기와 함께 있는 성모'
작가의 성숙한 예술적 아름다움과 조화를 엿볼 수 있는 작품이다. 르네상스 초기 작품으로 1400년대 후반 보티첼리의 '유딧

아기와 함께 있는
성모
리피 작

의 베툴리아 귀환'(1472?)과 기를란다요의 산타마리아델라노벨라 대성당에 있는 '동정녀의 탄생'(1485~1490) 장면처럼 여러 예술가들에게 영감을 주었다.

마리아의 머리 모양과 비단옷을 입고 있는 이미지가 이 작품들과 많이 닮았다. 의자에 앉은 마리아는 아기를 무릎에 올려놓고 한 손으로 아기를 안고, 다른 한 손에 석류를 들고 있다. 아기는 석류 알 하나를 들어 엄마에게 보인다. 석류는 풍요를 상징하고 왕으로서의 신분을 상징한다.

배경에는 건축학적인 공간 구성 안에 원근화법을 넣어 마리아의 탄생과 관련한 세 가지 일화를 연결하고 있다. 오른쪽에는 요아킴과 안나가 '황금의 문'에서 만나는 장면이고, 왼쪽에는 동정녀 마리아의 탄생 장면이며, 중앙에는 몇 명 여성이 마리아의 탄생을 지켜보고 있다. 마리아와 관련한 주제는 1400년대에 이탈리아 곳곳에서 유행하던 주제 가운데 하나였다.

시뇨렐리의 '성녀와 함께 있는 성가정'

이곳에는 루카 시뇨렐리의 원형작 '성녀와 함께 있는 성가정'(1490~1495)도 있다. 여기에 등장하는 성녀는 4세기 초에 이집트의 알렉산드리아에서 순교한 동정녀 카타리나(287~305)이다. 그녀는 탁월한 지적 능력으로 하느님의 신비를 스스로 깨달아 로마제국의 박해에 맞서 신앙을 증거하다가 순교했다고 해서 지혜로

IV 예술 | 세계 문화의 산실

운 여성의 모델로, 학문 연구와 가르치는 직무에서
수호성인으로 르네상스기에 특별히 공경 받던
성녀였다. 라파엘로도 그녀에 관한 그림을 그
렸다. 이 그림 속에서도 카타리나 성녀는 구약
성경에서 하느님의 아들 예수 그리스도의 탄
생에 관해 기록된 것을 말하고 성 요셉과 마리
아는 관심 있게 그것을 경청하는 분위기다.

성녀와 함께 있는
성가정
시뇨렐리 작

사투르노의 방

'사투르노의 방'에는 라파엘로의 작품이 가장 많이 전시되어 있
다. 라파엘로가 활동한 다양한 시기와 함께 여러 작가의 작품들도
감상할 수가 있다.

라파엘로의 '작은 의자의 성모'

이 작품은 1500년대 중반까지 메디치 가문의 소장품들 사이에
있었던 것으로 파악되지만, 한때 누군가 개인이 소장하고 있다가
메디치 가문으로 다시 들어온 것으로 보인다.

그림이 주는 분위기는 대단히 가족적이고 포근하다. 의자 모양
이나 구성의 완성도나 그밖의 세부적인 여러 가지를 고려할 때, 메
디치 가문 출신의 레오 10세 교황이 의뢰하여 완성한 것으로 추
정된다.

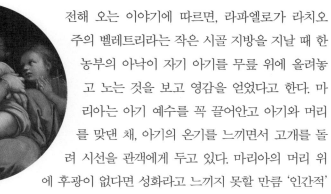

작은 의자의 성모
라파엘로 작

전해 오는 이야기에 따르면, 라파엘로가 라치오 주의 벨레트리라는 작은 시골 지방을 지날 때 한 농부의 아낙이 자기 아기를 무릎 위에 올려놓고 노는 것을 보고 영감을 얻었다고 한다. 마리아는 아기 예수를 꼭 끌어안고 아기와 머리를 맞댄 채, 아기의 온기를 느끼면서 고개를 돌려 시선을 관객에게 두고 있다. 마리아의 머리 위에 후광이 없다면 성화라고 느끼지 못할 만큼 '인간적'인 냄새가 물씬 풍긴다. 오른쪽 끝에는 기도하는 모습의 어린 요한이 있다. 마리아의 다리는 푸른 천으로 가리고 그 위에 아기를 올려 어르는 모습이다.

형태의 아름다움 뒤에는 곡선과 반곡선에 기초한 기하학적인 구성 체계가 단단하게 뒷받침되는 것 같다. 형태에 대한 깊은 연구는 작품의 상세한 부분까지 완성도를 높이고 있다. 의자 등받이에 새겨진 금색 장식에서 마리아의 숄 장식까지, 청색과 녹색, 빨강색과 노란색의 따뜻하고 차가운 색의 배합은 라파엘로 회화의 탁월함을 다시 한 번 입증한다. 최근 이탈리아에서 라파엘로를 재평가한 예술 평론가 프란제세(Paolo Franzese)는 이 작품에 대한 이런 여러 가지 예술적 측면을 들며 "르네상스 예술의 최고 수작 중 하나"라고 평가하였다.

이후에도 라파엘로는 유사한 작품들을 통해 구성과 형태의 기본 요소들을 탄력적으로 변화시킴으로써 조화와 미를 혁신적인 형태로 발전시켜 나갔다. 그는 조화와 미를 향한 연구를 구성과

IV 예술 | 세계 문화의 산실

형태의 기본 요소들까지 변화시키면서 더욱 깊이 있게 해 나갔다. 이것이 라파엘로가 고전주의학파와 바로크학파들에 미친 중요한 부분으로 꼽힌다.

페루지노의 '그리스도의 죽음을 애통함'

이 방에서 만날 수 있는 또 하나의 탁월한 작품으로 라파엘로의 스승 페루지노가 그린 '그리스도의 죽음을 애통함'이다. 이 작품은 페루지노의 작품들 가운데 가장 많은 찬사를 받았던 작품으로서, 이곳 팔라티나 미술관에서 찾아볼 수 있는 프라 바르톨로메오의 '피에타'(64번)와 델 사르토의 '피에타'(68번)과 같이 다른 여러 작품의 모델이 된 작품이다. '그리스도의 죽음을 애통함'은 나폴레옹 시절에 잠시 파리로 가져갔다가 1814년 나폴레옹의 몰락과 함께 다시 고향 피렌체로 돌아와 아카데미아 미술관에 소장되어 있다가 1834년부터 이곳에 있다.

그리스도의 죽음을 애통함
페루지노 작

이 작품이 주목받는 것은 인물과 각 인물의 자세가 대단히 다채로우면서도 감정적으로는 모두 통일된 '애통함'을 표현하기 때문이다. 다양한 인물들을 통한 심리적인 유대가 깊이 드러나고 있다. 조화와 미美라는 두 마리 토기를 모두 잡으면서도 충만한 종교적인 묵상거리를 제공하고 있는 것이다.

그림 속 배경은 대단히 평온하다. 언덕과 나무와 성城이 있는 마을이 저 멀리 있지만, 앞에서 슬퍼하는 사람들과는 상관이 없는 것 같다. 그리스도의 시신을 둘러싸고 양쪽 끝에 니코데모와 아리마태아 사람 요셉이 흰 천을 잡고 애통해하고 있다. 가득 고인 눈물을 금방이라도 쏟아낼 것 같은 눈으로 아들을 바라보는 성모의 모습에서 충만한 파토스pathos를 본다. 성모는 젊고 우아한 여성이 아니라, 어느 정도 나이가 든 성숙하고 단순하며 진지한 사보나롤라가 추구한 영적 분위기 속에 있는 여성이다. 페루지노의 예술가로서 성숙한 면모를 보여 주는 듯하다. 이들을 둘러싸고 있는 몇몇 여인과 왼쪽 끝에 있는 사도 요한도 그리스도의 죽음에 놀라움과 당혹감을 드러내고 있다.

작품은 인물들이 기울이고 있는 고개의 각도와 방향이 말해 주듯이, 안정적이면서도 체계적으로 대칭과 리듬 있는 구도를 갖추고 있다.

델 사르토의 '삼위일체에 관한 논의'

'삼위일체에 관한 논의'는 델 사르토의 유명한 작품 가운데 하나로 아우구스티누스 수도회 소속의 산 갈로San Gallo 성당을 위해 그린 세 개의 그림, '주님탄생예고'와 '나를 만지지 마라' 중의 하나다.

그림 속 배경이 되는 하늘에는 삼위일체가 발현되고 있다. 엷은 은빛의 구름 속에서 하느님 아버지는 불타오르는 듯 붉은색의 옷을 입고 그리스도가 매달린 십자가를 잡고 있다. 붉은색은 퇴색되지 않는 '불가능', 곧 하느님의 영원성을 상징한다.

앞에는 남녀 여섯 성인이 있는데, 네
명은 반원 모양으로 서 있고, 그 아래
양쪽에 두 명이 무릎을 꿇고 있다. 이
두 사람으로 인해 전통적인 피렌체학파
의 특징이라고 할 수 있는 피라미드 형
태가 완성된다. 왼쪽에 무릎을 꿇고 손
에 화살을 쥐고 있는 사람은 성 세바스
티아누스이고 오른쪽 항아리에 손가락
을 끼고 있는 사람은 마리아 막달레나
이다. 서 있는 사람들은 왼쪽에서부터
목자의 지팡이를 든 성 아우구스티누스,

삼위일체에 관한 논의
델 사르토 작

격자를 든 성 로렌조, 도미니코회 수도복을 입고 책을 들고 있는
사람은 순교자 베드로다. 그리고 맨 오른쪽에 서 있는 사람은 손
에 오상의 흔적이 있는 아씨시의 성 프란치스코이다. 막달레나의
얼굴은 이 그림을 그린 화가 델 사르토의 아내 루크레치아 델 페
데의 얼굴을 하고 있다.

　이들은 손에 책을 들고 무엇인가 진지하게 토론하고 있는데, 하
늘에 발현한 삼위일체로 인해 '삼위일체에 관한 교리'에 대해 대화
하는 것으로 추측된다. 토론의 주제는 당시 이탈리아 중부지방에
서 한창이던 영적 논쟁과 관련한 것이다. 같은 주제로 라파엘로는
바티칸 궁에 '성사에 대한 토론'(1508)이라는 벽화를 그렸다. 지금
도 바티칸 박물관의 라파엘로의 네 개의 방 가운데 '서명의 방'에
서 볼 수 있다. 이밖에도 델 사르토도는 영성과 관련한 주제로 '성

녀 세실리아의 탈혼'(1514)을 그렸다.

특히 삼위일체에 관한 주제는 아우구스티누스 수도회에서 좋아하는 주제다. 수도회의 설립자인 아우구스티누스(354~430)는 북아프리카 히포의 주교로 수많은 교부들 가운데 사상으로나 필력으로나 가톨릭교회 역사에서 빛나는 인물의 한 사람으로 손꼽힌다. 그의 학문이 무르익던 시절에 약 스무 해에 걸쳐 저 유명한 「삼위일체론」을 썼다. '삼위일체'에 관한 교리는 그리스도교의 교리 중에서도 가장 어려운 교리로, 아우구스티누스 역시 인간의 지성으로 신의 지성을 이해하는 것이 얼마나 힘든 일인지를 절감하며 이 교리서의 끝에 결국 결론을 맺지 못하고 "하느님께 바치는 기도"로 마무리하였다. 삼위일체이신 하느님을 생각하고 이해하고 사랑하고 싶은 마음은 간절하나, 위격位格으로는 세 분이고, 실체實體로는 한 분인 하느님을 더는 논할 수 없는 막막한 순간에 직면하여 기도를 바친 것이다. 기도문은 이렇다.

힘자라는 데까지,
힘자라는 데까지
임이 누구신지 물었습니다.
믿는 바를 이치로 알고 싶어서
따지고 따지느라 애썼습니다.

임이시여 저의 주님이시여
제게는 둘도 없는 희망이시여

제 간청을 들어 주소서.
임을 두고 묻는데 지치지 않게 하소서
임의 모습 찾고자 늘 몸 달게 하소서.
임을 두고 물을 힘을 주소서.
임을 알아 뵙게 하신 임이옵기에
갈수록 더욱 알아 뵙게 되리라는
희망을 주신 임이옵기에

임 앞에 제 강함이 있사오니
임 앞에 제 약함이 있사오니
강함은 지켜주시고,
약함은 거들어 주소서.

임 앞에 제 앎이 있사오니
임 앞에 제 모름이 있사오니
임께서 열어 주신 곳에
제가 들어가거든 맞아 주소서.
임께서 닫아거신 곳에
제가 두드리거든 열어 주소서.

임을 생각하고 싶습니다.
임을 이해하고 싶습니다.
임을 사랑하고 싶습니다.

이 모든 염원을 제 안에 키워 주소서.

임께서 저를 고쳐 놓으실 때까지

고쳐서 완성하실 때까지.

— 「삼위일체론」 15권 51항

가톨릭 신자들 사이에서는 이 기도문과 함께 전해 오는 일화가 하나 있다. 아우구스티누스가 어느 날 '삼위일체론'을 쓰다가 너무도 막막하여 히포(지금의 알제리에 있는 안나바 항구) 앞바다 지중해변을 거닐고 있었다. 그때 한 아이가 모래사장에 작은 구덩이를 파고 조개껍데기로 바닷물을 퍼서 그 구덩이에 붓고 있는 것이었다. 아우구스티누스는 이상하게 생각하여 아이에게 "왜 그렇게 물을 거기에 퍼 담고 있느냐?"고 물었다. 그러자 아이는 "여기에 지중해물을 다 담고 싶어서요"라고 대답하는 것이었다. 이에 아우구스티누스가 "그건 당치도 않다"고 하자, 아이는 "주교님께서 생각하시는 삼위일체에 대한 신비는 이보다 더 어렵지요!"라고 하였다.

그림의 색깔 톤은 어딘지 모를 부조화로 인해 당시에는 그것이 오히려 혁신적이라고 볼 수도 있었으나, 그로 인한 모호한 불안감과 초조함까지 피할 수 없는 것이 되고 말았다. 전체적인 분위기에 비해 빛이 강하다. 그래서 흰색 부분이 더 드러나고, 성 세바스티아누스의 몸과 막달레나의 피부가 생기를 얻고, 인물들의 옷이 밝은 부분과 접힌 어두운 부분의 대비가 분명하게 드러난다.

막달레나의 인물 묘사에 대해 바사리는 "(델 사르토는) 두 사람

IV 예술 | 세계 문화의 산실

을 무릎 꿇게 했는데, 그중 예쁜 옷을 입은 사람이 마리아 막달레나다. 자기 부인의 모습이다. 그래서 그런지 여성적 분위기는 전혀 없다. 그녀를 그리지 않을 수도, 그녀를 뺄 수도 없는 노릇이었나 보다. 그녀를 계속해서 보아야 하고, 이미 그리기 시작한 이상, 그렇게 표현할 수밖에 없었으리라. 달리 선택할 것도 없었을 것이다"라고 적고 있다. 어느 시대나 아내에게서 영원한 여성성을 기대하는 남성과 엄마가 되면서 모성이 더 강해지는 여성의 엇박자는 어쩔 수 없는 노릇인가 보다.

제우스의 방

이어지는 '제우스의 방'은 팔라티나 미술관에서 가장 아름다운 방이다. 이 방에서 가장 빛나는 작품은 라파엘로의 '베일을 쓴 여인'(1516)이다.

라파엘로의 '베일을 쓴 여인'

검은머리에 반짝이는 예쁜 핀을 꽂고 흰색 베일을 두르고 진주 목걸이를 한 이 여인의 모델은 잘 알려진 라파엘로의 연인 포르나리나(La Fornarina)의 초상화라는 말도 있고, 줄리오 2세 교황의 조카딸이라는 말도 있다. 아무튼 이 여인은 라파엘로가 가슴에 품고 있던 이상적인 여성미를 표현하고 있다는 것이 공통된 견해다.

'베일을 쓴 여인'은 몸을 약간 왼쪽으로 돌리고 앉아 있는 젊은 여성의 반신상이다. 베일을 머리에서부터 길게 쓰고 있어 전통적으로 동정녀 마리아를 연상하게 한다. 흰 속옷 위에 또 다른 엷은 흰색에 장식한 겉옷이 대단히 풍성하다. 왼팔은 어디엔가 올려놓은 것 같다. 오른손은 미끄러지는 듯 쓸려 내리는 겉옷을 잡고 있는 듯, 신앙의 표현처럼 그저 손을 가슴에 올려놓고 있는 듯 모호한 자세를 하고 있다. 얼굴에는 청순한 아름다움이 흐른다. 검은 머리와 베일이 만든 그늘로 인해 얼굴 윤곽은 더욱 뚜렷해지고 있다. 금으로 장식한 옷, 진주 목걸이, 반짝이는 머리핀과 브로치 등을 통해 이 여성의 신분이 높음을 알 수 있다.

여기에서 라파엘로는 피라미드형 구조 속에 단정하고 평안한 얼굴로 여성미를 한껏 발휘하는 것은 물론이거니와 복잡하게 주름진 옷을 섬세하게 표현하고 있다. 콘트라포스토의 자세도 이 작품이 지닌 탁월함 가운데 하나다. 다빈치의 '모나리자'와 '어린양을 든 여인'을 상기시키면서도 그의 조형성을 넘어 모델의 시선 집중과 얼굴의 아름다움, 어깨와 팔뚝에 몰려 있는 선들의 일렁임이 강조되고 있다. 상아색과 금색의 톤은 열기와 광도光度를 극대화한다.

'베일을 쓴 여인'은 사실 라파엘로가 2, 3년 뒤에 그리게 되는 연인 '라 포르나리나'(1518~1519?, 로마 국립예술사 미술관 소장)와 너무도 닮았다. 그래서 더욱 라파엘로가 이상적인 여성으로 생각하는 여성상이라고 한다. 포르나리나는 '포르나이오'('빵집'이라는 뜻)와 무관하지 않은 듯 대부분 예술사 관련 보도에서 '빵집 딸'이라고 소개하고 있다. 로마의 한 골목에서 작은 빵집을 운영하던 프란

체스코 루티의 딸이라고 하는데, 그녀의
원래 이름은 마르게리타 루티라고 한다.
라파엘로는 그녀를 무척 사랑했고, 그래
서 자신이 메디치 가의 궁중 화가로 전
성기를 누릴 때 그녀가 살아갈 수 있도
록 재산을 남기기도 하였다.

　라파엘로와 포르나리나의 만남은 라
파엘로가 로마에서 키지 궁을 장식할
때, 우연히 그녀가 시녀로 들어온 것이
계기가 되었다. 이후 포르나리나는 라파
엘로의 연인이 되었고, 1514년부터 라파
엘로가 그린 '시스티나의 성모'와 '의자

베일을 쓴 여인
라파엘로 작

의 성모'를 비롯하여 몇몇 성모상의 모델이 되었다. 동그스름한 귀
여운 타입의 얼굴에 대담하게 젖가슴을 드러내놓고 속이 훤히 비
치는 베일을 두르고 앉아 있다. 당시 일반인의 초상이 대부분 가
슴까지 그렸다는 점과 '라 포르나리나'처럼 무릎까지 그리는 것은
대부분 성화에서 성모 마리아에만 해당한다는 점을 생각할 때, 라
파엘로는 자기 연인에게 최고의 찬사를 보낸 셈이다. 그리고 그것
도 모자라 사랑스러운 연인의 왼쪽 팔에 '우르비노의 라파엘로'라
는 서명까지 새겨 넣었다.

　'젊고 멋진 사람'으로 알려진 라파엘로는 과도한 육체적 쾌락으
로 인해 서른일곱 살의 젊은 나이에 단명했다는 풍설이 나돌 만큼
사교적이었다. 그래서인지, 라파엘로는 동성인 남성들 사이에서도

라 포르나리나
라파엘로 작

인기가 좋았지만, 따라다니는 여성도 많았다고 한다. 그런 라파엘로가 최고 전성기일 때, 궁중 화가의 신분으로 가난한 시녀로 들어온 여성을 애인으로 삼은 것이다. 그리고 그녀가 그의 사랑을 확신할 수 있을 만큼 깊이 사랑했고, 라파엘로는 그녀를 모델로 여러 작품을 완성함으로써 자기의 사랑을 보여 주었다. 그런 점에서 라파엘로는 의리가 있고 사랑을 할 줄 아는 인물이 아니었나 싶다. 사랑할 줄 아는 사람이 사랑을 받을 줄도 안다고 했던가! 지금도 로마의 판테온에 있는 라파엘로의 무덤에는 장미꽃이 끊이지를 않는다.

조르조네의 '인간의 세 시기'

'제우스의 방'에서 르네상스 시대 베네치아학파의 대표적인 인물인 조르조네(Giorgione, 1477~1510)의 작품을 만날 수 있다. 그의 작품은 몇 점 되지 않아서 보기 드문데 그중 하나인 '인간의 세 시기'(1500?)가 이곳에 있다. 자연의 흐름 속에서 자연스럽게 늙어 가는 인간의 세 시기에 대해서 대단히 잘 묘사한 것으로 평가된다.

'인간의 세 시기'는 16세기를 대표하는 주제로서 인생에 대한 철학적인 가르침이 담겨 있는 작품이다. 오른쪽에 있는 젊은이는 프랑스 출신의 작곡가로 인생 대부분을 이탈리아에서 보낸 르네상스기 대표적인 음악가 베르들로(Philippe Verdelot, 1480~1530)의 초상화라고 본다. 베르들로는 이탈리아 마드리갈의 아버지이자, 피렌체 메디치 가의 대표적인 전속 음악가 중 한 사람이기도 했다.

작품은 베르들로라는 동일한 인물의 인생의 세 시기를 각기 다른 연령대로 묘사하였다. 어두운 바탕색에 가운데 있는 소년은 들고 있는 종이 위에 두 줄의 오선지에 적힌 무언가를 읽고 있고, 오른쪽 젊은이는 손가락으로 그것을 가리키며, 왼쪽 노인은 관객을 향해 눈을 돌리고 있다. 인물들을 조명하고 있는 빛은 연령대가 높아질수록 많아지고, 조르조네 그림에서 자주 볼 수 있는, 한 가지 비유가 그림 전체를 선도하는 것을 보게 된다. 이 그림의 경우는 그것이 음악이다. 음악은 존재와 관련하여 인간의 마음을 표현하고 조화(harmony)를 의미한다.

인간의 세 시기
조르조네 작

마르테의 방

　이어지는 '마르테의 방'에는 루벤스(Pieter Paul Rubens, 1577~1640)의 대표적인 작품 두 점이 전시되어 있다. '전쟁의 결과'(1638)와 당시 문인과 철학자들의 모습에 신화적인 인물을 묘사한 '네 명의 철학자'(1612?)가 그것이다.

　루벤스는 독일 서부 노르트라인베스트팔렌 주에 있는 지겐(Siegen)에서 태어나 벨기에에서 활동한 17세기를 대표하는 바로크 화가다. 그는 역동성과 강한 색감과 관능미를 추구함으로써 환상적인 바로크 양식을 충실히 따랐다. 그는 초상화, 풍경화, 신화와 실제를 근거로 역사적인 기록물과 같은 그림을 잘 그렸는데, 대표적으로 종교개혁 이후 가톨릭교회의 쇄신 분위기를 담은 '세 폭의 제단화'와 '평화에 대하여', '전쟁의 결과' 등이 그것이다. 그의 부모는 루벤스가 열두 살 때 안트베르펜으로 이주했고, 그곳에서 루벤스는 인문학과 라틴어, 고전문학을 가르치는 가톨릭 학교에 다니면서 가톨릭으로 개종하였다. 후에 그는 이곳에서 당시 유럽에서 내로라하는 귀족과 미술품 수집가들 사이에서 꽤 유명한 '안트베르펜의 화실'을 운영하였다. 인문학자이자 미술품 수집자일 뿐만 아니라, 스페인의 펠리페 4세와 잉글랜드의 찰스 1세에게 기사 칭호까지 받은 외교관이기도 하였다.

　그의 본격적인 해외 생활은 1600년 르네상스 시대 예술의 요람지였던 이탈리아로 여행하면서부터 시작되었다. 베네치아에 잠시 머물며 티치아노와 베로니스와 틴토레토의 작품을 감상하였다. 그리고 1603년에는 외교관이 되어 스페인으로 갔다. 그는 스페인에 머무르는 동안 필립 2세가 수집한 많은 라파엘로와 티치아노의 작품들을 감상했고, 마드리드의 프라도에서 '러마의 백작'이라는 말을 탄 초상화를 그렸는데, 그것은 티치아노의 작품 '뮐베르크의 카를 5세'(1548년, 마드리드, 프라도 미술관)의 영향을 많이 받은 것으로 보인다. 루벤스의 스페인 여행은 그의 예술과 외교 능력을 함께 발휘했던 첫 번째 여행이었다. 1604년에 루벤스는 이탈리아로 다시 돌아와 이후 4년간 만토바, 로마, 제노바에서 지냈다. 이탈리아가 그에게 미친 영향은 매우 컸다.

그는 역사, 종교, 풍경, 인물 등 다양한 소재로 많은 작품을 그렸다. 그의 작품에서 드러나는 공통된 특징은 모두 생기가 넘친다는 사실이다. 선에 힘이 있고, 색채가 풍부하고 화려하며, 구도가 웅장하다. 야성적이면서도 관능적인 표현이 뛰어나지만, 강한 역동성과는 달리 세심한 부분의 표현은 다소 떨어진다는 평을 받고 있다. 바로크 회화를 대표하는 동시에 17세기 플랑드르학파의 거장으로서, 그가 살던 안트베르펜의 저택은 현재 루벤스 미술관으로 사용하고 있다.

루벤스의 '전쟁의 결과'

마르테의 방에 있는 '전쟁의 결과'는 30년 전쟁 동안 외교 임무를 담당했던 루벤스가 자기 경험을 신화적이고 비유적으로 표현한 작품이다. 전쟁을 통해 그것이 얼마나 무의미한지를 누구보다 깊이 인식했던 그가 평화의 메시지를 던진 작품이라고 할 수 있다.

'전쟁의 결과'는 1629년에 영국의 찰스 1세를 위해 그려 주었던 '평화에 대하여'를 통해 작가의 '전쟁과 평화'에 대한 논의를 완성하는 것이기도 했다. 현재 영국 런던의 내셔널 갤러리에 소장된 '평화에 대하여'는 '전쟁과 평화'라는 제목으로도 알려졌는데, 여기에서 루벤스는 '지켜야 할 평화'에 대해서 이야기하고 있다. 이 그림을 그리던 당시 루벤스의 국가인 네덜란드는 스페인이 지배하고 있었고, 스페인의 필립 4세 왕은 루벤스의 탁월한 설득력과 외교적인 수완을 높이 평가하고 영국과의 평화협정 체결을 위해 그를 파견하였다. 찰스 1세는 이미 루벤스에게 초상화를 의뢰한 적이 있는데다, 루벤스의 뛰어난 외교 능력으로 쉽지 않게 여겨졌던 평화협정이 체결되었다. 이에 루벤스는 찰스 1세를 위해 이 그림을 선물로 그려 주고 돌아왔다.

그림 속 이야기는 평화의 여신 팍스Pax와 전쟁의 신 마르스Mars, 지혜의 여신 미네르바Minerva를 표현하고 있다. 가운데 발가벗은 여인이 팍스이고, 그의 왼쪽에 헬멧을 쓴 남자 같은 인물이 미네르바다. 미네르바는 전쟁의 신 마르스와 분노의 신 알렉토Alecto를 밀어내며 평화의 여신 팍스를 보호하고 있다. 팍스의 발 아래에는 풍요를 상징하는 반인반수의 파우누스와 사나운 표범이 고양이처럼 함께 뒹굴며 애교를 부리고 있다. 그의 주변에는 몰려온 아이들이 팍스와 음식을 나누고 있다. 표범 옆에 어깨에 날개가 달린 발가벗은 아기는 사랑의 신 큐피드다. 큐피드 바로 머리 위에서 등불을 들고 있는 헤이맨Hymen은 결혼을 상징한다. 사랑의 완성이다. 왼쪽 끝에 탬버린을 들고 춤추고 있는 여인과 보물이 가득

전쟁의 결과
루벤스 작

평화에 대하여
루벤스 작(1629)

담긴 그릇을 들고 있는 여인은 번영과 영화를 상징한다. 오른쪽 끝에 살짝 보이는 배경은 네덜란드의 풍경을 담고 있는데, 이런 형식의 그림은 이탈리아 출신의 화가들에서 자주 보던 양식이다. 네덜란드에서 유행하던 정물화(과일들)에 이탈리아의 풍경화가 접목된 탁월한 작품으로 평가받고 있다.

　같은 맥락에서 '전쟁의 결과'를 보면, 더 쉽게 이해할 수가 있다. 이 그림을 통해 루벤스는 전쟁이 인간 역사에 남기는 것이 무엇인지를 간명하게 알려준다. 피 묻은 칼을 쥐고 군홧발로 책과 악기와 컴퍼스를 든 사람과 아기를 안은 여인을 짓밟고 전장으로 향하는 인물은 전쟁의 신 마르스이다. 전쟁이 지나간 자리에는 학문과 예술과 과학은 물론이거니와 사랑마저도 더는 존재할 수 없음을 뜻한다. 마르스의 왼팔을 잡아끌며 한 손에 횃불을 높이 들고 전쟁을 부추기고 있는 인물은 분노와 분열의 화신 알렉토다. 그는 전쟁을 부추기기만 할 뿐이다. 목적 없는 분노의 질주는 앞(미래)을 보지 못한다. 그러나 마르스가 끝내 시선을 거두지 못하는 곳에는 사랑의 신 비너스가 마르스의 오른팔을 잡아당기고 비너스의 다리를 큐피드가 잡고 있다. 끝없이 이어지는 복수와 분노의 고리는 오로지 사랑만이 끊을 수 있음을 시사한다.

전쟁의 원인이 되는 분노와 그것을 없앨 수 있는 사랑 사이에서 절망과 공포에 떨며 죽어 가는 것은 왼쪽의 검은 옷을 입고 절규하는 여인으로 묘사된 것은 유럽이고, 마르스의 지휘하에서 짓밟히며 말살당하고 있는 것은 무고하고 선한 인간성이다.

사랑도 전쟁의 눈먼 폭력을 저지할 수 없는 절망의 순간을 그리고 있는 이 그림을 통해 루벤스는 전쟁으로 인해 유럽이 가지고 있던 르네상스의 빛나는 결과들, 곧 모든 학문과 예술과 과학을 내던지고 스스로 파멸과 파괴와 비탄의 상황을 자초한 것에 대한 아픔을 표현하고자 하였다. 루벤스는 30년 전쟁과 영국의 시민전쟁 시기에 이들 국가의 왕가들을 다니며 외교 임무를 맡았고, 그 속에서 경험하고 느낀 바를 비유적으로 말하고 싶었던 것이다.

루벤스의 '네 명의 철학자'

이 작품과 관련하여 알려진 정보는 거의 없다. 1600년대 말부터 피티 궁에 있었다는 것과 메디치 가에서 사본을 만들어 우피치

IV 예술 | 세계 문화의 산실

미술관에 소장하고 있었다는 것이 이 작품에 관한 최초의 정보다.

1799년, 나폴레옹의 통치 아래 프랑스인들이 피렌체를 점령하여 이 그림을 파리로 가져갔지만, 1815년 나폴레옹의 몰락과 함께 피렌체로 돌아온 작품이다. 그림을 반환받기 위해 노력했던 카노바와 카처Karcher는 반환 요구 문서에서 그림에 대한 평을 이렇게 하였다. "루벤스가 목판에 그린 '네 명의 철학자'는 색이 대단히 열정적이고 뜨겁다. 특별히 검은색의 정장들은 대단히 구태의연해 보이면서도 주변을 채우는 다른 색깔들로 인해 예사롭게 보이지 않는다."

이 그림은 1611년 8월에 사망한 루벤스의 형 필립보의 죽음을 계기로, 또 1606년에 사망한 형의 스승이며 철학자 리프시우스(Giusto Lipsio)를 추도하며 그린 구상화이다. 그림이 완성된 시기가 정확하게 1611~1612년으로 기록되어 있기 때문이다.

그림 속에 등장하는 네 인물을 자세히 살펴보면, 루벤스 자신과 세 친구들이다. 맨 왼쪽에 서 있는 사람이 루벤스이다. 전형적인 자화상 원칙에 따라 관객을 보고 있다. 동방 스타일의 카페트가 덮혀 있는 책상 위에는 책들이 어수선하게 펼쳐져 있고, 펜과 잉크, 그리고 그 주변에 세 사람이 둘러앉아 있다. 루벤스 왼쪽부터 그의 형 필립보 루벤스, 철학교수 리프시우스, 리프시우스의 또 다른 제자이며 다른 세 명의 친구인 보베리우스(Jan Woverius)다. 동작의 풍성함과 말하는 사람의 시선은 회화의 평면에 활기를 불어 넣고, 각자의 역할을 줌으로써 1600년대 초상화의 최고 수작이 되었다.

네 명의 철학자
루벤스 작

오른쪽 벽에는 세네카Seneca의 초상이 있다. 루벤스는 고전을 배웠고, 그에 대한 관심이 컸다. 1605년에 로마에서 이 조각상의 사본을 산 것으로 추정된다. 네 명의 지성인이 나누는 대화를 통해 루벤스는 지혜를 세네카에게 헌정하고자 하였다. 조각상 옆에 세워진 유리병에는 네 송이의 튤립이 있는데 '현세와 내세의 삶'을 상징한다. 이미 핀 두 송이는 루벤스의 형과 철학 교수를 의미하고, 아직 피지 않은 다른 두 송이는 루벤스 자신과 친구를 의미한다. 두 명의 살아 있는 사람과 두 명의 망자를 그린 것이다. 뒤 배경에 보이는 풍경은 로마의 팔라티노 언덕과 성 테오도로 성당이다. 그림 앞부분에 고개를 살짝 내밀고 있는 개는 보베리우스가 기르던 몹술루스라는 이름의 애완견이라고 한다.

아폴로의 방

 이어지는 아폴로의 방에는 티치아노의 '참회하는 막달레나'(1533?)가 있다. 이 작품은 많은 예술가의 찬사를 받았고, 그들의 작품에 많은 영감을 주기도 하였다.

 '참회하는 막달레나'의 작품에 대한 혼선은 몇 개의 사본이 있다는 것과 그것이 각기 조금씩 다르다는 데 있는데, 그중에서도 피렌체에 있는 것이 가장 오래되고 가장 관능적인 아름다움을 드러내고 있다는 평을 받는다. 바사리는 티치아노가 그린 '막달레나'에 관해 두 가지 다른 정보를 제공하고 있는데, 하나는 베네치아 출신의 바도르(Silvio Badoer)를 위한 것이고, 다른 하나는 찰스 5세를 위한 것이라는 것이다. 하지만 최근에 알려진 바에 따르면, 당시 베네치아의 군 총사령관이었던 델라 로베레를 위해 그린 것이라고 한다. 이런 정보의 배경에는 '막달레나'를 소재로 한 그림이 여러 개인지, 정보가 여럿인지에 대한 혼선이 있었다는 것을 말해 준다. 팔라티나 미술관에 있는 이 그림은 당시 우르비노 공작의 짐 속에서 발견되었다고 한다. 1631년 빅토리아 델라 로베레가 피렌체에 오면서 가지고 온 것으로 추정하고 있다. 17세기 말부터 이곳에 있었던 것으로 알려졌다.

 이 작품은 19세기에 이르러 대중으로부터 많은 사랑을 받았고, 그런 만큼 사본도 무수히 쏟아졌다. 사본 중에는 잘 알려진 화가들이 그린 것도 있어 눈길을 끌었다. 아챠이(Francesco Acciai, 1830), 맥인네스(Robert McInnes, 1831), 오짤리(Giuseppe Ozzali,

1831), 슈미트(Ignaz Schmidt, 1831), 바움바흐(Karl Baumbach, 1833), 델 파브로(Francesco del Fabbro, 1837), 필라치니(Francesco Pilaccini, 1838), 판치울라치(Francesco Fanciullacci, 1838)와 테리(Terry, 1838) 등이다.

성경에 등장하는 막달레나는 간음하다 붙잡혀 광장으로 끌려와 돌에 맞아 죽을 뻔한 여인이다. "너희 가운데 죄 없는 자가 먼저 저 여인에게 돌을 던져라"(요한 8. 7)는 예수의 말에 나이 든 사람부터 한 사람씩 물러갔다고 한다. 이에 예수도 그녀에게 죄를 묻지 않았고 다시는 죄를 짓지 말라는 당부만 하였다. 막달레나는 깊이 참회하였고, 예수의 발에 향유를 바르고 입을 맞추고 머릿결로 닦았으며, 뒤에 예수가 죽는 그 순간을 지켜보았다. 그리고 부활한 예수를 가장 먼저 만났다.

이런 까닭에 가톨릭교회 전통에서 막달레나는 참회하는 은둔자의 모습으로 종종 그려졌는데, 이는 예수 승천 후, 일생을 동굴 속에서 참회하며 살았다는 전승 때문이다.

폭풍이 휘몰아치는 뒤 배경에는 우중충한 하늘과 숲이 인상적이다. 왼쪽 구석에 있는 작은 항아리는 도유를 위한 기름병이 막달레나가 비록 죄인이었으나 이제는 성녀임을 암시한다. 막달레나에게서 흘러나오는 아름다움은 루벤스 이전의 미적 정의를 대변하는 듯, 애절한 눈빛으로 하늘을 바라보고 물결치는 금발이 발가벗은 몸을 가리고 있다. 엉성하게 가린 머릿결로 인해 젖가슴이 그대로 노출되고 관능미를 극대화하고 있다. 아름답고 풍성한 금발을 가진 미녀와 참회하는 구도자 모습을 동시에 담은 이 그림은 티치아노가 사십대 초반에 그린 것으로 미술사에 등장하는 가장 에로틱한 여성 중 하나로 손꼽힌다.

회화적인 면에서 가장 놀랄만한 것은 무엇보다도 구불구불하면서도 풍성한 머릿결이다. 대단히 사실적이고 확실한 소재지만 누구도 이런 식으로 표현한 적이 없었던 혁신적인 발상이다. 여기에서 '금발의 티치아노'에 대해 말하는 것이 이상하게 들릴지도 모르지만, 전혀 상관없다고 보기도 어렵다. 왜냐하면 그 사이로 풍만한 가슴이 그대

참회하는 막달레나
티치아노 작

로 노출되어 제목에서 말하는 것과는 달리 아름다운 육체를 뽐내는 것 같기 때문이다. 이것을 통해 티치아노는 당시 베네치아 화가들 사이에서 유행하던 이미지가 명확할 때 적용해야 한다는 붓 터치의 자유분방함을 그의 전성기 후반에 적극적으로, 과감하게 시도했다고 하겠다.

그림은 의뢰인이 개인적으로, 그림을 가려서 소장하거나 침실과 같은 개인 공간을 장식하기 위해 주문한 것으로 추정되지만, 티치아노가 죽을 때까지 자기 방에 걸어 두었다고 한다. 화폭을 매혹적으로 물들였던 자신의 한 시절을 막달레나의 모습 속에 담아 기억하고 싶었던 모양이다.

일리아드의 방

티치아노의 '참회하는 막달레나'와 비교하여, 팔라티나 미술관의 "일리아드의 방"에서 감상할 수 있는 작품으로 아르테미시아 젠틸레스키의 '참회하는 막달레나'(1615~1616?)가 있다. 우피치 미술관에서 '홀로페르네스의 목을 베는 유딧'을 같은 제목의 카라바조의 작품과 비교했던 것처럼, 여기에서도 같은 주제에 대해 남성 작가와 여성 작가의 표현의 차이를 엿볼 수가 있다.

후기 르네상스 화가들에게 있어 '참회하는 막달레나'나 '막달레나의 회심'은 이미지 면에서 방대한 스펙트럼을 제시하는 주제다. 관능적인 죄인의 모습과 참회하는 여성 존재 사이에서 형이하학과 형이상학의 조화를 모색해야 하기 때문이다.

앞에서 보았듯이, 티치아노는 대단히 관능적으로 막달레나를 표현하였다. 젖가슴은 모두 드러나고 긴 금발로 가려진 몸 일부로 인해 관능미는 더욱 고조된다. 동시에 하늘을 향한 두 눈에는 눈물이 가득 고여 있다. 진실로 참회하고 있는 듯하다. 관능미와 영적 초월성, 이 두 가지가 모두 극에 달해 작품을 해설하는 데 논란이 많았던 것도 사실이다.

그러나 아르테미시아의 막달레나에서는 관능미와 영적 초월성이 전혀 다른 것으로 표현되어 구설수에 오를 만한 것이 없다. 막달레나가 입고 있는 노란색 비단 드레스는 그녀를 귀부인처럼 아름답고 우아하게 보이도록 하지만, 그것과 상관없이 세속과의 모든 인연을 끊는 것을 상징하는 맨발과 양손의 위치가 예사롭지가 않

참회하는 막달레나
아르테미시아 작

다. 비단 드레스가 흘러내려 어깨 한쪽이 모두 드러났지만, 또 그로 인해 그녀의 지난 삶이 대변되는 듯하지만, 거기에 머무르지 않고 한 손을 가슴에 얹어 자신의 죄를 뉘우치는 동시에 다른 한 손으로 허영심을 상징하는 어둠 속 거울을 밀어내고 있다. 지금까지 자신이 소중하게 여긴 모든 세속적인 것들을 멀리하려는 듯하다. 거울의 가장자리에는 루카 복음서의 말씀 "OPTIMAM PARTEM ELEGIT(주님을 찾는 것이 가장 좋은 선택입니다)"고 적혀 있다. 막달레나의 얼굴은 헝클어진 머리카락으로 인해 더욱 지쳐 보이고 눈길은 높은 곳을 향하면서도 어딘지 모를 흔들림이 있다. 세상의 욕망을 하루아침에 내려놓는다는 것이 어디 쉬운 일인가!

어두운 배경으로 인해 더욱 도드라지는 인물의 표현은 전형적인 카라바조 스타일이다. 카라바조가 그린 '참회하는 막달레나'(1600)는 로마의 도리아 팜필리 미술관에 있는데, 그의 모델은 창녀였다. 여기에서 막달레나는 어두운 방 안의 작은 의자에 앉아 고개를 푹 숙여 참회하고 있다. 오른쪽 팔과 어깨, 목덜미 위로 빛이 하얗게 부서지고 두 손은 치마 위에 가지런히 모았다. 눈물이 콧등을 타고 흘러내리고, 얼마나 울었는지 눈 주변이 발갛게 상기되어 있다. 가슴 밑바닥에서 올라온 흐느낌이 어깨까지 전해진다. 죄인으로서의 삶은 이제 지난 이야기가 되었다. 막달레나의 치마에 그려진 커다란 성배는 그녀의 미래를 암시한다. 바닥에는 그녀를 상징하던 향유병이 있고 금붙이와 진주 목걸이는 내동댕이쳐진 모습이다. 세속에서 귀하게 여기던 것들은 이제 아무런 의미가 없다. 의자에 앉아 흘리는 참회의 눈물은 세속과 세속에서
의 삶에 대한 단절이자 새로운 삶을 향
한 새로운 씨앗이다.

그러나 여기에서도 막달레나의 머리
카락은 여전히 풍성하다. 여성에게 있어
머리카락은 특별한 의미를 지닌다. 여성
의 미를 대표하는 동시에 중요한 성감대
이기도 하다. 막달레나는 한때, 예수 발
에 향유를 붓고 자기 머리카락으로 닦
아 준 적이 있었다. 머리카락과 발은 인
간의 신체 가운데 가장 꼭대기와 가장
아래에 있는 부위다. 여성이 누군가를

참회하는 막달레나
카라바조 작

향해 그의 발에 값비싼 향유를 붓고 자기 머리카락으로 닦기 위
해 몸을 낮추는 것은 여간한 사랑이 아니고서는 할 수 없는 표현
이다. 과거에 그녀가 믿었던 사랑의 차원과는 분명 다른 것이었다.
그녀는 자신이 할 수 있는 모든 행위를 동원하여 사랑을 표현한
것이다.

바르젤로 국립박물관

시뇨리아 광장에서 동쪽으로 골목을 따라 걷다 보면 베키오 궁과 닮은 중세풍 건물과 만난다. 바로 바르젤로 국립박물관이다.

중세 건축의 표준으로 불리는 이 건물은 1225년부터 전형적인 고딕양식의 포폴로('국민'이라는 뜻) 궁전(Palazzo del Popolo)에 자리를 잡고 있다. 12세기에서 15세기, 피렌체가 독일 황제를 편들던 황제당과 교황을 옹호하던 민중파인 교황당으로 나뉘어 정쟁을 벌이고 있을 때, 포폴로 궁전은 행정장관의 거주지였다. 그러나 후에 메디치 가문에서 경찰 수뇌부를 이곳에 설치하였고, 이탈리아어로 '경찰서장'이라는 뜻의 바르젤로Bargello라는 이름으로 불리게 되었다. 점차 재판소, 감옥, 고문실, 처형장 등이 만들어졌고, 14세기에서 15세기에는 처형된 범죄자들의 시체를 안뜰에 전시하기도 하였다. 약 3세기 동안 감옥으로 쓰면서 가장 큰 방은 나누어 여러 개의 감방으로도 사용하였다. 그때에도 벽에는 그림 장식들이 있었다고 한다. 군주독재 시절에는 이곳에서 모질고 잔인한 고문을 하여 온 피렌체를 공포에 떨게 했고, 1574년 코시모 1세 때에는 시뇨리아 궁과 광장의 경비를 총괄하는 센터를 두기도 하였다.

1840년 성 마리아 막달레나 경당과 그 안에 있는 그림을 복원하면서 단테의 초상화를 발견하였는데, 바사리의 기록에 따르면 지오토가 그렸다고 한다. 그밖에도 피렌체에서 빼놓을 수 없는 중요한 조각 작품이 많이 소장되어 있어, 1865년부터 박물관으로 사용하고 있다. 우피치 미술관이 이탈리아 회화의 정수들을 소장하고 있다면, 바르젤로 박물관은 르네상스 조각들의 신전이라고 할 수 있다. 도나텔로, 미켈란젤로, 기베르티, 브루넬레스키, 베로키오, 첼리니, 잠볼로냐 등의 조각 작품이 있다. 물론 이곳에 전시된 많은 작품은 베키오 궁과 우피치가 지금과 같이 박물관과 미술관으로 사용하기 이전에 온 것들이다. 그러나 도자기, 상아, 초, 세공, 청동, 직물, 무기, 갑옷 등의 작품들은 오히려 베키오 궁과 우피치 미술관은 물론 피렌체 도처에서 이곳으로 옮긴 것들이다. 그중 양이나 질에 있어 이탈리아 중세와 르네상스를 대변하는 화려한 색상의 마조리카 도자기는 바르젤로 박물관이 자랑하는 소장품이기도 하다.

1886년, 도나텔로 탄생 500주년을 기념하여 도나텔로 특별전을 기획했고, 그것이 계기가 되어 도나텔로의 작품들을 모았고, 그참에 1400년대 피렌체 조각 예술품들을 위한 방을 별도로 만들었다. 1966년에 있은 피렌체의 대홍수는 이곳에 있던 근대 작품들과 시대별 변화를 알 수 있는 많은 작품에 치명적인 손상을 입혔다. 2006년 7월에는 많은 관광객이 몰리던 시간에 이슬람 섹션에 있던 세 점의 고대 예술품을 도둑맞기도 했다. 이 작품들의 행방에 대해서는 이후 전혀 알려진 바가 없다.

바르젤로 궁과 종탑

바르젤로 궁의 탑

피렌체 사람들에게 바르젤로 궁의 탑은 유명하다. 볼로냐나Volognana라고 불리는 이 탑은 57미터 높이의 그리 높지 않은 탑이지만 바르젤로 궁을 감옥으로 쓰던 시절에 가장 먼저 감방으로 쓴 곳이다. 이곳에 갇혔던 초기 죄수들 중에 제리 다 볼로냐노Geri da Volognano라는 사람의 이름을 따서 탑 이름을 지었다.

탑 꼭대기에 달린 종을 두고 피렌체 사람들은 '몬타니나'('작은 산'이라는 뜻)라고 불렀다. 이 종은 피렌체에서 좋지 않은 상황을 알릴 때만 쳤기 때문에 '힘듦', '고단함'을 상징하는 '산'이라는 이름으로 불렸던 것 같다. 예컨대 전쟁이 터져 젊은이들을 소집하거나 누가 사형된다거나 다치거나 죽었다는 등을 알리는 용도로만 사용한 것이다. 그래서 피렌체 사람들은 남을 험담하는 사람을 두고 "너는 바르젤로의 종처럼 혓바닥이 길구나! 종이 소리를 내면 항상 나쁜 소리만 내더라!"고 말한다.

전시실은 작은 뜰에서부터 시작하여 중세 조각 작품 전시실, 미켈란젤로의 방과 1500년대 조각 작품 전시실, 상아 작품실, 마리아 막달레나 경당과 제의실, 이슬람 예술품 전시실, 도나텔로의 방과 1400년대 조각 작품 전시실 등 십여 개 남짓이다. 주로 조각 작품과 장식 예술품들이 많다. 이곳에서 잘 알려진 작품들을 만나 보기로 하자.

미켈란젤로의 '술 취한 바쿠스'

미켈란젤로가 대부분 성경을 배경으로 한 작품을 했다는 점을 생각할 때, '술 취한 바쿠스'(1497)는 그의 몇 안 되는 속된 작품 중 하나라고 할 수 있다. 이 작품을 통해 고대에 대한 작가의 시각을 엿볼 수가 있다. 미켈란젤로가 처음 로마에 간 것은 1496년 6월 25일이었다. 피에로 데 메디치의 소개장을 가지고 로마에서 교황 다음으로 막강한 권력과 재력을 가진 리아리오(Raffaele Riario) 추기경을 찾았다. 리아리오 추기경은 이제 막 교황청 대법원으로 사용하게 될 칸첼레리아 궁을 지은 상태였고, 미켈란젤로는 그의 손님으로 잠시 그곳에 머무르게 되었다. 이 궁의 내부 정원은 브라만테가 완성하고 후에 바사리가 벽화로 장식한 것으로 유명하다.

리아리오 추기경은 골동품 수집이 취미였고, 그래서 미켈란젤로에게 자기 골동품들을 보여 주었다. 수많은 골동품을 접한 미켈란젤로는 그곳에서 고대 미술에 대한 새로운 이해를 넓혔다. 그리고 그때 리아리오 추기경이 '고대의 것' 하나를 미켈란젤로에게 의뢰했고, 미켈란젤로는 '바쿠스'를 완성하였다.

처음 로마에 간 미켈란젤로로서는 이 작품을 완성하고 피렌체로 돌아가야 했다. 그래서 예상보다 시간이 더 지체되었다. 이에 미

술 취한 바쿠스
미켈란젤로 작

미켈란젤로는 아버지에게 "추기경이 의뢰한 것을 제작하고 있으니 피렌체로 바로 돌아가지 않아도 걱정하지 마십시오. 만족스럽게 일을 마치고 그 값을 받기 전에는 여기를 떠나지 않겠습니다. 장인들은 서두르지 않고 일을 합니다"(1497년 7월 1일자)라는 편지를 보냈다. 그러나 작품은 1년이라는, 미켈란젤로의 여느 작품보다도 빨리 완성되었다.

이 작품은 신화에 등장하는 바쿠스라는 고전을 르네상스 스타일로 재탄생시켰다. 그러나 리아리오 추기경은 작품을 탐탁지 않게 생각했고, 결국 야코포 갈리(Jacopo Galli)에게 팔아 버리고 말았다. 추기경은 자신이 예상한 근대적인 작품이 아니라고 생각한 모양이다. 아무튼 이 작품은 갈리의 집 정원을 장식하는 것으로 전락하였다. 미켈란젤로의 전기를 쓴 콘디비나 바사리는 리아리오 추기경의 '거부'에 대해서 침묵하면서 오히려 갈리가 미켈란젤로에게 직접 의뢰한 것처럼 말하고 있다. 그러나 작품 의뢰에 대한 진실은 미켈란젤로가 직접 아버지에게 보낸 편지와 로렌조 디 피에르프란치스코 데 메디치에게 보낸 편지가 증명하고 있다.

미켈란젤로는 이 작품에서 술의 신 바쿠스가 술에 취해 있는 모습을 마치 그리스도교가 존재하지 않았던 것처럼 오로지 이교도적인 사유에 따라 표현함으로써 그 속됨을 완벽하게 묘사하고 있다. 마치 아주 멀리 떨어진 고대를 그리스도교의 가치에 일치시키려는 것처럼 말이다. 그러자면 고대를 위해 그리스도교를 희생시켜서도 안 되지만, 그리스도교 때문에 고대를 포기해서도 안 된다. 술에 취해 비틀거리는 신은 그리스도교에서 말하는 신의 모습과는 전혀

갈리의 정원에 있는
바쿠스 드로잉
반 헴스케르크 작

다르다. 미켈란젤로에게 '취한 상태'는 흔들리고 있는 자기 존재와 삶의 고뇌에 대한 표현일지도 모른다. 훗날 시스티나 소성당에 그리게 될 벽화 '최후의 심판'에서 피부 껍질을 벗기는 형을 받고 순교한 바르톨로메오 성인의 모습에 '살가죽이 벗겨진' 자기 얼굴을 표현하는 미켈란젤로와 바쿠스에서 흔들리는 자아를 표현하고 있는 미켈란젤로가 결코 다른 사람일 수가 없기 때문이다.

'술 취한 바쿠스'는 1532~1535년 네덜란드 화가 마르텐 반 헴스케르크(Maerten van Heemskerck, 1498~1574)의 '갈리의 정원에 있는 바쿠스 드로잉'이라는 작품으로 다시 한 번 재탄생하기도 하였다. 이 소묘에서 반 헴스케르크는 바쿠스의 오른손이 잘려나간 것으로 표현했는데, 이는 다른 고대 작품들과의 조화를 생각하여 일부러 그렇게 묘사한 것으로 추측된다. 이것은 플랑드르의 초상화가 코르넬리스 데 보스(Cornelis de Vos, 1584~1651)의 작품에도 등장하여 더욱 유명해졌다.

'술 취한 바쿠스'는 1572년에 프란치스코 1세 데 메디치가 사서 우피치로 왔다가, 1865년에 바르젤로 박물관을 열면서 조각 작품들을 재정리하는 과정에서 바르젤로 박물관에 소장하게 되었다.

미켈란젤로는 특별히 시詩와 조각을 사랑한 예술가로 알려져 있다. 그러나 바쿠스 이전에 그는 오랫동안 작은 조각 작품이나 조각 부조를 제작했지, 실제 인물보다 큰 2미터 이상의 조각 작품은 하지 않았다. 230센티미터 크기의 바쿠스는 '피에타'(성 베드로 대성당 소장)를 조각하기 이태 전, 스물두 살의 젊은 미켈란젤로에게는 야심찬 작품이었다. 작품을 통해서 통찰할 수 있는 것은 이미 대리석을 다루는 솜씨가 탁월하다는 것과 그리스 신화에서 술의 신 바쿠스를 르네상스의 사유에 따라 표현했다는 것이다. 새로운 영감에 의한 고전의 재탄생이다. 다시 말해서, 미켈란젤로는 리아리오 추기경, 갈리, 후에 율리우스 2세 교황이 되는 델라 로베레(Giuliano della Rovere) 추기경과 여러 후원자가 소장한 고

미켈란젤로가 조각한 '술 취한 바쿠스' 일부분인 어린 사티로스

대 작품들을 보면서 고대 세계에 대한 관심을 키우고, 그로부터 많은 영감을 받았으나, 거기에 머무르지 않고 새로운 창조를 모색한 것이다. 그의 작품에서는 모방 흔적보다는 언제나 신선한 창조가 있다. 당시 예술적인 흐름과는 달리 이미 크게 진일보한 것이다.

젊은 바쿠스는 술에 취해 흔들리는 모습으로 오른손에 넘치도록 채워진 잔을 들고 있다. 게슴츠

레하게 뜬 눈과 얼굴에는 관능미가 살짝 흐르고 있다. 왼쪽 아래에 있는 반인반수이자 호색가로 알려진 어린 사티로스에게 몸을 의지하려는 듯 몸이 왼쪽으로 기울어져 있다. 왼쪽 허리의 접힌 부분이 이를 증명한다. 사티로스는 몰래 포도를 훔쳐 먹다가 들켜 민망한 듯 미소를 짓고 있다. 그는 정말로 포도를 먹는 것처럼 보인다. 미소도 술꾼에게서 풍기는 것과 같다. 묘사가 대단히 사실적이다. 사티로스의 표정도 앙증스럽다. 바쿠스의 머리는 포도나무 잎과 포도송이로 장식되어 있고, 그의 페니스는 어디에다 두고 다니는지 사라지고 없다. 마치 원래 이렇게 조각을 한 것 같다. 칠칠치 못한 주신다운 면모를 보여 주고 있는 것처럼.

여기에서 미켈란젤로는 고전주의와 자연주의적인 면을 동시에 보여 주고 있다. 사티로스를 통해 드러나는 여성스럽고 부드러운 인체의 표현과 바쿠스와 사티로스의 몽상적인 감정 표현이 완벽하다. 그래서 콘디비는 이것이 예술 작품이라는 것을 잠시 잊은 듯, 비틀거리는 바쿠스를 향해 술의 폐해를 이렇게 훈계했다고 한다. "포도와 포도주에 지나치게 탐닉하는 자는 결국 자신의 삶을 망친다!"

자세는 역시 콘트라포스토의 형태로 대단히 활기차면서도 느슨하다. 헬레니즘 조각들에서 보던 것과 유사하다. 왼손에는 바쿠스가 사랑한 동물, 호랑이(혹은 표범)의 가죽을 쥐고 있다. 호랑이는 이승에서 살아야 하는 인간의 모든 조건으로부터 자유로운 영혼을 상징한다. 이 작품에 대한 바사리의 평가는 "경이로운 요소들의 복합체, 젊은 남성의 기민함과 풍만함, 여성적인 부드러운 곡선"

이라고 하였다.

'바쿠스'를 감상하면서 떠오르는 단상은 어느 시대에서나 인류는 다양한 형태의 망아적 상태를 즐긴다는 것이다. 민족에 따라서 환각제로 쓰는 풀, 독특한 향을 피우는 연기, 혹은 춤 등으로 망아 상태를 즐기기도 하고, 술을 이용하기도 한다. 그중 술을 통한 망아 상태가 가장 보편적이다.

포도주는 잘 알려졌듯이 오감을 동원해 마시는 술이다. 눈으로 색깔을 맛보고, 코로 향을 맛보고, 귀로는 술 따르는 소리를 듣고 입으로 맛을 즐기며, 목구멍을 타고 내려가는 뜨거움이나 상쾌함을 맛본다. 그리고 온몸으로 퍼지는 술의 향연을 느낀다.

괴테는 자기 저서 「이탈리아 기행」에서 이탈리아인들에 대해 "그들이 종교와 예술의 아름다움과 기품을 간직하고 있으면서도 동굴이나 깊은 숲 속에 사는 것과 아무런 차이가 없을 만큼 자연 그대로의 인간이라는 것밖에 달리 할 말이 없다"고 썼다. 종교적인 생활을 기반으로 문학과 예술을 간직하면서도 가공되지 않은 순수하고 단순한 국민성을 가지고 있는 점을 말하는 것이리라. 그래서일까. 그들이 만드는 축제의 자리에는 포도주를 마시고 흥에 겨워 남녀노소가 일어나 한데 어울려 춤을 추더라도 흐트러짐이 없다. 내가 기억하는 '마카레나', '치키치키타', '틴친' 등의 춤이 모두 남녀노소를 구분하지 않고 추던 국민 춤이었고, 포도주는 그들의 삶에 '기름칠' 역할을 하는 것임을 경험했기에 그들의 풍류도 즐겁게 기억이 된다.

미켈란젤로의 '브루투스'

'브루투스'(1538)는 미켈란젤로가 바티칸의 시스티나 소성당에서 '최후의 심판'을 그리고 있을 때 의뢰를 받았다. 리돌피(Niccol Ridolfi) 추기경을 위해 공화주의자 잔노티(Donato Giannotti)가 의뢰한 것이다. 브루투스를 의뢰한 것은 1537년, 알렉산드로 데 메디치를 암살한 로렌지노 데 메디치를 '새로운 브루투스의 탄생'으로 보려는 정치적인 함의에 따른 것이었다. 잔노티는 이 작품을 리돌피 추기경에게 선물한 이후 1539년부터 추기경 밑에서 일하기 시작하였다.

미켈란젤로가 시스티나 소성당의 장식을 위해 피렌체를 떠나올 때, 피렌체는 압제자 알렉산드로 데 메디치가 암살당하고 로렌조 일 마니피코의 조카이며 또 다른 압제자로 알려진 코시모 1세 데 메디치가 통치를 하고 있었다. 그래서 그는 고향을 등지고 거의 로마로 피신하다시피 왔었다. 그 시기에 오래전부터 친구로 지내던 잔노티가 미켈란젤로를 찾아온 것이다. 잔노티는 미켈란젤로에게 압제자 알렉산드로 데 메디치를 살해한 로렌지노에 대해서 분명 좋게 말했을 것이고, 공화주의자였던 잔노티로서는 로렌지노를 거의 이상화된 브루투스로 보았을 것이다. 로렌지노는 피렌체 사람들 사이에서 자기 사촌인 알렉산드로를 죽인 패륜아라는 뜻으로 로렌자쵸Lorenzaccio라고 불리고 있었음에도 불구하고 브루투스를 언제나 영웅으로 여기고 있었던 미켈란젤로는 로렌지노를 '새로운 브루투스'의 탄생으로 생각하는 데 주저하지 않았다.

브루투스
미켈란젤로 작

미켈란젤로에게 중요한 것은 당시 피렌체는 더 이상 이상적인 국가가 아니라 압제자들이 난무하는 퇴색된 국가로 변질되고 있었기에, 예순 두 살을 넘긴 대예술가가 '브루투스'라는 주제로 작품을 완성하는 것은 그리 큰 문제가 아니었을 것이다. 다만, 배신죄를 '최고 죄'로 보고 브루투스를 지옥의 극단에서 악마대왕 루치펠의 입에 거꾸로 처박혀 잘근잘근 씹히고 있는 것으로 표현한 단테와 정반대의 시각이 눈에 띌 뿐이다. 역사는 언제나 현재의 관점에서, 표현하는 사람에 따라서, 얼마든지 달리 해석된다는 것을 여실히 보여준다고 하겠다.

바사리에 따르면, 브루투스의 두상은 미켈란젤로가 직접 조각했지만, 옷은 제자 칼카니(Tiberio Calcagni)가 완성했다고 한다. 이 작품은 1574~1584년에 토스카나의 대공으로 있었던 프란치스코 1세 데 메디치가 로렌지노의 살인과 관련하여 흥분을 가라앉히기 위해 이 작품의 받침대에 라틴어로 "범죄와 체념 사이의 갈등에 빠져 있는 브루투스의 모습을 대리석 조각으로 옮겼다"라고 쓰고, 작품을 정식으로 사들였다.

불룩한 가슴과 왼쪽으로 돌린 듯한 고개를 통해 드러나는 두꺼운 목 근육과 미완성으로 마무리된 머리카락 등은 장엄하면서도 엄숙한 결단을 앞둔 브루투스의 심적 상태를 유감없이 보여 준다. 브루투스의 굳은 표정과 다문 입술을 통해 인간적인 고뇌의 무게를 감지할 수 있고 거의 정적에 가까운 침묵을 보게 된다. 작가가 젊은 시절에 완성한 '다윗'을 보는 것 같다. 골리앗을 향해 돌팔매를 던지기 직전 결단의 상황에 직면한 육체의 떨림과 심리적인 긴장감을 동시에 감지하는 것이다. 왼쪽으로 돌린 브루투스의 고개와 그가 입고 있는 옷 주름이 오른쪽으로 모아져 시선을 한 곳에 고정시키지 않고 순환하도록 한다. 시각적인 역동감을 주는 것이다. 그러나 브루투스의 머리카락은 대리석의 거친 질감을 그대로 두는 것으로 마무리하였다. 그래서 '미완성' 작품이라는 평가를 받지만, 어쩌면 이것이 미켈란젤로 스타일의 '완성'일는지도 모른다.

감정은 흔들림이 없고 냉정하다. 분노와 섞여 차가운 힘을 발휘하고 있다. 소묘한 듯 다양한 방법으로 표현된 얼굴과 미완의 머리카락은 도덕적인 결단과 함께 미켈란젤로의 수작들에서 접하게 되는 일종의 '공포감'을 극대화해 준다. 오른쪽 어깨 위에는 사람 모양의 브로치로 망토를 고정했는데, 이는 로마 시대에 유행하던 것이었다. 잔노티는 미켈란젤로에게 부탁하여 여기에 자신의 초상을 새겨 넣었다.

도나텔로의 두 개의 '다윗'

도나텔로의 첫 번째 작품으로 흔히 '도나텔로의 다윗'이라고 부른다. 어떤 책에서는 그냥 '다윗'이라고도 한다. 도나텔로는 '다윗'을 두 개 조각하였다. 하나는 대리석을 소재로 했고(1408년, 192cm), 다른 하나는 청동을 소재로 하였다(1440년, 153cm). 바르젤로 궁에는 두 작품이 모두 소장되어 있다.

먼저 대리석 작품을 보자. 도나텔로가 고대 그리스·로마의 청동 조각상을 모델로 하여 조각한 실물 크기의 남성상이다. 부분적으

도나텔로가 조각한
두 개의 '다윗'.
왼쪽 다윗상은
대리석 소재, 오른쪽
다윗상은 청동 소재

로는 아직 고딕 양식을 따르고 있는지 정형화된 고수머리와 화관,
긴 팔다리에 한쪽 다리에 힘을 싣고 상체를 살짝 반대쪽으로 비틀
린 콘트라포스토contrapposto 자세로 몸의 무게와 움직임에 대한
작가의 탁월한 감각을 보여 주고 있다. 다윗이 쓰고 있는 화관을
통해 성경의 인물인 다윗과 그리스·로마 스타일의 조우를 보게 된
다. 고전과 그리스도교의 접목은 피렌체 르네상스 문화의 특징 중
하나였다는 점을 고려할 때, 이 작품은 전형적인 피렌체 르네상스
의 대표작이라고 할 수 있다.

한편 청동으로 된 작품은 도나텔로가 코시모 데 메디치 밑에서 일하고 있을 때, 그의 주문으로 메디치 궁 정원을 장식하기 위해 조각한 것으로 추측된다. 작품이 가장 먼저 언급된 것은 1469년 로렌조 일 마니피코와 클라리체 오르시니의 결혼식이 있던 메디치 저택 정원을 소개하는 부분에서였다. 작품의 제작년도로 추정되는 1440년대에 정원은 아직 미완성이었기에 작품은 이전에 조각하여 저택의 어느 방에 보관했다가 후에 정원으로 옮긴 것으로 보고 있다.

그러나 1494년 메디치 가가 두 번째로 피렌체에서 쫓겨나자 군중이 저택으로 몰려들었고, 작품을 보호하기 위해 도나텔로의 또다른 작품인 '유딧과 홀로페르네스'와 함께 피렌체 공화국 자유의 상징인 베키오 궁의 정원으로 옮겼다. 1555년 코시모 1세 데 메디치가 다시 정권을 잡으면서 이 작품도 다시 메디치 가의 소유로 돌아왔다. 17세기 초에는 피티 궁의 벽난로가 있는 거실을 장식했고, 1777년에는 우피치 미술관의 근대 조각 작품 전시실에, 그리고 1865년에 바르젤로 박물관이 세워지면서 르네상스 조각 작품들을 바르젤로 박물관으로 옮기기로 한 데 따라 이곳으로 왔다. 이곳에 와서도 처음에는 청동 작품 전시실에 있다가 나중에 '도나텔로의 방'을 만들면서 모두 한자리에 모았다. 2008년에 이 작품을 복원했고, 그 과정에서 원작에 많은 도금이 되어 있는 흔적을 발견하였다. 2009년 5월 7일부터 6월 2일까지 밀라노에서 있었던 국제 산업박람회 관련자들의 만장일치로 전시하기도 하였다.

구약성경에 등장하는 다윗은 조국의 적인 골리앗을 물리치고 조국을 구한 용기 있는 목동이다. 그의 행동은 수 세기에 걸쳐 시민적 덕목의 상징이자 폭력과 억압에 대항한 힘의 상징이 되었다. 그런 점에서 중요한 정치적인 의도를 품고 있다. 독재자의 힘 앞에서 비굴한 사람은 대개 약자 앞에서는 비열한 법이다. 비굴하면서도 비열해지지 않기란 쉽지 않다. 그러나 약자를 존중할 줄 아는 사람은 독재자의 폭력과 억압에 맞서 약자들에 대한 책임을 다하고자 노력한다. 여기에 지성이 작용한다. 명상적인 삶을 행동하는 삶으로 전환할 순간임을 자각하고 분연히 일어서는 것이다. 철학을 하는 이유는 철학을 통해 얻은 명징한 사고가 종국에는 올바른 행동으로 나타나야 함을 알기 때문이다. 그래서 어려운 시대일수록 인문학이 융성했고 행동하는 지성이 많이 나왔다. 정치와 사회가 독재와 부패의 바이러스로 아파할 때 지성인은 의사가 되어 인문학이라는 백신을 투여해 왔다. 그런 점에서 르네상스 시대 예술가들은 모든 시대 지성인의 표상이 되었다.

이 상은 도나텔로가 앞서 제작한 대리석 '다윗'이 다윗의 단순한 초상에 가깝다면, 청동 '다윗'은 오른손에 검을 들고 왼손에는 돌팔매를 감추고 잘린 적의 목을 밟고 서 있는 모습이다. 전신은 나체지만 모자와 무릎까지 올라오는 장화를 신고 있어, 고대 그리스·로마의 장수들이 옷은 입지 않고 투구와 장화를 신고 전장에 나가던 모습을 연상시킨다. 다윗이 목동 신분이라는 점을 반영하듯, 밀짚모자 형태의 투구가 눈에 띈다.

서 있는 영웅의 비대칭적인 자세를 통해 심리적 여유를 느끼게 한다. 머리카락은 길게 풀어헤치고 눈길을 아래로 두고 생각에 잠긴 듯한 모습이다. 그의 피부는 젊고 부드럽고 윤기가 있다. 그가 아직 어린 소년이라는 점을 보여 준다. 날씬하고 젊은 남성의 몸은 가벼운 듯하면서도 날카롭고 민첩하다. 그렇지만 그의 눈을 자세히 들여다보면 거대한 적을 물리치고 난 뒤 가질 수 있는 오만함과 우월감이 배어 있다. 바로 이 점 때문에 다윗의 순수한 외모나 미소년의 관능적인 육체에만 머무르지 않고, 지적 기준들이 보다 큰 의미를 지니게 된다. 도나텔로는 지적이면서도 섬세한 인간의 모습을 표현하고자 한 듯하다.

도나텔로의 '성 조르조'

도나텔로의 또 다른 작품으로 오르산미켈레Orsanmichele 성당의 벽감壁龕을 장식하기 위해 조각한 '성 조르조'(1415)가 있다. 이 작품을 통해 우리는 이전에 느껴보지 못했던 도나텔로의 전혀 다른 새로운 숨결을 느낄 수가 있다. 고대 이래 처음으로 혼자 힘으로 서 있는 조각상을 보게 되는 것이다. 즉, 고전에서 보던 균형 잡힌 움직임을 다시금 볼 수 있게 된 것이다.

성 조르조는 군인이었다. 그래서 '성 조르조'는 갑옷과 칼 등 무기 제작사들의 수호성인이었고, 그들의 의뢰에 따라 제작되었다. 성 조르조가 십자군처럼 무장한 기사로 표현된 것도 이 때문이다. 이 상은 여러 면에서 제작 직후부터 큰 반향을 불러일으켰다. 오르산미켈레 성당에 있는 여러 작가의 많은 작품들 가운데 수작이라는 점, 도나텔로의 대표적인 작품이라는 점, 1400년대 이탈리아 조각 작품을 대표한다는 점에서 높이 평가를 받았다. 상의 받침

대에는 공주 앞에서 용을 물리치는 성 조르조의 영웅적인 모습이 새겨져 있다. 이는 1417년에 조각하여 덧붙였다고 한다.

작품은 크게 세 부분으로 구분하여 감상할 수 있다. 찡그리고 있는 얼굴, 기둥처럼 약간 경직된 듯 직선형으로 서 있는 무장한 상체, 컴퍼스처럼 벌린 다리가 그것이다. 전체적인 분위기는 안정적이면서도 의연한 도덕적 이상을 표현하는 것 같다.

성인의 시선은 북서쪽을 향하고 있다. 피렌체에서 북서쪽이라고 하면 도나텔로 시대에 피렌체와 오랫동안 적대 관계로 있던 루카와 밀라노 지역이다.

像에 혼을 불어넣어 주는 표현은 긴장된 목선, 찡그린 얼굴, 명암이 뚜렷한 동공 등이다. 고정된 듯 서 있는 전체적인 몸의 자세와는 상반된 느낌이다.

도나텔로의 대표적인 수작들에서 보는 공통점은 힘과 생명력을 몸 안에 담고 있다는 사실을 관객이 완벽하게 파악할 수 있도록 한다는 점이다. 바사리는 저서 「생애」 초판본에서 이 작품에 대해, "젊은이가 지닌 두상頭狀의 아름다움, 군인 정신, 돌 속에서 드러나는 경이롭고 놀라운 인체의 동작을 볼 수 있다"고 평가하였다.

이 작품은 1400년대 이탈리아 조각의 전형으로서, 1891년 이후 원본인 대리석 작품은 이곳 바르젤로 국립박물관에 있고, 원래 이 상이 있었던 오르산미켈레 성당의 벽감에는 청동으로 된 복사본이 있다.

<
성 조르조
도나텔로 작

첼리니의 '아폴로와 휘아킨토스'

첼리니의 '아폴로와 휘아킨토스'(1548)는 신화
를 소재로 새롭게 조명하려는 의도로 제작되
었다. 작품 이해를 돕기 위해 잠시 신화 속으
로 들어가 보자. 신화에서 아폴로는 휘아킨
토스라는 미소년을 유별나게 좋아하여 어디든
자기가 가는 곳이면 그를 데리고 다녔다. 이 소
년 때문에 아폴로는 잘 켜던 수금도, 잘 쓰던 활도
모두 손에서 내려놓았다.

아폴로와 휘아킨토스
첼리니 작(일부분)

어느 날 아폴로와 휘아킨토스는 원반던지기 놀이를 하였다. 아
폴로가 먼저 원반을 들고 몸을 한 바퀴 돌려 힘차게 던졌다. 휘아
킨토스는 날아오는 원반을 보며 흥분한 나머지 자신도 빨리 던
져 보고 싶은 마음에 원반을 받으려고 달려 나갔다. 그러나 땅에
떨어진 줄 알았던 원반은 다시 튀어 휘아킨토스의 이마를 때리고
말았다. 그 순간 휘아킨토스는 정신을 잃고 쓰러졌다. 아폴로는 달
려와 휘아킨토스의 상처에서 흐르는 피를 멎게 하려고 갖은 노력
을 하였으나 그의 몸을 떠나는 생명을 붙잡지는 못하였다.

일설에는 서풍의 신 제피로스도 휘아킨토스를 좋아했는데, 소
년이 아폴로만 따라다니는 것을 보고 화가 나서 원반을 다시 튀어
휘아킨토스를 맞추었다고 한다. 영국의 시인 키츠는 '엔디미온'에
서 이 이야기를 노래했고, 밀턴의 '뤼키다스'에서도 휘아킨토스의
피가 땅으로 스며들어 피워 올린 피보다도 선명한 진홍색 꽃 히아
신스를 일컬어 "저 핏빛 꽃처럼, 슬픔의 표적이 찍힌"이라고 비유

적으로 표현하기도 하였다. 이 작품은 아폴로와 휘아킨토스의 '즐거운 한 때'를 묘사한 것이다.

첼리니의 '나르시스'

이곳에 있는 첼리니의 또 다른 작품 '나르시스'(1548?)는 첼리니도 인정했듯이 대리석 자체의 손상에도 불구하고 매너리즘의 규칙에 충실하게, 미켈란젤로의 작품들에서 보여 주는 것과는 대조적인 복잡한 리듬으로 일관되어 있다.

나르시스의 나른한 표정을 통해 헬레니즘 조각 작품들에서 드러나는 자연주의적인 독특한 우아함을 엿보게 된다. 대표적인 매너리즘 예술가로 불리는 파르미자니노의 회화들을 떠올리게 하기도 한다.

신화 이야기에 등장하는 인물들 가운데 나르시스만큼 시인들 사이에서 자주 회자되는 인물도 없을 것이다. 밀턴은 「코무스」에서 '아가씨의 노래'(230~242행)을 빌어 에코와 나르시스 이야기를 했고, 「실락원」 제4편에서도 노래한 바 있다. 골드스미스의 풍자시 '벼락에 눈이 먼 어느 미남 청년에 대해서'와 쿠퍼Cowper의 풍자시 '추남에 대하여'에서도 나르시스는 등장한다.

신화에서 나르시스는 대단히 아름다운 남성이지만 누구에게도 사랑을 줄 줄 모르는 비정한 인물이다. 나르시스의 관심을 끌려다 외면당한 요정이 신들에게 청하여 나르시스가 사랑이 무

나르시스
첼리니 작(일부분)

엇인지 알게 하고 사랑을 거절당하는 것이 얼마나 비참한 것인지를 깨닫게 해 달라고 기도하였다. 이에 복수의 여신 네메시스가 요정의 기도를 들어주기로 하였다.

그 산속에는 아주 물이 맑은 샘이 하나 있었다. 어느 날 사냥에 지친 나르시스가 더위와 갈증으로 그 샘을 찾았다. 그는 물을 마시려고 몸을 구부리다가 수면에 비친 자기 모습을 보았다. 그는 자기 모습을 샘 안에서 사는 아름다운 요정으로 생각했다. 그는 넋을 잃고 수면에 비친 자기 모습을 바라보다가 그 모습에 반하고 말았다. 나르시스는 그곳을 떠나지 못하고 식음을 전폐한 채 샘가를 방황하며 자기 모습만 바라보았다. 이렇게 그는 가슴을 불태우다가 마침내 건강을 잃기 시작하였다. 그의 젊음과 아름다움이 떠나고 결국 애를 태우다 죽고 말았다. 나르시스를 사랑하던 에코('메아리'라는 뜻)는 그가 죽어 가는 모습을 바라보며, 그 주위를 맴돌며 나르시스가 '아아!'라고 부르짖으면 그 역시 똑같은 말로 화답만 할 뿐이었다. 요정들, 특히 물의 요정들은 그의 죽음을 몹시 슬퍼하였고, 그의 시신은 한 송이 꽃이 되어 피었다. 이 꽃을 나르키소스, 영어로는 나아시서스Narcissus, 수선화라고 부른다.

이탈리아의 토기와 도자기 예술

바르젤로 궁에는 다른 박물관과는 달리 피렌체와 인근 토스카나 지역에서 발달한 많은 토기와 도자기 예술을 한눈에 볼 수 있는 전시실도 있다.

잠시 이탈리아 도자기에 대해서 살펴보면 이탈리아어로 도자기

바르젤로 궁에
전시되어 있는
토기와 도자기

를 지칭하는 '포슬린porcelain'이라는 용어는 '작은 돼지'라는 뜻으로, 희고 투명한 조개껍질 같은 재질이 작고 하얀 돼지와 같다고 하여 얻어진 명칭이다. 이탈리아 포슬린의 대표적인 기업으로 리차드 지노리Richard Ginori 사社가 있다.

16세기에서 17세기, 예수회가 중국 선교를 시작하면서 서양 사회에 중국을 본격적으로 소개하기 시작했는데, 그것은 철학과 문화 분야에서 광범위하게 진행되었다. 그중에서도 중국식 정원과 도자기에 대한 유럽 귀족들과 부유층들의 열광은 18세기 초까지 극에 달했다. 특히 프랑스의 루이 14세는 중국을 무척 좋아한 나머지 중국 미술품 애호가라는 칭호를 얻을 정도였고, 베르사유 궁전에 '중국 미술관'을 설립하고, 중국식 옷을 입고 모임에 나갈 정도로 열렬한 중국 문화의 팬이었다. 그는 예수회 선교사들에게 중국 고전을 라틴어로 번역하게 하여 그것을 파리에서 간행함으로써 처음으로 프랑스 지식인 계층이 공자의 사상을 만날 수 있게 하였다. 그리하여 프랑스를 중심으로 유럽에 중국 붐을 일으키는 결정적인 계기를 마련해 주었다.

유럽에 전파된 중국의 문화는 유럽인들 생활에 빠르게 퍼져나갔는데, 그중 가장 각광받은 것이 바로 도자기였다. 도자기는 당시로서는 첨단제품이었다. 그때까지 유럽인들은 금속으로 된 무거운 식기를 사용하고 있었다. 금속과 도자기는 만드는 과정에서부터 전혀 다른 과정을 거친다. 금속은 녹여서 두들기기만 하면 만들어지지만, 도자기는 흙을 빚어 채색하고 구운 다음에 유약을 발라 다시 구워 내며, 불 온도와 가마 형태에 따라서 다양한 색깔이 나온다. 가볍고 아름다운 도자기의 매력에 빠진 유럽인들은 열광했고 앞다퉈 새로운 그릇을 갖고자 하였다. 유럽인들은 중국을 통해 도자기를 처음 접했기에 외래어 표기에서 도자기는 언제나 '차이나'라는 이름이 붙게 되었다. 그리고 점차 '순백의 금'이라고 부르며, 중국식 하얀 도자기를 자기네 나라에서 만들려고 노력했다. 이탈리아에서도 피렌체 출신의 정치인이자 사업가였던 카를로 지노리(Carlo Andrea Ignazio Ginori, 1702~1757) 후작이 1735년 도차 지방에 이탈리아 최초의 자기 가마를 세웠다. 이것은 유럽에서는 마이센과 비엔나에 이은 세 번째 시도이자, 이탈리아 포슬린의 탄생이기도 하였다.

지노리 사의
식탁 세트

지노리 사는 도자기 제조의
원래 기술을 고수하면서도 피
렌체 특유의 장식예술의 화려
함을 살려 '전통과 장식'을 겸
비한 회사로 평가를 받았다.
독일의 마이센, 헝가리의 헤랜
드Herend, 오스트리아의 아우
가르텐Augarten 등과 어깨를
견주며 왕실과 귀족의 보호 아래 크게 발전하였고, 고급스럽고 화
려하고 권위적이면서도 장식적인 요소를 강조하였다. 현대적이면
서도 단순미가 있는 제품을 조금씩 생산했지만, 기본적으로는 장
식적인 요소가 매우 강한 제품을 생산해 왔다. 지노리 사의 30여
종 베스트 시리즈 가운데, 한국에서도 잘 알려진 작품이 '이탈리
안 과일' 시리즈다. 이 시리즈는 지노리 사를 대표하며 오랫동안
많은 사람에게 사랑을 받았다. 그러나 이렇게 전통을 자랑하며 이
탈리아 자기 업계의 신화적인 회사로 알려진 지노리 사도 최근 유
럽에 불어 닥친 경제 불황에 더는 견디지 못하고 2013년 1월 8일
피렌체 법원에 파산신청을 했다고 한다.

1784년 토스카나의 대공 피에트로 레오폴드는 기존에 있던 디자인 예술 아카데미아 학교를 통합하여 예술을 가르칠 목적으로 아카데미아 벨레 아르테를 설립하였다. 아카데미아 벨레 아르테와 함께 예술가 양성을 위해서 꼭 필요한 예술 작품들을 소장하기 위한 아카데미아 미술관도 설립하였다. 이 작품들은 모두 예술 아카데미아 학교 소유로 학생들에게 그동안 중요한 모델이 되어 주었다.

그때부터 지금까지 이 미술관에 소장된 작품 중에는 잠볼로냐 작품의 석고상 '사비느 여인의 약탈'이 있다. 현재 이 미술관의 콜로소 홀에 전시되어 있다. 미술관은 1700년도 말까지 레오폴드 대공에 의해 성당과 수도원에서 출토된 많은 고대 회화로 채워지기 시작했고, 1810년에는 나폴레옹에 의해 유럽 여러 지역에서 작품이 도달했고, 이후 현대예술 전시실까지 마련되었다.

그러나 뭐니 뭐니 해도 아카데미아 미술관 입장에서는 1873년에 피렌체 정치의 중심이자 야외 법정으로 사용하던 시뇨리아 광장에 세워져 있던 미켈란젤로의 '다윗'이 이곳으로 온 것이 가장 큰 사건일 것이다. '다윗' 덕분에 이후의 아카데미아 미술관의 위상은 완전히 달라졌고, 19세기 말~20세기 초에 미술관은 예술 학교인 아카데미아 벨레 아르테와 행정적으로 분리되었다. 그때 이곳에 있던 많은 회화가 피렌체 곳곳에 있는 미술관으로 옮겨졌고, 근대의 다양한 예술 작품들은 피티 궁으로 옮겨져 이곳 아카데미아 미술관에는 조각 작품들만 남게 되었다. 그러자 미켈란젤로의 다른 수작들이 하나둘씩 이곳으로 모여들기 시작하였다. 1906년, 미술관은 '성 마테오'를 샀고, 1909년에는 보볼리 정원의 본탈렌티 동굴에 있던 '4명의 포로'도 사들였다.

최근에는 벨레 아르테 아카데미아와 인연이 있는 바르톨리니(Lorenzo Bartolini)의 유명한 석고상과 19세기 예술 학교 출신 예술가들의 작품 전시실을 새로 마련했고, 미술관 안에 루이지 케루비니 콘세르바토레(Conservatorio Luigi Cherubini) 소유로 있던 가장 중요한 악기들을 모아 악기박물관도 신설하였다. 그리고 다시 회화들도 수집하여 13~14세기 활동했던 많은 화가의 작품 전시실이 마련되었다. 그들은 그때나 지금이나 그리 큰 명성을 얻지는 못했어도 당시 화풍을 계승하며 시대를 대변한 작가들이다.

그러나 이곳 미술관이 피렌체에서 빼놓을 수 없고 세계적으로도 잘 알려진 것은 미켈란젤로의 여러 조각 작품 때문이다. 이 작품들과 함께 미켈란젤로에게 더 가까이 다가가 보기로 하자.

미켈란젤로의 작품 세계

미켈란젤로에 관해 전기를 쓴 사람은 콘디비(Ascanio Condivi)
와 바사리이다. 콘디비는 「미켈란젤로 평전」을 통해서, 바사리는
「생애」를 통해서. 미켈란젤로를 "지상인地上人이라기보다는 신인神
人이었다", "그는 신인 아니면 거인이다"라고 평가하였다. 르네상스
를 대표하는 인물로서 당대 예술가들 사이에서도 미켈란젤로는 무
한한 관심의 대상이었고, 오늘날에도 미켈란젤로는 세계인들에게
어떤 식으로든 숙명적인 매력을 지닌 인물로 손꼽힌다.

그러나 이런 평가는 사실 미켈란젤로가 '다윗'을 조각하면서부
터 본격적으로 시작되었다. 미켈란젤로는 '피에타'(현재 로마의 성 베
드로 대성당에 소장)를 조각하고 피렌체로 오는 길에 '다윗'을 구상
하였다. 미켈란젤로가 이 상을 조각한 스물아홉 살 때만 해도 그
는 아직 그리 유명한 사람이 아니었다. 하지만 이 작품을 완성한
이후 미켈란젤로는 일약 최고의 조각가 반열에 올라서고, '다윗'은
그의 대표작이 되었다.

'다윗'

미켈란젤로는 '다윗'을 조각하는 데 2년을 바쳤다. 작품이 거의
끝나갈 무렵인 1504년 1월 25일, 피렌체의 저명한 예술가들로 구
성된 위원회는 이 작품을 어디에 세울 것인지를 논의하였다. 그해
4월 작품이 완성되자 위원회는 만장일치로 르네상스의 도시 한복
판이자 정치의 중심지였던 베키오 궁 입구 시뇨리아 광장에서 대

>
다윗
미켈란젤로 작

중에게 공개하였다. 위원회에는 레오나르도 다빈치, 산드로 보티첼리, 필리피노 리피, 피에트로 페루지노 등 당대 저명한 예술인들로 이루어져 있었다.

작품은, 한 젊은이(다윗)가 거대한 적 골리앗과 마주하여 돌을 던지기 직전, 젊은이의 물리적, 심리적인 묘사를 절묘하게 표현하고 있다. 실제로 성경에 등장하는 다윗은 열세 살이 되지 않은 소년이지만, 미켈란젤로는 이 작품에서 장성한 청년으로 묘사하고 있다. 이것은 미켈란젤로가 작품을 통해서 표현하려는 새로운 혁신이기도 하다. 즉, 르네상스의 특징 가운데 하나가 고대를 재발견하는 것인데, 대표적인 르네상스인이었던 미켈란젤로도 고대를 완성된 우주 그 자체로 바라보고 새롭게 표현한 것이다. 다시 말해서 르네상스의 최고 미학적인 작품을 통해서 고대의 찬란한 세계, 고전적인 위대함이 당당하게 드러났다. 고대의 아름답고 자유로운 인간의 이상을 구현한다는 점에서, 미켈란젤로는 다윗을 겸허한 소년으로 표현하기보다는 고대 헤라클레스의 모습을 연상하게 하는 청년으로 표현했다. 고대에 대한 새로운 시각과 함께 그리스도교와 양립할 수 있는 측면을 모색하고, 고대 그리스의 형식과 그리스도교적 통찰을 융합시켜 새로운 것을 창작하고자 한 것이다.

작품에서 묘사된 다윗은 정확하게 행위와는 무관하다. 조각가는 이 작품에서 다윗의 행위에 대해서는 언급하지 않고 있다. 즉, 오른손에 돌이 있고 왼손에 투석기가 있지만, 다윗은 행위로부터 멀리 떨어져 있다. 다리 모습을 통해 알 수 있다. 다리만 놓고 볼 때, 적을 마주하고 있는 장수의 모습으로 볼 수 없을 만큼 긴장감

없는 편안한 자세다. 그러면서도 표정은 매우 강하다. 심리적인 초점은 행위 자체에 있는 것이 아니라, 행위를 하려고 하는 의지에 달려 있음을 표현한 것이다. 힘은 밖으로 드러나지 않고 아직 몸 안에 그대로 남아 있고, 표정은 도전과 자기 능력에 대한 확신으로 가득 차 있다. 여기에서 관객은 생각과 행위의 두 가지 동인을 발견하게 된다. 그리고 동시에 직감하게 되는 불안과 약간의 동요를 통해 르네상스 초기에 말했던 신을 벗어난 인문주의적인 사상의 한계를 드러내는 듯하다.

'다윗'상은 이후 독립을 위해 맞서 싸우는 민족의 상징이 되었고, 이는 모든 시대 예술사에서 언급된 공통의 언어가 되었다. 바사리는 이 작품을 이렇게 평가하였다.

그 안에는 아름다운 다리의 윤곽선이 있다. 이런 단아한 자태는 결코 더는 보지 못할 것이다. (중략) 또한 확신컨대, 이 작품을 보는 이는 어느 시대를 불문하고 다른 어떤 예술가들의 조각 작품을 보더라고 거기에는 관심을 갖지 않게 될 것이다.

'다윗'은 로마의 성 베드로 대성당에 있는 '피에타'와 함께 '스탕달 증후군'을 일으킨 미켈란젤로의 대표작으로도 알려졌다. 스탕달 증후군은 프랑스 작가 스탕달이 1817년 피렌체를 방문하여 르네상스 시대의 아름다운 미술품을 감상하다가 무릎에 힘이 빠지고 심장이 빠르게 뛰는 것을 수차례 경험한 데서 유래한 정신병리학적인 용어다. 스탕달은 자신이 느낀 감정의 상태를 저서 「나폴리

IV 예술 | 세계 문화의 산실

와 피렌체: 밀라노에서 레죠까지의 여행」에서 '스탕달 증후군'이라
고 언급하였다.

19세기 초반부터 우피치 미술관에서 작품을 감상하다가 어지럼
증을 느끼거나 기절하는 사람들에 대한 기록이 있었지만, 1979년
에 이탈리아의 정신의학자 그라지엘라 마게리니가 이런 현상을 경
험한 약 100여 건이 넘는 사례를 조사하면서 다시금 주목받았다.
아름다운 그림이나 뛰어난 예술 작품을 감상하면서 심장이 빨리
뛰고, 의식 혼란, 어지럼증, 심하면 환각 증상까지 경험하는 현상
으로 자리를 잡았다. 실제로 1970년대까지 적어도 한 달에 한 명
이상의 관람객이 극심한 정신적 혼란으로 피렌체의 산타 마리아
누오바 병원에 실려 온다는 기록도 있다. 이런 증상을 직접 경험하
지 못한 사람들은 연예인이나 빼어난 미인과 같은 사람을 보고 난
뒤에 느끼는 심한 자아상실감, 정서 혼란, 의기소침, 피해망상증
등을 통해 간접 경험을 할 수도 있다고 한다.

성 마테오
미켈란젤로 작

'성 마테오'

아카데미아 미술관에 소장된 미켈란젤로의 또 다른
작품이다. 원래 이 작품은 피렌체 꽃의 성모 마리아 대
성당(두오모)을 위해 열두 사도를 조각하려고 했다가
중간에 계약이 취소되면서 첫 작품인 이것이 미완성으
로 남게 되었다. 그리고 미켈란젤로는 바로 교황 율리
우스 2세의 무덤을 건설하는 일을 맡아 로마로 갔다.

이 상은 고대 그리스·로마의 헬레니즘 시대에 흔히

볼 수 있었던 초상의 평면과 머리의 대칭, 즉 콘트라포스토를 연상케 하는 작품이다. 몸통은 정면, 얼굴은 옆을 향하고 있고, 왼쪽 다리를 접어 얼굴과 같은 방향을 향하고 왼손에는 복음서라기보다는 석판을 들고 있는 것 같다. 전체적으로 오른쪽 라인은 평면을 지향하지만 왼쪽 라인은 매우 역동적으로 한 부분을 앞으로 내밀면 다른 한 부분은 뒤로 보냄으로써 뒤틀린 육체를 통해 조각에 긴장감을 더하고 있다. 다시 말해서 몸의 무게 중심을 오른쪽 다리에 의지하고 왼쪽 다리는 무릎을 약간 구부리는 자연스러운 자세를 통해 몸무게가 이동함에 따라 둔부, 어깨, 머리는 신체 내부의 유기적인 움직임을 나타내는 듯 기울어져 있다. 여기에서 콘트라포스토는 인체의 여러 부분의 작용과 반작용을 의미한다.

이 상에서 미켈란젤로는 로마의 바티칸 박물관에 소장되어 있는 로마 시대의 '토르소'를 연상시킨다. 자신을 묶고 있는 돌의 억압에서 벌떡 일어나 자유와 해방을 향해 한걸음을 내딛으려는 순간을 포착한 것으로 보인다.

'네 명의 포로들'

아카데미아 미술관에서 또 하나 잘 알려진 미켈란젤로의 작품은 '네 명의 포로들'이다. '젊은 포로', '소생하는 포로', '거인 아틀라스', '수염이 많은 포로'가 이들이다. 이 작품들은 1505년 교황 줄리오 2세의 무덤을 장식하기 위해 시작했으나 미완에 그친 작품이다. 작품 속에 등장하는 포로들은 자신을 압박하는 대리석 덩어리에서 벗어나려는 몸짓을 통해 인간의 한계를 암시하고, 미켈란젤

왼쪽부터
미켈란젤로가 조각한
'젊은 포로'
'소생하는 포로'
'거인 아틀라스'
'수염이 많은 포로'

로의 다른 작품들에 비해 미완성이 남긴 모호한 주제들에 대한 통찰을 요구한다. 어쩌면 미켈란젤로는 '미완성' 자체를 이 포로상의 핵심 주제로 삼고자 한 것은 아니었을까? 신 앞에서 언제나 미완의 존재인 인간, 삶을 지배하는 죄로부터의 예속을 벗어나지 못하는 한계, 노예의 형상과도 같은 원죄, 속박, 무기력, 좌절의 상태에서 구원 혹은 영원에 대한 갈망이 이 작품에 투영된 것은 아닐까?

미켈란젤로는 포로들의 형상을 완전히 드러나지 않게 함으로써 속박된 인간의 모습을 말하고자 한 것으로 보인다. 그런 의미에서 비평가들에 따라 이 작품들을 작가 관점에서는 미완이 아니라 완성이라고 보는 이들도 적지 않다. 바사리는 미켈란젤로의 조각 작품들을 보면서 "사람이 어떻게 살아야 하는지를 암시했다"고 말한 바 있다. 아마도 미켈란젤로에 대한 평가 중 가장 훌륭한 것이리라!

'팔레스트리나의 피에타'
이곳에서 미켈란젤로를 만날 수 있는 마지막 작품은 '팔레스트리나의 피에타'다. 미켈란젤로가 조각한 네 개의 '피에타' 가운데 로마의 성 베드로 대성당에 소장된 '피에타'만 제외하고 나머지 세 개, '두오모 박물관의 피에타', '팔레스트리나의 피에타', '론다니니의 피에타'는 모두 미완성으로 알려졌다. 이것 역시 네 명의 포로들처럼 '미완의 완성'작으로 평가하는 비평가들이 많다.

'피에타'가 자비, 연민, 측은지심의 뜻을 지니고 있음을 생각할 때, 작가가 하느님 앞에서 가장 간청하고 싶었던 말이 아니었을까? 십자가에 못 박혀 죽은 아들을 끌어안고 애통해하는 어머니 마리아의 말로 다할 수 없는 고통은 깊은 침묵 속에 머물러 있다. 떨어질 듯하면서도 떨어질 수 없는 두 인물 사이에는 이름 모를 슬픔이 깃들어 있다. 그가 젊은 시절에 완성한 성 베드로 대성당의 '피에타'에서 보여 준 고통의 극적인 아름다움은 여기에서는 찾아볼 수가 없다. 고통에 대한 그리스도교적인 이해를 여러 편의 '피에타'를 통해 다양한 시각으로 조명하고 있다고 하겠다.

이 작품을 가장 먼저 소개한 것은 1736년 역사학자 체코니가 쓴 「팔레스트리나의 역사」라는 책에서다. 체코니는 팔레스트리나에 있는 성녀 로살리나 성당 내 바르베리니(Antonio Barberini) 추기경의 무덤 경당을 장식하기 위해 '저 유명한 보나로티의 초고 조각상'이 있다고 언급하고 있다. 이 책 외에는 이 작품에 관한 정보를 얻을 수가 없다 보니 미켈란젤로의 작품 중 가장 말이 많은 작품 중 하나기도 하다. 1939년에 이탈리아 정부에서 사 들여 이곳에 소장하고 있다.

팔레스트리나의
피에타
미켈란젤로 작

건축

공간 인문주의의 새로운 장을 열다

세계에서 도시미가 가장 아름다운 피렌체에서 건축은 빼 놓을 수 없는 중요한 분야다. 필자는 건축에 문외한이지만, 내 삶의 반경이 어떤 식으로든 건축물들의 안팎에서 이루어졌고, 다양한 형태의 건축 '수혜자'로서 지냈다고 생각한다. 현재 살고 있는 집이 그렇고, 다니고 있는 학교의 여러 건물들, 매일 드나드는 다양한 형태의 건축물들이 우리의 삶에서 건축을 빼놓을 수 없게 한다.

이 장에서는, 르네상스 인문주의에서 말하는 '건축'이란 무엇이고, 무엇을 담아야 하는지, 어떻게 인간 생활을 윤택하게 해 주는지에 대해서 살펴 보고자 한다.

이를 위해 피렌체에서 잘 알려진 대표적인 건축물들을 주제별로 구분하여 살펴봄으로써 그 특징과 결부된 시대정신을 읽어 보기로 하겠다. 건물을 통해 그것을 설계하여 축조한 건축가들은 단순한 기능공이 아니라, 시대정신을 구현한 위대한 사상가들이었기 때문이다.

르네상스의 건축

14세기에서 16세기, 피렌체를 중심으로 한 르네상스 건축의 특징은 중세 봉건제도와 그리스도교 정신으로 충만했던 체제가 무너지기 시작하면서 자유상공업의 발달로 자본력을 가진 신흥귀족이 대두되고 시민이 주체 세력으로 등장하면서 고전에 대한 관심과 더불어 고전주의 건축양식이 꽃을 피웠다는 데 있다.

신 중심의 세계였던 중세에서 벗어나 고대의 이상과 규범을 근간으로 인간성을 자각한 인문주의와 그것을 토대로 한 르네상스 건축은 어떤 식으로든 인문주의를 담아내기 시작한 것이다. 신을 위한 건물이 아니라, 인간을 위한 인간적인 건물을 짓기 시작한 것이다. 다빈치의 비트루비우스 인간에서 보듯이 인간이 우주의 중심이고, 인간의 형상을 이상적인 성당 건축의 평면으로 보았다. 이에 성당이나 수도원 건물에만 집착하지 않고 공공건물과 개인의 궁과 주택 등 다양한 건물 설계에서 인문주의

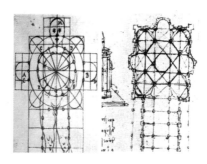

프란치스코
디 조르조의
드로잉(왼쪽),
레오나르도 다빈치의
성당 디자인
일부분(오른쪽)

이상을 실현해 나갔다.

　르네상스 예술가들은 수학적인 비례를 우주의 질서로 보았다. 수학적인 규범과 법칙을 새로운 건축 양식으로 보았고, 중세 시기 신에게 더 가까이 다가가려는 인간의 열망을 표현하고 신과 인간의 관계의 수직성을 고딕양식으로 표현하던 데서 인간의 사회성과 세속성을 강조하는 수평성이 새로운 양식으로 떠올랐다.

　돌(대리석)과 벽돌, 콘크리트 등을 주요 건축 재료로, 이들의 균형 잡힌 조합은 르네상스 건축의 구조를 더욱 빛나게 했다. 르네상스의 두 송이 꽃이라 불리는 피렌체 두오모의 브루넬레스키의 둥근 지붕(돔, dome)과 로마 성 베드로 대성당의 미켈란젤로의 돔은 그 가벼움과 아름다운 외관으로 르네상스 건축의 백미라 불린다. 피렌체 두오모의 벽돌과 돌의 조합, 로마 성 베드로 대성당의 투명 대리석은 빛의 강도에 따라, 또 계절의 변화에 따라 시시각각 달라지는 자태가 관객의 눈길을 사로잡는다.

　한 마디로 르네상스 건축은 고대 유적지를 발굴하면서 탐구하기 시작한 고전 건축의 원리를 이론화, 체계화함으로써 비례, 질서, 조화를 건축의 공간 구성에 탁월한 방식으로 적용하였다. 이것을 수학적 우주 질서에 부합하는 것이라고 보았다. 과학의 발달에 따른 이성적이고 합리적인 경향이 인간과 자연을 객관적으로 보기 시작했고, 이로써 신 중심의 세계에서 인간과 자연을 있는 그대로, 추함과 아름다움을 있는 그대로 표현하기 시작하였다.

　이 시기에 등장한 건축물의 특징 중 하나로 외벽장식을 러스티케이션Rustication이라는 기법으로 마감했음을 들 수 있다. 이탈리

아어로 루스티카rustica는, 촌스러운, 시골풍의, 거칠게 만들어진,　러스티케이션
다듬어지지 않은, 소박한 따위를 뜻한다. 이것은 고대 건축물에서
보던 투박한 건축 재료를 가공하지 않고 그대로 외벽에 사용하여
벽면을 거칠게 마감했다는 의미다. 건축 재료의 재질감을 강조하
여 마무리하는 것이라고 볼 수도 있다. 이 시기에 피렌체에 세워진
많은 성당이나 궁을 잘 살펴보면, 아랫부분에는 마치 돌덩어리를
그냥 박아놓은 것처럼 거칠게 마감하고 윗부분에는 잘 다듬어진
마감재를 사용하여 더 세밀하고 부드럽게 완성했음을 알 수 있다.
　한편 세공기술자이며 조각가인 브루넬레스키는 처음으로 건축
에 투시도법(perspective)을 활용하여 단순하고 경쾌하며 우아

산타크로체의 팀파눔

한 인간적인 건축을 선보였다. 이후 투시도법은 당시 피렌체 건축물의 특징이 되었다. 그의 공법은 제자인 미켈로쪼(Michelozzo di Bartolomeo, 1475~1517)와 같은 건축가로 이어져(전기 1420~1500) 전성기(1500~1540)의 알베르티와 브라만테, 상갈로와 미켈란젤로를 거쳐, 후기 르네상스(1540~1580)의 매너리즘적 특징으로까지 이어졌다. 매너리즘이란 전성기의 르네상스 건축과 마찬가지로 고전 양식의 규범을 모방하면서도 여러 의도적인 조작을 통해 개성적이고 독창적인 건축을 추구했던 경향을 말한다.

수평선을 강조하면서도 대칭된 면의 수직적인 분할과 고전적인 미를 간직한 기둥과 벽면을 잇는 아치공법은 아케이트식 건축물을 탄생시켰다. 예컨대, 산타크로체 대성당의 정면을 바라보고 왼쪽 옆면, 현재 매표소로 사용하고 있는 아케이트는 이 성당에서만 볼 수 있는 독특한 건축양식이다. 팀파눔tympanum으로 유명한 아치형의 천장 안에 있는 삼각형 혹은 반원형의 열린 공간이 단순하고 소박한 건물에 리듬감을 더해 주기 때문이다.

성당과 수도원 중심의 건축 규범이 모든 건축물의 기준으로 작용하던 중세의 분위기에서 벗어나 건축가 나름의 원리에 따라 독창적이고 자유분방한 건축물을 선보이기 시작한 르네상스는 피렌체를 세계에서 가장 도시미가 아름다운 곳으로 바꾸어 놓았다. 기하학적인 공간 구성에 따라 설계된 도시 건축의 이상적인 모델이 된 것이다. 이것은 중세의 순종적인 환경을 바꾸어 과거 규범들과 과감히 이별하고 재능 있는 예술가의 독창성을 중시한 데 따른 것이다.

인문주의 뿌리에서 시작하여 풍성한 건축 재료의 활용과 공법과 양식의 다양함을 꾀한 피렌체 르네상스의 꽃인 건축물은 오늘날 피렌체 곳곳에서 성당, 정원, 다리, 광장, 궁, 계단 등의 모습으로 우리를 맞이하고 있다. 한 마디로 르네상스는 건축이 진정한 인간을 위한 건축으로 거듭난 대사건이었다.

다리

로마제국의 건축에서 가장 눈에 띄는 것은 아치공법이다. 그리스 문화만 해도 인간을 닮은 신을 만들고 인간계를 모델로 한 신계를 그렸으나 로마는 달랐다. 모든 문화의 초점이 인간에게 맞춰지고 건물 외형보다는 내부 공간에 관심을 두기 시작했다. 이런 내부 공간을 확보하기 위해 탄생한 것이 아치이다. 로마인들은 아치공법을 그리스식 건축물의 확장으로만 본 것이 아니라 그것을 응용하여 다리와 수로를 만들고 판테온 신전처럼 돔형 건축물을 짓는 것으로까지 활용하였다.

다리는 의미론적인 측면에서 말하자면, 도저히 만날 수 없는 평행의 두 길을 잇는 것이며, 동시에 땅 위에만 있지 않은 길, 곧 물 위로도 만들어지는 길과 만날 수 있도록 하는 연결지점이다. 그래서일까! 다리는 생각보다 많은 상징과 의미를 지니고 있다. 예컨대, 교황이라는 이름도 폰티픽스Pontifex, 곧 '다리를 건설하는 사람'이라는 말에서 유래하였다. 하늘나라와 땅의 나라를 잇는 다리, 신자와 비신자를 연결하는 다리, 절망과 분열의 세상에서 평화의 다리가 되어 주는 존재다. 그래서 다리는 인간이 만들어 낸 모든 길 중에서 가장 상징적이고 낭만적으로 느껴지는 길이다. 어느 도시를 가건 누구나 그 도시를 흐르는 강과 그 위에 세워진 다리를 걸으며 노을에 물드는 강과 도시의 정취를 즐긴다. 다리는 그 자체로 사람과 지역과 시대, 그리고 문화를 대표한다.

르네상스는 인문주의를 근간으로 한 새로운 학문(인문학)과 예술, 그리고 건축의 변화까지 가져온 엄청난 사건이었다. 특히 다리 건축에는 큰 변화를 가져왔는데, 다리가 지니는 공학적인 아름다움에 조각과 같은 장식을 더해 도시의 중요한 기반 시설이라는 개념을 넘어 다리 그 자체가 공공미술 작품으로 인식되기 시작한 것이다. 이후 다리는 시대와 지역을 대표하는 예술 작품이라는 새로운 의미를 지니게 되었다. 피렌체에서 르네상스를 대표하는 다리 중 하나인 베키오 다리는 어떤 의미에서는 중세와 르네상스를 잇는 것을 의미한다.

베키오 다리

아르노 강은 아펜니니 산맥에서 피렌체를 거쳐 피사 부근에서 지중해로 흘러드는 길이 225킬로미터의 긴 강이다. 피렌체 중심부로 들어오면서 강은 물살이 완만하고 강폭이 좁아 현재의 베키오 다리 근처에는 예전에도 징검다리와 같은 것이 있었다고 한다. 이후 6세기경 지금과 같은 다리의 원형이라고 할 수 있는 나무다리가 세워지고, 거기에 상가들이 밀집하여 들어서기 시작하였다.

그러나 1333년에 일어난 홍수로 이 나무다리가 떠내려가 버리고, 1345년에 타데오 가디가 다시 짓기 시작하여 1350년에 완성하였다. 가디가 만든 이 다리는 로마식 반원형 아치가 아니라 활 모양의 아치들을 몇 개 안 되는 기둥으로 연결하여 배가 지나다니는데 지장이 없도록 하였다. 또 홍수가 났을 때에도 물이 원활하게 흘러 나갈 수 있게 하였다. 유럽 중세 공학의 뛰어난 업적으로 평가받는 이 다리는 우피치와 강 건너에 있는 피티 궁을 연결하기 위해 세운 것이다. 그러나 이것도 1966년에 또 다시 강이 범람하는 바람에 소실되었다가 현재는 옛 모습 그대로 재건된 것이다.

이탈리아어로 '오래된 다리'를 뜻하는 '베키오 다리'는 여러 차례 수난과 재건을 거듭하면서도 지금까지 피렌체를 상징하는 것 가운데 하나로, 또 세계에서 가장 유명한 다리 가운데 하나로 당당히 서 있다.

이곳에 본격적으로 상가들이 들어서기 시작한 것은 1442년부터다. 당시 피렌체의 통치자들은 베키오 다리 위에 있는 상가로 정육점들을 배치하였다. 이는 도심 건물과 생활공간에서 분리하기 위한 것이었다. 정육점 주인들은 점차 공간을 확보하기 위해 다리 위에 나무 기둥을 추가로 세워 그 위에 방을 만드는 등 불법 건축물을 축조하여 다리 미관을 훼손하였다. 이에 1565년 건축가 바사리는 코시모 1세를 위해 "바사리의 복도(Vasari Corridor)"를 만들어 피렌체의 정치와 행정의 중심인 베키오 궁에서 메디치 가문의 생활공간인 피티 궁을 연결하였다. 복도는 다섯 달 만에 약 1킬로미터에 걸쳐 완성했는데, 베키오 궁에서 출발하여 우

붉은 벽돌 지붕이 있는 바사리의 복도, 오른쪽 출발 지점은 사람의 등을 보는 것 같다.

피치 미술관을 지나 베키오 다리의 동쪽 측면을 통과하여 피터 궁까지 이어진 것으로 메디치 가에서 쓰는 일종의 비밀 복도였다.

바사리의 비밀 복도에서 '정치'를 생각하다

이 비밀 통로는 피렌체에서 폭동이 일어났을 때를 대비하여 메디치 가문의 도주로로 쓰려고 설계하였다. 그래서 안에서는 밖을 볼 수 있지만, 밖에서는 안을 볼 수 없게 만들었다. 이때부터 메디치 가의 사람들은 바사리 복도에 설치된 비밀스러운 창문을 통해 피렌체 사람들을 은밀히 감시하기 시작하였다. 피렌체 시민을 보살피며 그들에게 부와 영화를 안겨 주는 통치자가 아니라, 군주와 그의 폭정에 허덕이는 시민의 관계가 된 것이다.

두려울 것이 없는 통치자는 시민들과 주종관계나 종속관계가 아니라 '친구관계'가 된다. 대중의 시선을 언제나 의식하며 겸손하고 신중하게 처신했던 국부國父 코시모(1389~1464)와는 달리 대공(Gran Duca) 코시모(1519~1574)는 권력을 독점하여 철권정치로 피렌체를 압박했던 통치자였다. 대부분의 독재자는 물론이거니와, 악행을 일삼는 사람들은 이미 자기 양심을 통해 그 자신 대중에게 혹은 누군가에게 잘못하고 있음을 알고 있다. 그래서 상대방의 반응에 두려워하고, 그래서 자신을 보호하기 위해 막을 치는 것이다.

'바사리의 복도'는 메디치 가문과 세상의 단절을 뜻하는 것이자 코시모 대공이 자신을 군중으로부터 보호하기 위한 장치였다. 잘못이 없는 군주라면 그럴 필요조차 없었을 것이다. 코시모 대공은 자기 삶이 피렌체 시민들의 삶과는 유리된 채, 그들로부터 무리하게 거둬들인 세금으로 사치와 향락만 즐기는 탐욕으로 물들었음을 알고 있었다. 피렌체 시민들의 칭송과 존경을 한 몸에 받았던 국부 코시모와 그의 손자 '위대한(il Magnifico)' 로렌조 데 메디치가 추구했던 일등시민으로서의 지도력을 그에게서는 전혀 찾아볼수가 없게 되었다. 마사초, 브루넬레스키, 미켈로쪼, 도나텔로, 보티첼리, 다빈치, 미켈란젤로, 라파엘로 등을 후원하면서 르네상스 예술이 피렌체 시민의 자부심이 되도록 했던 메디치 가문의 위대한전통은 이렇게 스스로 소통을 차단하면서 돌이킬 수 없는 길로들어서고 있었다.

그러므로 이 복도는 피렌체의 쇠퇴와 메디치 가문의 멸망을 상징하는 것이 되었다. 안나 마리아 루이사도 결국 이 '바사리의 복도'를 걸으며 한때 르네상스를 선도하며 인류에게 인문주의라는위대한 사상을 퍼뜨렸던 위대한 가문의 종말을 예견했다고 한다.

코시모 대공이 세운 '바사리의 복도'는 이후 메디치 가는 물론피렌체의 통치자들이 드나들던 '자기네들만'의 길이었다. 그들은이 길을 오가며 눈에 보이는 것만으로 피렌체를 통치해 나갔고, 피렌체를 바꾸어 나갔다. 1593년에 페르디난도 1세가 피티 궁으로갈 적마다 다리 위의 정육점들을 보는 것이 귀족의 품위를 떨어뜨리고 거기에서 새어 나오는 냄새가 역겹다며 정육점들을 철수하고보석세공 공방과 보석상점들을 설치한 것처럼 말이다.

1938년 히틀러와 무솔리니는 나치 정부와 파시스트 정부의 인사들과 함께 피렌체를 방문하여 베키오 다리를 지나게 되었다. 그들은 바사리의 복도 중앙에 설치된 거대한 세 개의 창문을 열어 피렌체 풍경을 내다보았다. 이것은 두 독재자들에게 많은 것을 시사해 주었던 것 같다. 1944년 나치군은 피렌체를 점령했다가 철수하면서 아르노 강에 있는 모든 다리를 폭파하였다. 그러나 당시 독일군 최고 사령관이었던 게르하르트 볼프는 이 다리만은 폭파하지 못하도록 명령했고, 전쟁이 끝난 뒤 이탈리아 정부는 그에게 명예 피렌체 시민권을 헌정하였다.

다리 한가운데에는 상점들의 나열을 방해하는 두 개의 테라스가 있는데, 동쪽 테라스는 바사리의 복도 위에 있고, 반대쪽 테라스에는 피렌체 출신의 장식예술의 대가 첼리니의 청동 흉상이 있다. 1901년 5월 26일, 첼리니 탄생 400주년을 기념하여 로마넬리(Raffaello Romanelli)가 조각하여 작은 분수대와 함께 세운 것이다.

이 다리는 푸치니의 희극 오페라 '잔니 스키키Gianni Schicchi' 중에서 "오, 사랑하는 나의 아버지(O mio babbino caro)"라는 노래에 등장하여 피렌체를 찾는 연인들에게 낭만을 선사하기도 한다.

산타 트리니타 다리

'거룩한 삼위일체'라는 뜻의 '산타 트리니타' 다리는 이탈리아는 물론이거니와 유럽에서도 아름다운 다리로 손꼽힌다. 다리 양쪽 끝에 있는 두 개의 광장, 곧 산타 트리니타 광장과 데 프레스코발디 광장을 잇고, 두 개의 중요한 건물인 스피니 페로니 궁과 남쪽에 프레스코발디 궁을 잇는다.

1252년에 프레스코발디 가문에서 근처에 있던 산타 트리니타

성당의 이름을 따서 목조로 지었으나 이곳에서 바라보는 아르노 강 풍경이 무척 아름다워 그것을 보려고 사람들이 몰리는 바람에 그 무게를 견디지 못하고 다리가 무너지고 말았다. 세워진 지 일곱 해 만인 1259년이었다. 그 뒤, 다리를 새로 건설하면서 지금처럼 돌로 지었다. 그러나 돌로 지은 다리마저도 여러 차례 홍수로 피해를 입었다. 지금 보는 것과 같은 모습은 1557년에 계획하여 1571년에 완공한 것이다.

코시모 1세의 지휘하에 미켈란젤로가 설계했고 암만나티가 시공하였다. 세 개의 거대한 아치형 설계는 미켈란젤로가 성 로렌조 대성당의 메디치 경당과 라우렌치아나 도서관 입구 계단을 설계하면서 연구한 것과 같은 맥락에 있는 것이었다. 이런 형태의 둥근 선은 바로크 스타일을 선도하는 혁신적인 것이었고 기술적으로도 당시에는 흔치 않던 대단히 견고하면서도 우아한 형태의 건축물이었다. 다리의 네 모퉁이에는 사계절을 상징하는 네 개의 조각상이 세워졌다.

그러나 1944년 8월 4일, 독일군은 피렌체를 떠나면서 이 아름다운 다리를 폭파하고 말았다. 그 뒤, 피렌체의 한 골동품상인인 벨리니의 제안에 따라 다리 재건을 위해 "어떠했는가, 어디에 있었는가"라는 이름의 위원회가 만들어졌다. 1958년 5월 16일, 다리 재건을 기념하는 축성식이 있었다.

영화 '냉정과 열정 사이'에서 두 주인공 준세이와 아오이는 이 다리에 서서 유유히 흐르는 아르노 강과 거기에 비친 피렌체를 바라보며 이렇게 말했다.

이탈리아는 물론 유럽에서도 아름다운 다리 가운데 하나로 손꼽히는 산타 트리니타 다리

이 도시는 쇠락해 가는구나. 복구해 본들 또 다시 부서질 뿐이야. 일거리라고는 우리처럼 유산을 지키든지 관광업에 종사할 뿐, 이곳 사람들은 과거를 살고 있는 거야.

거의 독백처럼 흐르는 이들의 대화는 사실 피렌체를 두고 한 말이라기보다는 그들 사랑의 운명을 두고 한 말처럼 느껴진다. 왜냐하면, 관광업에 종사한다고 해서 모두 과거를 사는 것은 아니기 때문이다. 관광업에 종사하는 피렌체 시민들의 문화의식은 여느 관광 도시와 달리 상당한 수준에 올라 있다. 그 덕분에 피렌체는 관광업에서도 세계를 선도한다. 피렌체를 비롯한 토스카나의 특산품들을 소개하는 방식에서나 국제적인 규모의 각종 전시회나 박람회를 개최하는 방식에서나 피렌체만이 할 수 있는 독창적이고 창의적인 방법으로 세계인들을 놀라게 하곤 한다. 특히 국제적인 전시회나 박람회장에 피렌체가 자랑하는 예술품을 소개함으로써 새로운 아이디어를 제공하고 전혀 다른 방식으로 미래를 열도록 한다.

단테와 베아트리체의
만남
헨리 홀리데이 작

단테가 시를 읊었다는 이 다리는 그가 아홉 살 때 우연히 처음으로 베아트리체를 만난 곳이기도 하다. 첫눈에 사랑에 빠지지만, 신분 차이 때문에 다시는 볼 수 없었던 두 사람은 10년 뒤 다시 한 번 산타 트리니타 다리에서 만났다. 그러나 베아트리체는 부유한 은행가와 결혼했고, 얼마 지나지 않아 스물네 살이라는 젊은 나이에 세상을 떠나고 말았다. 단테 역시 이후 불우한 일생을 보내고 쉰 다섯 살에 라벤나에서 외롭게 숨을 거두었다.

성당

피렌체 르네상스 건축에서 성당 건물이 차지하는 위치는 독보적이다. 좁은 도심에 오밀조밀하게 대성당들이 밀집해 있는 것도 이야깃거리지만 삼대 탁발 수도회가 설립 초기인 13세기에 이미 피렌체에 자리를 잡기 시작하면서부터 중세의 교회와 시민을 차단하던 건축물에서 벗어나 교회 안에 시민의 자리를 마련하는 것으로 바뀌었다는 것이 가장 큰 특징이라면 특징이다. 피렌체를 대표하며 인문주의의 이상과 연관 있는 몇 개의 성당을 살펴보기로 하자.

두오모와 바실리카

이탈리아는 도시마다 대성당이라고 불리는 두오모나 바실리카가 있다. 두오모Duomo는 원래 반구형의 지붕인 '돔dome'에서 나온 말로서 이런 형태의 지붕(돔)을 주로 성당 건축에 이용하면서 대성당을 뜻하는 의미로 바뀌었다. 바실리카 역시 건축양식에서 유래한 이름으로서 고대 로마 시대에 재판소나 상업 거래소 등으로 사용되던 직사각형의 집회소에서 유래하였다. 나중에 그리스도교가 자리를 잡으면서 하느님의 백성이 모여서 예배를 드리는 공적인 장소로 같은 이름이 사용되다가, 초대 교회의 건물이 주로 순교한 성인의 유해를 모시면서(혹은 순교자의 무덤 위에 성당을 지으면서) 특별히 경배할 만한 장소, 교황, 추기경, 총대주교 등과 같은 고위 성직자들의 좌가 있는 장소, 전대사全大赦가 허용된 장소로 발전하면서 바실리카라는 이름은 특별한 의미를 지니게 되었다.

두오모나 바실리카는 오래전부터 그 지역 주민들의 신앙의 거점이 되어 왔다. 오래된 도시의 경우는 시청과 함께 나란히 있는 경우도 있지만, 대개는 시청이 오히려 외곽에 있는 경우가 더 많아 오랜 교회국가 체제의 흔적을 보여 주고 있다.

도시는 두오모나 바실리카를 중심으로 나선형으로 펼쳐져 있다. 도시 중심은 우리나라처럼 '도로'가 아니라, 두오모나 바실리카가 있는 광장(Piazza)이다. 도시를 대표하는 대성당 이름은 그 도시의 상징이 되는 성인을 수호성인으로 두고 그의 이름으로 불리며, 그 성인의 축일을 도시 축제로 지내왔다. 피렌체의 성인인 세례자 요한의 축일, 곧 6월 24일은 피렌체의 도시 축일로서, 공휴일로 지정되어 있고, 이날 다양한 행사를 한다. 피렌체의 성인이 대성당(두오모)의 이름인 '꽃의 성모 마리아'가 아니라 세례자 요한인 것은, 두오모가 세워지기 전에 두오모 앞에 있는 세례당이 피렌체의 대성당이었고, 그곳을 세례자 요한에게 봉헌하면서 그를 피렌체의 수호성인으로 정했기 때문이다.

두오모의 바닥에 있는
레파라타 성당의 흔적

피렌체의 두오모, 꽃의 성모 마리아 대성당

피렌체 대교구의 주교좌성당인 두오모는 '꽃의 성모 마리아 대
성당'으로 불린다. 두오모의 크기는 1971년 기준으로 유럽에서 다
섯 번째 큰 성당으로 기록되었다. 로마의 성 베드로 대성당, 런던
의 성 바오로 대성당, 에스파냐의 세비야 대성당과 밀라노 두오모
에 이은 것이다.

길이 153미터에 높이 92미터의 대성당 내부로 들어가면 세 개
의 긴 복도 형태의 내부 공간이 외부 모습과는 전혀 다르게 매우
단순하다. 성당 내부는 모두 중앙 제단을 덮고 있는 브루넬레스키
의 둥근 지붕(돔)을 향해 나 있는 듯하다. 돔 내부에 그려진 프레
스코화는 3,600평방미터 공간을 채우는 대작으로서, 1572~1579

V 건축 | 공간 인문주의의 새로운 장을 열다

년 바사리와 주카리(Federico Zuccari)의 합작품인 '최후의 심판'
이다.

대성당은 1296년 조각가이자 건축가였던 디 캄비오(Arnolfo Di Cambio, 1240~1302/3010?)가 고대에서부터 내려오던 성녀 레파라타(Santa Reparata) 성당 위에 공사를 시작하였다. 그 뒤 지오토Giotto가 1334년에 건축 책임자로 임명되어 1337년에 숨을 거둘 때까지 공사는 계속되었다. 지오토는 비잔티움 예술을 넘어 휴머니즘 시대를 앞당겨 공간, 부피, 색깔에 대해 개방된 자세로 나름의 의미를 부여한 예술가로 평가받고 있다. 지오토의 죽음으로 대성당 공사는 잠시 중단되었다가, 1357년에 탈렌티(Francesco Talenti, 1300~1369)와 라포 기니(Giovanni di Lapo Ghini)에 의해 재개되었다. 1412년에 새로 지은 주교좌대성당(두오모)은 '꽃의 성모 마리아'께 봉헌되었고, 1436년 3월 25일 교황 에우제니오 4세의 축복으로 브루넬레스키의 돔의 완공과 함께 마무리되었다.

두오모에서 브루넬레스키를 만나다

브루넬레스키(Filippo Brunelleschi, 1377~1446)는 도나텔로, 마사초와 함께 피렌체 르네상스의 위대한 선구자 중 한 사람이다. 그 중 가장 나이가 많았던 브루넬레스키는 다른 두 사람의 예술적 기준이 되었다. 그는 투시도법을 고안한 대표적인 르네상스 건축의 창시자지만, 금세공 기술을 익히고 조각을 배워 '아르테 델라 세타'에 등록함으로써 1401년에 장인으로 지명되기도 하였다. 그는 주로 피렌체에서만 일반 건물, 교회 건물, 학교 건물 등을 설계하였다.

1402년 피렌체 정부는 두오모, 곧 꽃의 성모 마리아 대성당 맞은편에 있는 성 요한 세례당의 동쪽 문을 청동으로 제작하기 위해 피렌체 예술가들을 대상으로 공모전을 열었다. 여기에는 당시 유명하다는 조각가가 모두 응모했는데 브루넬레스키 역시 그동안 나름대로 준비를 많이 했기에 자신 있게 응모하였다. 기베르티(Lorenzo Ghiberti, 1378~1455)와 함께 최종까지 올라갔으나 결국 기베르티가 당선되고 브루넬레스키는 떨어지고 말았다. 두 사람은 1378년생 동갑내기였다. 여기에 대해 브루넬레스키의 제자로 그의 첫 번째 전기를 쓴 마네티(Antonio di Tuccio Manetti, 1423~1497)는 「브루넬레스키전」에서, 당시 과제가 '이삭의 희생'(현재 바르젤로 미술관 소장)이었고 심사위원들이 우열을 가리기 힘들 만큼 두 작품이 똑같이 우수하자 두 경쟁자를 불러 합작을 권유했는데, 브루넬레스키가 기베르티와는 함께 작품을 할 수 없다며 포기했다고 한다.

공모전에서 낙선한 뒤, 브루넬레스키는 아픔을 삭이기 위해 도나텔로와 함께 로마로 여행을 떠났다. 로마에서 도나텔로가 고대 유적지의 여러 조각 작품에 관심을 쏟을 때, 브루넬레스키는 로마 시대의 건축물을 바라보고 그것을 관찰하고 스케치하며 돔, 볼트, 기둥, 벽감 등과 벽체를 쌓는 방법과 공사 방법 등을 연구하였다. 1296년에 시작하여 아직도 완성하지 못한 피렌체 두오모의 돔을 완성할 방법을 모색하였다. 특히 판테온과 같은 돔형 건축에 큰 관심을 가졌다. 그는 또 다른 기회를 기다리며 차근히 준비한 것이다. 로마에서의 연구가 끝나갈 무렵 피렌체에서는 대성당의 돔 설

V 건축 | 공간 인문주의의 새로운 장을 열다

계 공모전이 있었고, 여기에서 브루넬레스키는 당당히 선정되어 모두가 어렵게 생각한 돔 설계를 성공적으로 완성하였다.

브루넬레스키의 돔은 판테온의 전통적인 기술에 르네상스의 새로운 기법을 접목한, 당시로서는 혁신적인 건축공법이었다. 특히 중세 건축에서 보는 획일적인 양식이나 순수 예술의 메커니즘에 따라 설계하는 것이 아니라, 수학, 기하학, 역사 인식에 기반을 둔 '자유예술'이라는 지적 흐름을 활용하여 거대한 공간 구성을 이룩하였다. 그가 돔 설계에서 탁월한 실력을 인정받았던 것은 돔을 볼트로 씌우는 성공적인 방법을 찾아낸 덕분이었다.

브루넬레스키는 이후 16년간(1420~1436년) 돔 건축에 공을 들였다. 돔은 십자가 모양의 반원형 천장으로서 벽면 형태의 지붕으로는 이전에는 한 번도 시도하지 않았던 공법으로 세계에서 가장 크게 축조되었다. 돔의 크기는 내부 직경이 45미터에 이르고 외부 직경이 54미터에 이른다. 둥근 지붕의 서까래를 이용한 전통적인 건축 방식에서 벗어나 여기에 사용된 건축 기법이나 건축 기술에 관해 수많은 추측을 하게 만듦으로써 이 돔은 당대 건축가들의 관심과 연구의 대상이 되었다.

브루넬레스키의 돔은 하느님을 향한 열망의 상징으로 하늘을 찌를 듯이 날카롭게 치솟던 고딕양식의 첨탑이 유행하던 시기에 기하학적으로 안정감을 주는 팔각형 벽면 형태가 르네상스 분위기를 고스란히 담고 있다. 각 면의 모서리는 흰색 대리석으로 띠를 둘렀고, 초록색과 붉은색, 흑색이 조화를 이룬 대성당의 몸체 위에 최고의 예술성을 자랑이라도 하듯이 우뚝 솟아 있다.

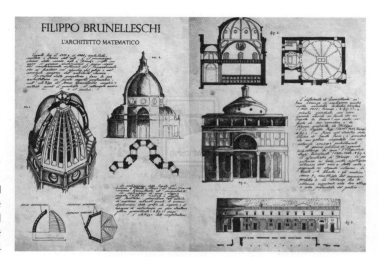

한편 돔 공사는 1436년에 일단락되었지만 꼭대기에 직경 50미터 원형 구멍은 그대로 남게 되었다. 브루넬레스키가 모델로 삼았던 로마의 판테온은 그 구멍이 그대로 있다. 그러나 피렌체 정부는 이 구멍을 덮는 공사를 위해 다시 공모전을 열었고, 브루넬레스키는 여기에서도 선정되어 마지막 설계를 완성하였다. 이를 위해 브루넬레스키는 모형을 만들었고, 그 모형은 지금도 두오모 박물관에 보관되어 있다. 그러나 공사는 1446년 브루넬레스키가 숨을 거둘 때까지 완공되지 못했고, 결국 그의 친구 미켈로쬬가 1471년에 완성하였다.

건축학적인 면에서 브루넬레스키의 돔이 가진 독창성이 여럿 있겠으나, 그중에서 가장 눈에 띄는 것은 돔이 피렌체 시 전체를 수평으로 연결한다는 점이다. 다시 말해서, 건축에서 말하는 볼트가

시선을 한 곳으로 집중시키는 역할을 하는 것이다. 볼트를 통한 이런 수평적인 상징체계는 당시 피렌체의 부와 영광을 대변한다. 지붕 외벽을 장식한 붉은색 기와는 피렌체 대부분의 건물 지붕과 조화를 이룬다.

피렌체를 수평으로 연결하며 도시의 붉은색 지붕과 조화를 이루는 브루넬레스키의 돔

　브루넬레스키가 이룬 이런 발상의 전환은 피렌체에 새로운 예술적 기운을 불어넣었다. 그는 피렌체의 첫 번째 복지 시설인 '오스페달레 델리 인노첸티'(고아원, 1421~1444)을 설계했고, 이어서 성 로렌조 대성당의 성구 보관실(1421~1446), 산토스피리토 성당(1436~1482), 파찌 가의 소성당(1430년경) 등을 설계하면서 고전

의 모티브에 '비잔틴'의 이슬람 건축 기법까지 융합하는 과감함을 선보임으로써 저물어가는 고딕시대의 종지부를 찍고 르네상스 건축의 개척자가 되었다. 그는 회화에서도 원근법을 도입하여 미술 발전에 지대한 업적을 남겼다.

건축가로서 활동 초기(1410~1415년경)에 그는, 그리스·로마 시대에는 알려졌으나 중세에 들어와 고대문명과 함께 잊혀버린 가는 선으로 그린 원근법(선형 투시도)의 구조를 재발견하였다. 마네티는 브루넬레스키가 1개의 소점消點을 이용하여 평면 위에서 같은 방향의 모든 선을 모으는 것 같고, 또 공간에서 후퇴하는 듯 보이는 물체들의 '거리와 크기의 상호관계'를 지배하는 원리를 알고 있었다고 확신하였다. 브루넬레스키의 투시도 기법의 토대가 된 광학과 기하학의 원리는 당시 다른 화가들이 놀라울 정도로 사실적인 작품을 할 수 있는 힘이 되었다. 2차원의 평면에 3차원적인 공간을 도입하고 실재하는 물체와 같이 기발한 환영을 만들어 냈다. 이를 통해 회화는 현실세계를 잇고 자연을 투사하는 수단으로 간주되었다.

브루넬레스키의 이런 혁신적인 생각은 산타마리아델라노벨라 대성당에 조각된 십자가에서 확연히 나타났다. 1440년까지 브루넬레스키가 주로 했던 일은 건축보다는 조각이었고, 대성당의 돔 설계로 유명해진 이후에도 가끔씩 조각을 의뢰받았다. 여러 자료와 문헌들은 그의 젊은 시절에 완성한 다양한 조각 작품에 관해서 이야기하고 있다. 그중 산토스피리토 성당의 마리아 막달레나 상은 지금은 없어진 것으로 보아서 1471년 화재로 소실된 것으로 보인다. 그러나 1410년에서 1415년 사이에 조각했다는 십자가는 남아 있다.

두오모의 정면

웅장하고 장중한 돔과 함께 두오모에서 가장 빛나는 또 하나는 '정면'이다. 다양한 색깔의 대리석으로 마무리하여 건축이라기보다는 회화라는 느낌으로 매우 자유롭고 분방한 분위기를 연출한다. 나무를 조각한 것처럼 쉽고 부드러운 느낌도 있다. 조각으로도, 건축으로도, 그림과 조각의 분위기를 낼 수 있음을 이 두오모의 정면은 잘 말해 준다. 섬세하면서도 장중하고, 화려하면서도 따뜻하다. 피렌체 예술가들이 펼친 예술적 역량의 교향곡은 이곳에서 아낌없이 발휘되었다.

정면에 압도되어 넋을 잃고 위를 올려다보면 청명한 하늘의 파란색 바탕과 참으로 잘 어울리는 건물이라는 생각을 하게 된다. 정면 장식은 그 화려함만큼 완공하기까지 시간이 많이 걸렸다. 디 캄비오가 부분적으로 장식을 시작했지만, 미완으로 남아 있다가 1587년에는 일부가 파손되기까지 하였다. 피렌체에서 일어난 르네상스가 실마리가 되어 이후 지리상의 대발견과 종교개혁 등이 이어지면서 혼란스런 시기를 거치는 동안 그런 시대를 반영하는 듯, 성당의 정면이 떨어져 나간 것이다. 지금과 같이 복원한 것은 1887년에 와서야 이루어졌다.

> 두오모의 앞면

두오모의 내부

다양한 색채를 띤 대리석으로 화려하게 장식된 외부와는 달리 두오모 내부는 의외로 검소하다. 특히 돔 내부는 브루넬레스키의 조언에 따라 대성당 양쪽 스테인드글라스를 통해 들어오는 빛을 최대한 반사할 수 있도록 모자이크로 장식하려고 하였다. 그러나 브루넬레스키가 사망하면서 값비싼 모자이크 계획이 취소되고 전체 면적에 흰색 회를 발라 마감하였다. 그러자 메디치 가의 코시모 1세 대공이 거기에 '최후의 심판'이라는 주제로 거대한 프레스코화를 그리기로 결정하고, 묵시록에 등장하는 장로 스물네 명을 빙 둘러 앉히는 계획만 세워 바사리에게 의뢰하였다. 1572년에서 1579년까지, 바사리는 계획을 바꾸면서 작업을 도와줄 사람으로 주카리와 크레스티(Domenico Cresti)를 고용하였다.

위엄 있는 그리스도의 모습은 천상에서, 사탄이 있는 지옥은 지하에서 각기 상반된 이미지로 묘사되었다. 그리스도 주변에는 천사들 무리와 마리아와 성인들이 둘러서 있고 그리스도교의 여러 덕행과 성령의 은사, 참된 행복 등이 표현되었다. 그리고 지옥에는 일곱 가지 죽을죄에 속하는 칠죄종을 표현하였다. 6세기 그레고리오 1세 교황이 정리하여 선포한 '칠죄종'은 교만, 인색, 식탐, 탐욕, 분노, 질투, 나태 등으로, 그 자체가 죄이면서 동시에 모든 죄의 근원이 되는 일곱 가지 죄를 말한다. 참고로 2008년 3월 10일에 교황청 내사원에서는 세계화 시대, 새로운 일곱 가지 죄(신新 칠죄종)로, 환경 파괴, 인간의 존엄성을 해칠 수 있는 유전자 조작, 과도한 부의 축적과 사회적 불공정, 마약 거래 및 복용, 윤리적 논란을 낳는 과학실험, 낙태, 소아성애를 발표한 바 있다.

그리스도의 양쪽 어깨 윗부분에서 천사들이 예수의 수난을 상징하는 기둥, 가시관, 십자가 등을 보이고, 그 아래 그리스도를 둘러싼 무리가 '정의의 심판'을 요구하고 있다. 그들의 표정은 대단히 엄중하다. 공심판의 무서운 법정을 연상하게 한다. 그러나 이 모든 것이 그리스도의 발치 아래에서 '자비의 심판'을 요청하는 성모 마리아의 모습에서 희석되고 만다. '최후의 심판자'이신 아들의 발치에서 인류를 향한 마리아의 모성이 모든 심판을 무화無化 시키고 있다.

이 작품은 인류 심판의 극적인 순간을 대단히 사실적으로 묘사했다는 평가를 받는다. 특히 지옥에 있는 사람들의 모습은 연옥과 천국에 있는 사람들과는 달리 정상적으로 앉아 있거나 서 있는 것이 아니라, 거꾸로 매달려 있거나 땅속에 머리를 처박고 있거나 서로를 잡아당기고 물고 뜯는 형상을 하고 있다. 이런 구도는 당연히 단테의 「신곡」에서 영향을 받은 것으로 보인다. 이것은 그림이 단순히 인류 최후의 심판을 상상하고 그린 그림이 아니라는 점을 시사하는데, 이는 지옥에서 고통받는 자들의 죄목을 구분하여 구획을 정해 그려 넣었기 때문이다. 단테가 구분한 아홉 개의 옥獄과 같다. 단테가 표현한 지옥에는 자신이 현실에서 보고 겪은 모든 부정과 불의, 시기와 질투, 학대와 착취, 비방과 추방 등이 그대로 담겨 있다. 그런 현실에서의 지옥은 어느 한 시대에만 국한되는 것이 아니라, 지금도 우리 주변에서 쉽게 만날 수 있는 모습이다. 타인과의 관계에서 자기 위치를 모르는 사람처럼 독을 뿜는 존재는 없

두오모의 천정(돔) 내부
바사리와 주카리 작

을 것이다. 그런 자는 자신에 대한 인식 능력이 없으므로 누구에게
나 아무렇게 말과 행동을 한다. 자신이 아는 세계가 전부인 양 떠
들어대지만, 정작 자신이 무엇을 알고 있는지조차 모른다. 혀를 돌
리거나 악마들이 톱으로 몸을 둘로 쪼개는 무서운 형벌은 그 죄목
이 무엇인지 금방 알아볼 수는 없지만, 아마도 혀로 죄를 지었거나
평화를 방해한 중상모략의 죄를 지은 자들일 것이다. 나로 인해 날
마다 지옥을 경험하고 사는 사람들이 있을 수도 있고, 나 역시 누
군가로 인해 지옥을 경험하며 살고 있을 수도 있다. 타인을 생각해
주는 척하며 중상모략을 일삼는 양의 탈을 쓴 인간 하이에나들,
고고한 인품과 순한 미소 뒤에서 탐욕의 눈을 번뜩이는 사람들, 오
만하고 방자한 언어로 타인의 생명을 갉아먹는 사람들, 무능한 사
람이 권력을 쥐고 힘없는 사람을 대상으로 휘두르는 폭력은 지옥
에 그려진 수많은 난폭한 짐승의 표상이다.

　지옥에서 가장 많이 보이는 돈주머니는 예나 지금이나 '탐욕'의
죄를 짓는 자들이 넘침을 뜻한다. 상공업의 발달과 함께 대두된
자본주의적인 사고가 피렌체 발전의 원동력이 되었지만, 그에 대한
경계도 게을리 하지 않아야 함을 시사한다. 눈에 띄는 것은, 천국
은 이 세상에서는 이룰 수 없는 이상세계를 표현했지만, 지옥은 현
실의 갖가지 모습이 고스란히 펼쳐지고 있는, 결코 가상세계가 아
닌 '지금 이곳'에서의 삶의 공간이라는 사실이다.

　돔으로 올라가는 길에서 이 천장화를 더 가까이에서 보게 된다.
자세히 살펴보면 원근화법에 따른 다양한 형상의 변화를 감지할
수 있고, 아래에서 바라볼 때 시각적인 효과를 극대화하기 위해

색깔을 특수한 것으로 골라서 썼음을 알 수 있다. 사용한 기술도 작가에 따라 다양하다. 바사리 스타일의 프레스코화와 주카리 스타일의 마른 기술의 합작이 이곳에서 실현된 것이다. 주카리는 여기에서 자신의 수작을 완성하였다.

돔 내부에는 두 개의 보랑(步廊, 복도 형태의 테라스 길)이 돌고, 대성당의 중앙 제단 뒷부분에 있는 난간은 성당 본체의 양쪽 측면 난간과 연결되어 있다. 돔 내부의 보랑과 중앙 제단 뒷부분의 난간이 별개라는 이야기다.

두오모의 종탑과 지오토

두오모와 함께 피렌체 건축에서 빼놓을 수 없는 것이 대성당의 정면과 나란히 있는 종탑이다. 높이 82미터, 내부 계단 414개로 이루어진, 근처에서는 가장 높은 건축물로 지오토를 기억하는 대표적인 작품이기도 하다.

종탑 토목공사는 두오모 공사가 시작된 1298년을 전후로 디 캄비오의 지휘로 이루어졌다. 대부분 종탑들이 대성당 뒤쪽에 있지만, 이 종탑 위치는 대성당 정면과 나란히 있다. 이것은 주변이 피렌체 가톨릭교회의 중심지이고 권위를 상징하는 수직성을 담고 있기 때문이다. 더 중요한 이유로는 원래 대성당의 돔을 디 캄비오가 맡아서 하기로 했기에 나중에 지붕이 잘 보일 수 있도록 뒤 공간을 비워두기 위해 대성당의 정면과 나란히 현재의 자리에 종탑을 세우기로 했다는 것이다.

디 캄비오 뒤를 이어 1334년에 지오토가 공사 책임을 맡으면

서 1층 공사가 이미 끝난 상황에서 종탑 설계를 110에서 115미터 사이로 높이를 바꾸었다. 그러나 결국 현재와 같은 82미터 높이로 마무리되었다. 지오토가 변경한 설계도는 현재 시에나 대성당의 박물관에 보관되어 있다. 종탑은 지오토 스타일의 독창적인 설계로 인해 이후 건축가들에게 많은 영감을 준 것으로 학자들은 평가한다. 그러나 지오토는 공사를 시작한 지 3년이 채 안 되어 세상을 떠났고, 종탑은 피사노(Andrea Pisano, 1270?~1348)와 탈렌티의 손을 거쳐 14세기 말에야 완성되었다. 그럼에도 지오토의 설계는 고딕시대에 고전의 양식을 담아낸 탁월한 작품으로 길이 남았다. 그리하여 디 캄비오는 영원히 잊혀지고야 말았다.

지오토가 설계까지 변경하며 야심차게 기획했지만, 그 자신조차 완공을 보지 못하고 떠나는 바람에 유작으로 남게 된 종탑은 역사가 누구를 기억하는지를 잘 보여 준다. 역사의 흐름에 무기력하게 편승한 사람들보다는 자기 소신을 굽히지 않고 자기 작품 세계를 펼쳤던 지오토, 그런 점에서 그에 대해 조금 더 알 필요가 있지 않을까?

지오토(Giotto di Bondone, 1267~1337)는 단테, 치마부에와 동시대의 인물로서 어떤 의미에서는 르네상스의 선구자 중 한 사람이다. 그들의 공통점은 이상적인 내세보다는 구체적인 현실과 현세적인 미美를 추구했다는 점이다. 그들에게 있어 현실을 외면한 모든 행위는 아무런 의미가 없었다. 그들에 의해 처음으로 신 혹은 성인의 범주에서 탈피하여 인간의 있는 그대로의 모습이 표현되

<
두오모의 종탑
지오토 작

고, 과거에 비천한 모습으로만 언급되던 인간이 '신의 모습을 닮은 인간'으로 표현되기 시작했다. 지오토는 그 중심에서 르네상스를 불러들인 인물로 손꼽힌다.

지오토는 피렌체 근처 베스피냐노라는 작은 마을에서 한 농부의 아들로 태어났다. 일찍부터 회화에 재능을 보여 치마부에의 공방에서 그림 공부를 하며 자랐다. 그가 공방 생활을 할 때 일화다. 어느 날 치마부에가 외출한 사이에 그가 그린 인물화의 코에 지오토가 파리를 한 마리 그려 놓았는데, 외출에서 돌아온 치마부에가 캔버스에 붙은 파리를 쫓으려 했으나 날아가지 않았다고 한다. 지오토가 당시 이탈리아 예술계에 얼마나 충격적인 인물로 등장했는지를 알 수 있는 대목이다.

우피치 미술관에 있는 지오토 동상

그 후 지오토는 아씨시, 로마, 파도바, 피렌체, 나폴리 등지로 불려 다니며, 크고 작은 성당들의 프레스코화와 템페라 기법으로 뛰어난 예술적 재능을 발휘하였다. 특히 파도바의 스크로베니 소성당을 장식하면서 스크로베니학파의 중심 인물이 되어 시에나학파와 함께 당시 이탈리아 회화의 양대 산맥을 이루기도 하였다. 단테가 「향연」, 「속어론」, 「신곡」 등으로 문학계를 주름잡고, 치마부에

가 색채감으로 회화 분야를 거머쥐고 있을 때, 지오토는 입체감으로 세상의 명성을 얻고 있었던 것이다.

종탑 공사에 투입된 피사노와 탈렌티

1337년, 지오토가 대성당의 종탑 건축 책임자로 있다가 사망한 뒤 그의 뒤를 이어 안드레아 피사노가 종탑 공사를 맡았다. 그는 지오토의 종탑 설계에서 외부를 일부 수정하여 정면에 벽기둥을 두 개 세우고 내부의 두께를 보완하였다. 두 개의 벽기둥 사이에는 한쪽만 열리는 창문을 달아 1층 공간에 빛이 들어올 수 있게 했다. 이 설계도 역시 현재 시에나의 두오모 박물관에 보관되어 있다.

건물의 공간은 대개 튼튼한 기둥에 의지하여 형성되는데, 피사노가 수정한 설계도에 따르면 종탑의 지층에 만들어진 두 개의 공간은 얇은 기둥에 의지한 서까래에 의해 지탱되고 있다. 서까래 위로 천장을 만들고 그 천장들 사이에 공간을 만들어 그대로 방을 형성한 것이다. 이런 위험한 발상에도 불구하고 종탑은 아무런 문제없이 80미터가 넘는 높이로 우뚝 세워졌다. 다만 종탑의 기초 공간이 협소하고 창문들이 일정한 형태를 갖추지 않았다. 피사노는 1337년에서 1348년까지 공사 책임을 맡았다. 그가 지휘해 완성한 것은 첨탑형 벽감 속에 조각된 일련의 장식들이다. 지오토로부터 영향을 받아 종탑 아랫부분에 돌아가면서 많은 부조를 하였다. 이 부조들은 당

종탑에 조각된
피렌체 시의
경제활동을
표현한 부조

시 피렌체 고딕 양식의 전형을 보여 주며, '모직산업'과 같은 피렌체 시의 경제활동을 표현하고 있다. 이 작품들을 제작하는 데는 피렌체 양모협회에서 후원하였다. 여기에서 피사노는 회화, 조각, 건축 등의 예술 활동이 피렌체에서 사회적으로 인정받고 있다는 것도 잊지 않았다.

종탑 공사 책임자로 활동한 피사노도 출생연도가 명확하게 알려지지 않을 정도로 당시에는 그리 비중 있는 인물이 아니었다. 바사리는 그를 두고 조각에 있어 또 다른 지오토임을 강조하고자 1570년경에 처음으로 언급했다. 피사의 한 공방에서 1290년에 태어났다는 기록은 당시 그 지역이 조반니 피사노의 예술적 영향을 받고 있어 안드레아 피사노 역시 그의 영향을 받았음을 강조하기 위한 것이라고 한다.

바사리의 기록에는, 피사노가 당시 많은 예술가가 그랬던 것처럼 청동, 대리석, 나무 등을 소재로 조각했으며, 조각과 건축을 똑같은 비중을 두고 작업했다고 한다. 이것은 건축을 의뢰하는 사람 입장에서 볼 때, 설계에서부터 건물을 완공하고 난 뒤 건물 내외부 장식까지 한 사람에게 모든 것을 의뢰할 수 있다는 뜻이다. 오늘날과 같이 세분화되고 전문화되어 있지 않았던 시대에 한 사람이 모든 것을 맡아서 할 수 있다는 것은 의뢰인 입장에서는 매우 편리한 일이었을 것이다.

피사노의 뒤를 이어 1351년부터 두오모와 종탑 공사의 책임을 맡은 사람은 프란치스코 탈렌티다. 탈렌티는 브루넬레스키가 설계한 두오모의 설계를 변경하여 성당 내부 후면을 넓히고, 본당을 더

길게 함으로써 전체적인 구조를 확장하여 오늘날과 같은 모습으로 만들었다. 그때까지 건설된 어떤 건물보다도 피렌체 두오모를 가장 웅장하고 돋보이게 하고 싶었던 것이다. 그러나 뭐니 뭐니 해도 그가 맡은 최대의 과제는 지오토의 종탑을 완공하는 일이었다.

종탑 공사는 처음 책임을 맡은 지오토가 중간에 사망하고, 곧이어 유럽을 휩쓴 페스트로 인해 중단되었다가 피사노를 거쳐 1359년, 비로소 탈렌티에 의해 마무리되었다. 탈렌티가 물려받은 종탑의 과제는 이전 건축가들이 잘했건 잘못했건 특별히 해결해야 할 문제가 있었던 것도 아니어서 그저 순조롭게 마무리만 하면 되는 것이었다. 그러나 탈렌티는 그런 순조로운 마무리보다는 거기에서 자신의 능력을 시험하는 시험대로 삼았다.

큰 창문이 달린 얇은 격자 형태의 벽을 네 모퉁이에 세워진 묵직한 기둥과 잇기로 한 것이다. 이렇게 하면 한 개의 큰 방이 만들어지고, 여기에 큰 창문을 내고 걸개 부분에 계단을 만들었다. 그리고 마지막 층에는 창을 세 개 내고 걸개는 이중으로 하였다. 탈렌티가 맡은 것은 모두 세 개 층이었다. 아래 두 개 층은 시에나 양식이라고 할 수 있는 여닫이창 두 개를 달았고, 마지막 층은 커다란 창문 세 개와 그 위에 삼각형 장식을 하여 종루를 완성하였다.

종루 위에는 지오토의 설계에서도 보인 것처럼, 종탑 꼭대기의 첨탑에 튀어나온 난간을 만들어 여러 개의 손잡이를 달았다. 바사리는 탈렌티가 한 이런 구조를 두고 고딕양식에 대한 미숙한 반항이라고 평가하기도 하였다. 마지막 층의 대리석 외벽 장식에서는 흰색 대리석을 이용하여 로마네스크 양식의 상감세공 이미지를 보여 주려고도 했다. 세례당 공사장에서 남은 조각을 가져와 추가로 장식을 한 것으로 보인다.

흰색, 붉은색, 초록색 대리석에 당대 최고 조각가들이 참여하여 장식한 지오토의 종탑을 두고, 한 베로나 시민은 '피렌체 공화국은 아무런 가치가 없는 이 일에 엄청난 돈을 쏟아 붓는 것을 중단해야 한다'고 촉구하였다. 이런 표면적인 평가는 당시 피렌체 지배층의 심기를 건드렸고, 그는 모욕죄로 두 달간 감옥에 갇히는 신세가 되었다. 그러나 행정장관 칼카니(Ruggeri Calcagni)의 명에 따라 사면되어 피렌체에서 추방령이 내려졌다.

그를 쫓아내기에 앞서 칼카니는 피렌체 국고가 얼마나 풍성한지, 그리고 그것을 피렌체 시민들이 어떻게 누리는지를 여러 가지 정책적인 비전을 들어 자세히 설명해 주고 그 증거로 몇 가지 사례를 보여 주었다. 피렌체 시는 단순히 한 개의 종탑 외부 장식에 연연하여 사치를 부리는 것이 아니라, 그만큼 시민들을 위해 도시 전체를 그렇게 할 수 있음을 알게 해 주었다. 그는 큰 충격을 받고 자기 고향으로 돌아갔다고 한다.

성 요한 세례당
피렌체의 대성당인 두오모와 마주보고 있는 세례당은 피렌체의 주보성인인 세례자 성 요한에게 봉헌되었다. 세례당은 꽃의 성모 마리아 대성당(두오모)과 성 요한 광장 사이에, 그리고 두오모와 주교관저 사이에 세워졌다. 원래 이 자리는 1세기 로마 시대 한 귀족의 도무스(주택)가 있었고, 그 안에 전쟁의 신 마르테에게 헌정된 작은 신전이 있었다고 한다. 5세기 이후에 그리스도교가 들어오면서 신전은 성당으로 바뀌었고, 9세기에 성당이 증축되어 세례자 요한에게 봉헌되었다. 피렌체 출신인 니콜로 2세 교황이 축성하여 주교좌성당으로 사용했는데, 현재 피렌체에서 눈에 띄는 건물들 가운데 가장 오래된 것으로 추정된다.

1128년에 성당은 피렌체 시민들을 위한 공용 세례당으로 그 용도가 바뀌고, 12세기 중반에 외부 장식을 새로 하였으며, 뒤이어 바닥의 대리석 모자이크 장식을 비롯한 내부 장식에도 신경을 썼다. 13세기 중반에는 세례당의 돔도 완성되었다. 바닥에 장식된 대리석 모자이크는 비잔틴의 영향을 받아 동방 지역의 카페트를 연상하게 하는 문양이다. 모방은 창조의 어머니라고 했던가! 모방의 과정을 통해 창조적인 피렌체 예술의 꽃이 피어날 수가 있었다. 그들은 모방하지만, 모방 단계에만 머무르지 않고 끊임없이 고민하고 실험하여 자신의 환경에 맞는 새로운 길을 찾았다. 그 덕분에 자신도 발전하고 창조의 결과도 성공적으로 이룩할 수가 있었다.

세례당 건물이 팔각형인 이유

이탈리아를 여행하다 보면 종종 대성당과 함께 세례당이 있음을 알 수 있는데, 대개 건물이 팔각형으로 되어 있다. 로마 라테란의 성 요한 대성당과 함께 있는 세례당이 그렇고, 크레모나 대성당의 세례당이 그렇다.

피렌체의 세례당도 예외는 아니다. 이것은 고대 유대 사회에서

아기가 태어나면 여드레 안에 할례하던 풍습에서 유래한다. 할례 풍습은 뒤에 그리스도교의 세례로 이어지면서 생후 여드레 안에 세례를 주는 전통으로 이어졌다. 이곳 성 요한 세례당뿐만 아니라, 이탈리아 곳곳에서 만나는 세례당의 건축 양식이 팔각형으로 된 것은 이 때문이다.

단테를 비롯한 피렌체 출신 거의 모든 명사가 이곳에서 세례를 받았다. 특히 단테는 이곳에서 가까운 곳에서 살았던 만큼 이 세례당에서 세례를 받았고, 세례 기록을 통해 알려지지 않았던 단테의 생년월일을 추정할 수도 있었다. 단테는 어린 시절부터 계속해서 이곳을 드나들었고 그 흔적을 「신곡」에서 세례당에 대한 세심한 묘사를 통해 알 수 있다. 그가 고향에서 배척을 당하고 망명객 신세가 되어 쓴 「신곡」 '지옥' 편 제19곡에는 이런 구절이 나온다.

내 고향의 아름다운 성 요한 세례당에
세례자들을 위한 장소로 만들어진
구멍보다 크지도 않고 작지도 않았다.

단테는 지옥의 세 번째 옥獄에서 돈을 받고 성직이나 신성한 물건을 거래한 죄인들을 보았다. 그들은 옥의 바위 바닥에 뚫린 구멍 속에 거꾸로 처박혀 있었는데, 그 구멍 크기를 단테는 이곳 세례당의 세례자들을 위한 장소로 만들어진 구멍과 비교하고 있는 것이다.

직경 25미터 크기의 세례당 내부는 흑백색 대리석으로 장식되어 장중함을 더해 준다. 13세기에 완성된 거대한 돔 내부에는 '최

<
피렌체의 세례당

후의 심판'을 주제로 한 작품과 이를 중심으로 한 성경 일화들이 모자이크로 화려하게 장식되어 있다.

세례당을 빛내는 작품들

그러나 이런 여러 일화보다도 세례당을 유명하게 만든 것은 건물 내부와 외부를 연결하는 세 개의 청동문이다. 정문으로 사용하는 남쪽문은 안드레아 피사노의 고딕양식 작품으로 문 윗부분에는 '세례자 요한의 생애'가 조각되어 있고, 아랫부분에는 '그리스도교의 여덟 가지 덕목'이 조각되어 있다. 이 문의 도상은 이탈리아 도처에서 찾아볼 수 있는 같은 주제의 여러 작가의 작품과 건물 내부에 있는 모자이크의 영향을 받았다. 그리고 특별히 지오토의 작품들, 곧 피렌체의 산타크로체 대성당과 파도바의 스크로베니 소성당에 있는 프레스코화에서 영향을 받았다. 전체적인 구도는 피사 대성당의 청동문을 본받은 것으로 보인다. 가령 '희망'의 경우 피사노가 그때까지 알고 있던 '희망'이라는 주제의 작품들을 종합한 것이다. 시선과 팔을 위로 향하고 있어 진정한 희망은 인간이 시선을 위로 돌릴 때 갖게 됨을 보여 준다. 피사노의 부조에서는 실제로 보이지는 않지만, 스크로베니 소성당에 있는 지오토의 '희망'에서 천사가 들고 있는 왕관이 떠오른다. 희망의 초월성에 대한 이런 비슷한 주제와 달리 주인공들의 자세를 통해 피사노는 지오토와 자신을 차별화시키고 있는 듯하다. 피사노의 천사가 의자에 앉아 있는 모습이라면 지오토의 천사는 주름이 풍성하게 잡힌 옷을 입고 서서 하늘을 향해 나아가는 듯하다.

피사노의 이 작품은 이후 청동문 부조의 모델이 되어 많은 후대 예술가에게 영감을 주었다. 안드레아 피사노의 부조 양식은 단순하면서도 표현에 있어 절제된 미, 능숙한 인물 배치 등이 특징이다. 아마도 이러한 점이 그를 당대 최고 조각가로 만든 요인이 아닐까 싶다.

북쪽에 있는 문은 기베르티가 21년(1403~1424)에 걸쳐 완성한 대작이다. 그러나 그가 한 또 다른 작품인 세례당의 동쪽 문이 유명해지는 바람에 북쪽 문은 작품의 우수성에도 불구하고 과소평가된 느낌이다. 북쪽 문은 안드레아 피사노가 한 남쪽 문과 비슷한 형태이다. 모두 스물여덟 개 부조로 구성되어 있는데, 위에 있는 스무 개의 직사각형에는 신약성경 이야기가 아래에는 네 명의 복음사가와 네 명의 교회박사가 묘사되어 있다. 이 문은 원래 동쪽 문으로 사용했으나, 후에 '천국의 문'이 완성되고 그것이 너무도 아름다워 북쪽으로 이동했다고 한다.

세례당의 동쪽 문인
'천국의 문'(일부분)

한편 동쪽 문은 미켈란젤로가 '천국의 문'이라고 정의할 만큼 문에 새겨진 조각이 정교하고 아름답다. '천국의 문'은 열 개의 커다란 직사각형 패널로 이루어져 있다. 양쪽에 다섯 개씩 있고 각 패널은 예언자들의 얼굴을 묘사한 원형의 장식들

V 건축 | 공간 인문주의의 새로운 장을 열다

로 주변을 둘렀다. 패널들에는 구약성경의 일화를 담았다.

1966년에 일어난 피렌체 대홍수는 이 문에도 덮쳤다. 후에 복구 작업을 하고 문에 새겨진 조각을 보호하기 위해 두오모의 작품 박물관으로 옮겼다. 원래의 자리에는 사본이 있다.

이야기의 순서는 왼쪽 위에서 오른쪽으로 줄을 바꿔가며, ① 아담과 하와의 창조 ② 카인과 아벨 ③ 노아의 방주 ④ 아브라함과 이삭의 제물 ⑤ 에사오와 야곱 ⑥ 요셉 이야기 ⑦ 모세 이야기 ⑧ 여호수아와 예리고성의 함락 ⑨ 다윗과

천국의 문에 조각되어 있는 기베르티의 얼굴

골리앗 ⑩ 솔로몬과 사바의 여왕이 조각되어 있다.

기베르티는 작가 서명을 대신하여 자기 초상도 이 문의 중간 손잡이 부분에 조각하였다. 오른쪽 사진의 얼굴이 브루넬레스키와 마지막까지 경합을 벌였고, 최후의 승자가 되어 우리에게 '천국의 문'이라는 불후의 명작을 남긴 기베르티다.

산타마리아델라노벨라 대성당

피렌체의 산타마리아델라노벨라 중앙역 광장 맞은편에는 이름이 같은 산타마리아델라노벨라 대성당이 자리하고 있다. 이 대성당은 피렌체에서 매우 중요한 성당으로 광장까지 포함하여 매우

넓은 공간을 차지하고 있다.

공사는 피렌체 공의회로 인해 잠시 주춤하다가 1439년에 수도원이 완공되었고, 1458년에 피렌체 르네상스의 중요한 후원자였던 거부 조반니 루첼라이(Giovanni Rucellai, 1403~1481)의 도움으로 건축가 알베르티가 추진했다. 루첼라이는 십여 년 전에 자신의 궁(루첼라이의 궁)을 설계한 알베르티를 기억하고 있다. 알베르티의 신선한 건축미, 비례와 대칭, 간결함이 마음에 들었던 터라 이 성당 공사도 기꺼이 그에게 맡긴 것으로 보인다.

당시 피렌체에는 메디치 가문이 최고 이름을 떨치고 있었지만, 문화와 예술에 기꺼이 후원함으로써 도시 발전에 기여한 가문이 많았다. 특히 피렌체의 귀족 가문인 루첼라이 가문('오리첼라리 가문'이라고도 함)이 그랬다. 이 가문이 문헌에 가장 먼저 등장한 것은 12세기부터다. 알라만노라는 사람의 별명은 '오리첼라리오', 곧 '다채색의 이끼를 발견한 주인공'이었다. 알라만노는 상인으로 발레아리 섬을 여행하던 중 어떤 이끼 더미에 소변을 누게 되었는데, 그 이끼 색이 붉게 바뀌는 것을 알게 되었다. 이에 그는 이끼가 암모니아수에서 화학 반응을 일으키는 데 착안하여 오늘날 피렌체 모직포의 대표적인 색깔인 붉은 자색을 만들었다고 한다. 오리첼로는 '오리나', 소변에서 유래했는데, 루첼라이 가문은 이 색깔을 발견하고 그것을 모직포에 적용해 상업화함으로써 1300년대에 엄청난 재산을 모았다고 한다.

조반니 루첼라이가 1400년대 중후반에 알베르티를 지원함으로써 루첼라이 가문은 전성기를 맞이했다. 알베르티는 루첼라이 궁

과 로지아(복도와 복도 형태의 정원)를 설계하고, 산타마리아델라노
벨라 대성당의 정면과 성 판크라시오 성당 내 무덤 경당 등의 설
계를 맡았다. 조반니는 훗날 이곳 성 판크라시오 성당의 무덤 경당
에 묻혔다. 건축에 대한 지칠 줄 모르는 그의 열정과 지원으로 인
해 그는 '집 짓는 조반니'라는 별명을 얻기도 했다.

조반니 루첼라이는 조상들의 가업을 물려받아 모직포를 전 유
럽에 내다 팔았던 거상이었다. 그는 코시모 일 베키오 데 메디치
와 같은 시대를 살면서 피렌체의 정치가 기울어져 가는 것을 걱정
스러운 마음으로 지켜보았다. 왜냐하면 메디치 가문의 쇠퇴로 인
해 다른 가문의 부와 특권이 함께 끝날 수 있다고 생각했기 때문
이다. 코시모가 망명했을 때, 반反 메디치 당파의 수장으로 있던
리알토 알비치와 절친했던 스트로찌 가의 사위로 있었지만(1428
년 팔라 스트로찌의 딸 야고바 스트로찌와 결혼하였음), 그래서 알비치
주변에 있던 많은 사람이 코시모에 대해 공개적으로 비난하였으나
조반니 루첼라이는 한 번도 거기에 동조하지 않았다. 그 덕분에 메
디치 가가 다시 정권을 잡았을 때, 알비치와 스트로찌 가문의 인
사들에 대해서는 즉각적인 복수가 있었으나, 루첼라이 가문에 대
해서는 여러 가지 의문에도 불구하고 손을 대지 않았다. 오히려 얼
마 지나지 않아 조반니는 자기 가문과 메디치 가문의 관계를 강화
하기 위해 자기 아들 베르나르도와 코시모의 조카이자 훗날 로렌
조 일 마니피코의 여동생 루크레치아와 결혼을 시켰다. 이후 루첼
라이 가문은 메디치 가문에서 예술가들을 후원한 것처럼 자신들
도 예술가들을 지원하기 시작하였다.

베르나르도 루첼라이는 아버지의 뒤를 이어 인문주의 문화에 열정을 보여 자기 정원에서 플라톤 아카데미 모임을 할 수 있도록 자리를 마련해 주었다. 그리고 거기에 자신의 두 아들 조반니와 팔라를 참여시켰다. 당시 플라톤 아카데미에는 마키아벨리도 참여하고 있었다. 베르나르도의 동생 판돌포는 가업을 이어받아 장사에 여념이 없었지만, 그런 중에도 틈을 내어 경제 관련 이론서들을 집필하기도 하였다.

루첼라이 가문은 피렌체의 예술과 역사에 중요한 역할을 하였으나, 정치 일선에는 한 번도 나선 적이 없었다. 그러면서도 '정의의 기수'라고 불리는 14명의 행정관을 배출하고 85명의 수도원장을 배출한 명문 가문이었다.

계몽주의 시대 이탈리아의 위대한 시인, 철학자, 작가, 문헌학자, 언어학자로 유명한 레오파르디(Giacomo Leopardi, 1798~1837)가 1817년~1832년에 쓴 것으로 추정되는 「자발도네」(Zibaldone, '사유의 자발도네'라고도 함)에는 루첼라이 가문과 피렌체 역사에 대해 매우 자세히 기록되어 있다. 이 책에는 조반니 루첼라이가 '루첼라이 궁'을 건축하면서 가장 힘들었던 점에 대해서도 언급하고 있다. 그것은 조반니가 자신이 계획한 대로 건물을 완성하려면 주변 사람들을 설득하여 집을 팔고 다른 곳으로 이주시켜야 했는데, 그것이 뜻대로 되지 않았다고 한다. 그렇다고 힘없는 사람들을 강제로 내쫓지도, 많은 돈으로 회유하려고 들지도 않았다. 결국 건물 오른쪽에 해당되는 땅을 확보하지 못했고, 건물은 짓다가 만 것처럼 중단된 형태가 되고 말았다. 후에 덧붙인 부분은 수난을 입은 듯, 별

루첼라이 궁

로 어울리지 않는 지그재그 형태가 되었다. 「자발도네」는 4,526쪽에 달하는 레오파르디의 일기 형태의 글로서, 루첼라이 가문과 피렌체 역사에 관한 귀중한 자료가 되고 있다.

산타마리아델라노벨라 대성당에서 알베르티를 보다

알베르티가 산타마리아델라노벨라 대성당에서 한 작업은 후에 정원을 소개하는 부분에서 다시 다루겠지만, 그의 도시(혹은 집)에 대한 개념을 실현하는 장場이 되었다. 원래 있던 고딕 양식의 건물 위에 새로운 부분을 접목하여 피렌체식 로마네스크 양식을 완성한 것이다. 그가 이전에 설계했던 '성 요한 세례당'과 산 위에 있는 '성 미니아토 성당', 피에솔레의 '바디아'처럼 말이다. 이것은 전통적인 양식에 기하학적인 새로운 표현을 덧붙여 건물의 역사성과 지

꼭대기를 삼각형의
팀파눔으로 장식한
산타마리아델라노벨라
대성당 정면

역적인 상황을 부각하는 일이었다.

이런 맥락에서 알베르티가 완성한 산타마리아델라노벨라 대성당의 정면 윗부분은 눈부신 걸작으로 평가된다. 대성당의 전체적인 분위기는 피렌체 두오모(꽃의 성모 마리아 대성당)와 마주하고 있는 성 요한 세례당에서 영감을 얻었고, 꼭대기를 장식하고 있는 삼각형의 팀파눔tympanum은 로마에 있는 판테온에서 영감을 얻은 것으로 보인다. 팀파눔의 중앙에는 아기 예수의 얼굴에 도미니코 수도회를 상징하는 태양이 강렬한 빛을 내고 있다. 그 아래에는 "(그리스도) 강생 1470년, 바오로의 아들, 조반니 루첼라이"라는 서명이 있다. 성당 재건에 맞추어 후원자의 서명을 새겨 넣은 것이다.

그리고 그 아래에는 기존 건물에서 영감을 얻어 원래 것을 그대로 살리면서 배수와 약수의 기하학적인 배치에 따라 길게 세 개의

V 건축 | 공간 인문주의의 새로운 장을 열다

직사각형으로 구분하였다. 여기에서 알베르티의 천재성은 양쪽에 붙인 '소용돌이 장식'을 통해 확연히 드러난다. 성당 건물의 지붕은 높고 양쪽 천장은 낮아서 정면에서 보면 매우 부자연스러운데 그것을 알베르티는 에스S 자의 소용

지붕과 천장을 연결한 소용돌이 장식

돌이 장식을 양쪽에 얹어 자연스럽게 지붕과 천장을 연결한 것이다. 알베르티가 산타마리아델라노벨라 대성당에서 시도한 이런 장식은 이후 토스카나는 물론이거니와 전 이탈리아로 퍼져 유행하였다. 건물의 천장과 공중에 우뚝 솟은 듯 장식된 지붕 사이를 기발한 발상으로 이은 것이다. 알베르티에 의해 시작된 이런 불가능할 것 같은 관계의 연결은 건축 분야뿐 아니라 철학, 신학, 문학 등 모든 분야로 확대되면서 르네상스 정신의 토대가 되었다.

알베르티는 또 중세의 장인 수준에 머물던 예술가들의 위상을 지성인 반열에 올려놓은 장본인이기도 하다. 중세 장인들은 이론보다는 기술에 치우치다 보니 지적 소양 없이 세습적으로 양성되었다. 그러다가 르네상스에 들어서면서부터 메디치 가문의 주도로 독서가 확산되고 철학과 신학, 문학, 수사학 등의 새로운 정신적인 분위기가 형성되어 장인들은 이론과 기술을 겸비한 진정한 예술가 반열에 오르게 되었다. 이제 단순한 기능공이 아니라, 예술이라는 자유학예의 한 분야를 형성하는 지성인이 된 것이다.

그러나 이런 사회적인 분위기가 하루아침에 바뀌지는 않았는지 다빈치와 미켈란젤로도 가끔은 무식한 의뢰인을 만나 홀대를 받곤 했다. 예컨대, 한 시인이 회화를 얕잡아 보고 다빈치에게 고대에서부터 내려오는 시詩를 '말하는 회화', 회화를 '말 없는 시'라고 한 말을 인용하여 말을 못하는 회화가 시를 따라올 수 없다고 하자. 여기에 발끈한 다빈치가 이렇게 대꾸했다고 한다.

시인들이 그림을 말 못 하는 시라고 한다면, 화가도 시를 두고 눈먼 그림이라고 할 수 있다. 그렇다면 둘 중 어느 것이 더 큰 결함을 가지고 있는 것인가? 눈이 먼 것인가? 말을 못 하는 것인가?

성 로렌조 대성당

성 로렌조 대성당은 원래 피렌체에서 가장 오래된 성당으로서, 성녀 레파라타 성당(현 두오모 성당)이 생기기 이전에는 이곳이 약 300년간 피렌체의 주교좌성당이었다. 지금과 같은 대성당의 모습은 15세기에 와서 주변을 정리하고 성당을 확장하면서 형성되었다. 1421년 8월 10일에 시작한 확장 공사는 이 지역에 살던 금융 부자 조반니 디 비치(Giovanni di Bicci de' Medici)의 지원으로 이루어졌다. 건축은 옛 제의실 공사를 하고 있던 브루넬레스키가 맡았다. 브루넬레스키가 맡은 최초의 대성당 공사였다. 1419년에 설계를 시작하여 1442년까지 브루넬레스키가 맡았으나, 이후 1470년까지 마네티(Antonio Manetti)가 마무리하였다. 대성당의 형태는 산타마리아델라노벨라 대성당과 산타크로체 대성당의 양식

뒤뜰에서 본
성 로렌조 대성당

을 따라 양쪽에 경당을 두기로 하였다. 1491년 코시모 데 메디치 Cosimo de' Medici가 죽자 이 대성당의 중앙제대 아래 지하 무덤에 묻었고, 이후 이곳은 메디치 가문의 묘지가 되었다.

　현재 성 로렌조 대성당은 여러 개의 기념비적인 건축물이 모여 있어 볼거리로 따지면 이곳에서만 하루를 잡아야 할 정도다. 메디치 경당, 군주들의 경당, 새 제의실, 라우렌치아나 도서관, 도나텔로의 무덤, 성 로렌조 대성당과 옛 제의실이 모두 이곳에 있다. 특히 메디치 가문의 마지막 통치자인 안나 마리아 루이사를 포함하여 이 가문 출신의 명사들이 묻혀 있는 메디치 경당과 메디치 가문 출신의 군주들이 묻혀 있는 군주들의 경당을 지나면 미켈란젤로가 설계한 느무르의 공작 줄리아노 데 메디치와 우르비노의 공작 로렌조 데 메디치의 무덤이 있는 새 제의실이 있다.

미켈란젤로는 이곳에서 죽음이라는 인생 마지막 과정을 특유의 고통의 철학으로 잘 묘사했다. 1523년에서 1531년에 걸쳐 미켈란젤로는 여기에서 새로운 감실 작업도 했지만 그것은 미완성에 그치고 줄리아노와 로렌조의 무덤 장식만 완성하였다.

줄리아노의 무덤 석관 아래에는 '낮'과 '밤'을 상징하는 두 개의 상이 있고, 로렌조의 무덤 석관 아래에는 '여명'과 '황혼'을 의미하는 상이 있다. 줄리아노와 로렌조의 정적인 모습과는 달리, 또 석관 위의 네 개의 조각상이 주는 사색적인 이미지와는 달리, 두 개의 석관은 소용돌이 장식으로 매우 동적인 이미지를 준다. 석관 아래에는 4대 강의 신들을 조각하려고 했으나 하지 못했다.

여기에서 미켈란젤로는, 죽음이라는 것은 행동과 사색 위에서 어김없이 작용하는 시간의 피조물이라는 것을 특유의 예술적 감각으로 묘사하였다. 시간을 의인화해 미켈란젤로의 방식으로 풀어낸 것이다. 라우렌치아나 도서관에서 볼 수 있듯이 미켈란젤로의 바로크식 곡선의 아름다움도 이곳에서 감상할 수 있다. 또한 미켈란젤로의 '아기 예수를 안고 있는 성모'와 그의 제자들이 완성한 '성 코시모와 성 다미아노'도 있다. 이 작품들 역시 '죽음'이라는 공통된 주제와 긴밀하게 연관된 것 같다. 특히 '아기 예수를 안고 있는 성모'에서 성모 얼굴은 이상적인 세계를 동경하는 인상을 줌으로서 초월적인 미를 상상하게 한다. 어머니를 향하고 있는 아기 예수와 이상을 향하고 있는 성모의 표정이 대비를 이룬다.

이 방의 주제는 콘디비(Ascanio Condivi, 1525~1574)가 말한 것처럼 "모든 것을 소멸시키는 시간"이다. 그래서 인생에 관해서, 영생에 관해서 깊이 생각하게 한다. 여기에서 표현된 모든 작품의 뻗음, 비틀림, 압박 등은 부분적인 '미완성'과 함께 공간 속에서 고정된 시간을 의미한다. 일상의 크로노스라는 시간 속에서 특별한 시간으로 불리는 카이로스가 교차되는 지점이다. 흔히 '사건'으로 불리는 이 '각인'의 순간은 반복적이고 순환적인 일상에서 만나는 역사적이고 존재론적인 시간이다. 크로노스는 세상의 시간이고, 인간의 시간이며, 걱정과 고통의 시간이다. 고뇌로 이어지는 이 시간은 인간에게 수많은 날을 박탈하고 생명을 초췌하게 만든다. 미켈란젤로는 바로 이 순간을 포착하여 일상의 사건에 선명한 의미를 부여하고자 하였다. 그에게 있어 인간의 시간은 고뇌의 시간이고 모든 것을 소멸시키는 시간이기 때문이다.

이 작품들을 좀 더 자세히 살펴보자. '황혼'을 상징하는 남성상은 헤르메스의 아들 케팔루스다. 그런데 어딘지 모르게 미켈란젤로의 얼굴과도 닮은 듯하다. 피곤한 듯한 인상, 덥수룩한 머리와 수염, 아래로 향한 눈길, 길쭉한 얼굴에 우수에 찬 분위기가 영락없는 미켈란젤로 자신의 모습을 반영하는 것 같다. 한쪽 팔에 몸을 의지한 채 드러누운 자세의 단조로움과는 달리, 다리는 살짝 꼬고 있

어 나름의 역동성을 보인다.

'여명'은 새벽의 여신 에오스를 표현한 것이다. 에오스를 라틴어
로는 '아우로라'라고 한다. 아우로라를 로마인들은 '마투타mattuta'
라고 하는데 이는 '성숙'을 뜻하는 '마투리타스maturitas'와 같은 어
원을 가지고 있다. '황혼'이 '쉬러 가는' 느낌이라면 '여명'은 '일어나
는' 느낌을 준다. 머리에는 베일을 두르고 자리에서 일어나 관객을
향해 눈을 돌리고 있다. 불편해 보이는 잠자리에서 일어나려는 듯
한쪽 다리를 짚고 손으로는 베일을 벗기려는 듯 한쪽 팔을 들어
머리로 향하고 있다. 전체적인 분위기는 우울하다. 어둠에서 벗어
나려는 인간의 노력을 담고 있기 때문일까? 미켈란젤로는 이 작품

에서 '여명'과 '황혼'을 함께 둠으로서 마투타와 케팔루스를 마주
보게 배치하였다. 이는 처음과 끝이 닿아 있음을 의미한다. '여명'
은 '밤'과 '낮' 사이에 있다. '사이'는 공간이다. 성당을 가로지르는
공간, 그것이 갖는 오묘하고 신비로운 아름다움도 빼놓을 수 없는
부분이다.

'낮'은 바티칸 박물관 벨베데레의 뜰에 있는 '토르소'를 연상하게
한다. 발가벗은 남성이 반쯤 누운 자세지만, 전혀 편안하지 않은,
오히려 해부학적으로는 긴장감마저 감도는 자세다. '밤'과는 상반
된 자세로 유일하게 관객에게 등을 보이는 작품이다. 오른팔은 길
게 뻗어 왼쪽 가슴 아래로 넣어 무언가를 찾고 있지만, 손은 작품
이 미완성으로 끝나면서 길을 잃고 말았다. 다리와 몸통과 얼굴은
모두 반대 방향으로 뒤틀려 있지만 시선은 관객을 향하고 있다. 수
염으로 덥수룩한 얼굴은 이제 막 초벌 조각이 끝난 채 미완성으로
남았다. 이 작품은 해방과 자유를 상징하고 그리스도교의 빛과 생
명을 의인화했다.

'밤'은 고대 로마인들의 석관에 조각되어 있던 제우스의 연인 레
다를 표현하고 있다. 잠자고 있는 아름다운 여인의 형상으로 제우
스는 백조로 변신하여 레다에게 다가가 사랑을 하고 네 쌍둥이를
낳았다. 미켈란젤로도 1530년에 '레다와 백조'를 습작한 적이 있다
(뒤에 분실됨). 왼쪽 다리를 접어 그 위에 오른팔을 얹은 모습에서
어딘지 모를 관능미가 있다. 왼팔을 등 뒤로 돌려 몸이 비틀려 있
지만, 얼굴은 관객을 향하고 있다. 긴 머리카락은 돌려 가며 땋았고
머리에는 보석을 붙이고 장식을 올렸다. 주변에는 밤을 상징하는

올빼미와 반쯤 핀 양귀비꽃이 가면이 있는데 육체와 영혼의 밤은 죽음처럼 부활을 기다리는 과정이다. 잠에서 깨어나는 듯하다가 다시 잠 속으로 빠져드는 여인의 육신은 어둠의 상징인 밤의 사슬에서 벗어날 줄을 모른다. 종교적인 관점에서 인간은 어둠을 통해서 빛이신 하느님께 다가갈 수 있고, 그 속에서 자기 근원을 재발견하고 창조주와의 연관성을 찾는다. 깊이를 가늠할 수 없는 어둠의 심연에서 침묵으로 인간 존재의 비애를 표현하고 있는 듯하다.

미켈란젤로는 상반된 듯한 시간을 같은 공간에 모음으로써 자신의 예술성을 고양하고 있다. 이것은 초월적인 인식을 통해서만 가능한 예술혼이다. 깊은 고독을 체험한 대大 예술가가 현세의 시간을 바라보는 '눈'이기도 하다.

'예술은 몰입과 고독, 그리고 고요한 마음을 요구한다. 예술가의 정신이 여기저기 배회하는 것을 원하지 않는다'고 예술 비평가들은 말한다. 예술가는 사물을 관찰하는 일에 몰두하고 언제나 많은 생각을 품기 때문에 혼자 있어도 혼자 있는 것이 아니고, 감당해야 할 모든 고통과 부재도 그가 탄생시킬 예술의 한 부분이 된다.

파찌 가문의 경당

산타크로체 대성당에 딸린 수도원의 정원은 1300년대에 만들어진 것으로 직사각형과 정사각형, 두 개가 있다. 대성당에 면해 있는 직사각형 정원에는 '파찌 가문의 경당'이 있다.

이 경당은 브루넬레스키의 대표작 가운데 하나로 가장 르네상스적인 건축물로, 모든 구조와 장식이 공간과 조화를 이루는 수작으로 손꼽힌다. 여기에는 당대에 활동하던 예술가들의 협조도 있었다. 현관은 다 상갈로가, 내부의 거대한 열두 사도를 표현한 원형 작품은 델라 로비아가 맡았다. 또 케루빔과 천사들과 네 명의 복음사가는 델라 로베레(Luca della Robbia)와 브루넬레스키의 합작이다. 색 유리창은 발도비네티(Alesso Baldovinetti)가 디자인하였다.

1423년에 일어난 화재로 산타크로체의 수도원과 도서관이 모두 불타 버렸다. 피렌체 시는 이를 재건하기 위해 먼저 시에서 할 수 있는 것을 하고 나머지는 재산이 많은 가문들에 협조를 구했다. 메디치 가문, 스피넬리 가문, 파찌 가문 등이었다. 1429년 안드레아 데 파찌는 수도원의 대회의실과 거기에 딸린 경당 재건에 후원하

기로 하고, 경당을 자신의 수호성인인 성 안드레아에게 봉헌하였다.

건축적인 우아함과 절제된 미는 건물의 공간적인 볼륨감을 한층 돋보이게 하고, 이로써 전체적인 조화를 이룬다. 장식들은 그저 잠시 보는 것에 그치도록 되어 있다. 장식 그 자체를 볼거리로 제공하지는 않는 듯하다. 그러면서도 자세히 살펴보면 의미 있는 구성을 했다. 공간을 차지하거나 지장을 주지 않는 선에서, 또 '거룩한 장소'라는 특성을 잘 살려 간결함과 단순함으로 르네상스를 대표하는 최고 전형이 되었다.

공공건물

르네상스 시기 피렌체의 공공건물로는 시뇨리아 광장과 베키오 궁, 그리고 우피치 미술관에서부터 시작하여 라우렌치아나 도서관, 피티궁, 메디치 리카르디 궁, 루첼라이 궁, 스트로찌 궁, 바르젤로 궁 등 대표적인 것만 꼽아도 많다. 이 건물들은 단순히 공적인 업무만 보던 곳이 아니라, 예술 작품들로 채워지고 각기 나름의 기능으로 르네상스 인문주의를 대변하였다.

이런 경향은 르네상스 시대에만 국한되지 않고, 이후 시대에도 계속 이어져 피렌체 시는 소소한 건물이라 해도 소홀히 여기지 않고 꼼꼼하게 기록하여 후대에 남기고 있다. 아르노 강가를 거닐다가 눈에 띈 건물에 적힌 간판에는 "이 집에서 14년간 살다가 1874년 5월 1일 세상을 떠난 니콜

"이 집에서 14년간 살다가 1874년 5월 1일 세상을 떠난 니콜로 토마세오를 기억합니다. 피렌체 시"

이곳이 예전에 세탁소였음을 알려주는 간판

로 토마세오를 기억합니다. 피렌체 시"라고 적혀 있었다. 니콜로 토마세오(1802-1874)는 근대 이탈리아의 언어학자며 작가로 처음으로 이탈리아어 사전을 집대성한 '국문학자'다. 그는 「유의어 사전」과 소설 「신앙과 미」로 유명하다. 피렌체 시는 그런 그의 업적을 놓치지 않고 이렇게 기억하고 있다.

공공건물로 쓰였다거나 명사가 살던 곳도 아닌 어쩌면 너무도 별것 아닌 건물에 대한 기록도 만날 수 있다. 이곳은 '예전에 세탁소였다고 기록하고, 지금은 미용실로 사용하고 있다'고 알려주는 곳도 있다.

피렌체 시내를 돌아다니다 보면 이런 간판이나 이정표를 곳곳에서 만날 수가 있다. 이런 것들을 볼 때마다, 일상의 사소한 것들을 소중하게 생각하고 거기에 충실하며, 그것을 기억하는 것에서 시민들의 힘이 발현된다는 생각을 갖게 된다. 작은 역사의 흔적까지도 지키려는 노력이 피렌체 시민들의 삶 속에서 조용히 실천되고 있는 것이다.

베키오 궁, 인간과 예술이 있는 정치의 장

이탈리아어로 '베키오vecchio'는 '오래되었다'는 뜻이다. 1550년 코시모 1세가 피렌체 정치의 거점이자 메디치 가문의 거주지로 피티 궁을 지으면서 피터 궁은 신궁新宮이 되고 자연스럽게 베키오 궁은 고궁古宮이 되었다. 베키오 궁은 94미터의 탑이 높게 올라간 엄격한 고딕양식의 건물이다. 1298년에 디 캄비오가 시작해서 1314년에 완성되었다. 메디치 가문의 거주지이자 피렌체 정

치를 총괄했던 곳이다. 이탈리아 통일기에는 세 번(1848~1849년, 1859~1860년, 1865~1871년)에 걸쳐 임시 행정 관저가 되기도 하였다. 1966년 홍수 때 4미터까지 침수되었다가 복원하여 지금도 피렌체의 시청으로 사용하고 있다.

건물 내부에는 바사리, 다 마이아노(Benedetto da Maiano, 1442~1497), 미켈란젤로 등 수많은 예술가의 작품이 있어, 당시 메디치 가문과 피렌체의 영화를 한눈에 볼 수 있다.

베키오 궁 정문 앞에는 미켈란젤로의 '다윗'과 도나텔로의 '유딧'이 있다. 세속적인 정치를 펼치던 메디치 가의 정치 중심부에 구약성경에서 이스라엘 민족을 구한 여성과 남성으로 대표되는 두 인물을 당대 최고 조각가들의 손을 빌려 조각한 것이다.

유딧은 구약성경 「유딧기」에 등장하는 인물로 아름답고 신심 깊은 유다인 과부였다. 앗시리아가 침입해 조국 이스라엘이 위기에 처하자 유딧은 적장 홀로페르네스를 유혹하여 그의 목을 베어 조국을 구한 지혜롭고 용감한 여성이었다. 도나텔로는 이 작품에서 유딧이 홀로페르네스의 머리카락을 움켜잡고 칼을 들어 내리치려는 순간을 포착하면서도, 그녀가 적장을 죽이기 위해 실제로 취할 수 있는 동작인 몸을 숙이는 모습보다는 반듯하게 서 있는 모습을 통해 행위에서 떨어진 상태를 형상화하였다. 그녀의 시선도 적장을 향하고 있다기보다는 칼을 들고서 멈칫하는 듯 서 있다. 이는 유딧이 적장을 죽이는 행위에 작품의 중심을 둔 것이 아니라, 유딧의 행위를 상징적으로 보려는 의도가 더 커 보인다. 유딧의 행동 자체보다는 조국을 구하려는 행위 의도에 초점을 맞춘 듯하다.

<
현재 피렌체 시청으로
쓰고 있는 베키오 궁

V 건축 | 공간 인문주의의 새로운 장을 열다

이 점에서 '유딧'과 그 옆에 세워진 미켈란젤로의 '다윗'은 같은 의미를 지닌다. 자유와 번영을 위한 불굴의 의지, 독립을 쟁취하기 위한 민족의 의지를 표현하는 것 말이다. 그래서 메디치 가문의 정치적인 의도가 담긴 작품으로 보는 것이다.

중세와는 분명 달라진 사회 변화 속에서 시민사회의 의식 변화를 보여 준다. 곧 영웅이란, 성경이나 성인전에 등장하는 '거룩한 사람'이 아니라, 국가와 민족을 위해 자유와 독립을 쟁취하기 위해 '행동하는 사람'임을 보여 주고 있는 것이다.

라우렌치아나 도서관

성로렌조 대성당의 정원에 있는 메디치의 라우렌치아나 도서관은 원래 '라우렌치아나 서고'로 불렸던 곳으로, 미켈란젤로가 설계(1519~1534)한 건물이다. 피렌체에서도 중요한 건축물이며 세계에서 필사본을 가장 많이 소장한 도서관으로 유명하다. 1800년도에 와서 성 로렌조 대성당과 그 주변에 있는 일련의 기념비적인 건물들 입구를 수정하면서 대성당 모든 건물의 재배치가 이루어지면서 본체인 성 로렌조 대성당과 분리되고, 메디치 소성당 박물관으로 새로 만들어졌다. 1907년에 메디치 라우렌치아나 사업부가 설립되면서 대성당을 비롯한 건물 일체를 관리 보존하고 있다. 2001년 3월 1일부터 대성당 입장료를 별도로 받고 있다.

인쇄본 68,405권, 15세기 이전에 나온 초판본 406권, 1500년도에 발간된 책 4,058권, 특별히 귀중한 필사본이 11,044권이나 소장되어 있다. 그리고 이탈리아에서는 가장 많은 이집트의 파피루스본을 소장하고 있다. 피렌체 시민에게 완전히 공개된 것은 1571년이나, 르네상스를 주도했던 학자들과 권력가들에게는 이미 오래전부터 도서들의 수집과 함께 그들의 지적인 욕구를 충족시켜주던 중요한 장소였다. 2007년 피렌체에서는 "문학의 길"이라는 주제로 전시회를 개최한 바 있는데, 그때 마지막 장場을 장식한 것으로 '로마와 동방 사이, 메디치 인쇄소'라는 주제로 이곳 메디치 가문에서 소장하고 있던 엄청난 도서 유산들이 소개되었다.

도서관의 이름은 대성당이 헌정된 로렌조의 라틴어식 발음에서 비롯된 것이다. 오늘날 부르는 '메디치의 라우렌치아나 도서관'이라는 이름은 메디치 가문에서 책을 수집하면서부터 도서관이 생겼기 때문이다.

왜 하필이면 피렌체에서 인문주의가 태동하고 르네상스가 꽃을 피웠느냐고 묻는다면, 즉시 댈 수 있는 몇 가지 중요한 이유가 있지만, 그중에서 가장 먼저 꼽을 수 있는 것은 메디치 가문에서 이 도서관을 만들었기 때문이라고 말할 수 있다. 피렌체가 천재 예술가들을 수 세기에 걸쳐 배출해 내고, 피렌체 시민의 의식이 높았던 것은 바로 이 도서관 덕분이다. 메디치 가문은 단순히 돈으로만 예술가들을 후원한 것이 아니라, 르네상스 인문주의가 꽃을 피울 수 있도록 모든 정신적인 뒷받침까지 했다. 그 한 실례가 바로 이 도서관이다.

메디치 가문 출신의 교황들, 레오 10세, 클레멘스 7세, 레오 11세와 피렌체를 통치했던 조반니 디 비치, 코시모 일 베키오, 로렌조 일 마니피코가 수집하여 공부했고, 그것을 다른 사람들도 볼 수 있도록 아낌없이 내놓았다. 메디치 가문은 이 도서관을 위해 구할 수 있는 모든 좋은 책을 세계 곳곳에서 구했고, 피렌체로 가지고 오지 못하는 책을 위해서는 적합한 인물을 현지로 보내어 필사해 오도록 하였다. 그 덕분에 당시로서는 보기 드물게 필사본을 많이 소장하게 되었고, 그것은 관심 있는 모든 피렌체 시민에게 열려 있었다. 이 도서관은 일반에게 공개한 세계 최초의 공공도서관이기도 했다.

이 도서관의 영향을 받아 로마에서도 1584년에 '메디치 동방 인쇄소'가 세 명의 인사에 의해 빛을 보았다. 이들은 모두 직분과 역할이 달랐음에도 불구하고 하나같이 인쇄 도서의 힘을 확신하고 이를 널리 보급하는 데 노력을 아끼지 않았다. 그레고리오 13세 교황은 '메디치 동방 인쇄소'에서 발간된 인쇄 도서들을 동방교회와 이슬람 지역의 복음화를 위한 수단으로 삼았고, 토스카나의 대공이자 추기경이었던 페르디난도 데 메디치는 상인들과 동방에 인접한 지역 간 우정을 강화하기 위한 수단으로 삼았다. 수학자, 철학자, 동양학자로 알려진 조반니 바티스타 라이몬디는 16세기 동방 문화들의 가교가 되었다. 이렇게 '메디치 동방 인쇄소'는 유럽에서 처음으로 그레고리오 13세 교황의 주도로, 페르디난도 데 메디치의 후원에 따라, 라이몬드의 연구에 근거하여 아랍어에서 시리아어, 페르시아어, 터키어, 히브리어로 된 책들을 인쇄하고 보급하였다.

로마에서의 노력에 힘입어 이곳 라우렌치아나 도서관 역시 이후 그레고리오 13세 교황, 페르디난도 데 메디치, 조반니 바티스타 라이몬디는 물론 오스만 제국의 무라드 3세(1574~1595) 때인

1576년부터 로마에서 망명 생활을 하던 안티오키아의 시리아 정교회 총대주교 이냐시오 나 마탈라(Ignazio Na'matallah)의 도움으로 크나큰 발전을 거듭하였다. 그가 주관해 진행한 필사본 수집은 후에 토스카나의 대공에게 헌정되었으나 결국 이 도서관에 소장되어 미래 동방문고의 첫 번째 코너의 중심이 되었다. 이 코너에는 자카리야 알 콰즈위니(Zakariya al-Qazwini, 1203~1282))의 우주학 작품 첫 부분에 해당되는 '피조물의 경이함과 존재들의 기이함', 페르시아 서사시에 구어체와 사실적인 문체를 도입한 페르시아의 위대한 낭만주의 서사시인 네자미 간자위Nizami Ganjavi의 5부작 시詩 펜탈로지아Pentalogia가 있다.

두 번째 코너에는 동방 인쇄물의 영향과 관련하여 두 가지 관점에서 눈여겨볼 만한 도서들이 소장되어 있다. 특별히 파견된 베키에티 형제와 조반니 바티스타 브리티의 외교적 노력에 따라 동방에 인접한 지역들에서 법전들을 수집했고, 이를 통해 인쇄소의 작업 방법을 알 수가 있다. 여기에는 페르시아의 철학자 그레고리오 아불파락Gregorio Abulfarag이 시리아어로 번역한 「메디치 법전」(1593년) 외에도 아랍어 텍스트로 된 이븐 시나(Ibn Sina, 라틴어 이름 Avicenna, 980~1039)의 「지시와 주의의 서書」가 있다. 이 책에서 이븐 시나는 신앙의 출발에서부터 어떠한 방해도 받지 않고 신을 보게 되는 마지막 단계까지의 신비로운 영혼의 여행을 묘사하였다. 이븐 시나는 이슬람 세계에서 아리스토텔레스 철학의 체계를 구축한 학문의 대가로 활약했고, 말년에는 '동양철학'의 체계를 세우려고 노력한 인물로 평가받고 있다.

세 번째 코너에는 라우렌치아나 도서관에서 볼 수 있는 두 가지 인쇄 방식의 아랍어 판본 도서들이다. 특히 1514년 파노Fano에서 발행한 이동식 아랍어 인쇄본으로, 호롤로기온Horologion으로 알려진 성무일도서(시간에 맞추어 하던 기도서)와 1569~1573년 안트웨르펜에서 프랑스 출신의 플랑탱(Christophe Plantin)에 의해 출판된 왕실 성서(Biblia regia)가 있다. 이 성서는 8권으로 된 다국어(5개 언어) 성서로 안트웨르펜 출판사의 가장 뛰어난 작품이기도 하다.

네 번째 코너에는 1800년대의 구식 인쇄기와 각종 음각틀과 16세기 문자들이 소장되어 있다.

일명 '메디치 도서관'이라고도 불리는 라우렌치아나 도서관을 둘러보면서, 새삼 "사람은 책을 만들고 책은 사람을 만든다"는 고전적인 말이 얼마나 큰 설득력을 얻는지 다시 한 번 되새기게 된다.

메디치 가문의 야심 찬 출판 프로젝트 덕분에 르네상스가 단순한 지적 사치나 허영에 머물지 않고, 특별히 사보나롤라가 그토록 우려했던 방향으로 빠지지 않고, 오히려 진정으로 인류 문명에 이바지함으로써 인류 역사의 중요한 전환점이 될 수 있었다. 특히 동방의 종교와 문화를 수용하는 데 두려워하기는커녕 오히려 적극적으로 찾아 나섰던 메디치 가문의 탁월한 지도력에 감탄하지 않을 수 없다. 동방 문화가 피렌체에 들어옴으로써 르네상스의 시선은 서방 문화에 편중되지 않고, 균형을 유지하며 소양을 쌓을 수 있었다.

라우렌치아나 도서관의 독서실은 긴 복도 형태로 양쪽에는 나무로 만든 책상과 걸상이 전 공간을 채우고 있다. 천장과 책상, 걸

상을 비롯하여 이 공간에 있는 모든 것이 미켈란젤로의 작품이다. 많은 창문은 그만큼 많은 빛을 건물 안으로 들어오게 하고, 빛의 이동에 따라서 공간의 시야를 움직이게 하는 효과를 준다. 건물과 한 몸을 이루는 많은 액자와 장식도 빛의 이동에 따라 역동적인 분위기를 창출한다. 유리화는 바사리가 한 데생을 토대로 플랑드르의 장인들에 의해 다양한 무기와 문장들로 둘러싸인 메디치 가문을 주제로 표현하고 있다.

책상 아래 서랍장 속에는 각종 서적이 가로로 진열되어 있어 누구나 자유롭게 앉아서 책을 꺼내 볼 수가 있다. 그러나 필사본들은 교부학, 천문학, 수사학, 철학, 역사, 문법, 시, 지리학 등 분야별로 정리되어 1900년도 초까지 이곳에 있다가 지금은 따로 보관소를 마련하여 옮겼다.

참나무로 장식된 천장은 미켈란젤로의 설계 위에 1540년대 후반 델 타쏘(Giovanni Battista del Tasso)가 완성하였다. 야생 염소의 뿔과 두개골로 만든 고래와 달걀 모양 장식들은 모두 코시모 1세의 문장이다.

라우렌시아나
도서관의 서가 및
책상 옆면

바닥은 1548년부터 지붕과 함께 트리볼로Tribolo의 설계에 따라 불리오니(Santi Buglioni)가 빨강색과 흰색 사기로 박아 장식하였다. 트리볼로는 로마에서 미켈란젤로에게 공방 운영과 지침에 대해서 배우고 돌아온 직후였다. 도서관 바닥도 독특한 장식에 해당한다. 점토가 마르기 전에 장식할 구멍을 만들어 그 바탕에 붉은색 사기를 채우고, 그 위에 마르면 하얗게 변하는 흙을 채운 다음 붉은색을 띠는 생선뼈를 갈아 만든 혼합물을 채워 완성하였다. 따라서 도서관은 그냥 단순히 '지었다'기보다는 '빚었다'는 표현이 더 어울릴 것이다. 책을 통해 인간이 끊임없이 다듬어지고 성숙하는 것처럼, 이곳 독서실 공간 역시 그런 숭고한 행위를 위한 공간으로서 손색이 없도록 거장의 손으로 열정과 혼을 담아 빚었던 것이다.

'미켈란젤로의
계단'이라고 불리는
도서관 입구 계단

　'미켈란젤로의 계단'이라고 불리는 입구 계단은 현관과 독서실 공간이 각기 다른 층으로 분리되어 있어 그것을 연결하기 위해 설계되었다. 이 유명한 계단은 1559년에 좌우와 중앙, 이렇게 세 부분으로 나누어 처음에는 호두나무로 지으려고 했으나 나중에 코시모 1세의 뜻에 따라 대리석으로 마감하였다. 이탈리아에서는 처음으로 바로크 양식의 선구적인 작품으로 인정받고 있다. 만약에 양쪽 난간이 직선형이었다면 전형적인 르네상스 양식으로 보았을 것이다. 그러나 중앙에 있는 둥근 계단으로 인해 새로운 이미지를 안겨 주었다. 마치 돌의 자연스러운 형태를 그대로 가져다 깐 것처럼 둥글게 표현함으로써 미켈란젤로의 독창적인 면모를 다시 한 번 보여 준다. 이런 둥근 선은 새 제의실에 있는 메디치 가문의 무덤들에서도 보여 주고, 산타 트리니타의 다리 아치에서도 활용한 기법이다. 방문객들은 현관 앞에서 양쪽에 있는 평범한 두 개의 직사각형 계단과는 달리 중앙에 부드럽게 흘러내리는 듯한 곡선 계단을 만날 수가 있다.

정원, 알베르티에서 발전된 도시의 자연 공간

알베르티는 건축가로서 피렌체를 무척 사랑한 인물이다. 대단한 호기심과 관심을 갖고 도시 지형에 맞는 건축물을 고안하였다. 도시를 깊이 관찰하여 기존의 다양한 구조물들이 어떻게 지어졌고, 어떤 의미를 지니고 있는지를 알고자 했다. 도시의 아름다움과 특성을 즐겼다고 하겠다. 그는 피렌체, 파도바, 베네치아, 볼로냐, 페라라, 만토바 등 그의 수첩에 적힌 도시를 두루 다니며 도시미를 즐겼다. 그러나 그가 가장 오랫동안 머물며 연구한 곳은 로마였다. 그는 로마에서 고대 건축의 풍성함과 다양성을 재발견했고, 그가 쓴 「로마 도시 묘사(Descriptio urbis Romae)」에서 보듯이 지도를 따라가며 구석구석 도심을 연구하였다. 로마에서 알베르티는 자신의 수작인 「건축론」 대부분을 썼다. 그는 로마에서 고대 건축에 영감을 얻어 새로운 건축적 언어로 도시를 어떻게 계획하고 건설하는지를 배웠다. 로마 시대 건축가 비트루비우스를 연구했고, 그가 쓴 「건축서」를 배경으로 「건축론」을 썼다. 1450년 알베르티가 「건축론」을 세상에 내놓았을 때는 피렌체에서 레오나르도 다빈치가 태어나기 2년 전이었다.

알베르티는 도시의 설계와 돌로 지은 도심의 웅장한 건축물에만 주목하지 않았다. 소음, 시민들이 거리나 광장에 버리는 쓰레기, 많은 목조 건물과 흙탕물로 뒤범벅되는 도시의 문제점들에도 주목하였다. 그리고 그 해결책을 「건축론」 제9권에서 이렇게 적고 있다.

도시의 구석구석에 쌓여 방치된 채 썩고 있는 쓰레기더미들을 보면서 무슨 생각을 할 수 있을까? 그에 대한 답으로서, 많은 실용적이고 유용한 건물들 가운데 가장 우선적이고 건강에 도움이 되는 것으로 정원을 꼽을 수 있다. 정원은 비위생적인 환경을 정화하는 기능을 하기 때문이다.

그렇다. 바로 정원, 도시 안에서 자연 그대로의 공간을 만드는 것이다. 알베르티에게 정원은 개인 건물의 장식품이 아니라 도시 한 부분을 차지하는 중요한 요소이다. 따라서 도시를 건설함에 있어 정원은 우선적인 조건이 되어야 했다. 알베르티에게 있어 완벽한 건물은 건물 그 자체만이 아니라 도시와 지역의 모든 구조와 기초 설비까지, 그리고 재생적 공간인 정원을 포괄하는 개념이었다. 집과 궁, 도로와 운하, 성문과 성체 등, 건축학적인 모든 분야는 인간이 가장 필요로 하는 예술로서 인간의 '보다 나은 행복한 삶'에 이바지하는 것이다.

알베르티가 말하는 도시의 개념은 원칙적으로는 플라톤과 더 깊게는 아리스토텔레스의 철학적 가르침에 따라 '자연'을 고려하여 그것을 토대로, 그에 우선적인 원칙을 부여함으로써 규정되는 것이다. 즉 고대인들이 생활한 삶의 경험을 토대로 합리적인 방법에 따라 우주적인 규범에 기초를 두고 구성되는 것이다. 그가 "도시는 거대한 집과 같고, 집은 작은 도시와 같다"고 한 것은 바로 이런 이유 때문이다. 그에게 있어 도시는 지형학적인 조직체가 아니라 합리적으로 고안된 통합적인 조직체였다.

정원에 대한 알베르티의 정의에 따라 르네상스 시기에 조성된 피렌체를 대표하는 정원으로 보볼리 정원을 들 수 있다. 이탈리아 르네상스 양식의 기하학적인 공간 구성에 따라 정교하게 설계되었다. 이탈리아가 자랑하는 최고의 정원 가운데 하나이자 건축학적인 면에서나 고대 로마 시대에서부터 20세기까지 수집한 조각상들의 전시로 예술적인 면에서나 진정한 열린 박물관이기도 하다.

피티궁 뒤에 있는 보볼리 정원

메디치, 로레나, 사보이아 가문의 거주지였던 피티 궁 뒤에 자리 잡은 정원은 4만5천 제곱미터에 시대에 따라 다양한 양식의 연못과 분수, 분수가 있는 건물과 신전, 동굴 등이 만들어졌다. 조각상들과 건축물이 정원 양식에 포함되고, 피티 궁에 거주하던 가문의 장엄한 축제 행렬과 연회에 어울리는 말발굽 모양의 원형극장, 싸이프러스의 길, 인공호수 등 인간과 자연이 함께할 수 있는 공간으로 발전하였다. 커피하우스처럼 토스카나 지방에서는 보기 드문 1700년대 로코코 양식의 건물도 눈에 띈다.

보볼리 정원의 언덕 꼭대기에 이르면 피렌체가 거의 한눈에 들어온다. 1966년 이 도시가 홍수로 인해 큰 피해를 보았을 때, 손상된 미술품들의 복원 작업을 이곳에서 하기도 하였다.

광장, 도시 시민들의 살롱

나라마다 새로운 도시를 건설할 때 기준으로 삼는 것이 다른데, 우리나라가 '도로'라면 이탈리아는 '광장'이다. 이탈리아의 광장은 그리스의 아고라와 로마의 포럼과도 같은 개념이다. 그래서 광장, 피아짜Piazza는 어디를 가든 이탈리아 도시의 중심을 이루고 시민들의 삶을 연결해 주는 공간이다.

고대에 광장은 여론을 형성하고 정치가 이루어지고 법정이 열리던 곳이었다. 중세 광장은 고대의 기능에 종교적인 집회와 설교의 장이 추가되었다. 나아가 넓은 공간이라고 무조건 피아짜가 되는 것이 아니라 의미 있는 공간을 피아짜로 만들었다.

시민사회가 발달하면서 시청이나 그밖의 공공기관 건물 앞 광장은 자연스레 공식 행사를 위한 공간이 되었다. 정치를 위해 여론을 형성하기도 하고 집회를 열기도 하며, 젊은이들의 만남 장소, 노인들의 환담 장소가 되기도 했다. 각종 시민 행사와 종교 행사와 축제가 벌어지고, 시장이 열리며, 때로는 어린이들의 놀이터가 되기도 했다.

르네상스 시대, 피렌체의 광장은 그 자체가 예술 공간으로 변모하기도 했다. 광장 곳곳에 조각상이 세워지고, 예술가들이 모여 기예를 뽐내는 장소가 되었다. 거기에는 통치자의 정치적인 함의를 담는 경우도 많았다. 통치자들이 시민 삶의 터전인 광장을 정치적으로 이용하면서 광장의 성격과 모습이 달라지기도 했다. 그럼에도 불구하고 시민들 편에서건, 통치자 편에서건 광장은 결코 차단해야 하거나 없애야 하는 공간이라고 생각하지 않았다. 피렌체 주변 여러 소도시에서는 대성당과 그 앞에 있는 광장을 중심으로 주변에 시청과 같은 공공건물들이 세워지면서 시민 생활의 중심으로서 광장이 제 역할을 톡톡히 하였다.

시뇨리아 광장, 정치와 예술이 만나는 곳

'통치하다'는 뜻의 '시뇨리아Signoria' 광장은 피렌체 정치의 중심지로서 유명한 메디치 가문의 본거지가 있었고, 이곳에서 메디치 가문이 피렌체를 통치하던 피렌체를 대표하는 광장이다. 소위 '시청 광장'이라고 불리기도 하는 이곳은 즐비하게 세워진 조각상들로 인해 마치 야외 박물관과 같은 인상을 주기도 한다.

과거 피렌체의 시청 건물이었던 베키오 궁을 바라보고 왼쪽에 '코시모 1세의 청동기마상'(잠볼로냐의 작품)과 그 옆에 암만나티 Ammannati의 '넵튠의 분수'(1576년)가 있고, 코시모 1세 데 메디치가 통치하던 시절, 반디넬리Bandinelli가 조각한 '헤라클레스', 첼리니Cellini가 조각한 '페르세우스', 도나텔로가 조각한 '유딧', 피렌체 공화국의 상징인 사자 모양의 '마르조코Marzocco', 미켈란젤로의 '다윗'(사본) 등이 이 광장을 들어서는 방문객들을 맞고 있다. 바로 이 광장에서 당시 피렌체의 사치와 호사를 막기 위해 인간의 감정과 예술을 배격하던 사보나롤라(Savonarola, 1452~1498)가 화형을 당하기도 하였다.

사보나롤라는 전제군주들과 부패한 성직자들에 맞서 교회를 쇄신하고 정치의 새로운 방향을 제시한 선구적인 인물이었다.

사보나롤라는 1482년에 피렌체로 파견되어 산마르코 수도원에서 강의하면서 높은 학식과 금욕적인 생활로 큰 명성을 얻었다. 설교자이고, 종교 개혁자로서 도덕과 신앙의 원칙들을 엄격히 지켰으며 고대의 고전 연구를 통해 예술과 시를 이교적인 인본사상으로 규정하고 '이탈리아 사람들의 맹목적인 사악함'을 배척하였다. 교회 안에 만연한 부정과 성직자들의 부패를 비난하며 '교회는 개혁이 필요하며 벌을 받은 다음에야 쇄신될 것'(1486년의 사순절에 산 지미냐노에서 한 강론)이라고 했고, 이에 교황 알렉산드로 6세는 그를 제재하는 다양한 규제 조치들을 공포했으나 그는 전혀 개의

시뇨리아 광장

치 않았다. 사보나롤라는 계속해서 밀라노의 공작과 피렌체 메디치 가문의 폭정에 대해 과감하게 비난하였다.

로렌초 데 메디치는 뒤늦게 협박도 하고 회유도 하면서 위험하기 짝이 없는 사보나롤라의 비판을 막아 보려고 했지만, 로렌초 자신의 생명이 끝을 향해 치닫고 있었기 때문에, 또 그로 인해 말(語)에 힘이 빠져가는 것과는 달리, 사보나롤라의 설교 영향력은 차츰 커져가고 있어 속수무책으로 사보나롤라의 행동을 지켜볼 수밖에 없었다. 사보나롤라는 임종을 맞은 로렌초에게 마지막으로 강복을 해 주었다고 한다(1492).

로렌초가 사망하자 메디치 가문의 통치도 오래 가지 못하고 샤를 8세의 침략으로 무너지고 말았다(1494). 메디치 가가 몰락한 뒤 피렌체에는 사보나롤라 외에 피렌체를 통치할 만한 다른 군주가 없었고, 이에 그는 피렌체의 지도자가 되어 피렌체 시민이 한 번도 경험해 보지 않은 민주공화정을 세웠다. 그로 인해 사보나롤라의 정치 철학이 많은 사람의 도마 위에 올랐고, 거기에는 터무니없는 비난도 섞여 있었다. 그러한 비판의 이면에는 수도자가 정치를 한다는 의식이 깔려 있었다. 그러나 그는 도미니코 수도회 소속의 수도자로서 현세적인 권력욕이나 정치적인 야욕은 물론이거니와, 그것을 얻으려고 특별히 음모를 꾸민 적이 없었다. 다만 당시 이탈리아에서 가장 빠른 속도로 발전하던 피렌체에 교회의 개혁을 선도할 잘 조직된 그리스도교 공화국, 곧 하느님의 나라를 세우고자 했을 뿐이었다. 문예부흥으로 인해 찬란하지만, 당시 피렌체에 주둔하던 용병들의 막장 짓으로 인해 살인과 약탈, 강간이 판을 치고,

사보나롤라의 화형
피렌체의 무명 화가

정치적으로는 부패와 전쟁이 난무하던 때에 사보나롤라는 르네상스의 수도 피렌체가 다시 거룩하게 정화되기를 바랐다.

사보나롤라의 승리는 너무도 크고 갑작스러워서 질투와 의혹을 불러일으킬 수밖에 없었다. 그를 반대하던 사람들에 의해 피렌체에 '화난 사람들'이라는 뜻의 '아라비아티Arrabbiati'당이 형성될 정도였다. 피렌체 내부에서 일어난 사보나롤라의 정적들은 강력한 외부 세력이라고 할 수 있는 밀라노의 공작과 교황과 손을 잡았다. 밀라노의 공작과 교황은 프랑스의 왕권에 맞서 '신성동맹'(神聖同盟, Holy League)이라는 것에 가담한 상태였다. 그러나 피렌체는 이 동맹에 가담하지 않았고, 그것을 두고 '화난 사람들'과 그에 동조하는 세력들은 동맹 가입을 막는 가장 큰 장애물로 사보나롤라를 지목하였다. 이에 피렌체 내외부에 있던 정적들은 사보나롤라를 제거할

방도를 찾기 시작하였다. 이탈리아에서 가장 문명화된 이 도시의 관리와 시민들은 모두 한통속이 되어 한 사람을 죽이기 위한 재판이 마치 신성한 재판이라도 되는 것처럼 여기며, 그것만이 자신들의 어려운 문제를 해결해 줄 수 있는 것으로 생각했다. 결국 사보나롤라는 잔인하고 야만적인 정치의 희생양이 되어 그가 어렸을 때부터 가장 싫어했던 '이탈리아 사람들의 맹목적인 사악함' 때문에 1498년 피렌체의 시뇨리아 광장에서 화형대에 오르는 운명에 처해지고 말았다.

그는 죽기 전에 '피렌체 정부에 올리는 글'을 남겼다고 한다. 글에는 크게 세 가지 내용을 담았는데, 하나는 아리스토텔레스의 정치철학에 기초한 피렌체 정치의 정체성에 관한 것이고, 그다음으로는 피렌체 시민들에게는 '시민적 정부'(Governo Civile)가 '군주정'(Principe)보다 더 적합하다는 당위성에 관한 것이며, 끝으로 토마스 아퀴나스가 강조한 그리스도교적인 공동선에 기초한 도덕적 개혁의 필요성에 관한 것이었다. 전체적인 맥락은 메디치의 통치를 참주의 전형으로 규정하고 그것을 비판하는 동시에 새로운 정치를 제안한 것이다. 또한 가톨릭교회의 개혁에 대해서도 교회 내부적으로 논쟁거리가 될 만큼 강력한 비판의 목소리를 냈다. 교회 권한에 짓눌려 숨조차 제대로 쉬지 못하던 현실에 대한 질타였다. 종교개혁을 예견한 듯한 그의 예언자적인 목소리를 가톨릭 교회가 들었더라면 어쩌면 종교개혁이라는 엄청난 사건을 모면할 수도 있지 않았을까 하는 아쉬움이 있다. 그래서일까, 마르틴 루터의 종교개혁에 사보나롤라가 가장 큰 모델이 되었다고 한다.

시뇨리아 광장의 란지의 노대(Loggia dei Lanzi)

시뇨리아 광장에서 가장 눈에 띄는 것으로 광장을 향해 완전히 열려 있어 건물인지 광장에 지붕을 얹어 놓은 것인지 구분이 안 되는 이곳은 1376년~1382년에 지은 것이다. 시뇨리아 광장과 베키오 궁이 피렌체 정치의 중심지였던 만큼 시민 모임이나 공적인 행사 장소로 사용하기 위해 세웠고, 결혼식 후 피로연이나 축제 때 사람들이 모여 환담을 나누던 장소로 활용되었다.

늘어선 기둥들 사이에서 피렌체의 학자들과 예술가들은 토론하기를 좋아했다. 철학적으로 '기둥'은 흔들리지 않는 고요한 상태를 의미하기 때문에, 평화로운 마음 상태를 찾으려는 사색적인 노력을 의미하기도 했다. 건물과 노천 중간지대라고 할 수 있는 이런 회랑은 어떤 의미에서는 뭔가 있을법한 신비로운 공간으로 간주되

고대와 르네상스
시기의 조각 작품이
전시된 란지의 노대

V 건축 | 공간 인문주의의 새로운 장을 열다

기도 한다. 이런 곳은 햇빛이나 바람, 습기 등의 자연환경으로부터 영향을 많이 받는 회화보다는 주로 조각들로 장식되었다.

코시모 1세 시절에는 피렌체를 지키던 근위병인 독일 용병들이 머무르던 곳이기도 했고, 로마를 향해 진군하던 군인들이 지나다 머무르던 곳이기도 했다. 란지(Lanzichenecchi)라는 말은 '독일 용병'이라는 뜻이다.

이곳에는 고대와 르네상스 시기의 여러 조각 작품이 전시되어 있다. 그중 잘 알려진 작품으로는 잠볼로냐Giambologna의 '사비니 여인의 약탈'(1583)과 '헤라클레스와 켄타우로스'가 있고, 첼리니(Benvenuto Cellini, 1500~1571)의 작품 '페르세우스'가 있다. 메두사의 목을 높이 들고 있는 그리스 명장이자 전설의 영웅 페르세우스는 첼리니 작품 중에서도 걸작으로 알려져 있다.

잠볼로냐의 '사비니 여인의 약탈'에는 세 사람이 등장한다. 맨 아래에는 약탈당하는 여인의 아버지, 중간에는 여인을 약탈하여 달아나려고 하는 로마 군인, 맨 위에는 잡혀가지 않으려고 발버둥치는 사비니 여인이 있다.

이 이야기는 고대 로마사에서 매우 중요한 대목이다. 고대 국가인 로마가 성장하기 위해서 가장 중요한 것은 인구였다. 남성들만으로는 세상의 주인이 될 수가 없었다. 그래서 로마 건국 초기에 남성뿐인 그들이 어쩔 수 없이 이웃 동네인 사비니 지역에서 여성들을 보쌈해 와야만 했다.

사비니Sabini는 고대 로마의 이웃 나라 이름이다. 로마를 건국한

> 사비니 여인의 약탈
잠볼로냐 작

로물루스Romulus는 자신이 건국한 새로운 왕국이 목동들을 중심으로 건설되었고, 그러다 보니 남녀 인구의 불균형을 극복해야만 했다. 그래서 노예든 이방인이든 원하는 사람은 모두 로마 시민으로 인정해 주었다. 그런데도 여전히 로마 시민은 남자가 월등히 많았고 이런 불균형은 계속 심해져 갔다. 이에 로물루스는 특단의 조치를 내렸다. 결혼 적령기 남자들을 모아 이웃 나라인 사비니를 습격하여 여인들을 약탈하기로 한 것이다. 로물루스는 해신海神 넵투누스 축제를 열고 인근에 사는 사비니 족族을 축제에 초대했다. 신에게 바치는 축제일에는 모든 전투가 금지되기에 사비니 족도 기꺼이 초대를 받아들여 가족들까지 함께 축제에 참석하였다. 축제가 무르익을 즈음, 로물루스 명령에 따라 로마의 젊은이들은 사비니 족 여인들을 하나씩 납치하여 달아났고, 사비니 족은 이런 놀라운 상황에 일단 남은 가족들을 대피시키고 이후 끈질기게 로마에 강탈당한 자기네 여인을 돌려달라고 요구했다. 그러나 로물루스와 로마 남자들은 사비니 여인과 정식으로 결혼하여 아내로 삼았다. 로물루스 자신도 그때까지 총각이었던지, 사비니 여인 헤르실리아와 결혼했다. 사비니 남자들은 자기네 누이, 여동생을 구하겠다고 여러 차례에 걸쳐 로마로 쳐들어갔으나 번번이 패했다. 이를 보다 못한 로마인의 아내가 된 사비니 여인들이 이 상황에 개입하였다. 남편과 오라비가 서로 적이 되어 싸우는 것을 차마 볼 수 없었던 것이다. 여인들은 비록 납치되어 로마로 오긴 했으나 노예로 사는 것도 아니고, 정식으로 결혼하여 아내로 제대로 대접받으며 살고 있다며 제발 싸움을 멈추라고 호소하였다. 로마인 남편들은 어쩔 수 없이 그녀들을 납치해 오긴 했으나, 이후 더할 나위 없이 잘해 주고 있었고, 이에 사비니 여인들은 애정을 느끼고 있었다. 결국 마음이 움직인 양쪽 진영은 화평조약을 체결하고 두 부족을 합치기로 하였다. 사비니 족에게도 로마인과 똑같은 시민권이 부여되고, 사유재산에 관한 모든 권리와 민회의 투표권도 똑같이 인정되었다. 사비니 족 장로들에게는 원로원 의석도 제공되었다.

이 이야기는 이후 인류 역사에서 수많은 혁명을 겪으며, 혁명 세력과 기존 세력 간의 화해와 안정을 바라는 마음의 상징이 되었다. 로마인의 관용에 관한 것도 한 번쯤 생각해 볼만한 것이다. 납치해 온 여인에 대한 대우와 이후 화평조약을 맺어 나가는 어떤 것에 있어서도 로마인의 폭력적인 지배 구조는 찾아볼 수가 없다. 여러 면에서 로마인은 건국 초기부터 문화 시민으로서 자질을 발휘했다. 이 이야기는 잠볼로냐의 조각상 외에도 근대의 푸생, 루벤스와 같은 화가들에게도 좋은 소재가 되었다.

근대의 조각 작품으로 란지의 노대에 전시되는 영예를 안은 것은 1866년 비테르보에서 태어나 피렌체에서 사망한 조각가 페디(Pio Fedi, 1816~1892)의 작품 '폴릭세네의 납치'이다. 대단히 역동적이고 생생한 작품성으로 고대와 르네상스의 수작들 사이에서 그 가치를 인정받았다고 하겠다. 페디가 1855~1865년에 오랜 연구 끝에 이룩한 작품으로, 1800년대 이탈리아 조각 작품 중 가장 의미 있는 작품으로 손꼽힌다.

폴릭세네는 트로이 왕 프리아모스의 딸이다. 오비디우스의 「변

V 건축 | 공간 인문주의의 새로운 장을 열다

신 이야기」에 따르면, 트로이 전쟁에서 돌아가기 위해서는 그리스 배가 출항하기 전에 여인을 제물로 바쳐야 했는데, 그리스 명장이자 네오프톨레모스의 아버지인 아킬레우스의 망령이 나타나 폴릭세네가 자신을 죽게 했다고 생각해서 폴릭세네를 제물로 바치라고 하였다. 이에 네오프톨레모스가 폴릭세네를 납치하여 제물로 바친다는 이야기다. 페디는 바로 이 납치 순간을 조각하였다. 작품에는 네오프톨레모스의 팔에 들린 폴릭세네와 그녀를 구하려다 네오프톨레모스의 칼에 쓰러져 바닥에 나뒹굴고 있는 폴릭세네의 오빠 폴리도로스가 있고, 폴릭세네의 어머니이자 트로이의 마지막 왕비인 헤카베는 딸을 빼앗기지 않으려고 납치자에게 매달리고 있다.

이 이야기는 호메로스의 「일리아스」에서도 매우 극적인 장면이다. 그리스 명장 아킬레우스와 네오프톨레모스 부자父子, 트로이의 마지막 왕가 프리아모스와 헤카베, 맏아들 헥토르, 파리스, 데이포보스, 헬레노스, 폴리도로스 등의 아들들과 카산드라, 라오디케, 폴릭세나 등의 딸들이 겪는 트로이 왕가의 비극이 이 한 장면으로 집약되어 있기 때문이다.

전체 이야기는 그리스의 총사령관인 아가멤논에서부터 시작된다. 아가멤논의 독선적인 행위로 인해 아킬레우스가 마음이 상하여 전장에 나가지 않은 사이에 아킬레우스의 죽마고우였던 파트로클로스가 트로이 왕자 헥토르에게 죽고 말았다. 이에 아킬레우스는 친구의 원수를 갚기 위해 전장에 나갔고 결국, 헥토르를 죽였다. 그러나 그는 헥토르를 죽인 것으로는 분이 안 풀려 그의 시체를 전차 뒤에 묶어 끌고 다녀 모욕을 주었다. 그날 밤, 아킬레우스 막사로 한 기품 있는 노인이 찾아왔다. 그가 바로 트로이의 덕망 있는 프리아모스 왕이었다. "그대가 죽인 헥토르는 내게 사랑스러운 자식이오. 그의 시체를 돌려줄 수는 없겠소? 그대의 분노를 모르는 바는 아니지만, 그만하면 내 아들의 시체를 돌려주기를 바라오." 전쟁이 한창인 상황에서 적군의 왕이 자기 발로 찾아온 상황이었기에 아킬레우스는 그의 목만 베면 이 지긋지긋한 전쟁을 끝낼 수도 있고, 더는 아가멤논의 꼴을 안 볼 수도 있는 상황이었다. 그러나 호메로스는 「일리아스」를 통해 아킬레우스의 영웅성을 노래하고자 하였기에 이야기를 여기서 끝내면 저자의 의도에서 벗어

V 건축 | 공간 인문주의 새로운 장을 열다

나게 된다. 아킬레우스는 프리아모스에게 "그렇게 하지요. 돌려드리겠습니다" 대답하고 기꺼이 약속을 지켰다. 그리고 트로이가 헥토르의 장례를 치르는 동안 휴전함으로써 마지막까지 배려했다. 아킬레우스는 아끼던 벗을 잃었기에 아들을 잃은 프리아모스의 심정을 누구보다 잘 알고 있었던 것이다.

결국, 인간의 마음은 다 같다. 가장 사랑하는 친구를 잃은 자신과 사랑하는 자식을 잃은 프리아모스는 같은 마음으로 만났고, 그래서 비록 적이지만 서로 인간적인 마음을 헤아릴 수가 있었다. 고통은 당해 본 사람만이 그 깊이를 알 수가 있다. 그리스인은 단순히 힘이 세고 강한 사람을 영웅이라고 하지 않았다. 그들은 인간의 아픔을 아는 사람, 가늠할 수 없는 고통의 무서운 깊이를 아는 사람을 진정한 영웅으로 보았다.

헥토르와 트로일로스가 아킬레우스에게 전사하자, 폴릭세네는 오빠들의 무덤에서 눈물을 흘리고 있었다. 그때 염탐을 나온 아킬레우스가 폴릭세네의 아름다움에 반해 청혼했고, 폴릭세네는 아킬레우스에게서 전쟁을 끝내겠다는 약속을 받고, 아폴론 신전에서 그와 결혼하기로 하였다. 그런데 이 사실이 폴릭세네의 다른 오빠 파리스에게 발각되었다. 폴릭세네와 아킬레우스가 결혼 서약을 한 뒤 포옹하려 할 때, 신상 뒤에 숨어 있던 파리스가 아킬레우스의 약점인 아킬레스건에 독화살을 쏘아 그를 죽였다. 아킬레우스는 죽으면서 폴릭세네가 파리스와 짜고 자신을 속였다고 여겼다.

페디의 조각에서 보듯이 아킬레우스의 아들 네오프톨레모스가 폴릭세네를 납치하여 아가멤논에게 제물로 바치려고 한 이유였다.

이에 폴릭세네는 자신을 제물로 바치려는 아킬레우스의 아들 네오프톨레모스를 쳐다보며 자기 옷을 찢어 젖가슴을 내보이며 처녀로 죽을 수 있도록 자신을 찌르라고 하였다. 네오프톨레모스는 그녀의 가슴에 칼을 꽂고, 가슴을 가려주었다. 네오프톨레모스는 그녀의 시체를 씻겨 아버지 아킬레우스의 무덤에 함께 안장하였다.

사보나롤라 광장에서 피렌체의 종말을 보다

피렌체 중심가에서 멀리 떨어진 곳에 사보라롤라 광장이 있다. 멀리 변두리에 있어도 사보나롤라에게서 위엄을 느낄 수가 있다. 주변부로 밀려났어도 어떻게 살아야 하고 무엇을 지향하며 살아

사보나롤라 광장에
있는 사보나롤라 동상

V 건축 | 공간 인문주의의 새로운 장을 열다

야 하는지를 엄중하게 가르쳐주는 것 같았다.

사람은 자기가 세상의 중심이 되고 주위의 크고 작은 세력들로부터 도전을 받기 시작하면 비로소 삶을 되돌아보게 되고 긴장을 하게 된다. 그래서 경쟁은 발전과 도태라는 양면성을 가지고 있는지도 모르겠다. 하지만 처음부터 변두리에서만 살았던 사람들은 그럴 여유조차 없이 그저 살아야 하니까 사는 경우가 많다. 사보나롤라는 중심에서 주변으로 밀려났지만 그의 품위는 여전히 중심에서 무엇을 기준으로 살아야 하는지 수도자다운 깨어 있는 신앙인의 자세를 보여 주는 것 같다. 오른손에 높이 든 십자가와 왼손으로 당시 피렌체를 상징하는 눈이 먼 마르꼬쪼의 머리를 내리누르고 있는 것이 그것을 입증하는 것 같기 때문이다.

그의 동상에는 이름마저 일부가 떨어져 나가 '지로Giro'만 있고, '라모lamo'는 없어 오늘날 피렌체 시민들은 그의 이름조차 잊어버린 듯하였다. 그들은 자신들의 무지를 부끄러워하며 위대한 사보나롤라에 대해 알고 싶어 했다. 조용한 광장을 서성이는 그들을 보며, 시민의식이 강한 피렌체인들은 이 광장을 어떻게 생각하고 있는지가 궁금해졌다. 광장은 빛과 어둠을 간직한 정치의 현장이자 누군가를 기억하는 장場이고. 과거의 시민들이 온 몸으로 살았던 영광의 시간이 고스란히 담긴 장소임을 다시금 알려주는 듯 했다.

피렌체의 테라스 미켈란젤로 광장
아르노 강을 따라 미켈란젤로 광장으로 가는 길은 고즈넉한 피렌체의 정취를 느낄 수 있는 곳이다. 폰테 알레 그라지에를 건너

성 미니아토 성당 　골목길을 천천히 오르다 보면 평평하면서도 편안하게 오를 수 있
는 계단을 만난다.

　계단 오른편에는 "십자가의 길"을 위한 나무 십자가가 세워져 있
다. 이 길을 끝까지 올라가면 정면에 산 살바토레 알 몬테 성당이
있는데 미켈란젤로는 르네상스 양식의 이 성당을 '아름다운 시골
처녀'라고 불렀다고 한다. 이 성당에서 남쪽으로 조금 더 오르면
계단 위에 피렌체에서 가장 오래된 성당 중 하나인 성 미니아토 성
당이 있다. 사순절이면 이곳에서 십자가의 길을 하는 사람들을 볼
수 있는데, 이 길에 대해서 단테는 「신곡」 '연옥 편'에서 이렇게 이
야기하고 있다.

루바콘테 다리(현재의 '폰테 알레 그라쩨에') 위로 잘 인도되는
도시(피렌체)를 내려다보는 성당(성 미니아토 성당)이 있는 곳,
경사가 심한 언덕길이 잘리는 것은
완만한 경사로 된 계단 덕분이니
장부와 통판이 믿을 만하던 시절에 세워졌어라.
— 단테, 「신곡」, '연옥' 12장 100~105절

마지막 행에서 말하고 있는 '장부와 통판'
은 당시 피렌체에서 유명한 2대 사기 사건을
의미한다. 장부는 니콜로 아찰리올리란 사람
이 자신과 메세르 발도 달리온이란 사람의
부정을 은폐하려고 피렌체 시의 공증 기록을
변조한 사건이고, 통판은 비슷한 시기에 소금

「신곡」, 연옥 편
12장의 내용 일부가
적힌 돌판

출납원인 키아라 몬테시 가문의 사람이 시에서 소금을 받을 때는
보통 저울을 사용했으나 시민에게 팔 때는 통판을 사용하여 부당
이득을 챙긴 사건이었다. 시에서 소금을 받았다는 것은 소금이 전
매품이라는 것을 뜻한다. 소금을 시에서 모두 매수하여 그것을 상
인들에게 분배하여 판매하도록 한 것이다. 이 내용은 「신곡」 해설에
서도 빠지지 않고 나오는 대목이다. 부정과 부패가 만연한 당시 피
렌체를 질타하며 그래도 미켈란젤로 광장으로 오르는 이 계단은 그
런 부정한 시절에 세워진 것이 아니라, 믿을만한 시절, 곧 정의가 바
로 서 있던 시절에 세워졌다고 단테는 말하고 있는 것이다.

계단을 오르면 왼편에 미켈란젤로 광장이 있다. 1865년에 건축

가 포지(Giuseppe Poggi)의 설계로 세워졌다. 당시 피렌체는 리소르지멘토 운동으로 이제 막 통일된 이탈리아의 수도로 선포되었고, 도시 재정비에 많은 노력을 기울이고 있을 때였다. 귀족적인 도시 분위기를 재탄생시키고자 했다. 그때 아르노 강이 새로 정비되고 양쪽 강 가에 산책로가 만들어졌다.

미켈란젤로 광장은 피렌체를 대표하는 거인 미켈란젤로의 이름을 따서 그의 대표작이라고 할 수 있는 '다윗'과 성 로렌조 성당의 새 제의실에 있는 '네 개의 조각'들을 청동으로 복사하여 장식하였다. 미켈란젤로 광장은 피렌체 풍경을 한눈에 내려다볼 수 있는 가장 유명한 전망대이다. 이 언덕에서 내려다보는 피렌체 평원에 펼쳐진 도시의 정취는 가히 일품으로 피렌체를 방문하는 관광객들이 거의 빠뜨리지 않고 찾는 곳이다.

포지는 이 광장만이 아니라 광장 바로 아래 있는 신고전주의 양식의 테라스도 설계했는데, 지금 그곳은 전망 좋은 레스토랑으로 사용하고 있다. 처음에는 이곳에 미켈란젤로의 작품만을 모아 박물관을 만들려고 했다고 한다. 테라스 바로 아래 난간 벽에 주세페 포지의 서명이 있다. 이곳에서는 아르노 강 위에 세워진 모든 다리가 한눈에 들어온다. 특히 베키오 다리의 전경은 햇빛의 강도에 따라 달라지는 모습을 온전히 감상할 수 있다. 아르노 강 너머 가까운 곳에서는 산타크로체 대성당이 보이고, 저 멀리에 두오모와 베키오 궁, 바르젤로 궁과 종탑이 보인다. 건너편 피렌체 북쪽에는 피에솔레와 세티냐노 등 여러 언덕들도 눈에 들어온다.

미켈란젤로 광장에서 내려다본 피렌체 풍경

카프레세에 있는
미켈란젤로의 생가

또 다시 미켈란젤로를 만나다

피렌체 곳곳에서 수많은 작품을 통해서 우리는 미켈란젤로를 만났다. 그리고 이곳에서 또다시 이탈리아 르네상스를 대표하는 인물로서, 조각가, 건축가, 화가, 시인이었던 그를 만나게 된다. 일찍 어머니를 잃고, 하나밖에 없던 형이 수도자가 되고 늦게까지 아버지를 모시고 살며, 이렇다 할 연애 한 번 제대로 해 보지 못했던 미켈란젤로는 어느 순간 수도자 못지않은 신앙인으로 돌아와 작품 앞에 서 있다.

그의 작품에서는 순수한 인간, 신에게 반항하는 인간, 신 앞에서 순응하는 인간, 겸허한 인간이 모두 표현되어 있다. 대부분 작품이 성경을 주제로 삼고, 인간의 고뇌를 표현하고 있다. '다윗'과 네 개의 '피에타', '모세'를 비롯하여 시스티나 소성당에 그린 '천지창조'와 '최후의 심판', 파울리나 경당의 벽화 '바오로의 개종', '십자가에 못 박히는 베드로', 우피치 미술관에 있는 '성가정'을 비롯한 수많은 시詩와 소네트 등은 나이가 들수록 깊어진 그의 신앙고백이다.

그는 피렌체에서 가까운 카프레세라는 시골 마을에서 중급 공무원 루도비코 보나로티의 둘째 아들로 태어났다. 어려서부터 그림에 재능을 보였으나 당시 화가는 천대받는 직업이었기 때문에 집안에서는 싫어하였다. 그러나 아들의 고집을 꺾지 못한 아버지는 결국, 자기 친구였던 조각가 도미니코 기를란다이오의 공방을 찾아가 열두 살 된 아들을 의탁하였다. 그곳에서 미켈란젤로는 그림, 조각, 건축, 금은 세공과 도자기 등에 대한 기초를 닦았다.

1년 뒤, 스승의 그림 교본 스케치 속에 자기 스케치를 그려 넣은 미켈란젤로는 스승이 그것을 알아보지 못하자 더는 배울 게 없다고 판단하고 그곳을 떠나 도나텔로의 제자이며 당대 유명한 조각가였던 베르톨도에게로 갔다.

미켈란젤로의 제자
다니엘레 다 볼테라가
그린 미켈란젤로의
초상

열다섯 살이 되었을 무렵, 메디치 가문의 정원에서 조각 공부를 하다가 정원을 산책하던 로렌조의 눈에 띄었다. 당시 로렌조는 피렌체의 최고 실력자였다. 한눈에 미켈란젤로의 재능을 알아본 로렌조는 그를 자식처럼 대하며 후원하기로 하고, 그날부터 메디치 가문 소속의 학자들과 시인, 예술가들과 교류하도록 하였다. 거기에서 미켈란젤로는 철학과 신학을 공부하면서 인문학적인 소양을 갖추어 갔다. 그러면서 작품 자체에 대한 열정을 넘어, 세련된 문화로서 예술에 격조를 더하는 것은 물론, 그 자신과 예술을 일치시킴으로써 나름의 세계를 일구어 나갔다. 사고의 자유와 예술에 대한 열정으로 누구 앞에서도 졸지 않고 당당하였다. 완성되지 않은 작품을 보여 달라고 조르는 교황에게 작품을 '여기서 그만하겠다'며 맞섰고, 바쁘다며 자신을 만나 주지 않은 교황에게 "(교황이) 날 찾으면 없다고 하라"며 로마를 떠나 버렸고, '최후의 심판'을 두고 비난의 말을 한 비아지오 다 체세나 추기경을 그림 속 지옥의 사신 미노스로 그려 놓는 등 그의 행보는 어디에서건, 누구 앞에서건 소신이 있었다. 비아지오 다 체세나 추기경과의 일화는 유명하다. 지옥에 서 있는 미노스가 누가 봐도 자신의 얼굴임을 금방 알아차린 추기경은 교황을 찾아가 미켈란젤로를 설득하여 그림을 수정해 달라고 요청하였다. 그림을 한참 들여다보던 교황은 진퇴양난의 상황임을 직감하였다. 비아지오 추기경의 청을 무조건 거절할 수도 없고, 미켈란젤로에게 말을 해 보나 마나 들어줄 위인이 아님을 잘 아는 교황으로서는 난처할 수밖에 없었다. 결국 고민 끝에 교황은 추기경을 불러 그림을 가리키며 "주님께서 그대를 지옥으로 보낸 것을 내가 무슨 수로 빼내 올 수 있겠는가?"라고 말했다고 한다.

　모든 사람이 당시 최고 권력자였던 교황 앞에 무릎을 꿇고 머리를 조아릴 때, 미켈란젤로는 그 앞에서도 한 치 흐트러짐이 없었다. 그래서 줄리오 2세 교황은 그를 두고 "미켈란젤로는 정말 꺼림칙

한 사람이다. 그와는 도무지 친해질 수가 없다"고 했고, 레오 10세 교황은 "그는 위대하지만 무서운 사람이다. 그와 더불어 살 수는 없다"고 했다. 그를 아는 동료들도 "선생님은 누구나, 교황까지도 겁 먹게 하십니다"고 할 정도였다. 미켈란젤로는 예술을 향한 거의 신앙에 가까운 엄청난 열정으로 이미 누구도 도달할 수 없는 경지에 도달해 있었기에 세상의 모든 것이 유한한 것임을 잘 알고 있었다. 그래서 그는 권력과 돈과 명예와 같은 것들에 집착하지도 두려워하지도 않았다. 오히려 그런 세계로부터 한없이 자유로웠던 미켈란젤로를 세상이 두려워했던 것이다.

그는 피렌체의 화가 집단에서 조각과 인체 해부, 그리스, 로마 신화와 신약구약 성경과 수많은 고전을 공부하고 로마 곳곳에 있는 유적지에서 고대 미술을 스승 삼아 연구를 게을리하지 않았다. 그는 때로는 천재로, 때로는 미치광이로 불리며 자신만의 고유한 예술 세계를 구축해 나갔다. 그러면서 자신을 세상으로부터 고립시켜 예술이 요구하는 고독의 세계로 깊이 빠져들었다. 그는 젊어서도 고독했고 늙어서도 고독했지만, 친구를 바라지도 않았다고 고백할 정도였다. 오히려 고독을 즐기며 천국에 희망을 두고 살았다. 그렇게 그는 가톨릭교회의 아들로 태어나 이 세상의 이방인으로, 또 자발적 왕따로 살다가, 갈릴레오 갈릴레이가 태어난 지 사흘 뒤인 1564년 2월 18일, 89세의 일기로 세상을 떠났다. 이것을 두고 일각에서는 르네상스 예술이 근대 과학으로 이동되는 것을 의미한다고 말하기도 한다. 그러고 그는 죽기 전날까지 '론다니니의 피에타'(현재 밀라노의 스포르째스코 성城 박물관 소장)를 조각했다고 한다.

내 인생행로는 흔들리는 작은 배 위에서
폭풍과 큰 파도를 지나 이제 큰 항구에 닿는다.
우리는 자신이 한 모든 일에 대해 변명하라는 요구를 받으면서 그곳을
향해 달려간다.

나로 하여금 예술을 신으로 높이 치켜세우게 한 것들,
창작에 대한 기쁨을 유일한 주인으로 받들게 한 것들,
이제 나는 그것들이 얼마나 많은 미혹을 담고 있는지,
그리고 우리가 우리에게 가장 좋은 것에 맞서
얼마나 치열하게 싸우는지 본다.

허영으로 가득 찬 즐거운 창작의 환희도 끝나간다.
내게 이중의 죽음이 일어나고 있다.
한 가지 죽음은 이미 와 있고,
다른 죽음이 다가오는 모습이 보인다.

붓도 끌도 내게 평온을 가져다줄 수 없고
십자가에서 우리를 향해 두 팔을 벌리시는
자비하신 하느님의 사랑만이 내게 평화를 가져다준다.
— '미켈란젤로의 마지막 고백 소네트', (「미켈란젤로, 하느님을 보다」에서 인용)

에필로그

피렌체는 '인간'이 있는 곳이다. 그래서 인간의 삶과 예술과 사랑
이 있다. 인간이 인간으로서 누리고자 하는 모든 것이 고스란히
담겨 있는 곳이다. 그래서 피렌체는 정서적으로 위로가 되는 도시,
따뜻한 도시다. 그런 점에서 피렌체는 찾아오는 모든 사람에게 오
래전부터 문화를 통한 치유, 예술을 통한 자연치유를 인류에게 선
사해 왔다.

건강이 좋지 않았던 차이콥스키는 요양차 피렌체에 머물면서
음악가로서 특별히 예술적 영감을 얻는 것은 물론이거니와 건강
도 회복하였다고 한다. 그는 그것을 4악장으로 된 현의 선율에 담
았는데, 그의 나이 지천명에 이른 1890년에 발표한 현악 6중주곡
'플로렌스의 추억'이 그것이다. 피렌체의 엄청난 예술품에 압도되어
병적인 발작을 일으켰던 스탕달에게는 병을 주었지만, 차이콥스키
에게는 약을 준 셈이다.

피렌체는 시민들의 삶과 예술과 문화와 정치 및 경제가 서로 별
개의 이야기가 아니라는 것을 말해 주는 도시다. 정치의 현장에도
문화와 예술이 있고, 종교 공간에도 과학과 혁명이 있으며, 예술
작품이 전시된 박물관과 미술관에도 정치가 있었다. 문학 작품에

담긴 철학사상과 회화가 있고, 조각 작품에 담긴 신학과 인간학이 있었다. 그러나 무엇보다도 피렌체의 정치와 경제, 종교와 과학, 예술과 건축 등 도시의 역사를 관통하는 '인간'이 있었다.

세계화와 신자유주의에 지친 현대인들이 피렌체를 통해 인류의 풍성한 문화유산의 오아시스를 맛보기를 바라는 마음에서 이 글을 쓰기 시작했다. 나 역시 힘든 유학생활 중 다행인지 불행인지는 모르겠으나, 순례 안내를 한 덕분에 힘든 순간을 극복할 수 있었고 무너지지 않을 수 있었다고 믿고 있다. 이제 오랜 시간이 지나 돌이켜보니 고생스럽게 뛰어다니던 골목길, 거기에서 잠시 마음에 위안이 되어 주었던 문화의 향기가 지금까지 내 삶의 지표가 되어 주었음을 고백하지 않을 수 없다. 예술 분야의 전문가가 아니기 때문에 더 깊은 의미나 예술혼에 대해서는 알지 못한다. 그저 알려진 만큼, 그것을 되새겨보고 잊지 않으려고 노력하며 내 삶을 풍성하게 하는 밑거름으로 삼고 싶었을 뿐이다.

나는 처음부터 피렌체를 '꽃'과 깊은 연관이 있는 도시라고 말해 왔다. 꽃과 봄을 연상하게 하는 도시다. 거기에는 만물이 소생하는 도시, 인간의 사유가 르네상스 인문주의로 소생하고, 예술이 꽃을 피우고 과학이 새로운 봄을 맞이하게 한 도시라는 의미로 해석하고 싶다.

그런 점에서, 헤르만 헤세의 '엘리자베트 1'에서 노래하는 피렌체를 생각하며, 새로운 사랑의 문명, '신의 모상(Imago Dei)'으로서 인간이 어떤 예술품보다도 존귀한 시대가 오기를 소망하며 글을 마무리한다.

네 이마 입과 손등에
섬세하게 곱게 환한 봄이 놓여 있다
피렌체의 오래된 그림들에서
내가 찾았던 그 아름다운 마법이

너는 벌써 언젠가 예전에 살았었다
너 놀랍게 날씬한 오월의 자태
꽃으로 장식된 옷을 입은 플로라로
보티첼리가 너를 그렸지

너는 또한 그 인사로
젊은 단테를 압도했던 저 여인이기도 하지
또 너도 모르게 네 발은
낙원을 지나는 길을 알고 있지.

에필로그

AA.VV., a cura di Domenico Cardini, *Il Bel San Giovanni e Santa Maria del Fiore. Il Centro religioso di Firenze dal Tardo Antico al Rinascimento*, Firenze 1996.

AA.VV., *Galleria degli Uffizi, collana I Grandi Musei del Mondo*, Scala Group, Roma 2003.

AA.VV., *Galleria dell'Accademia*, Giunti, Firenze 1999.

AA.VV., *Guida d'Italia, Firenze e provincia "Guida Rossa"*, Touring Club Italiano, Milano 2007.

AA.VV., *Il museo dell'Opera del Duomo a Firenze*, Mandragora, Firenze 2000.

Alberto Busignani/Raffaello Bencini, *Le chiese di Firenze. Il Battistero di San Giovanni*, Firenze 1988.

Alessandro Vezzosi e Agnese Sabato, *Leonardo non era vegetariano*, Maschietto Editore, 2015.

Angelo Tartuferi, 「미켈란젤로, 화가, 조각가, 그리고 건축가」, 김혜경 역, A.T.S./ F.P.e., 1993.

Annamaria Giusti, *Das Baptisterium San Giovanni in Florenz*, Mandragora, Florenz 2000.

Bruno Santi, *Leonardo, in I protagonisti dell'arte italiana*, Scala Group, Firenze 2001.

Carlo Montr sor, *Das Museum der Opera del Duomo von Florenz*, Schnell & Steiner, Regensburg/Florenz 2000, 2003.

David Palterer e Luigi Zangheri, *Il nuovo Museo dell'Opera di Santa*

Maria del Fiore Firenze, Edizioni Polistampa, Firenze 2001.

E. H. Gombrich, *The Story of Art*, 1950.

Elena Capretti, *Brunelleschi*, Giunti Editore, Firenze 2003.

Evelina Borea, *Caravaggio e i caravaggeschi*, Milano, Fabbri, 1966

Fortunato Grimaldi, *Le "case~torri" di Firenze*, Edizioni Tassinari, Firenze 2005.

Francesca Gargani, *La Cappella Pazzi a Santa Croce*, in AA.VV., *Cappelle del Rinascimento a Firenze*, Editrice Giusti, Firenze 1998.

Gerhard Straehle, *Die Marstempelthese*: Dante, Villani, Boccaccio, Vasari, Giuseppe Marchini Langewiesche, Baptisterium, Dom und Dommuseum in Florenz, K.R. Langewiesche, K nigstein im Taunus 1980.

Giulia Cosmo, *Filippino Lippi, serie Art dossier*, Giunti, Firenze 2001.

Giuseppe Adani, *Correggio pittore universale*, Silvana Editoriale, Correggio 2007.

Guglielmo De Angelis D'Ossat, "Il Battistero di Firenze: la decorazione tardo romana e le modificazioni successive", *IX Corso di cultura sull'arte ravennate e bizantina*, Ravenna 1962.

Ino Chisesi, *Dizionario Iconografico dei Simboli*, BUR rizzoli, 2000.

Jane Turner (a cura di), *The Dictionary of Art. 30*, New York, Grove, 1996.

Lara Mercanti, Giovanni Straffi, *Le torri di Firenze e del suo territorio*, Alinea, Firenze 2003.

Laurence Kanter, Giusi Testa, Tom Henry, *Luca Signorelli*, Rizzoli, Milano 2001.

Luca Signorelli, *The Complete Paintings*, Texts by Laurence Kanter, Plates and catalogue by Tom Henry, London 2012.

Luciano Artusi, *Le Curiosità di Firenze*, Newton Compton Editori, 2010.

Luciano Bellosi, *Da Brunelleschi a Masaccio*, in Masaccio e le origini del Rinascimento, catalogo della mostra 2002.

Ludovica Sebregondi, *L' Arno. In Santa Croce*, Edizioni Polistampa,

Opera di Santa Croce, Firenze, 2006.

Marcello Vannucci, *Le grandi famiglie di Firenze*, Newton Compton Editori, 2006.

Marco Chiarini, *Galleria palatina e Appartamenti Reali*, Sillabe, Livorno 1998.

Marco Marcellini - Gian Luigi Corinto, *Acqua Passata. L'alluvione del 1966 nei ricordi dei fiorentini*, Giunti Editore, 2006.

Marta Alvarez Gonzales, *Michelangelo*, Mondadori Arte, Milano 2007.

Milena Magnano, *Leonardo, collana I Geni dell'arte*, Mondadori Arte, Milano 2007.

Paolo Franzese, *Raffaello*, Mondadori Arte, Milano 2008.

Pierluigi De Vecchi ed Elda Cerchiari, *I tempi dell'arte*, volume 2, Bompiani, Milano 1999.

Piero Degl'Innocenti, *Le origini del bel San Giovanni. Da tempio di Marte a battistero di Firenze*, Edizioni Cusl, Firenze 1994.

Pietro di Lorenzo Bini(ed.), *Memorie del calcio fiorentino tratte da diverse scritture e dedicate all'altezze serenissime di Ferdinando Principe di Toscana e Violante Beatrice di Baviera*, Firenze, Stamperia di S.A.S. alla Condotta, [1688].

Pietro Scarpellini, *Perugino*, Electa, Milano 1984.

R.Giacobbo, *Il segreto di Leonardo*, Rizzoli, Milano 2005.

Rolf C. Wirtz, *Donatello*, K nemann, Colonia 1998.

Rolf C. Wirtz, *Florenz*. K nemann, K ln 1999.

Umberto Baldini, *Michelangelo scultore*, Rizzoli, Milano 1973.

Vittoria Garibaldi, *Perugino, in Pittori del Rinascimento*, Scala, Firenze 2004.

http://www.ilgiornaledellarte.com/articoli/2014/10/121629.html
https://it.wikipedia.org/wiki/Firenze

괴테, 「괴테의 이탈리아 기행」, 박영구 역, 도서출판 푸른숲, 1998.

김상근, 「천재들의 도시 피렌체」, 21세기북스, 2010.

김상근, 「사람의 마음을 얻는 법」, 21세기북스, 2011.

니콜로 마키아벨리, 「바티칸의 금서, 군주론」, 권혁 역, 돋을새김, 2005.

단테 알리기에리, 「신곡」, 허인 역, 동서문화사, 2007.

도현신, 「르네상스의 어둠」, 생각비행, 2012.

리사 맥개리, 「이탈리아의 꽃 피렌체」, 강혜정 역, 중앙Books, 2008.

민석총 외, 「세계문화사」 제2개정판, 서울대학교출판부, 2006.

발터 니그, 「미켈란젤로, 하느님을 보다」, 윤선아 역, 분도출판사, 2012.

서강대신학연구소편, 김혜경 편역, 「동서양 문명의 만남」, 2010.

성 아우구스티누스, 「삼위일체론」, 김종흡 역, 크리스찬 다이제스트, 1993.

송대방, 「헤르메스의 기둥」 1~2, 문학동네, 2005.

스테파노 추피, 「천년의 그림여행」, 서현주 외 역, 예경, 2005.

에른스트 H. 곰브리치, 「서양미술사」, 백승길·이종승 역, 예경, 2003.

에른스트 H. 곰브리치, 「곰브리치세계사2」, 이내금 역, 자작나무, 2005.

윤현주, 「지식갤러리」, 스타북스, 2008.

잭 트레시더, 「상징 이야기」, 김병화 역, 도솔출판사, 2007.

조반니 보카치오, 「데카메론」, 장지연 역, 서해문집, 2007.

진중권, 「서양미술사 I」, 휴머니스트, 2008.

토마스 벌핀치, 「벌핀치의 그리스 로마 신화」(개정판), 이윤기 역, 도서출판 창해, 2009.

토마스 E. 우즈 주니어, 「가톨릭교회는 어떻게 서양 문명을 세웠나」, 김정희 역, 우물이 있는 집, 2005.

찰스 니콜, 「레오나르도 다 빈치 평전」, 안기순 역, 고즈윈, 2004.

논문:

고종희, 「가톨릭개혁 미술과 바로크 양식의 탄생」, 「미술사학」 제23호(2009.8), 한국미술사교육학회, 347~375쪽.

김석화, 「서구 르네상스 미술의 원근법과 공간 연구」, 「기초조형학연구」(vol.11), 한국기초조형학회, 2010, 39~46쪽.

참고 자료

김영한, 「르네상스 인문주의의 본질과 특성」, 「서양의 인문주의 전통과 그 변천: II」, 1996.

김중효, 「이탈리아 르네상스시대의 초기 원근법 연구: 레온 바티스타 알베르티의 '델라 피투라(Della Pittura)'를 중심으로」, 「한국연극학」 제26호, 한국연극학회, 2005, 83~111쪽.

김지영, 「르네상스 선형 원근법의 원리 연구」, 「예술연구」 제5집, 신라대학교 예술연구소, 2000, 41~70쪽.

신현수, 「르네상스 인문주의와 스위스 종교개혁」, 「현상과 인식」 통권 90호, 인문사회과학회(2003), 120~143쪽.

안병욱, 「휴머니즘: 그 이해와 역사」, 민중서관, 1974.

앨런 블록, 홍동선 역, 「서양의 휴머니즘 전통」, 범양사 출판부, 1989.

야코프 부르크하르트, 이기숙 옮김, 「이탈리아 르네상스의 문화」, 한길사, 2003.

이상엽, 「페트라르카의 삶과 시문학 연구」, 「이탈리아어문학」 21집, 121~145쪽.

이은기, 「르네상스 광장과 미술, 그리고 정치이념 14~16세기 이탈리아를 중심으로」, 「미술사학」 제13호(1999. 12), 한국미술사교육학회, 43~68쪽.

이한순, 「북구의 르네상스 미술과 인문주의: 헤임스케르크의 신화 그림을 중심으로」, 「서양미술사학회논문집」 33, 서양미술사학회, 2010. 8, 61~85쪽.

임석재, 「서양건축사 4, 인간과 인간」, 북하우스, 2007.

임영방, 「이탈리아 르네상스 미술에 있어서 휴머니즘의 문제(I)」, 「서양미술사학회논문집」 제1집, 서양미술사학회, 1989년, 57~87쪽.

진원숙, 「이탈리아 르네상스의 기원에 관한 일고」, 「계명사학」 제13호(2002. 11), 계명사학회, 111~138쪽.

찰스 나우어트, 진원숙 옮김, 「휴머니즘과 이탈리아 르네상스 문화」, 혜안, 2003.

홍치모, 「르네상스 휴머니즘의 기원과 성격」, 『總神 16』, 총신대학 교지편집위원회(1994), 61~72쪽.